二 見 文 庫

夜明けの口づけは永遠に

キャンディス・キャンプ／山田香里＝訳

Enraptured
by
Candace Camp

Translated from the English
ENRAPTURED
by Candace Camp

First published in the United States by Pocket Books,
a division of Simon & Schuster, Inc.

Japanese translation published by arrangement with
Maria Carvainis Agency, Inc through
The English Agency (Japan) Ltd.

バーバラとシャロン、最高の姉妹に捧ぐ

ポケットブックスのすばらしきチームに、いま一度の感謝を。とくにスーパー編集者アビーの忍耐力とアドバイスは、ああでもないこうでもないと悩んでいたときのわたしにとって、かけがえのないものでした。また、装幀室の方々の美麗なカバーには感動するほかありませんでした。まさに場外ホームラン。

マリア・カルヴァニス・エージェンシーのマリア・カルヴァニスとスタッフ一同がいなければ、本書が世に出ることはなかったでしょう。

そして、だれよりピートとステイシーには感謝しています。いつも支えてくれて、ほんとうにありがとう。

夜明けの口づけは永遠に

登　場　人　物　紹　介

ヴァイオレット・ソーンヒル	考古学者
コール・マンロー	マードン伯爵の領地（ダンカリー）の管理人
メグ・ラザフォード	コールの姉。デイモンの妻。マードン伯爵夫人
デイモン・ラザフォード	メグの夫。マードン伯爵
イソベル・ケンジントン	ベイラナンの女主人
ジャック・ケンジントン	イソベルの夫
エリザベス・ローズ	イソベルのおば
ミリセント・ケンジントン	ジャックの母親
アラン・マクギー	コールとメグの父親
ジャネット・マンロー	コールとメグの母親（故人）
フェイ・マンロー	コールとメグの祖母（故人）
デイヴィッド	フェイの恋人
ミセス・ファーガソン	ダンカリーの女中頭
ドナルド・マックリー	ダンカリーの前管理人
サリー・マキューアン	ダンカリーの料理人
アンガス・マッケイ	小作人
アルピン	グリアの従者
ライオネル・オーヴァートン	ヴァイオレットのおじ
マルコム・ローズ	イソベルの祖父。エリザベスの父親（故人）

プロローグ

〝フェイ、愛している《モ・ホシュル》〟

彼の声が聞こえた――やさしくて、力強い声。フェイの胸が、とくんと跳ねる。「マルコム？」

彼女の母親が心配そうに額にしわを寄せ、ベッドにかがみこんだ。「なあに？　フェイ？　なにか言った？」

「いいえ。なにも」フェイの金色の瞳が涙でうるんだ。いまのはただの空耳。マルコムはもういない。彼女にはわかっていた。もうずっと前から、心の奥深いところで感じ取っていた。

そして自分もまた、もうすぐいなくなる。「すごく疲れたわ」

ナン・マンローは冷たい布で娘の顔をぬぐってやった。「時間がかかって、たいへんなお産だったからね」

お産。「赤ちゃんは？」

「ええ、いるわよ」ナンは微笑んだが、やはり瞳には涙が浮かんでいた。「かわいい女の子。

肺も問題なし。声が聞こえる？」少し離れたところから聞こえている赤ん坊の泣き声のほうに、ナンは頭をかたむけた。

「ええ」フェイは身じろぎした。脚のあいだに激痛が走り、それがおなか全体に広がった。胸も張ってうずいている。マルコムにふれられたときのうずきとはまったくちがう。彼にふれてほしくてたまらないときの、あのうずきとは……。「痛い」

「出血がひどかったから」ナンは眉根を寄せた。「赤ちゃんがおなかをすかせてるわ。お乳をあげないと。抱っこできる？」

フェイの胸にいとおしさがこみあげ、うなずいた。「ええ。赤ちゃんをここへ」

母親はフェイの腕に赤ん坊を抱かせた。赤い顔をした、小さな生命《いのち》。毛布にくるまれ、元気よく泣いて、手足をばたつかせている。赤ん坊は目をぎゅっとつぶり、あごを哀れなほど震わせていた。髪がぺたりと頭に張りついている。

「かわいい」フェイがつぶやく。涙が頬を流れ落ちた。

「ああ、泣かないで、フェイ。そうよ、かわいいでしょう。そのちっちゃな子に早くお乳をあげて」

フェイは胸をはだけ、赤ん坊をそこへ近づけた。赤ん坊は本能的に母親の胸に顔をすり寄せ、お乳を吸いはじめた。やすらぎにも似た喜びに、フェイは胸を締めつけられた。赤ん坊の頬を指先でそっとなでてみると、びっくりするほどやわらかかった。わたしの娘。わたしたちの娘。でも、マルコムがこの子を見ることはない。

「この子の名前、ジャネットにするわ」

赤ん坊が満足して眠ってしまうと、ナンが赤ん坊を取りあげに来た。フェイは一度ぎゅっと抱きしめてから、手を離した。

「スープをつくったけど」

「ううん。ほしくない」フェイは顔をそむけた。

母親が顔をしかめる。「外にあの子が――デイヴィッドが来てるわ。あなたに会いたいって」

「相手は彼じゃないから、母さん。デイヴィーを責めたりしないで」

「そんなことわかってるわ」ナンは娘の腕をそっとなでた。「だれか会いたい人はいる？その……」

「いいえ。彼はこの村にはいないわ。もういないの。デイヴィーを入れてあげて」

母親はため息をついた。「そんなに長くはだめよ、わかってるだろうけど。あなたはやすまなきゃ」

デイヴィッドがベッドのそばまで来た。顔は引きつり、涙で瞳がうるんでいる。彼にはわかっているんだわ。わたしはもう長くないってことが。

「デイヴィー」

「フェイ」さっきわなわなと震えていた赤ん坊のあごと同じくらい、デイヴィッドの笑みも揺れていた。「具合はどうだい？」

「あまりよくないわ」

「だめだ、そんなごと言っぢゃ。よぐなるよ。何日かすれば。きっとよぐなる」

「あなたにお願いがあるの」

「なんでも言って。なんでもするよ」

「ここに手を入れて」フェイはベッドの端を手でたたいた。「マットレスの下よ」

デイヴィッドはけげんな顔をしたが、かがんでマットレスの下をおずおずと探った。表情が変わる。「なにかある」彼はそれを引っ張りだし、手にしたものを見つめた。「本だ」

「ええ、赤ちゃんにあげるものよ。この子に知らせたいことが書いてあるの。どうかそれを預かって、赤ちゃんが大きくなったら渡してあげて。お願いできる？　デイヴィー？　わたしの代わりにそれを持っててくれる？」

「ああ、もぢろんだ」デイヴィーの目が涙で光っている。「でも、きみは死んだりしないよ。また元気になったら、ごれは返すから」

「ありがとう。あなたなら引き受けてくれると思ってたわ」

「そんなの、いつだって、フェイ」

デイヴィーが帰ってから、フェイはマルコムの夢を見た。彼がそばにいて、大きな手で彼女の手を握り、がんばれと励ましてくれていた。「もうすぐだよ」彼の声が、ふたりで寄り添って横になっているときと同じように、彼の胸のなかで響いているのがわかる。彼のぬくもりに、全身が包まれていく……。

そのとき、ナンがまたベッドまでやってきて上掛けをめくり、フェイの下にたたんで敷いていた布を取り替えた。「お願い、止まって」母親の声が震えているのがわかった。「これ以上、出血したら……」

フェイは目を開けて、母親に泣かないでと言いたかった。赤ちゃんを残していくのはつらいけれど、楽になれるのはうれしい。

しばらくして、ナンがふたたびフェイにジャネットを抱かせると、赤ん坊はお乳を吸いはじめた。心地よい感覚に目を開けたフェイは、赤ん坊を見おろした。小さな頭は赤毛だった。フェイの黒髪とも、マルコムの金髪ともちがう。よかった、これならだれにも勘ぐられることはない。赤ん坊がまたナンに抱きあげられると、フェイは腕が空っぽになったような気がした。

もう時間の感覚はなくなっていた。マルコムがすぐそこにいて、彼女に微笑みかけている。目に映るものはほとんど暗がりに溶けこみ、光が当たっているのは彼だけだ。言われたとおりにしたわ、とフェイは彼に伝えたかった。彼から託されたものは、この子にしかわからないところに隠したわ――ふたりの遺産。ふたりの使命。それは、この子が受け継いでくれるから――。

でも、マルコムにはもうわかっているはず。彼はわたしを待っている。もうすぐこの痛みもなくなる。もう一度、彼の腕に抱かれることができる。

「マルコム……」フェイの唇が動いた。最期の言葉は、聞こえないほど小さかった。

〝愛してい《モ・ホシュル》るわ〟

1

一八〇七年　十月二十日

馬車の車輪がまたしてもわだちにはまった。ヴァイオレットは頭上の吊り革につかまり、不機嫌な顔で手にぐっと力をこめた。このスコットランドの旅は、いったいいつまでつづくのかしら。手が凍えるよりは、右へ左へと座席の上をすべっているほうがまだましかと思い、毛皮のマフに両手を戻した。

このマフがあってよかった。父の家で暮らした名残りの品。何年も使ってきたから少しくたびれてはいるけれど、それでもまだ手をほかほかとあたためてくれる。実用的なフランネルのペチコートとウールの旅行用ドレスもあたたかい。氷のように冷えきった足も、どうにかできればいいのだけれど。厳しい天候や過酷な旅に慣れていないわけではない。おじのライオネルについてイギリスじゅうの発掘地をまわり、ひどい寒さや暑さや雨にも耐えてきたつもりだ。けれど、十月のスコットランド高地地方《ハイランド》の寒さは格別のように思う。

やはり早めにやってきて正解だった。ライオネルが生きていたら春まで待っただろうけれど、いまでは事情がまったく変わってしまった。自分の師を思い、ヴァイオレットはこみあげるものをぐっとのみこんだ。泣いたりしない。そんなことをしても無益だし、必要もないことだと、ここにおじがいたらきっと言うだろう。泣いてもおじが生き返るわけではないし、これから援助をお願いする後援者《パトロン》の家に、目を真っ赤にして悲嘆に暮れた顔で到着するわけにはいかない。おじの後任としてもっとも適任だと伯爵に認めてもらうためには、強く、毅然として、専門家らしくしないと。

ほかの古物研究家が遺跡のことを聞きつける前に、なんとしてでもこのチャンスをつかんで雇ってもらわなければならなかった。おじが亡くなったことがマードン伯爵の知るところとなり、より適任だと彼の考える人物——つまり男性——に、遺跡の発掘をまかせてしまわないうちに。

ヴァイオレットはため息が出そうになるのをこらえた。人生の不平等をうらめしく思ってもしかたがない。世の中のあり方にはもう慣れっこだ。ずっと昔から、自分が成し遂げたいと思うことはなんでも、悪戦苦闘しなければできないようになっていると思い知らされてきた。彼女の力量を認めてくれたのは、おじのライオネルだけだった。

突然、くぐもった音をたてて馬車が止まり、ヴァイオレットは座席からすべるように床に投げだされた。つかの間ぼう然としていたが、複数の人の声がして体を起こしたとき、パーンという大きな音が聞こえた。いまのは銃声？　ヴァイオレットは跳ねるように立ち、勢いよくドアを開けた。

「いったいなに――」目の前の光景に、ヴァイオレットは大きく口を開けたまま固まった。

この地域は日没が早くてすでに暗く、ぼんやりとあたりを照らしているのは、騎乗御者が震えながら掲げているランタンの明かりだけだった。先頭の馬にまたがった彼は防寒のために着こんでおり、ウールの襟巻きからは、赤くなった鼻と恐怖に見開かれた目だけが覗いていた。ふたりの男が細い道路をふさぐように馬車の前に立ちはだかり、さらに四人の男が道路の脇に立っている。彼らはみな一様に厚着をし、帽子を深くかぶり、ウールの襟巻きを首だけでなく顔の下半分まで巻きつけ、この薄暗いなかでは顔もはっきりしない。けれども彼らのうちのひとりがマスケット銃で騎乗御者を狙っていること、そしてほかにもふたりが拳銃を持っていることは、すぐにわかった。

ヴァイオレットのなかに怒りがこみあげた。「あなたたち、いったいどういうつもりなの？　そこをどいて、わたしたちを通しなさい」

「おっ！　南部モンのちっちゃな嬢ちゃんか」男のひとりがうれしそうな、襟巻きでくぐもった声をあげた。

口もとが覆われているうえに訛りが強く、ヴァイオレットには彼の言ったことがよく聞き取れなかったが、〝ちっちゃな〟という言葉だけはわかって、よけいに怒りが燃えあがった。

「そこをどきなさい」ヴァイオレットの瞳が光った。「マードン伯爵は、客人が足止めされたと知ったらお怒りになるでしょう」彼女が来ることを伯爵は知らないのだから〝客人〟というのはもちろん言いすぎだったが、言わんとするところは同じだ。

「おっと、マードン伯爵？　こりゃあ、震えがきちまうなあ？」彼は声をあげて笑い、まわりの男たちも一緒になって笑った。「宝石を出しな、嬢ちゃん。それに手提げも。そしたら通してやる……かわいくお願いできたらな」

「宝石なんか持っていないわ」ヴァイオレットはかたくなにあごを突きだした。彼女の手提げには、今回の旅費を払ったあとに残った貴重な微々たるお金が入っている。それを渡してしまったら、ほんとうにまったくの文無しになる。

「なら、おまえの耳にぶらさがってるもんはなんだ！」男は拳銃を彼女に向かって振った。ヴァイオレットの手が耳まで跳ねあがり、はずみでボンネット帽が後ろに脱げた。「これは祖母の形見《イヤリング》よ！　だめ！　これはぜったいにだめ！」

男はあっけにとられて口をぽかんと開けたが、それにつられて拳銃を持った手もさがった。だから一瞬、ヴァイオレットは見逃してもらえたのかと思ったが、彼は顔をゆがませて近づいてきた。「どうやら、もっとほかの方法で支払いたいみてえだな」

頭にきたのとこわかったのとで、行きすぎた行動を取ってしまったことにヴァイオレットは気づいた。けれどこわくて胃が締めつけられそうな状態でも、彼女は振り返って馬車のなかにあった傘をつかみ、敵に立ち向かった。男がまた驚いて動きを止める。べつの男がはやしたてるような声をあげ、全員が笑った。

ヴァイオレットと向きあった男はおそろしい形相になり、飛びかかってきた。彼女は力いっぱい腕を振り、傘が男の側頭部に当たった。男が悲鳴をあげて後ろによろける。しかし彼女の傘はそれで折れてしまった。もうどうすればいいのかわからない。彼女は身を固くした。

そのとき突然、大きな影が大声をあげて暗闇から飛びだし、御者の掲げるランタンの光の輪のなかに姿をあらわした。そして彼女のほうにまっすぐ向かってきた。

ヴァイオレットは驚いて、とっさに傘を力いっぱい振りおろした。が、壊れた傘ではなんの威力もない。次の瞬間、新たにあらわれた男性は彼女ではなく、彼女の前にいた男をつかんでいた。

どうやらヴァイオレットを助けに入ってくれたらしい男性は、驚いた顔を彼女に向けた。彼女に襲いかかろうとした男の胸もとを片手でつかんだまま、もう片方の手で彼女の手から傘をもぎとる。「きみは頭がどうかしているのか？　ぼくはきみを助けようとしているんだぞ！」彼はヴァイオレットの後ろの馬車に傘を放りこむと、大きな手でつかまえたままの男を振り返った。男の胸ぐらを両手でつかみ、彼のつま先が地面すれすれになるほど持ちあげる。「いったいなんてことをしてるんだ、ウィル？」

ヴァイオレットはなにも言えず、ただ彼を見つめることしかできなかった。彼女を助けに入ってくれた男性はものすごく大きく、ほかの男たちに覆いかぶさらんばかりの身長だった。肩幅も広く見えるけれど、それは分厚い上着のせいではないし、大きくて指の長い手は相手の男がまるで子どもでもあるかのように軽々と持ちあげている。この厳しい寒さのなかでも襟巻きも帽子も身につけておらず、上着の前も開いたままだ。くしゃくしゃの豊かな髪は、ランタンの明かりを受けて金色に輝いていた。

男性は、ウィルと呼んだ男を道路の反対側へ押しやり、見下げ果てたように言った。「これがおまえたちのやり方か？」居並ぶ男たち全員に、軽蔑のまなざしをめぐらせる。「追いはぎみたいに旅行者を襲って！　なんの罪もない女性から金品を巻きあげて！　それでハイランダーと言えるのか。彼女を見てみろ」彼はヴァイオレットのほうに手を振った。「小さな女性じゃないか！　子どもと変わらないぞ」

「小さい？」自分のことをそんなふうに表現され、ヴァイオレットはいきりたった。

彼はきびすを返して彼女をにらんだ。「ああ、そのとおりだろう。しかも、あきらかに頭がどうかしている。ぼくがきみを助けようとしていることもわかっていない。いったい、きみのご主人はどういうつもりだ？　こんな夜にこんな田舎をきみひとりでうろうろさせて。ばかじゃないのか？」

「うろうろさせる？　させるですって？」ヴァイオレットは肩をいからせた。「幸い、わたしは結婚などしていないから、自分の行きたいところへ行きたいことに男性の許可をもらう必要はないわ。自分の人生は自分で決めるの。それに、わたしは〝小さい〟かもしれないけれど、子どもじゃないわ。わたしが……大きくないからって、なにもできないとは思わないで」

男性は彼女の上から下まで、全身にさっと視線を走らせた。こんなときでもなかったら、彼の精悍な顔立ちをすてきだと思ったかもしれない。けれどいまこのときは、ばかにされたような目つきで見られていることとしか認識できなかった。彼の口角が片方だけ、くいっと上がった。「ふん、なるほど、きみはすばらしくご健闘のようだ。その折れた傘で、いくらでも男を撃退できるんだろうな」

「あなたなんかいなくてもだいじょうぶよ」ただの強がり――いや、愚かな言い分でさえあるかもしれなかったが、ヴァイオレットは頭に血がのぼってまともに考えられなくなっていた。言いあいならいくらでも受けて立つ。これまでずっと男性に見くびられては怒りに燃えてきた彼女が、この大柄でやたらと無遠慮な男性に軽くあしらわれて、かっとならないわけがなかった。両手をきつく握りしめる。そうしなければ、彼をぶってしまいそうだった。

「そうか?」憤りか、はたまた抗議の意味か、彼の瞳が見開かれてきらりと光ったが、彼は眉根を寄せて顔をしかめた。「きみの目は節穴なのか、それともばかなのかわからないが、きみはきみでしかないだろう――そんなに小さくて――男に勝てるはずもないじゃないか」

「それでも、助けてほしいなんて言ってないわ」

男たちのひとりがくくと笑い、彼女の神経を逆なでする。

「ああ、そうだな」男性は語気も荒く言った。「そしてぼくは、助けなきゃよかったと思いはじめてるよ。もうそのやかましい口を閉じて、馬車に戻ってくれないか。あとはぼくがやる」彼はヴァイオレットとの会話を事実上打ち切ってきびすを返し、ふたたび男たちに向かって話した。「縛り首にならないうちに、こんなばかなことはやめるんだ」馬車の行く手をふさいでいる男たちに腕を振ると、彼らはうつむきがちに道路の脇に寄った。「ロブ・グラント、こんなふうに若いお嬢さんを脅していたと知ったら、おまえのばあちゃんはなんて言うだろうな?」男たちのひとりが顔をそむけ、仲間の後ろにこそこそと隠れた。「それからデニス・マクラウド。恥を知れ。家には奥さんも子どももいるんだろう」

そう言われた男はあごを上げた。「そうとも、だから家族を養わなくちゃなんねえ」

「それなら小作地の仕事に精を出せばいいじゃないか。旅行者を襲っても、傷んだ屋根は直らないぞ。それに、おまえが牢屋に入っちまったら、春にはメイと子どもだけで作物を育てなきゃならないんだ、たいへんじゃないか」

「おまえはそうやって簡単に言えるよな、コール。おまえはもうあっち側の人間だもんな」ウィルが言った。

あっち側の人間ってだれのこと? それにコールというのは、この人の名前かしら? ちょっとおかしな名前だとヴァイオレットは思ったけれど、それを言うなら、この状況そのものがおかしなところだらけだ。

「きれえなとこでぬくぬくしてんだろ？」ウィルは苦々しげに言った。「ご主人さまの使いっ走りをして。おまえも昔はおれたちの仲間だったのに」

「あっち側の人間になどなっていない」コールは棘のある口調で返した。「ぼくだって昔からずっと変わらない、この谷の人間だ。いまの仕事も、彼のために引き受けたんじゃない。小作人のためだ。これ以上、自分たちの家から追い出される人間が出ないようにな」

相手の男は信じられないと言いたげに鼻を鳴らした。「そんなことがいつまでつづけられるってんだ？」

「この体に命あるかぎりだ。ぼくのじゃまをするな、ウィル。おまえにはもう期待していない。いまのおまえは、処刑台に向かってまっしぐらに突き進んでる。だが、ほかのやつらを道連れにすることは許さない」コールは長い脚で一歩前に出た。「わかったか？」

「ああ」ウィルは奥歯を嚙んでコールから目をそらした。

「なら、もう行け」コールは全員をぐるりと見渡してから、腕を組んで待った。男たちはだんだんと木立のなかに消えていく。やがて、だれもいなくなった。

そのさまを、ヴァイオレットはねたましいような思いで見ていた。他人をこんなふうに威圧して屈服させることができるなんて、どんなに便利なことだろう。こういう男性は、やすやすとにらみを効かせることができる。彼はヴァイオレットを助けてくれた。だからそれには感謝してしかるべきだ。けれど、これまで彼女はあまりにも男性たちの影に追いやられてきた。彼女を助けに来たこの威張りんぼうの男性のように、彼女よりも無遠慮で、大きくて、強い男たちに。この男性にも、あからさまに軽くあしらわれているのが頭にくる。彼もほかの男たちと同じように、ヴァイオレットをひとりの独立した人間ではなく、夫や父親といった男の所有物としか見ていないのだろう。

そのとき彼が、さっと振りむいた。ヴァイオレットは馬車の乗降階段に上がっていたというのに、目線の高さが同じでどきりとした。

「今度はわたしになにか命令するつもり？」ヴァイオレットは腰に両手を当て、片方の眉をつりあげた。

挑発的な彼女の態度を見て、彼は腹立たしいことに、にこりと笑った。「きみは美人だが、相当な跳ねっ返りだな。きみに命令することはない。だが、もっとだれかについていてもらったほうがいいな」

「わたしひとりでだいじょうぶよ。一人前の大人の女なんだから」

「ああ、それは見ればわかる」彼はさりげなく馬車に片手をついてもたれた。「それでも、ハイランドは初めてなんだろう？　こういう道も」

「こういう道にはだいぶ慣れたわ」

彼の口もとがぴくりと動いたが、彼はこう言っただけだった。「夜にこのあたりを出歩く

「なんだって？」彼は目を丸くした。「ぼくがきみを襲うとでも？　もう忘れたのかもしれ
ないが、ぼくはきみを助けに来たんだぞ」
「泥棒たちを追い払ってはくれたわ。でも、商売敵を排除しただけかもしれないじゃな
い？」
「おやおや、口が悪い。ぼくに助けられたら、たいていの人間はありがたがるのに」
「それはごめんなさい。失神でもするべきだったのね。それとも、謝礼を渡したほうがいい
のかしら？」
「ひとこと〝ありがとう〟と言ってくれればじゅうぶんなんだが。どうやらそれはなさそう
だから、謝礼をもらうことにしよう」大きな手がヴァイオレットのうなじにまわり、彼女の
動きを封じた。かと思うと、彼は身をかがめてキスをした。
ほんのわずか、唇が軽くふれただけだった。それなのにヴァイオレットの体には震えが
走った。びっくりして唇が開く。彼が頭を上げ、ヴァイオレットの顔に視線をめぐらせた。
その視線がまた唇に戻る。「ぼくの値打ちは上がったみたいだな」
ふたたび唇が重なった。ゆっくりと、心ゆくまで味わうように。ヴァイオレットの唇が少
し開いたところを彼の舌先がなぞり、それからなかにすべりこんで、やさしくあやしながら

奥まで入ってくる。ヴァイオレットの体はかっと熱くなり、急にすべての神経が目覚めたような気がした。こんなふうに感じたのは初めてだった。言葉を失うほどの、とてつもない熱さと心地よさ。

彼はのどの奥で満足げな声を低くもらし、ヴァイオレットの腰を片腕で抱いた。「かわいいな」彼女の唇に、そっとささやきかける。

その言葉にヴァイオレットははっとし、ぼんやりしていた頭がはっきりした。小さい。かわいい。男らしくてたくましい腕に溶けこんでしまった自分。

ヴァイオレットは飛びすさるように彼の腕から逃れて馬車に乗りこみ、「馬車を出して!」と声を張りあげて御者に命じた。馬車が音をたてて去り、あとにはぽかんと立ちつくすコールが取り残された。ヴァイオレットが振り返ることはなかった。

ヴァイオレットは震える体を抱えた。これは寒さのせいなのか、遅れて恐怖がやってきたのか、それとも……初めて全身を満たしたあの甘美な感覚のせいなのか……。なんなの、あの人は? 無作法で、厚かましくて、尊大で、がさつで、野蛮で。なんでも自分の思いどおりになると思って生きてきたんじゃないかしら。男はみな自分のために道を開け、女は自分の腕に飛びこんでくるとでも思っているんだわ。でも、それも無理からぬこと。たったいま、そのとおりのことが起きたのだから。

ヴァイオレットは情けなくてたまらなくなった。どうしてあんなふうに反応してしまったのだろう？　これまでずっと、女は弱くて、感情的で、役に立たないという男性の偏見と闘ってきたのに、それを一瞬にして水の泡にしてしまった。ちょっとこわい思いをして、困ったところを助けられたからといって、キスをされたとたんに押し返す力もなくなったなんて。そう、彼女は為すすべもなく、自分の体さえどうすることもできずに、ただ突っ立っていた。彼に動きを封じられ、彼の思うままにされていた。

いいえ、ちがう。彼の思うままじゃない。彼女はみずから自分を差しだしたのだ。しかもあやうく抱きついて、もっとねだりそうにさえなっていた。ヴァイオレットは目を閉じ、彼の唇を思いだした。ベルベットのようなやわらかさ。動き方。感触。恍惚とも腹立ちともつかない吐息がもれる。いつの間にか馬車は村を通りすぎ、もう少し細い道に入っていたが、彼女はまったく気づいていなかった。動悸を鎮め、おなかの下のほうに溜まった熱を散らすのに必死だった。こんなに動揺して心乱れ、弱さを露呈したような姿で新しい雇い主の前に出るわけにはいかない。

ヴァイオレットは深呼吸をひとつ、ふたつとくり返した。少しよくなった。さっきは、少なくとも最後にはわれに返って彼から逃れることができた。彼女が馬車に飛び乗ったとき、彼はぽかんと呆けたような顔をしていた。それを思いだすと、少しは胸のすく思いがした。女性に拒まれるなんて、きっとほとんど経験のないことにちがいない。あんなにハンサムな人なんだもの。

目を閉じ、薄暗いなかで金色に光っていた彼の髪を思いだす。長めでくしゃくしゃで、しゃれているとは言えない髪。目は何色だったのだろう？　暗すぎてわからなかった。でも、男らしいあごをしているのは見えた……あの角張ったあご……広い肩。われ知らず、彼女はため息をついていた。

体の大きな人だった。手もすごく大きかった。けれど、彼女のうなじにかかった手はやさしかった。そして唇は耐えがたいほどやわらかくて、求めてはくるけれど強引ではなかった。そんなことを思いだして、またおなかのあたりに熱が渦巻いてくる。ずっと昔、愚かにも結婚寸前までいった相手にキスされた経験はあるけれど、それとはまるでちがっていた。

コールとの口づけは、なんと甘美だったことか。もしあのまま抱きついていたら、きっと彼の体はがっしりとして硬いことがわかっただろう。彼の腕に、肩に、背中に、指先を食いこませるところを思い描く。そして、あの低く響くような声。スコットランド訛りのせいで、やわらかな響きを帯びていた。あたためたハチミツのように、とろりと体内を流れていくような気がした。

体が大きくてたくましくて、こわいもののなさそうな彼によく似合う声だった。いったいだれなのだろう。身なりからすると、紳士ではなさそうだ。もっと質素で庶民的な、労働者が着るような服を着ていた。けれど、話し方がほかの男たちとはどこかちがっていた。訛りがあまり強くなかったというだけではない。なにか言葉の使い方、選び方が……もっと上流社会の人のような？　いいえ、ちがう。彼は自分ではっきりと、自分も彼らと変わらないと言っていた。それでは、彼には学があるということなのかしら？　ヴァイオレットはひとりでくすりと笑った。あのたくましい人が、猫背でひょろりとした学者かもしれないなんて、そんなことはあり得ない。

馬車が角を曲がり、ヴァイオレットはとりとめなく揺れる思いをさえぎるように気を引きしめ、カーテンを開けて外を覗いた。前方に、背の高い両開きの派手な門が大きく開いているのが見えた。長い馬車道をガラガラと音をたてて進むあいだ、身を乗りだすようにして行く手を眺めた。両側の木々がじょじょに道の際まで迫ってくる。しかし最後に広々とした芝生に出ると、目の前に壮大な城のような屋敷がそびえたっていた。ヴァイオレットは首を伸ばし、城の頂きに伸びる豪華な尖塔を見あげた。矢や銃を放つための城壁や砲塔まであり、まさしく城としか言いようがない。巨大な両開きの扉の前に、馬車が止まった。

つかの間、ヴァイオレットは心がくじけそうになった。けれど背筋を伸ばし、外とうをまとって馬車を降りた。下の谷よりもここのほうが風が強く、身を切るような冷たさだ。表玄関の階段に足を踏みだすと、外とうや帽子が飛ばされそうになった。屋敷は真っ暗で、たくさんの窓にもまったく明かりがついていない。カーテンの向こうや、建物の裏側からさえも光は感じられなかった。

ヴァイオレットは華麗なノッカーを持ちあげ、板にしっかりと打ちつけた。しばらく待っても反応はなく、もう一度、何度か打ちつける。ようやく、重たい扉の片側が開き、片手にランプを持った若い男があらわれた。

「レディ・ヴァイオレット・ソーンヒルです」彼女はきびきびと話した。まともに取りあってもらいたいときは、ためらいや自信のなさをちらとでも見せてはいけないことを、ずっと前に学んでいた。「マードン伯爵にお会いするためにまいりました」

青年は目を丸くして彼女を凝視した。青年の後ろ、どこか屋敷の奥から女性の声が小さく聞こえ、彼はほっとしたように顔をそむけた。「ミセス・ファーガソン！ どっかの娘さんが、伯爵さまに会いてえって」

「いったい何事だい？」年かさの女性が出てきて、青年は後ろにさがった。がっしりとした体格の堅苦しそうなミセス・ファーガソンは、分厚いネルのガウンにくるまっていた。白いものが目立つ髪を一本の太い三つ編みにして、片方の肩に垂らしている。彼女はヴァイオレットを不審げに見た。「夜のこんな時間に、人の家のドアをやかましくたたいて、いったいどういうつもりだい？」

「まだ八時でしょう」ヴァイオレットも負けじと冷ややかな口調で返した。「マードン伯爵にお会いするためにまいりました」

「それなら無理だよ。お引き取りを」ミセス・ファーガソンはドアを閉めるかのような動きをしたが、すかさずヴァイオレットは足を踏みいれた。

「伯爵から急ぎの招待状をいただいたので、まいりました」ちょっと大げさに言ってしまったが、ライオネルが招待されたのは事実だ。もしおじが来ることができたのなら、ヴァイオレットを連れてきたはずだ。

ミセス・ファーガソンは腕を組み、それ以上ヴァイオレットが玄関ホールに入るのを阻止した。「それはおかしいね、だんなさまはいらっしゃらないんだから」

「いない！」ヴァイオレットは意気消沈した。「どういうこと？　長くお留守にされるのかしら？」

「ええ。ハネムーンでイタリアへおいでだよ。伯爵さまのご友人なら、そんなことはご存じじゃないのかい？」勝ち誇ったような顔で、ミセス・ファーガソンはドアを閉めようとした。

「待って」ヴァイオレットは手提げを探って、打ち出し模様の飾りのついた銀色の名刺入れを取りだし、名刺を一枚出した。「友人だとは言っていないわ。でも、伯爵はわたしのことをご存じよ。わたしはレディ・ヴァイオレット・ソーンヒル」

称号をつけて名乗ったのは効果的だった。ミセス・ファーガソンは動きを止めて名刺を取り、眉根を寄せてためつすがめつ眺めた。ヴァイオレットはふたたび手提げに手を入れ、伯爵からの手紙も出した。

「これはマードン伯爵がわたしの先生ミスター・ライオネル・オーヴァートンに宛てて、敷地内の遺跡を調べにこないかと誘ってくださったお手紙よ。見てもらえれば、伯爵の直筆で書かれてあるのがわかるわ。読んでみて」

ミセス・ファーガソンは姿勢を正して冷たく言った。「わたしは、だんなさまのお手紙を読むような立場にはありません」

「だったら、マードン伯爵の客人を追い返す立場でもないわよね？」ミセス・ファーガソンの顔に不安がよぎったのを見て、ヴァイオレットはほっとした。もうひと押しだ。「ご当主がいらっしゃらないときは、だれがダンカリーを取り仕切っているの？」

「わたしはここの家政婦です」

「では、客人をもてなすかどうか、伯爵に成り代わって決定するのは、あなたなの？　そのような権限を、伯爵からいただいているのかしら？」父親が使っていた、相手を見下すような貴族的な物言いをまねる後ろめたさに、ヴァイオレットはちくりと胸を刺された。けれど、はるばるこんなところまで来てしまったからには、どうしても引きさがれなかった。

家政婦は、まだ後ろにひかえていた従僕の青年を振り返った。「ジェイミー、マンローを呼んでおいで」

青年は、さっと奥へ引っこんだ。ミセス・ファーガソンが冷ややかにヴァイオレットを見据える。ヴァイオレットは何食わぬ顔を装い、玄関ホールのベンチに腰をおろした。のろのろと数分が過ぎた。大きな置き時計が時を告げる以外、音もない。ようやく、屋敷の奥のどこかでドアの閉まる音が聞こえ、重たい足音がこちらに近づいてくるのがわかった。

音のするほうに顔を向けたヴァイオレットは、背の高い金髪の男性がこちらにやってくるのを見て、いっきに気が重くなった。

彼ははたと足を止め、眉を引き絞った。「きみは！」

2

玄関ドアの近くに座った女性を、コールは食いいるように見つめた。今夜はもうこれ以上の問題は起きないだろうと思っていたのに、あきらかにそうではなかったようだ。

今日の夕方、ちょっと一杯飲もうと思ってコールは酒場に出かけた。しかし村に着かないうちに青年が走ってやってきて、あのウィル・ロスのばか野郎がなにをしでかしているかを伝えられた。そこで、まず先にその厄介事を片づけなくてはならなくなったのだが——あの女性は、せっかく助けてやったというのに、腹立たしくも食ってかかってきた。しかもそのあと、コールはまったく彼らしくない行動に出てしまった。彼女に手を伸ばし、どう考えても彼のことなどなんとも思っていない相手にキスをしたのだ。

自分のやることとは思えない。たしかに彼女は見た目にもそそられる女性だったし、コールもふつうの男と同じで、女性の唇は大好きだ。しかし、断りもなく女性に手を伸ばしてキスするようなことはない。ましてや相手が会ったこともないレディなら。もしそんなふるまいをふだんからしていたら、とうの昔に姉に息の根を止められていただろう。

しかし、イングランドからやってきてぷりぷり怒っているかわいらしい女性を見ていたら、なぜだかどうにもがまんが効かなくなってきた。おふざけで軽いキスをして、からかってやろうというくらいの気持ちだった。が、本気であの唇を味わってしまった――ベルベットにも似た魅惑的なやわらかさのなかに、甘さと刺激の両方が混在していた。あんな唇では知りたくなってもしようがないじゃないか――あやして、誘いこんで、奥まで探らずにはいられなかった。すると、彼女も反応した。最初は驚いていたようだったが、おずおずと自分からも彼を探りだした。それがわかると、彼の欲望はなおさら揺さぶられた。

だが彼女は急に身を引き、脱兎のごとく逃げだした。あきらかに、どちらかの頭がどうかしていたのだろうが、それがどちらなのかコールにはわからなかった。いや、両方ともなのか?

あのあと、くたびれ果てて酒場に戻ったものの、心おだやかに酒を楽しむことはできなかった。みんなからウィル・ロスはなにをやらかしたんだと訊かれ、カディ・ハミルトンには、おまえがやつらについていてやればそんなことは起こらなかったんだと言われ、トッドの父親からは、ここ最近とんとうちに顔を見せねえじゃねえかとあてこすられた。ふだんのコールには堪《こら》え性があるのだが、今夜はひと晩じゅう彼らの相手をしていられるだけの余裕はなかった。だからケネス・マクラウドが懐具合をぼやきはじめた(毎晩酒場で飲まなければ、それほど悲惨な状況にはならないことをだれもが知っている)のを頃合いに、飲むのをあきらめて酒場をあとにした。

ダンカリーの門を入ってすぐの門番小屋に向かいながらも、きっとあの女性のことを考えてひとり物思いにふけるのだろうなと思っていた。なぜか、そうなることが楽しみでもあった。しかしそんなわけのわからない楽しみでさえも、玄関前の階段にジェイミーがたたずんでいるのを見て、奪われたことを知った。またしても厄介事ができて、対応しに行かなければならないのだ。

果たして、その厄介事とは、あの可憐で美しい人だった。その彼女はいま目の前で、石のベンチにちょこんと腰かけている。背筋をぴんと伸ばし、両手をひざに置き、きれいにたたんだ外とうを横に置き、その上に黒のボンネット帽を重ねている。上から下まで、彼女のすべてがきちんとしていて地味だった。豊かなチョコレート色の髪は三つ編みにして動きやすくおだんごにまとめ、足もとは黒革のハーフブーツ。どうしたことか、地味な髪型と服装のせいで、かえって顔立ちや体つきのそそられるような女らしさが際立っている。つぶらなこげ茶色の瞳は、男の魂までとろかしてしまいそうだ——ただし、その目が怒りに燃えてにらみつけているのでなければ。

「きみか」いらだったような口調になったが、胸の内に湧きあがった不可解な喜びが声に出なかったのは幸いだった。「まあ、そうだよな」

彼女が立ちあがってコールと向きあった。たちまちこわい顔になり、彼に助けられたことについてなんの言葉も挨拶も説明もないのは、しかたがないことなのだろうか。「なにが〝そうだよな〟なのかしら？」

「きみは行く先々で問題を起こすってことだ」

「自分ではおもしろいことを言ってるつもりでしょうけど、今日はもうスコットランドのユーモアはじゅうぶんだわ」

「ああ、それはわかった。それで、いまはなにが問題なんだ？」

「そう言うあなたは、いったいだれなの？」ヴァイオレットはあごを上げた。

「同じ質問を返そう」

「わたしはレディ・ヴァイオレット・ソーンヒルよ。でもあなたには関係のないことじゃないかしら。さっきは外を警らしていて、今度は伯爵家のお仕事を肩代わり？　この村で起こっていることはすべてあなたが取り仕切っているの？」

「ちがう。だがマードンの仕事はたしかに請け負っている」彼女がほんのわずかでも動揺したのを見て、彼はちょっぴりほくそ笑んだ。「ぼくはコール・マンロー。ダンカリーの管理人だ。きみの言うとおり、ぼくが外を警らしていたとして、ふつうはありがたく思うものだぞ。ああ、そうか、忘れてた――ぼくの助けは必要なかったんだったか」

　彼の言葉に、ヴァイオレットの頬に赤みが差した。「その話を持ちだされるのはしかたがないわね。たしかに助けていただいて感謝しています――でも、そのお礼ならもうしたと思うけれど」

口もとがゆっくりとゆるむのを、コールはこらえられなかった。「たしかに、お礼はもらったな……最高に楽しいお礼を。でも、きみの口から聞くとまた格別だ。ところで、またきみの力になれることがあるようだが。なにを困っている?」

レディ・ヴァイオレットが答える間もなく、ミセス・ファーガソンが割って入った。「このかたが急にいらして、今晩泊めてほしいなんておっしゃるから困ってたんだよ」

「宿がほしくて立ちよったわけじゃないわ」

「自分は貴婦人《レディ》だなんておっしゃってますけど」ミセス・ファーガソンの声は疑わしげだった。「だんなさまのご友人だとか。でも、それならなんで、だんなさまのお留守にいらっしゃるもんかね?」

「伯爵はわたしのことをご存じだ、と言ったんです」ヴァイオレットは反論した。「それに、遊ぶために来たわけじゃありません。わたしがここに来たのは、マードン伯爵が発見された遺跡を調査するためです。わたしは古物研究家なの」

「古物研究家!」コールは思わず声をあげた。「だが、きみは女性じゃないか」

ヴァイオレットのこげ茶色の瞳が氷のように冷たくなった。「その嘆かわしい特性を持ちながらも、わたしは現代においてもっとも権威ある学者のおひとり、ドクター・ライオネル・オーヴァートンのご指導をあおぎ、古代遺跡や古代文化を研究してきたの。マードン伯爵は、ご領地内の遺跡を調べてもらうためにドクター・オーヴァートンを招いたのよ」

「ああ、マードンに聞いたことがある」コールはあたりを見まわした。「で、ドクター・オーヴァートンはどこだ？　馬車には乗っていなかったが」

「ええ。彼は——ライオネルおじは——」ヴァイオレットは声が震えるのをこらえた。「ドクター・オーヴァートンはひと月前に亡くなりました」

「それはご愁傷さま。だが……それでどうしてきみがここへ？」

「だから、あたしもそう言ったんだよ」ミセス・ファーガソンが勝ち誇ったようにうなずいた。「田舎をひとりでうろついて、なにをしてんですかって」

「うろついてなんかいません。わたしはドクター・オーヴァートンの代わりにここへ来たんです。言ったでしょう、遺跡を調べるつもりだって。ここの遺跡を」彼女は一歩前に出て、たたんだ紙を差しだした。「ドクター・オーヴァートンに宛てた、マードン伯爵の手紙よ。これを読んでもらえれば嘘じゃないってわかるわ。伯爵はご自分の領地で見つけた遺跡を調べてもらおうと、おじのライオネルを招いたの」興奮で彼女の声は少しうわずった。「古代の遺跡かもしれないと伯爵は考えてらっしゃるわ。近年の人たちがまったくその存在を知らなかったことを考えると」

「まあ、たしかにびっくりしたよ」コールは彼女の手から手紙を取った。破った跡のある赤い封蠟はたしかに義兄のもので、内側の文章がデイモンの筆跡であるのを見ても驚くには当たらなかった。ざっと手紙に目を走らせる。「ここにきみの名前は出ていないが」

コールはヴァイオレットを泊めてやるつもりだった。ミセス・ファーガソンにも、こんな凍えそうな夜に女性を追い返すようなまねをさせるつもりはない。ましてや、この女性は。しかし、まだ決めかねているのだというふりをせずにはいられなかった。そんな意地悪をするのは本来気が引けるはずなのだが、じつのところ、次から次へと出てくる壁に彼女がどうぶつかっていくのか、見ているのが楽しくてしかたがなかった。ミセス・ファーガソンがどこかに行ってくれたら、どんなにいいだろう。

「おじが病気にならなければ、きっと一緒に連れてきてくれたはずなの」ヴァイオレットは懸命に訴えた。「調べ物や執筆だけでなく、現場の発掘作業も手伝っていたわ。おじもきっと、わたしをここへ連れてきて研究をつづけたかったはずよ」話すうちに感情が高ぶって、声が詰まる。「ドクター・オーヴァートンが生きていたら、ここで新しい発見ができることをどんなに喜んで大興奮したか」

「だろうね」なんとも哀しそうな彼女の様子にコールも心を打たれたが、彼女は彼から同情されても喜ばないだろうと思った。しかし、前よりは口調をやわらげてこう言った。「ドクター・オーヴァートンは春になってからいらっしゃると、マードンは思っていたようだ。すでにここは寒いし、冬はもっと寒さが厳しくなる」

「わたしはすぐにでも調査を始めたいわ。寒くても作業できます。そんなにか弱くないのよ、ほんとうよ」

「そうだな」コールは彼女に手紙を返した。「ミセス・ファーガソン、レディ・ソーンヒルに部屋を用意してやってくれ」

家政婦はムネタカバトみたいに胸をふくらませた。「コール・マンロー！　この人をここに泊めるって言うのかい！　まさかこの人の話を信じたって？」

「あんな遺跡を調べたいだなんて、わざわざそんな嘘を言う人間がいるか？　それに、もし嘘だったとしても、こんな寒さのなかに放りだすわけにはいかないだろう」

「ふん」家政婦は疑り深い目でヴァイオレットを見やったが、くるりと向きを変えるとほかの使用人たちにきびきびと指示を出した。

「マードンには手紙を書こう」コールはヴァイオレットに言った。しかしマードンの返事がどんなものでも関係ないと思っていることは言わなかった。いずれにしろ、コールは彼女を泊めてやるつもりだった。それでも正直に忠告はしておくことにした。「だが天候は厳しいぞ。使用人もほとんどがロンドンの本宅に戻っている。部屋は埃よけの布をかぶせて閉めきってある。食事もろくなものは出せない。春になってから戻ってきたほうが快適に過ごせると思うが」

「ミスター・マンロー、発掘作業では地面に張ったテントで眠るし、食事も外で火をおこして料理するのよ。人手の足りないお屋敷で寝るのも、質素な食事も、問題ないと思うわ」

コールは口もとがゆるみそうになってしかたがなかった。いちいち突っかかってきて腹立たしいこの女性に、どうしてこれほど惹かれるのだろう。子どもみたいにかわいらしくてやわらかそうな見かけとは裏腹に、アザミよろしく棘だらけだ。彼女にふれるには覚悟がいる。しかし、棘に覆われた鎧の内側にどんなやわらかなものがあるのか、暴きたくてコールはうずうずした。

「ダンカリーへようこそ、マイ・レディ」

3

ヴァイオレットが目覚めたのは、朝の光がじわじわとカーテンのすきまから差しこみはじめる明け方ごろだった。しばらく横になったまま、見慣れない天蓋を見あげてまばたきをする。やがて、自分がどこにいるか思いだした。前夜の出来事がよみがえってきて、顔が大きくゆるんだ。上掛けを跳ねのけ、窓辺に行ってカーテンを押し開ける。ダンカリーに来たんだわ！

地平線から顔を出したばかりの太陽が、群青色の空を照らしていた。暗い影になっている山々の形がうっすらと浮かびあがり、もっと手前には離れ家の数々がぼんやりと見える。ようやくここまでやってきた。ダンカリーにたどりつき、滞在する許可を得た――とりあえずではあるけれど。これから自分の力を証明しなくてはならない。でも、やれる自信はあった。

昨夜はミスター・マンローがなんとか納得してくれて帰り、こわそうな家政婦に二階の暗い廊下の端にある部屋に通されたあと、ヴァイオレットはさびしくて不安で苦しくなった。そういう感情はこれまでずっと考えないようにして、たいていはうまくやれていたけれど……昨夜は、どうにかこうにか目標を達成して気がゆるんだせいか、おじであり師でもある人を失ったつらさが身にしみてきた。だれもいない部屋でひとりになって、ようやく涙を流すことができた。

幸い、ひと晩ぐっすり眠ると、気分も晴れていた。いつまでも悲しみや不安に振りまわされていてはいけない。おじがどんなにしっかりと彼女を鍛えあげてくれたかを証明し、おじがここに来ていたら成し遂げたはずの功績を代わりにあげることが、おじへのいちばんの恩返しだ。そう思うと、これからに向けて彼女の心は興奮に震えた。

早く遺跡を見たい――朝食はあとでもいい。ヴァイオレットは朝の身支度を手早くすませた。動きやすく黒っぽいウールのドレスを身につけ、寒さよけのために下にネルのペチコートをはいた。髪は三つ編みにして、頭のてっぺんでおだんごひとつにきっちりとまとめた。外とう、手袋、ボンネット帽を持って、部屋を出る。暗い廊下は薄気味悪いほどで、壁付きの燭台には火もなく、ドアというドアが閉まっている。しかしもっと重要だったのは、遺跡への行き方がわからないという事実に突然気づいたことだった。

静まり返った広い一階に、召使いの姿はまったくなかった。ひと気のない屋敷を歩きまわって人を探すのは、時間の無駄かもしれない。それよりは、コール・マンローに訊いたほうが早そうだ。ここの土地管理人なら遺跡の場所も知っているだろうし、彼は門番小屋に住んでいるとミセス・ファーガソンが言っていたから、彼を探すのも簡単だろう。

外に出ると、空が先ほどより明るくなっていた。地平線はピンク色と金色に染まっている。空気は冷たかったが、気にならなかった。神経がざわついているような、胸がざわめいているような、そんな奇妙な感じにも気づかないふりをした。もう一度あの人に会うという緊張感にちがいない。

どうしても彼の唇を思いだしてしまう。あの口づけで呼び覚まされたせつない感覚が、押さえても押さえてもよみがえる。彼から体を離すのにあんなに時間がかかったのが恥ずかしい——そして、彼もほかの男性と同じように、女性をそういう目でしか見ていないことに腹が立った。それでも昨夜は、恥ずかしいながらも彼に立ち向かうことができたから、最悪の事態は避けられたはずだ。今日はたぶん、彼女にとって悩みの種である可憐な外見だけでなく、丸みを帯びた肉体の奥にある有能で知的な人格そのものを見てもらえるのではないだろうか。

もちろん、彼に変わってほしいと思っているわけではないし、彼女もそんなことを気にしているわけではない。コール・マンローは彼女の人生になんの関わりもない人だ。彼女にとって大切なのは仕事、研究。彼女の人生に男性は関係ない。どんなにすてきで、チャーミングな人でも、

マンローのことを考えてチャーミングという言葉が出てきたことに、ヴァイオレットは思わず頬をゆるめた。そんな形容とはいちばん縁遠い人なのに。ぶっきらぼうで、よそよそし

くて、こわい目でにらむし、なんとかして彼女を追い返そうとあらゆる理由をぶつけてきたし。きっと今朝も同じように非協力的なのだろう。けれども彼と丁々発止やりあうことを考えると、なぜかいっそう心が浮きたつのだった。

巨大な門を入ったところにある小屋は、こぢんまりとして小ぎれいだった。窓のひとつから明かりがもれているのを見て、ほっとする。ヴァイオレットは玄関ドアを強くノックした。返事がないのでもう一度ノックすると、低くうなるような声が返ってきた。

「はい、はい、聞こえてる」ドアが勢いよく開き、顔をしかめたコール・マンローが大きな体で戸口に立った。「前にも言ったけど――」彼女の姿を認めたとたん、動きが止まる。

暁の光のなかで、彼の瞳は空のような青だとわかった。まぶたが重くて眠たそうだ。その上にある眉はシナモンのような茶色で、濃い金色の髪より色合いが暗い。昨日、薄暗いなかでも感じたとおり、彼はやはりハンサムだった。直線的な顔の輪郭、四角いあご、形のいいふっくらした唇。まだひげをあたっていないのだろう、顔の下半分に無精ひげが伸びていた。眉と同じようにひげも髪より暗い色で、少し赤みがかっているのがすてきだった。

階段を踏みはずしたときや崖っぷちに立ったときのように、ヴァイオレットの胃がもんどり打った。あわてて目をそらし、視線を下にずらす。しかしボタンをはめていない彼のシャツは前が開き、ずいぶん素肌が見えていた。胸の中央に赤みがかった茶色の胸毛が生え、それが下までつづいてズボンのウエストへと消えている。ヴァイオレットはすっかり動揺し、引きしまって筋肉が盛りあがった胸からさらに床まで視線をおろした。すると裸足が見えて――やけに親密な光景に思えた。

気まずい間をなんとかしたくてヴァイオレットはなにか言おうとしたが、頭が真っ白でなにも思い浮かばない――いや、思い浮かばないどころか、思い浮かべないほうがいいものばかりで埋め尽くされた。

「ああ――その――ミス――いや、レディ」コールはシャツのボタンを手探りで止めながら、一歩さがった。「いやまさか――きみが来るとは思わなくて。その――」

「遺跡に行く道を教えてちょうだい」気まずさをどうにかしようと焦るあまり、唐突で無作法な言い方になってしまった。ヴァイオレットはあわてて言葉を足した。「あの、行き方がわからないから……」

マンローは彼女をじっと見た。「いまから？　こんな時間に遺跡に行くつもりなのか？」

「だって、そのためにここまで来たんですもの。それがわたしの仕事なの。遊びじゃないの。早く取りかかりたいの」

「ああ、わかった」コールはもう一歩さがった。「じゃあ、入って。外は寒い。少し待ってくれれば連れていくから」

ヴァイオレットはどきりとした。彼と一緒に遺跡まで歩いていくとして、どんなに気まずいことになるだろう。なにも言うことがないし、頭のなかはコールが小屋のドアを開けて出てきたときの姿でいっぱいだ。寝起きの乱れた髪、はだけたシャツから見えた広い胸、なんともおかしなことに、指先でなぞってみたくてたまらなくなった胸毛。彼女は明るい笑みを無理につくった。「そんなお手間を取らせることもないわ。道を教えてくれればひとりで行けるから」

「手間でもなんでもない。このあたりに不案内なきみに道を説明するより簡単だ。服を着てくるだけだから」彼はほんのり頬を染め、奥のドアを見やった。寝室のドアにちがいない。

ヴァイオレットは自分の顔も熱くなってくるのを感じた。恥ずかしくなるなんてばかげている――身なりも整えずに玄関に出てきたのは、彼のほうなのに。彼女はなにも悪いことはしていないし、体裁とか見た目とかにこだわるのは、ずっと昔にやめたのだ。そういったものはどうでもいいことだし、仕事をしたい女性にとってはじゃまになるだけだ。それでもなぜか、コール・マンローが相手だと、事あるごとに赤くなったり言葉に詰まったりする。

「どうぞ入って」コールはなおもさがった。「ぼくはちょっと……」あたりに目を泳がせると、みなまで言わずに奥の部屋にそそくさと入っていった。ヴァイオレットがひとり残されてほっとしたのと同じくらい、彼もこの状況から逃げられてほっとしているようだった。

彼の背中でドアが閉まると、ヴァイオレットも肩の力が抜けた。彼がいると、まるで彼ひとりで空気を使い果たしているかのように息苦しくなる。彼女は深呼吸をして、気持ちを落ち着けた。またうろたえたりしてはいけない。苦い経験を通してわかったのだけれど、男性というのはどんな状況でも自分が主導権を握る側だと思っていて、少しでも相手がためらったり不安そうなところを見せると、すぐにどうにかしようとする。だから彼女としては、いつも男性の言いなりにならないよう、そして自分の反応をおもてに出さないように気をつけていた。

　奥の部屋から聞こえる物音は、できるだけ無視した。ものがぶつかる音、衣ずれの音、くぐもった悪態の声――ほんの数メートルのところでコール・マンローが着替えているということは、考えないようにした。一列に並んだボタンをはめる指、胸もとや腹部の肌をかすめる指先、ひざ丈ズボン《ブリーチズ》のなかにシャツをたくしこむ姿。ひげを剃るところを想像するだけでも、なんとも言えない感覚が体に走る。

　ひげを剃るって、具体的にはどういうことをするのかしら。ひげ剃りというのは、夫のいない身にはよくわからない、とても秘密めいた行為だ。もちろんどんな道具を使うかは知っているけれど、時間がどれくらいかかるのか、どこから取りかかるのか、鼻と口のあいだのようなせまい場所はどうするのかなど、よくわからない。とくに、真ん中のくぼんだところ。小さな谷のようになったあの部分を指でなぞったら、どんな感覚なのかしら。

　ヴァイオレットは頭を振ってそんな想像を追いやり、部屋をゆっくりとまわった。コール・マンローの部屋はよく片づいており、家具は質素だけれど頑丈でつくりもよく、きれいにやすりをかけて磨きあげられ、表面がつやつやと光っていた。暖炉でくすぶる泥炭は奇妙なにおいを発していたが、スコットランドに来てから少しなじんできた気がする。しかしそこにもうひとつ、森を思わせる心地よいにおいが混ざっていた。どうやら、棚の横にある桶に捨てられた木の削りくずのにおいらしく、そのなかには木片もいくつか交じっている。棚の上には木彫りの作品がいくつか置かれ、木の陰から顔を出している妖精の像などはとてもかわいらしく、思わず笑顔になってしまった。

木工具があるのも見えた。何枚かの紙が、小さな木片を文鎮代わりにして重ねられ、木片の下から下絵の一部が覗いている。木片をどけて下絵を見たいと手がうずいたが、いくら好奇心旺盛なヴァイオレットといえども、そこまで無作法なことはできなかった。

コール・マンローには芸術家気質があるのね。大きくて器用な手が、繊細な網目模様や渦巻き模様を木片に彫りこんでいるところが頭に浮かんだ。向きを変えて反対側の壁に目をやると、飾り気のない額縁に入った写生画が目に止まった。木炭で描かれたそれは、息をのむほど美しい女性の肖像画だった。大きな明るい瞳はにこやかに輝き、片方の口角が上がっているのは、これから微笑もうとしているのだろうか。豊かな髪は束ねずに自然のまま垂らし、風を避けるかのように片側を手で押さえている。動きのない絵のなかなのに、まるで生きて動いているようで、じかに肌で感じられそうな活力や生命力が絵のなかの女性から放たれていた。

コールが思いを寄せる人なのかしら？　描かれた線の一本一本から、愛情と親密さが伝わってくる。婚約者？　それとも思いの叶わなかった人？　ヴァイオレットはもう一歩近づいた。女性の美しさに見とれながらも、めったに感じたことのない羨望を覚えて胸がちくりと痛んだ。これまでヴァイオレットは、自分がもっと美人だったらいいのにと思ったことはなかった。それどころか、自分の容姿は自慢の種というより、むしろじゃまになることばかりだった。けれどいまこのときだけは、自分が美しくあったらと思って胸を締めつけられそうになった。

背後でドアが開き、ヴァイオレットは後ろめたささえ感じてあわてて振り返った。またもやコールの存在で部屋がいっぱいになる。身なりをきちんと整えた彼は、ひげもきれいに剃っていた――が、あごに細く赤い切り傷ができていて、さっき聞こえた悪態はこれのせいだったらしいとわかった。

「あの――ちょっと絵を見せてもらっていたわ」ヴァイオレットはあいまいに肖像画に手を振った。「あなたが描いたの？」

「ああ、メグの絵だ」

「きれいな人ね」女性の名前にヴァイオレットの記憶がくすぐられ、思い当たって目を丸くした。「メグ？　メグって――伯爵の手紙に出てきた名前かしら？　新しい奥さまの？」

「そうだ」コールの顔がゆがんだ。「いまはレディ・マードンだ」

ヴァイオレットは勢いよく振り返って、ふたたび絵を見た。伯爵が再婚したことを手紙で知ったときには驚いた。彼のことについては限られた知識しかないけれど、夫という役割を楽しむようなかただという印象は持っていなかった。そんな人が、ここで出会った女性と結婚した――しかも出会いからたった数週間で――となると、なにがあったのかとひときわ好奇心が湧いたものだ。けれど、いまわかった。これほどの美女なら、百戦錬磨のマードン伯爵でさえも心を動かされたということなのだろう。

伯爵の奥方に、コールは思いを寄せていたのかしら？　ヴァイオレットはうかがうように彼を見た。彼は火のそばに行ってやかんを取り、水差しからやかんに水を入れていた。〝レディ・マードン〟と言ったときのゆがんだ口もとは、どう見ても不機嫌そうだったけれど、ヴァイオレットの思う〝恋に破れた人〟のイメージとはちがっていた。

「お茶を一杯どうだい？　ここにサリー・マキューアンが焼いたスコーンもある」

「いえ、けっこうよ」無意識にヴァイオレットは言ったが、異議を唱えるかのようにおなかが鳴った。今朝はとにかく早く行動したくて、朝食の時間まで待っていられなかったのだ。

「サリーのスコーンを食べたことがないんだろう」コールがかごをテーブルに置いて布をめくると、きつね色に焼けたスコーンがあらわれた。「ちょっとした天国が味わえるぞ」にこりと笑った彼の片頬に、長めのえくぼができた。空色の瞳もあたたかく輝く。

ヴァイオレットも思わず笑顔になり、とっさに足が前に出たが、はっとして止まった。男性とテーブルについて楽しく朝食をとるなんて、そんなことで発掘の専門家としての権威を示すことができるの？

「それより、できるだけ早く遺跡に行きたいわ」ヴァイオレットは頑固に言った。「発掘作業の計画を立てなくちゃならないの」

彼女がそう言っているのに、コールは手を止めることなくお茶をカップにふたつ注ぎ、ほかの小さな容器も合わせてテーブルに置いた。「あの遺跡は何百年ものあいだ、ずっとあそこにあるんだ。あと十分経ったところで、どこにも行きやしないさ」彼は腰をおろし、かごを彼女のほうに押しやった。「食べろ。仕事をするなら、まず腹ごしらえだ」

ヴァイオレットは奥歯を嚙んだ。どうやらマンローは、彼女が食べるまでてこでも動かないつもりらしい。腹が立つけれど、彼と言いあってもしかたがない。無理に彼を動かすことはできないし、言い負かされたらこちらが弱く見えるだけだ。それに、彼の言うことは至極もっともだった。スコーンはとてもおいしそうだし。

テーブルをはさんで彼と向きあう位置の椅子に浅く腰かけ、ヴァイオレットはお茶にミルクを少し入れた。熱くて濃いお茶に、壺のハチミツが甘さを加えてくれる。お茶がのどを通っていくと、思わずほうっと満足のため息がもれた。

コールの瞳が躍った。「スコーンの前に、もうそれか？」

ばかにされているのかもしれないと思うと落ち着かなくなり、ヴァイオレットはどう反応すればいいのか困った。昔から会話は苦手だった。彼女の母親は、これといった内容のないことでも十分はしゃべっていられるのだが、その才能は娘には受け継がれなかったらしい。皿もフォークもないので、コールにならってヴァイオレットもかごからスコーンを素手でつかみ、小さく割って口に入れた。複雑な味わいがすばらしい。口に入れたとたんバターの風味が広がり、ほろりとくずれて甘さを感じたけれど、ぴりっと締まった味わいもある。つまり、スコーンとしては最高の出来だった。思わずヴァイオレットは笑顔になった。

「言ったとおりだったろう？」コールがくっと笑った。

いかにも楽しげに言うので、ヴァイオレットもつい声を出して笑ってしまった。「ええ、そのとおりね。ミス——マキューアンだったかしら？　彼女のスコーンはとてもおいしいわ。こんなものを差しいれてくれるお友だちがいて、幸せね」大胆にも探りを入れるような言い方になってしまったが、遠慮よりも好奇心が勝ってしまったのだ。マンローの生活には何人もの女性が関わっているらしい。

「それを言うなら、きみこそ運がいい。サリーはダンカリーの料理人なんだ。彼女のつくったものを毎日食べられるぞ。まあ、それはぼくも同じなんだが——サリーは独り身のぼくを哀れに思って、お屋敷で彼らと一緒に夕食を食わせてくれるんだ」

「まあ。それなら、今日のお夕食でまたあなたと会うのね」胸が浮きたったのを、ヴァイオレットは抑えこんだ。

「いや。きみにはミセス・ファーガソンが食堂で食事を出すよ。あの人はそういう決まりごとにうるさいからね。召使い用の食事室のテーブルにレディを座らせたりはしない」

「どうして？　わたしもマードン伯爵に雇われている身よ。あなたたちと同じでしょう？」

「ああ、でもきみの名前にはレディという称号がついている。大ちがいだ」

「そんなのおかしいわ」

「そうかな？」コールの眉がゆっくりと上がった。「それなら、どうして昨夜はその称号を使った？」

ヴァイオレットは顔をしかめた。「ご指摘はごもっともだけど、こちらにも都合があったのよ。遺跡を発掘できる絶好の機会を逃したくなかったの」

「まあ、そう肩ひじ張らないで。きみを責めようってわけじゃないから」

「ごめんなさい。〝肩ひじ張った〟つもりはないんだけど。いやな状態よね。でも、ここに来た目的を思いだしたわ。お茶を飲んでスコーンを食べている場合じゃなかった。発掘現場に行かなくちゃ」

「そうだな、そろそろ行こうか」コールは残ったお茶をひと口で飲み干した。しかしそのときドアにノックがあって、コールはため息をついて玄関に出た。

ポーチには青年が立っていた。「コール、ちょっと頼みが――」コール越しに小屋のなかに目が行った彼は、ヴァイオレットの姿を見た。おかしなくらい目を丸くする。「あっ！おれ知らなくて――すいません、お嬢さん、いや、奥さん、あの……」顔を真っ赤にしてさっと帽子を取り、ヴァイオレットのほうに頭をさげた。

青年の視線をたどったコールは、ぎくりと顔をこわばらせた。急にひどくやましげな表情になり、そんな顔をしたら青年の疑いを肯定するだけじゃないのとヴァイオレットは思った。コールが咳払いをする。「いや、誤解だ――」

青年の口から怒濤の勢いで言葉が飛びだし、コールをさえぎった。「悪かった、コール、思いもしなくて。いや、知ってたら来なかったし、おれはただ――」両手で帽子をぎゅうぎゅうねじっている。

手で口を覆って笑いそうになるのをこらえているヴァイオレットをよそに、コールは荒っぽい口調で短くなにかをぶつぶつ言いながらドアの外に出て、後ろ手でドアをほとんど閉めた。「なんだ、ドゥガル？ まだ日も昇りきらないうちに。もうちょっと待てなかったのか？」

男性ふたりがポーチで話しているあいだ、とうとうヴァイオレットはくすくす笑いだした。コールが部屋に戻ってきたときには、どうにか笑うのをやめて真顔に戻っていようと努力したが、コールが苦虫を嚙み潰したような顔をしているということは、あきらかにできていないのだろう。

「笑ってるのか？」

ヴァイオレットは唇をきゅっと引き結んだが、そうすればなぜかよけいに笑いたくなった。

「あなたの顔が――顔が――焦りすぎよ！」

「ちがう」コールはうなるように言った。「ぼくは、きみがばつの悪い思いをしたくないだろうと思って……だが、あきらかにそんな心配はいらなかったようだな」

「ほかの人が自分をどう思うかはどうしようもないことだもの、ミスター・マンロー。そういうことは、大昔に気にするのをやめたの」

「だがきみの評判は――」

「もう救いようがないわ。わたしはレディにあるまじき行動をするって、さっきのことでもう決定づけてしまったでしょう。わたしはでしゃばりで、口が悪くて、頑固なの。そこにもうひとつ、ふしだらが加わっても、どうってことないわ。あなたのほうこそ、わたしみたいな人間と関わって自分の評判に傷がつかないか心配したほうがいいわよ」ヴァイオレットは軽い口調で言って立ちあがった。「さあ、ほんとうにそろそろ行ったほうがいいんじゃないかしら？」

　コールは少し彼女を見ていたが、意外にも、ははっと笑った。「ああ、そうだな」壁の鉤フックに掛けていた上着を取ってはおり、ヴァイオレットを玄関ドアから通した。「いちばん簡単なのは、この道沿いに行くことだ」大きな門から外へと手で示す。「小屋の裏手にある庭から行く小道もある。そちらのほうが近いが、歩きにくい。そっちがよければ戻ることもできるが」

そう言いつつも、彼は長い脚でずんずんと歩きだした。ヴァイオレットは急ぎ足でついていかなければならなかったが、おじが指導していた男性たちと同じように扱ってほしいなら、どんなことでもしなければ。

「あなたのところには、ああやって朝早くからよく人が来るの？」少し息が切れていたが、それを見せないようにしながらヴァイオレットは言った。

「よほどの事情があるんだろうな、今朝はふたりもやってきた」コールはからかうように彼女を見て、歩く速度を落とした。

「わたしのために、かたつむりみたいに歩いてくれなくてもけっこうよ」ヴァイオレットは速さをゆるめることなく歩きつづけた。コールは愉快そうな顔で、前の速さに戻した。

「さっきのきみの質問だが、いつもはあんなに早く人が訪ねてくることはない。が、ダンカリーに関わることとなると、なきにしもあらずだ」コールはため息をついた。「ドゥガルは小作地の農作業がひまになる冬のあいだ、なにか仕事がないかと相談に来たんだ。来年の四月には奥さんに子どもが生まれるから、金がいるんだよ。彼の親父さんの土地だけでは、一家全員が食べていくことはできないから」

「そういうことは、前もって考えておくものじゃないのかしら」

「ああ、まあね」コールの口角が片方上がった。「でも、そういうときは頭で考えてるわけじゃないから」そこまで言って、しまったという顔になった。「すまない。レディに聞かせるような話じゃなかったな」

「わたしがレディなのは生まれだけだって、さっきわかったでしょう」ヴァイオレットは言い返した。「そんなに簡単にショックを受けたりしないから、だいじょうぶよ」

道が平坦になり、コールは右へ曲がった。すると目の前に、風雨にさらされて古びた長細い巨石が、あり得ないことにいくつも直立している光景が広がった。

「まあ！」ヴァイオレットは思わず足を止め、息をのんだ。「環状列石《ストーンサークル》だわ！」コールに向けた顔は輝きを放っていた。「ぜんぜん知らなかった！　ここにもストーンサークルがあったなんて！」

なにか見えない力に引かれでもするかのように、ヴァイオレットは古代の石たちに向かって足早になっていき、ついには駆けだした。

4

最初の石のところまで行くとヴァイオレットは止まり、じっくりとあたりを眺めた。「すばらしいわ！」

ここのストーンサークルはほぼ無傷で、ひとつふたつ抜けている以外は同じ間隔で並んでいた。背の高い石たちは風雨にさらされてあばた状になり、白とグレーの中間のなんとも言えない色合いで、全体として完全な円形ではなくわずかに楕円形になっている。

「マードン伯爵は手紙でストーンサークルのことにはふれていなくて。だからぜんぜん知らなかったわ」ヴァイオレットがコールを見やると、彼は立ったまま彼女を見ていた。こんなに興奮して、おかしなやつだと思われているかもしれない。ライオネルおじのそばで研究している人たち以外は、たいていそういう反応をするものだった。

「遺跡だけじゃなく、ストーンサークルにも興味があるのか？」

「ええ、もちろん」ヴァイオレットはうなずいた。「このストーンサークルは、ローマ人がブリテン島にやってくる前からすでにここに立っていたのよ。ほとんどなにもわかっていいないけれど。わたしはローマ人が遺した文明の跡よりも、むしろこういう古代文化のほうにずっと興味があるの。こういう遺跡はわたしたちの祖先独自のものよ。マードン伯爵が発見した遺跡も同じだといいんだけれど」

「ほかのストーンサークルにも行ったことが?」

「ええ。ストーンヘンジはもちろん、ほかのところもね。興味のない人がなにも知らずにたくさんの石を倒しているけれど、長い年月や天候によっても崩れているの。でも、ここの石はすばらしい状態で残っているわ」彼女はいま一度、一帯をぐるりと見まわした。「これほど形が残っているものは見たことがないわ――サークルからはずれたところにも、ふたつ石があるわね。でもあれはあきらかに、互いにも、サークル上の石とも一直線上に並んでいるわ。めったに見られないような配置よ」

ヴァイオレットはサークルから少しはずれた石に近づいた。サークルから数メートル離れたところに立つそれは、そびえ立つほかの石の半分ほどの高さだった。中央にはこぶしより少し大きめの穴が空いている。

「この穴は貫通しているのね」彼女は身をかがめて穴を覗きこんだ。

「このあたりでは〝誓いの石〟と呼ばれているよ」マンローが言い、彼女のそばにやってきた。「昔の人たちは、ここへ来て手を握りあい、結婚の誓いとしたそうだ。教会ができる以前の社会には、そういう儀式があったらしい」どことなく問いかけるような表情で彼女を見おろす。

「ええ、そういう儀式のことは聞いたことがあるわ」

「いまでもここへ来て結婚の誓いをする者もいるぞ。石の両側に立ったふたりは中央の穴に腕を通して手を握りあい、結婚を誓うんだ」

「すてきね」ヴァイオレットは興味津々の顔で彼を見た。「あなたは風習や伝統にとても詳しいようね」

コールは肩をすくめた。「生まれてこのかた、ずっとここに住んでるからね」

「それでも多くの人がそういった歴史を知らずにいるわ。口承では代替わりすると簡単に伝統が途絶えてしまうことがあるから」

マンローはかすかに笑みを浮かべた。「マンロー家でそれはないな。ぼくの母はたくさんのことを知っていて、それを次の代に伝えていた。でも、きみがほんとうにこのあたりのことを知りたいなら、エリザベスおばさんから話を聞くのがいちばんだ」

「あなたのおばさま？　わたしにお話をしてくださるかしら？」

「このうえなく大歓迎だと思うよ。実話か架空かに関係なく、彼女はどんな話でも言い伝えでも知ってるんだ。でも、ぼくのおばじゃない。そういうふうに呼んでるだけで。レディ・エリザベス・ローズといって、ベイラナンで暮らしているよ」彼は南の方向を手で示した。

「湖《ロッホ》の向こう側に建っている、大きな灰色のお屋敷だ」

「ぜひ彼女に会いたいわ」

「それなら聞いてみるよ、きみがよければ」

「ありがとう。あの……助けてもらって」ヴァイオレットは言いにくそうにした。「あなたに謝らなくちゃ、ミスター・マンロー」

「謝る？」

「ええ――昨夜は助けてもらったのにお礼も言わないで、失礼だったから」

「もういいさ」ひとつ間を置いた。「ぼくも……失礼だった」

コールの瞳がきらりと光り、笑みらしく口もとがほころんだ。ヴァイオレットは話を切りあげるかのようにあいまいな声をもらし、あわてて目をそらした。コールに要求された〝失礼な謝礼〟のことは、考えないほうがいい。なおもコールはじっと見ていたが、気づかないふりをした。

「どうやらきみは、ぼくに礼を言うのがむずかしいみたいだな」しばらくして彼は言った。

「なにも悪いことじゃないぞ、ときには人に頼るのも」

「あなたみたいな人なら簡単にそう言えるんでしょうけど」

「つまり、大男ならってこと？」コールの瞳が輝く。

また彼女をからかっているのだ。「重いものを持ちあげたり、高いところに手が届いたり、人を見あげるのではなく見おろすことができる人にとっては、人生は楽なものだわ」彼にまんまと乗せられている自分に腹が立ち、ヴァイオレットはため息をついた。「でも、いまはそういう話をしているんじゃないでしょう。わたしはあなたに謝ろうとしているの」

「それならもう謝ってもらった」コールはまた歩きだした。「遺跡はこっちだ」

「あなたにはお礼も言わなくちゃ。ダンカリーに泊めてもらって」

「おやおや、今朝は急にしおらしいな。いっぺんに教訓を学んだのか？」

「ええ」ヴァイオレットは肩の力を抜いた。「でも、ほんとうにありがたいと思っているのよ。ミセス・ファーガソンはなにがなんでもわたしを追い返そうとしていたから」

「彼女は面倒なことがきらいだからな」

「わたしは、面倒なこと？」

「そうだ」空色の彼の目尻に、楽しそうなしわが寄った。「きみは予定していた客じゃなかった。彼女はもう寝る時間だったから、寝巻きと寝帽《ナイトキャップ》に着替えていて、糊のきいた服と鍵と懐中時計で武装していなかった。きみは彼女の前でもひるむ様子がなかった。もっと悪いことに、きみの身分もよくわからなかった。きみは強引に見えたが、レディの声色を持っていた。しかもイングランド人の声色だ。ミセス・ファーガソンは伯爵の友人を怒らせたらまずいと思った。だから、ぼくに決定させるのがいちばん安全だと思った。彼女はぼくのことを気に食わないと思っている。まずいことになったら、ぼくが困ればいいってことさ」

「どうして彼女はあなたのことを気に食わないの？　あ、ごめんなさい、また失礼なことを。つい知りたがりが出てしまうのが、わたしの悪い癖なの」

「それが最悪の癖だとしたら、うまくやってるほうだと思うよ。ぼくは気にならないな。形だけの言葉を並べたてられるより、思うことをはっきり言ってくれたほうがいい」

　ヴァイオレットはさらに肩の力が抜けた。コールの大きな体やたくましさには少し気圧される部分があるけれど、にこやかなまなざしにはなんだかそわそわと落ち着かなくなる。でも、なにかふさわしいことを言わなくてはと気を張らなくていいのがほっとする。「じゃあ、お互いにとてもうまくやれそうね」

「だといいな」

　顔を上げたヴァイオレットは彼と目が合い、つかの間のほっとした気分もどこかへ消えた。

「ミセス・ファーガソンが気に食わないもののことだが……彼女には気に食わない人間が大勢いるんだよ。とくに、うちの家族のことはいかがわしいと思っている。マンロー家の人間は始末に負えないってことらしい。とくに結婚となると、マンロー家の女の行動は世間一般の枠にはまらないからね」

　ヴァイオレットはびっくりして彼を見た。なんともあからさまな話だった。どう答えたらいいのかわからない。彼は、自分の生まれは法に認められないものだと言っているの？

　コールの声も顔も無表情だった。彼は肩をすくめた。「べつに隠す理由もない。いずれだれかから聞くことだ――まあ、たぶんミセス・ファーガソンから。彼女に言わせると、メグとぼくは分不相応な扱いを受けてるってことだ」

その言葉にヴァイオレットは、はっとした。目を丸くして彼を見る。「メグって！」

「ぼくの姉だ、姉のメグ」

「つまり……あの絵に描かれていた女性？」

「そう。メグはマードンと結婚したんだ」彼の声音も、あごのかたむけ方も、文句があると言わんばかりだ。

おかしなことに、ヴァイオレットが最初に感じたのは驚きではなかった。伯爵は地元の女性というだけでなく、領地の管理人の姉――しかも法に認められない生まれの女性と結婚したのだ。それなのに、驚くよりも先に心が浮きたってしまった。コールの絵に描かれていた美しい人が、彼の恋い焦がれた相手ではなく姉だったと知って……。ヴァイオレットはかすれた笑い声をもらした。「そうなの、てっきり……」

「え？」

「なんでもないわ」ヴァイオレットはふたたび歩きだした。「ということは、あなたはマードン伯爵と義理の兄弟になるのね？　ミセス・ファーガソンがあなたの決定に従うのも不思議はないわ」

コールはやめろと言うようになった。「敬ってるからでないのは確かだ。ほかのやつらと同じように、彼女もそれが理由で伯爵がぼくを管理人にしたと思ってるんだ」

「前は管理人ではなかったということ？」

「ああ」コールは楽しくもなさそうに短く笑った。「ぼくはずっとベイラナンの人間だった。うちのご先祖に土地を持たせてくれてたのは、ローズ家なんだ。このあたり一帯を何百年も支配していたのはローズ家で、イングランドの連中は新参者さ」

「なるほど、わかったわ」

「どうだか」コールは渋い顔だ。

「少なくともあなたが土地の管理人をしているのがいやだということは、わかったわ」

「ぼくがいやなのは、メグの弟だからとみんなに思われていることだ。敵に寝返ったと言われるのがいやなんだ」

「昨夜のあの追いはぎさんも、そういうことを言っていたわね」

「だれのこと――ああ、ウィルか。たしかに追いはぎだな、あのばか野郎は」コールは頭を振った。「あいつにどう思われようとかまわない。でも、たしかにマードンにはしてやられたよ。ぼくが断らないと思って管理人の話を……いや、実際断れなかったんだ。そうすれば放逐《クリアランス》をやめさせられるから」

「放逐？」

「前の管理人が、小作人の土地を羊の放牧に使うために彼らを追いだしていたんだ。土地はマードンのものだから違法ではないけど、そんなのは人情のかけらもないじゃないか。そいつのやり口はとにかくひどかった——小作人たちがどうなるかも考えず、彼らの家に火を放って無理やり追いだしたり。子どもも老人もおかまいなしだ。病気でも、死にそうになっていてもね」

「マードン伯爵がそんなことを許していたの？」

「マックリーのしていることに気づいていなかったんだ。それは言っておく。それでデイモンはマックリーをくびにした。だが新しい管理人が必要だったから、それをうまいことぼくにやらせたんだ。マードンは抜け目のないやつだ」コールは息をついた。「だが、ぼくもあいつをきらってばかりもいられなくなった。メグを幸せにしてくれているみたいだから」

「ああ、それはたしかに板ばさみね」ヴァイオレットは小さく笑った。

コールが暗い笑みを見せる。「みんなが屋根と仕事をもらって大喜びしているのに、ひとりでぶつくさ言っててもしかたがないだろう」

「屋根と仕事だけでじゅうぶんとは限らないわ」ヴァイオレットは自分の気持ちが声に出そうになり、それ以上話すのは思いとどまった。おざなりに短く笑顔をつくる。「早く遺跡に行きましょう。あなたも自分のお仕事に早く戻りたいでしょう」

「ああ、そうだな」彼も気安さを引っこめた。

ふたりは言葉を交わすこともなく、ストーンサークルを越えて草地を進んだ。せっかく心安く話していたのに、それを終わらせたことをヴァイオレットは後悔した。いつも決まって、彼女はこんなふうに会話で失敗をしてしまう。率直すぎたり、まじめすぎたり、話題がずれていたりする。それでもいつもは気にしないのだが、コール・マンローとのおしゃべりは楽しかったから……。

「ほら、あれだ」コールの声でヴァイオレットはわれに返り、顔を上げた。

目の前の、崖の手前に、低く平たい石が砂地から顔を出して並んでいた。ヴァイオレットの動悸が速くなった。小走りに近づいて、スカートが汚れるのもかまわずしゃがみ、重なりあった石を調べる。「壁だわ。しっくいは塗られていない。石も切りだされたものではない。もちろん、だからといって古代のものとは断定できないけれど。いままでだれもこれに気がつかなかったの？」

「ああ。ひどい嵐で砂が流されて、石がむきだしになったところを、デイモンとメグが見つけたんだ。それまではただの塚で、みんながふつうに通っていた――何十年ものあいだ。あそこに、海岸に降りていく道があるだろう？　みんなあの道を使っているんだ。ここに住居があったという話は、年寄りでさえ聞いたことがない。ここに人が住んでいたという言い伝えすらないんだ」

ヴァイオレットは石が埋まっているあたりの土を払いはじめた。手袋が汚れるのもかまわず、無駄のない器用な手つきで。「石はもっと深くまで埋まっているわ。砂地に埋められているのね」

「ここだけじゃないよ」

ヴァイオレットは顔を上げ、コールが指さしたほうを見た。ほかにも地面から顔を出している石がある。彼女は立って、そこまで行った。「おそらくこちらは外壁ね。砦のようなものかしら？　海から上がってきたときもっとも近づきやすい場所ですもの。外部から侵入者が入りやすいわ」

「湖への入り口でもある」コールは右のほうにあごをしゃくったが、斜面の先はやはり崖になっているようだ。「ベイル湖は海とつながっていて、海から湖に入る水路があるんだ」

「戦略的にとても重要な場所なのね」

「大昔のことではあるだろうけどね」コールは考えを口にした。「ここ数百年のあいだは、海からの侵入者を防いでいたのは古い城塞だ」

「そうなの？　その城塞は近いの？」

「見せよう」

コールは彼女の先に立ってゆるやかな斜面を上がっていったが、しばらく行くといきなり海に向かって真っ逆さまの崖になっていた。そこに立ち、崖と崖にはさまれたせまい入り江を指さす。その先は、水が湖へと流れこんで広がっていた。

「ほら、湖の向こう岸に、城塞跡が見えるだろう。あれが初代のベイラナンだ。あれがいつできたのかは、だれも知らない。そして二百年近く前に新しい屋敷が建てられた。それがもっと奥に見える、あれだ」

ヴァイオレットは手で目の上に影をつくった。「ええ、見えるわ。ヴァイキングの襲来から身を守る必要がなくなってから建てられたのね」

「そうだ。まあ、敵はヴァイキングに限らず、ほかの地主《レアード》や」そこでまたもや彼の瞳が、あのとらえどころのない愉快そうな光できらめいた。「賊もいたが」

「賊？」

「泥棒だよ。追いはぎ」

「ああ。ということは、初代の城塞はヴァイキングが襲来していた時期に建てられたものかもしれないのね？　襲来がやんだのは――九世紀？」

コールはうなずいた。「そのころにはスカンジナビア人が氏族《クラン》の人間と結婚することもあった。城塞のうちもっとも初期に建てられた部分は、それよりも前のものだと思う。あそこは何度も増築がくり返されたようで、不規則に広がっているんだ。洞窟につながっている巨大な地下室もあって、防壁が破られたときの逃げ道として用意されたらしい」

「でもそれでは、侵入者にとっても入りやすくなるのでは？」ヴァイオレットは眉を引き絞った。

「きみは洞窟を見てないから」コールはにやりと笑った。「入りやすいどころか、なにも知らない人間が入ったら迷って出られず、餓死することになる。もちろん、それよりも先に穴に落ちなければの話だが」

「おそろしい場所のようね」

コールはいぶかしげに彼女を見おろし、厳しい口調で言った。「きみひとりで探検しようなんて思うんじゃないぞ。洞窟が見たいのなら、ぼくが連れていく。あそこは――あそこのことをなにも知らない人間が行くようなところじゃない」

ヴァイオレットは目を細めた。彼はきっと〝女が行くようなところじゃない〟と言おうとして、すんでのところで言い換えたのだ。あるいは〝か弱い人間〟と言うつもりだったかもしれない。彼女はきびすを返し、遺跡のほうに戻りかけながら言った。「作業員を何人か手配してちょうだい。手始めは二、三人でだいじょうぶよ」

「へえ。わざわざ教えてくれてどうも。いまや、きみがダンカリーを取り仕切ることになったというわけか？」

ヴァイオレットは彼に向きなおって腕を組んだ。「女性に使われることに抵抗があるようね。でも、発掘作業を取り仕切るのはわたしよ。作業に必要なものもわたしのほうがずっとよくわかってるわ」

「きみが女性だから抵抗があるわけじゃない。ほかの人間はみんな自分の命令に従って当然だという、その姿勢にだ」

「命令なんかしていないわ。ふつうにお願いを――」

「さっきのは、断じてお願いじゃなかった」

「なるほどね。わたしがなにをするかしないか、いちいちあなたにお伺いを立てなきゃならないの？　適切な作業をするのにじゅうぶんな作業員を手配してくださいと、必死で頼みこまなきゃいけないの？」

「きみが必死で頼みこむのを見たいわけじゃない。だいたい、きみにそんなことができるとも思わない。だが、ひとつ忠告しておこう。だれかの手を借りたいときには、これをやれと命令するのじゃなく、してくださいとお願いするようにしてみろ。それはきみが男であろうと女であろうと、たとえ犬であろうと、同じことだ」

「わたしは〝ご厚意〟をお願いしてるわけじゃないの。それなりの期間で作業を終わらせるために、どうしても必要なことなのよ」

「それでも、ぼくが何人かの人間に声をかけるとして、ふだんの仕事のうえにべつの作業をさせることになるんだ。ちゃんとした説明がいるだろう」

ヴァイオレットは目を細めた。「あのね、わたしだって話のわからない人間じゃないし、えらぶってるつもりはないのだけど――」

「おや、わざわざ意識しなくても、自然とそうなっているぞ」

「発掘の手伝いを二、三人お願いするなんて、そうたいしたことではないじゃない。いまは冬で、ふだんの仕事も少ないんでしょう？　あなただってさっき、今朝は若い人が仕事を求めて訪ねてきたと言ったじゃない。どうしてそんなに非協力的なのか、わからないわ。まあ、男としていつも実権を握っていたいのかもしれないけれど」

「ぼくはべつにそんな——」

ヴァイオレットは言葉をかぶせた。「でも、あなたの言うとおりよ。作業員を手配してくれるのはあなたなんだから、あなたの考えひとつよね。幸い、わたしはひとりでだって作業できるわ。少なくとも自分なら、まちがった作業をしてしまう心配はないし」彼女はさっと背を向け、いちばん遠い壁に向かった。

背後でコールが低くうなるように言うのが聞こえた。「作業員を手配しないとは言ってない」

「お好きなように。わたしはどちらでもいいの。じゃあ、仕事があるから失礼するわ。あなたもあるんでしょう？」ヴァイオレットは振りむきもせず、いちばん奥に並んだ石まで行くとしゃがみ、まわりを掘りはじめた。肩越しにちらりと振り返ったときには、もう彼の姿はなかった。

ため息をつき、あたりをぐるりと見まわした。まったくひと気がなく、ものさびしささえ感じる。でも、ここが彼女の仕事場だ。これさえあれば、なにがなくともかまわない。大きなポケットから発掘用のこてを取りだすと、彼女は作業を始めた。

5

あんなにかっかして、自分はどうかしていた。彼女が相手だと、どうしてあれほど簡単にいらだってしまうのだろう。彼女の言うとおりだ。発掘作業には人手がいる。手を貸すのがいやなわけではない。それが当然だとでもいうような、彼女の尊大な言い方にかちんときただけだ。彼女が女性だからじゃない。そうだろう？

そうだ、そんなわけがない。あの高慢な感じがいけないのだ。イングランド貴族らしい、だれもが自分にかしずくために地上に遣わされたとでもいうような、あのおごりが。ほんの少し前までは気安く話していて、身分の差など感じていなかった。だから互いのあいだに大きな隔たりがあることを忘れてもしかたないだろう。ところが一瞬にして、ヴァイオレットはお高くとまった貴族に逆戻りし、彼が召使いであるかのように命令した。命令したのが男だったとしても、やはりかちんときただろう。命令が出てきたのがキスしたくてたまらないような唇からだったことも、あのあたたかなこげ茶色の瞳が冷ややかに変わったことも、ほんの少し前までコールが彼女のやわらかな肌にふれる想像をしていたことも、なんの関係もない。

いや……彼女が女性だというのは、やはり大問題かもしれない。

それに、彼女がどんなに腹立たしくても、あんなふうに放りだしてきたのはよくなかった。ここに来たばかりの女性を、崖の上にたったひとりで置いてくるなんて。やはり引き返して、ダンカリーへの帰り道がわかっているかどうか確かめるべきだろうか。

幸い、行動する前にコールは冷静になった。そんなことをしたらばかみたいに見える。それに彼女が場所を覚えていないとか、ひとりでは帰れないとかほのめかそうものなら、きっと耳を傷めそうなくらいわめかれるだろう。今日の仕事が終わるころにまた戻り、斜面を上がってダンカリーの庭に出る近道を教えることにしよう。そのときに仲直りすればいい。

永遠につづくのかと思うほど、時間が経つのがのろかった。コールはしょっちゅう窓のほうを見て、一日も終わりだと言えるくらい日がかたむいていないか確かめていた。そして、ようやく午後も終わろうかというころ、ジョン・グラントとダン・フレイザーがやってきた。いらだちをどうにか抑えこもうとするコールの前で、ふたりは自分たちの土地のあいだにある草地の境界線について、言い分を長々と語りはじめた。

とうとうコールは声を張りあげた。「まったく、おまえたちも一人前の大人だろう。自分たちで考えられないのか？　少々の土地くらい仲良く使えばいいじゃないか」グラントに向かって顔をしかめる。「おまえは伯爵の小作人ですらないし」

ふたりは面食らったようだったが、グラントは引きさがらず言い募った。「そうだ、そこなんだ。だろ？　草地がマードン伯爵んとことベイラナンのあいだにあるのが問題なんだ」

「あそこはマードン側だぞ」フレイザーが割りこむ。

「一緒に使え。伯爵もそう言うだろうし、イソベルもきっと賛成する」コールはため息をついたが、ぶっきらぼうすぎたかと少し悪く思って言い添えた。「イソベルにはぼくから話しておく」

ふたりはそれで納得したようだった。しかし帰っていくときもまだ、気が収まらないというよりはいつもの習慣といった感じでぶつくさ言っていた。コールはすぐに上着をつかんで仕事場を出ようとした。しかしダーミッド・ボイドが決然とした足取りで向かってくるのを見て、うめいた。外に出て後ろ手でドアを閉める。ボイドの用件を聞きながらでも、少なくとも歩くことはできるだろう。

「ボイド」コールはうなずいた。「なんの用だ？」

ダーミッドはうなずき返し、コールと並んだ。「昨夜、酒場で話そうと思ってたんだが、おまえ先に帰っちまっただろ」

「ああ。それで問題は？」

「おれのことじゃねえんだけど、知りたいんじゃないかと思って。ドナルド・マックリーが戻ってきてる」

「なんだと？」コールは止まり、ダーミッドに向きなおった。「ほんとか？」

「ああ。この目でキンクランノッホにいるのを見た」

「あの野郎がいったいなんの用で？」コールはふたたび歩きだした。

「訊かなかった。けど、スチュワートばあさんのとこに泊まってる。あそこは宿になってるだろ？」ボイドはひとつ間を置いた。「会いに行くか？」

「ああ」コールは足を速めて斜面を降りた。ストーンサークルを通りすぎるとき、ちらりと見やった。こちらの問題を先にどうにかしなくてはならない。うまくいけばマックリーのことを片づけてから、まだヴァイオレットが遺跡にいるうちにつかまえられるだろう。

ボイドを残し、コールは村までの残りの距離を大またで進んだ。スチュワートばあさんの宿を訪ねる。耳の遠い彼女を相手に、まず数分はいちおう挨拶をしたり家族のことを訊いたりしてから、マードン伯爵の前の管理人がほんとうに泊まっているかどうか尋ねた。

「ああ」ようやく彼女はうなずきながら言った。「階段を上がってすぐ右側の部屋だよ。でもあたしの家でけんかはよしとくれよ」

「けがはさせないよ」コールは約束して、跳ねるように階段をのぼりながらつぶやいた。「今日はな」

ものすごい音でノックし、返事を待たずにドアを開けた。乗りこむと、マックリーが勢いよく振りむいた。振りあげた手に燭台を持っている。

「無駄だ、やめろ」コールは彼が手にした武器を蔑むように見た。「ぼくの頭には届かない」

「どうせおまえの石頭にはたいした傷もつかないだろうしな」マックリーも苦々しく認めた。

「ここでなにをしてる、マックリー？」

「おまえには答えん」一瞬コールと目を合わせたが、すぐにそらした。「貸してる金がある。金は返してもらわんとな」

「どんな金でも、まともな方法で手に入れたとは思えないが」

「おまえには関係ない」

「そうか？　だが伯爵には関係があるだろう」

「ああ、そうか、いまはおまえが伯爵領の管理人だってな。変わったもんだ」マックリーは意地の悪そうな笑みを浮かべた。「そんなに早く手のひらを返すとは。うまいことやったじゃないか、姉が体を売ったおかげ――」こぶしを握りしめたコールに詰めよられ、はっと言葉を切って、あわてて後ろにさがった。

「たとえみじめな暮らしでも、惜しいなら姉さんのことは口にするな。さっさと荷物をまとめてキンクランノッホから出ていけ。マードンにはおまえが戻ってきていたことは黙っててやる」

「マードンだってただの伯爵だ、神じゃない。わたしがどこへ行こうと来ようと、止められやしないさ」

「ぼくにはできる。やってやる」

「わたしを殺すとでも言うつもりか?」

「いいや。殺しはしないさ、マックリー」コールは背筋が凍るような笑みを見せた。「だが、殺されたほうがよかったと思わせてやる。出ていけ」

「いま? こんな遅い時間に外に放りだすのか? もう暗いぞ」

「小作人たちを家から追いだすときには、そんなことは一度も気にしなかっただろうが。まあ、いいだろう。荷物をまとめるのと貸した金を取り戻すのにひと晩やろう。だが、明日ぼくが戻ってきたときには、いなくなってたほうがいい。わかったな?」

「ああ」マックリーはしぶしぶ言った。「わかった。出ていくさ」

コールはうなずいて部屋を出た。背後でマックリーが、さっきまでの武器を床にたたきつけて悪態をつくのが聞こえ、うっすらと笑みが浮かんだ。その後、橋から近道を通って遺跡に向かったが、崖についたときには予想どおりだれもいなかった。マックリーのうじ虫野郎が言っていたように、みるみる暗くなっていたからだ。

ヴァイオレットなら心配ないだろう。コールは自分に言い聞かせながら、ダンカリーへの斜面を上がっていった。彼女は今朝通った道を覚えているだろうし、自分ひとりで帰るのに不安もなかっただろう。ひとりではもちろん、木立を抜ける近道を探そうとすることもなかったと思う。それでも、ダンカリーの厨房にたどりついて、レディ・ヴァイオレットがすでに屋敷に戻っていると知ったときには胸をなでおろした。

「お茶を飲んで上に行かれたよ」サリー・マキューアンが教えてくれた。「会いたいのかい？　ローズに呼びに行かせてもいいけど」

「いや、いいんだ。じゃますることもない。無事に戻ってきたかどうか知りたかっただけだから」

「あの人はなんでもだいじょうぶそうだけどね」ふくよかで愛想のいい料理人は、にんまり笑った。

「そうだろうな」

「ちょっと食べていきなよ」サリーはテーブルとスツールのところへ彼を案内した。「座っとくれ。なんか出すから」そこで止まり、頭をかたむける。「それとも夜に戻ってきて、お嬢さんと食べるかい？」

「いま食べるよ、なんでぼくがそんなことをする？　食堂で食事なんてする気はないね」

「きれいなお嬢さんと一緒に食べる気も？」サリーは片方の眉をくいっと上げた。

「おいおい、サリー、きれいなお嬢さんにはべつに興味ないぞ。ぼくの心はあんたのものなんだから、そんなことするわけがないだろう？」

「心っていうより胃袋がね」サリーは鼻を鳴らし、笑顔でばたばたと引っこんだ。

「サリー、腰痛の膏薬はつくれるかい?」料理を盛った皿が前に置かれたとき、コールは尋ねた。「今日の午後グリム・マクラウドが来て、ばあちゃんのためにほしいんだとさ。いつもはメグにつくってもらってるって。チンキ剤はメグがいくつか作り置きしたのを預かってるんだが、それとはちがうらしいんだ」

「ああ、できるよ。メグがなにを使ってるのかわかれば。処方を持ってるかい?」

コールは首を振った。「メグの本を見てみるよ。今晩戻ってきて、図書室で探してみる」いったん家に帰り、着替えてから。そうだ、もう少し身ぎれいにしておかないと、偶然レディ・ヴァイオレットに会うかもしれない。いや、もちろんそんなことはないだろうし、大事なことでもないのだが。

結局、コールは家を出るのが遅くなった。ダンカリーに近づくと、窓がすべて暗くなっているのが見えた。まちがいなくヴァイオレットは——ほかのみんなも——もう寝てしまっただろう。今朝の彼女は小鳥のさえずりとともに起きて、一日じゅう発掘現場で働いていたのだ。疲れているはずだ。

音をたてないように脇のドアから入り、図書室に向かった。テーブルに置かれたオイルランプに火をつける。存在感のある大きなマホガニーのテーブルは、洞窟みたいなこの図書室でもなければ部屋が小さく感じられそうだ。壁に並んだ書棚までは暗くてよく見えず、ランプの丸い光がふたつ、暗闇のなかでぼうっと輝いているだけだった。

それでもコールは気にならなかった。夜のダンカリーのほうが、暗いおかげで宮殿じみた大きさと派手さが薄れてやわらぐ。図書室にいると落ち着くので、夜はここに来ることが多かった。慣れ親しんだベイラナンの図書室よりはるかに広いが、古い書物や革の椅子や燃えるランプの心安らぐにおいは同じだし、新しい可能性の詰まった何百冊もの本にはやはりわくわくする。

コールはメグが祖母の日記をしまってあるガラス戸付きの書棚に大またで行くと、日記を出してテーブルに置いて開き、黄ばんだページをそっとめくっていった。祖母のものはこれだけだ――いや、それを言うなら、この日記帳は祖父が祖母に贈ったものだから、祖父のものでもあるのだが。つられたように、コールはベルトの背中側に挿してある短刀《スキアンドウ》にふれた。これもほんとうにマルコムのものだったのだろうか。

本にはすぐに没頭できるほうだった。とくに、この日記のように昔の秘密が書かれてあるようなものは。しかし今夜はなかなか集中できない。上の階のどこかにいるはずのヴァイオレットに、いつしか意識が向いてしまう。どの部屋にいるのだろうか。暖炉のそばで椅子に丸まって、同じように本を読んでいるだろうか。彼女もきっと本が好きだと思う。それともダンカリーの巨大なベッドにもぐり、頭板と天蓋と分厚いカーテンに囲まれて眠っているだろうか？　枕に埋もれるように眠るヴァイオレット。濃いまつげが頬に影を落とし、たぶん清楚な白のナイトガウンを着ていて、それがやわらかな胸のふくらみで丸く盛りあがって――そんなことを想像し、コールは落ち着きなく身じろぎした。

廊下からきびきびとした足音が聞こえ、物思いから引き戻された。頭を上げたとき、ヴァイオレット・ソーンヒルが勢いよく入ってきて、動悸が速くなった。彼女もコールを見てはたと足を止め、小さく息をのんだが、すぐに落ち着きを取り戻した。

「ミスター・マンロー」

「レディ・ヴァイオレット」コールは立ちあがったが、血が熱くなってどくどくと全身を駆けめぐっていた。

彼女はもう寝支度をしており、やわらかな室内履きと紋織りのガウンにベルトを締めた格好だった。分厚いガウンはどんなドレスよりも体を覆い隠すものだったが、そもそも彼女がベッドに入ろうとしていたという事実がどこか淫靡《いんび》だった。ガウンの襟もとの小さなV字からは、さっき彼が想像したとおり、白いコットンのナイトガウンが覗いている。そして髪は――ああ、つやのある豊かなこげ茶色の髪が肩と背中に垂らされていて、ひざから力が抜けそうになった。

「ごめんなさい」あわててそう言った彼女の声は、少しうわずっていた。「ここであなたに会うとは思わなくて」

「驚いたかい、卑しい生まれのぼくが本を読めるのかって?」

「そういう意味じゃないわ！」ヴァイオレットの頰がさっと赤らんだ。「わたしはただ――このお屋敷にあなたがいるとは思っていなかっただけ。あなたってすぐに怒るのね」

「ふむ。きみにはわかるか」

彼女はあごを上げた。が、驚いたことに、次の瞬間、けんか腰だった態度を改めて、少しばつが悪そうに言った。「自分でもわかってるの。その……わたしもなんとなく怒りっぽく見えるでしょう？」

「いまも？」大げさにコールが目を丸くして見せる。

ヴァイオレットはむっとした顔でにらんだ。「自分が人にどう思われているかはよくわかってるわ。でも、人を怒らせようと思っているわけではないの」

「それなら、そういうふうに受け取らないように努力するよ」コールはにこりと笑った。「きみもぼくに対して、同じようにすると約束してくれるなら」

「ええ、わかったわ」ヴァイオレットは手を差しだした。

手を出されると、取らざるを得ない。やめたほうがいいと思っても、正直、コールは握りたかった。しっかりと握手をしたが、彼女の手は小さく、やわらかく、女らしかった。そのまま手首まで指先でなであげたかった。そこに刻まれる脈動や、肌のやわらかさを感じたい。そしてさらにはもっと上の、ゆったりとしたガウンの袖に隠れたところまで――。

コールは彼女の手をおろして後ろにさがった。「遺跡は心ゆくまで見られたかな」そう言って咳払いをする。「庭師のふたりに、明朝はきみのところに行くよう言っておいたよ。ドゥガルにも知らせを送った」

「ありがとう」ヴァイオレットは動じることも遠慮することもなく、彼女らしいまなざしで彼を見つめた。それが彼の心をかき乱す。

「いや、いいんだ。ぼくも失礼だった。謝るよ」

ヴァイオレットは微笑んだ。ぱっと明るくなった表情に、コールの胸が締めつけられる。彼女の片方の頬に、とても魅力的なえくぼができていた。「いいえ、謝らないで。わたしたちは休戦したんじゃなかったかしら？」

「そうだな」彼も微笑み返す。「そうだった」

ほかに言えることがないだろうかと、コールは頭を絞った。彼女をここに引き留めて、こんなふうに気安く話していてくれるようなこと。だが結局、なにも言う必要はなかった。

「屋敷に戻ってくるとき、塚を通りすぎたわ」ヴァイオレットが言った。「ストーンサークルの近くの」

「へえ？　あれにも興味があるのか？」

「ええ、もちろん。あれはお墓ね。あの入り口――というか、大きな石がごろごろしてふさがれたあの端のせまい部分が、サークルの両端から少し離れたところに立っているふたつの石と一直線になっているの。なにか意図があったにちがいないわ。偶然であんなに正確な位置にあるはずがないもの」

「めずらしいことなのか？」

ヴァイオレットはうなずいた。「わたしの経験ではね。墳墓にはいろんな大きさがあって、大きなもの、小さなもの、楕円形のもの、長方形のもの、形もいろいろよ。でも、立っている石とあんなふうに一直線上にあるなんて、初めて見たわ。ぜひあれを調べてみたいの」

「遺跡の代わりに？」

「えっ、まさか！　遺跡はもちろん、塚も開いてみたいの。あれも伯爵が所有されているのかしら？」

「ストーンサークルと塚は、ぼくの考えではだれの〝所有〟でもなく、みんなのものだ」

「ええ、そうよね。わたしたちみんなの共有の歴史だわ。だれにとっても大切なものよ。でも、土地はだれかの所有になるでしょう？」

「あれはダンカリーの領内にある。だがデイモンは、ストーンサークルと塚のあるあの部分を、結婚の贈り物として妻となるメグに贈ったんだ。あそこをメグが大切にしていることを知っていて」

「なんてすばらしいことかしら！　伯爵はとても進歩的な考えをお持ちのかたなのね」彼女も麗しい伯爵に魅せられたくちなのだろうと、コールは少し苦々しい気持ちで思った。マードンはレディが失神しそうな男だ。いや、レディでなくとも、あの男の足もとにはどんな女性でもひれ伏してしまいそうだが。そのときヴァイオレットが言葉を継いだ。「でも、どうやって――いえ、彼女が伯爵と結婚したら、土地はまた夫である伯爵のものになるでしょう?」

コールはうなずいた。「そうだ。だからデイモンは、信託財産としてマンロー家に贈ったんだ。その管理者に、メグとぼくがなっている」

「ということは、わたしが交渉しなければならないのは、あなたね」

コールが少し警戒したように彼女を見る。「そういうことになるかな」

「あそこはとても重要な場所になるかもしれないわ。配置がとてもめずらしいし、こんなふうに人里離れた場所だから、何百年にもわたってほとんど荒らされていないと思うの」

「だが、ここは神聖な土地だ。いいことだとは思えない」

「知識を得るのも神聖なことよ」ヴァイオレットはすがるような目で彼を見た。「人の手に荒らされていない遺跡からは、とても多くのことが学べるの」

「だが、死者にも敬意を払わないと」

「死者を冒瀆するつもりはまったくないわ」

「墓を暴くっていうのに? 遺骨やそういったものをつつきまわすんだろう?」コールは眉をひそめた。「それが冒瀆にならないわけがない」

「最大限の注意を払って作業します、約束するわ」

「それはわかってる。だが……」

「わたしはあきらめないから」ヴァイオレットが念を押す。

コールは苦笑した。「それもわかってる」そう言って、肩をすくめた。「メグに手紙を書いて訊いてみるよ。ご老体を守っているのはマンロー家の女たちだ」

「ご老体？　だれのこと？」

「あの石のことをそう呼んでるだけだ――あの石を建てた人たちのことも含めて」

ヴァイオレットが黙りこみ、その様子をコールはじっと見つめた。彼女はすっかり考えこんでいた。その顔に次々と思いがうつろっていくのが、目に見えるようだ。彼女の絵を描きたい。思いにふけっているところを、木炭で。今朝のように遠くをぼんやりと眺め、風に髪がなぶられて顔にかかっているところを。あのときは、顔にかかった髪を直してやり、なめらかそうな頰をなでてみたくてうずうずした。

唐突に、コールは顔をそむけた。「さて、本を読みたいきみのじゃまをしちゃいけないな。ここにはどんな分野でも、たっぷりと本がある」いくつもの書棚をあいまいに手で示し、テーブルの椅子に戻った。

「あなたはなにを読んでいるの？」ヴァイオレットはコールの前に広げられている本に向かってうなずいた。「とても古そうな本ね」首を伸ばして覗きこむ。「手書きなの？」

「ああ。これはダンカリーに所蔵されている本じゃない。メグのもので、ぼくたちの祖母の日記なんだ」

「ほんとう？」ヴァイオレットの瞳が学者らしい熱意に輝いたのは、まったくもって当然のことだったのかもしれない。彼女はテーブルをまわりこむと、黄ばんだページを読もうと身をかがめた。

彼女の髪がさらりと垂れてテーブルに置いたコールの手をかすめ、彼は反射的にびくりとした。手を握りしめ、シルクのような髪にふれたいという衝動を抑えこむ。驚くほど女らしくて花を思わせる彼女のかすかな香りに、鼻孔をくすぐられた。コールは、舌が口に張りついてしまったような気がした。

「これはお薬の処方みたいね」ヴァイオレットが彼を見た。

なにか言わなければならない。なんでもいいから。しかしコールに考えられるのは、彼女の唇がやわらかそうで、バラ色で、誘うようだということと、そこに自分の唇を押しつけたらどんなだろうということだけだった。

「ああ……その……」コールは身じろぎして彼女の顔から視線を引きはがし、日記に目を固定した。「そう、フェイはここに薬の調合も書き留めていたんだ。ほんとうに、いろいろなことが書かれている。祖母のやったこと、考えたこと、マンロー家の女たちに代々受け継がれてきた薬の処方。ぼくは、メグが患者につくっていた膏薬の作り方を探していたんだよ。いまはメグが留守にしているから、ぼくのところに相談があって」

「あなたのお姉さんは治療師《ヒーラー》なの？」ヴァイオレットは目を丸くして彼を見た。「伯爵夫人が？」

「ああ」コールは身がまえた。きっと彼女は興ざめしたのだろう。そして驚いたあとは、ことなく横柄になるにちがいない。今朝、彼が自分の卑しい出自について明かしたときは、そうならなくてびっくりしたが。今朝の彼は、そういう心の準備をしていた。しかしいまは、そうなることをおそれている。

「ご先祖さまたちもヒーラーだったの？　母から娘へ、長年ずっと伝えられているの？　すばらしいわ」

「そうかな？」

「ええ、もちろん。わたしは人々の慣習や伝統にとても興味があるって言ったでしょう？　そういうふうに何世代にもわたって伝えられている知識って、すごいのよ」ヴァイオレットは彼の隣りの椅子に腰をおろした。「民間療法の記録は、ほとんど残っていないの」

「うちの家系で最初に読み書きができるようになったのは、ぼくの祖母なんだ」

「無理もないわ。これが書かれたのはいつ？」

「一七四七年だ」

「六十年前！　それは、おばあさまが読み書きできたということはことさら驚くべきことだわ」ヴァイオレットは表紙の端を指先で軽くなぞった。それを見ているコールは神経がぴりぴりしてきた。彼女の指が自分の肌をなぞるところが、いとも簡単に頭に浮かぶ。「これはほんとうに貴重なものだわ。見てもいい？」彼女は日記に手をかけたまま、うかがうようにコールを見た。

「えっ？　あ、ああ、もちろん」

ヴァイオレットはゆっくりと、うやうやしいとも言える手つきでページをめくっていった。そして読みながら意見を言ったり、質問をしたりして、コールもそれにできるだけ答えた。すぐそばに彼女がいる状態で、集中するのはむずかしかった。彼女の瞳の輝き。まつげが頬に落とす影。唇の動き。ベルベットを思わせるやわらかそうな肌。そんなものに目が釘付けになって、見惚れてしまう。彼女の肌はどんな手ざわりなのか、唇はどんな味わいなのか、想像せずにはいられない。

ふと、ヴァイオレットがなにかを待つように彼を見ていることに気づいた。彼女になにか訊かれたにちがいない。コールはごくりとつばを飲んだ。頭が真っ白だ。彼女の瞳がじっとこちらを見つめている。こげ茶色で、計り知れなくて、吸いこまれそうな瞳——吸いこまれたら最後、もう出てこられない気がする。彼女の唇が開いたが、言葉は出てこなかった。少し動けば、口づけられる。ほんの少し身をかがめれば、この唇に……。

コールは突然、体を起こした。「いや……すまない。その……聞いてなかった」

ヴァイオレットの頬に、さっと赤みがさした。「あの——この日記をまた見せてもらえるかしら？　もしよければだけど——」

「ああ、それはもちろんかまわない。いつでも好きなときに……」とんでもなく危ないところだった。先日、道端でキスをしたのとは状況がまったくちがう。あのときはふざけただけで、二度と会うこともない相手のつもりだった。しかしいまは……彼女が身分あるレディだとわかっている。まったく手の届かない雲の上の存在ではないにしても、伯爵の客人であり、つまりは彼が責任をもって預からなければならない女性だ。

コールは無理やり立ちあがった。「すまない。寝るのが遅くなってしまったな」ばかなことを言ってしまった。〝寝る〟などという言葉を口にしただけで、全身がかっと熱くなった。

「ぼくももう帰らないと」いつになく無様な思いをしながら椅子を押しやり、日記を閉じた。

「おやすみ、マイ・レディ」

逃げだすように見えてはいけないと、できるだけゆっくりと足を運びながら、コールは図書室を出た。


翌朝、ヴァイオレットが発掘現場に行くと、コールが約束してくれたとおり、男が三人待っていた。うちひとりは若い男で、前の日の朝にコールの小屋で会った青年だった。彼は、ばつが悪いけれど興味津々といった顔つきでヴァイオレットを見ていた。三人ともシャベルを持って柄に手をかけ、地面にはつるはしが置かれていた。

「その道具は必要ないわ」ヴァイオレットは言い、巾着袋から道具を出しはじめた。「発掘に使うものは持ってきたから」

男たちは地面に並べられたこてや園芸用のすき、大小さまざまな大きさのブラシを見て、眉をひそめた。「おれたちもシャベルは持ってる。そんなちっちぇえもんは必要ねえ」

「ふつうに土を掘るのとはちがうの。慎重に進めてもらわないといけないのよ」ヴァイオレットはひざをつき、発掘の正しいやり方をして見せはじめた。「こういう石のまわりは、とくに気をつけて」

男たちは彼女のすることを見ていた。「なんでそんなまどろっこしいことしなくちゃなんねえんだ」庭師のひとりが言った。「どうせ、もう古ぐてぼろぼろでねえか」

一瞬、彼の言っていることがヴァイオレットにはわからなかった。「いいえ」少し遅れて理解し、懸命に首を振った。「だからこそ、慎重にしなくちゃならないの。これ以上、石を壊さないように。もろくなってるから」

「もろい！　だけど石だぞ？」

「石だけど、ものすごく古いわ」ヴァイオレットが反発する。

彼らの疑わしげな顔つきは変わらなかった。「そうは言うても――」

「理解できないのはわかるわ」ヴァイオレットは彼らを見据えた。「それでも、そういうふうにしてもらわなくちゃならないの」

男たちは肩をすくめ、こてを手にすると、ヴァイオレットに言われた場所を掘りはじめた。彼女自身の作業はなかなか進まなかった。何度も手を止めて、だれかのやり方を直さなくてはならなかったからだ。それでも、正午に作業を中断するまでにいくらか仕事が進んで、うれしかった。男たちはいったん現場からいなくなった。おそらくダンカリーでお昼を食べるのだろうが、ヴァイオレットはバスケットにお弁当を持ってきていたので、崖の上にある岩に腰かけ、止むことのない波のうねりを眺めながら、ひとりで食べた。

朝から何度目になるだろう、彼女の心はコール・マンローにうつろっていった。昨夜は一瞬、キスされるのではないかと思った。でも、あきらかにそうではなかった。彼はヴァイオレットの話すらよく聞いておらず、頃合いを見計らってすぐに帰ってしまった。恥ずかしいまねをしなくて、ほんとうによかった。もう少しで彼のほうに体がかしいで唇を差しだしそうになっていたことを、気取られてなければいいけれど。

ヴァイオレットの頬が、かっとほてった。もしかしてそれがわかったせいで、彼は急に帰ってしまったのだろうか？　袖をまくりあげてむきだしになった彼の腕に、つい目が引きよせられていたことに気づかれた？　腕に生えていた金色の毛、手首の骨の出っ張ったところ、大きくてなんでもできそうな手を、彼女は話をしているあいだずっと見ていたのだ。あの骨や筋を指でなぞりたくなっていたことを、悟られてしまったのだろうか？

もしもそんなにあからさまだったとしたら……もう二度と彼と顔を合わせられない。ああ、どうか、たんに退屈したからだとか、変な娘だと思われたからだとかでありますように。そういう反応だったら、いままでにもしょっちゅうあった。

赤面するようなそんな思いつきを追いやり、ヴァイオレットは作業を再開した。すぐに仕事に没頭し、作業員たちが戻ってこないことに気づいたのは、午後も半ばになってからだった。ため息が出た。驚くことでもない。女性から指示を受けるのをいとわない男性がほとんどいないことは、とうの昔にわかっていたことだ。作業員と接するのがいつもおじだったのは、それが理由でもあった。

彼女ひとりで作業をするとしたら長い時間がかかるだろうが、どれくらい彼女がこの仕事をつづけられるのかもわからないのだから、コールが人員を増やしてくれるとは思えなかった。少なくともひとりで作業すれば、何カ月かかるか、いや何年にもなるかも……伯爵が戻ってきたとき、くびにされて、ほかのだれかに仕事を奪われなければの話だけれど。

そう考えると、気持ちが落ちこんだ。いちばんいいのは、仕事に戻ってなにも考えないことだ。ふたたびこてを手にしたとき、男性がこちらに歩いてくるのが見えた。コール・マンローだった。なじみになってきた胸のどきどきがまた始まり、ヴァイオレットは立ちあがって彼を見た。

長い脚で自信たっぷりに歩いてくる彼の髪は、どんより曇っているというのに金色に輝き、ときおり吹く風になびいていた。ふとコールが顔を上げて、彼女を見る。その顔に笑みが浮かんだのを見て、ヴァイオレットはびっくりした。てっきり険しい顔をして、しかめ面でさえあるかもしれないと思っていたのに。きっと作業員たちがおそれをなして帰ってきたぞとかなんとか、文句をつけられるのだろうに。

「ミスター・マンロー」彼女は近づいていった。「あなたがここに来た理由はわかっているわ」

「へえ？　そうなのか？」彼の瞳が輝く。

「作業員の人たちが、もうわたしのためには働きたくないっていうんでしょう？」

「そういうことはしょっちゅうあるってことなのかな？」彼の声はおだやかで、青い瞳もきらきらしている。目尻のしわがなんてすてきなのかしらとヴァイオレットは思った。「いや、あいつらはべつに働きたくないとは言ってないぞ」

「そんな。嘘でしょう？」

「ぼくは人をやる気にさせるのがうまいんだ」

「あら」ヴァイオレットは疑わしげに言った。「じゃあ、どうしてここに来たの？」

「きみに会いに来たとは思わないのか？」

「わたしに会うために自分の仕事を放りだしてきたということ？　信じられないわ」

「あれっ、まだ若いのに、そんなにひねくれて」

「くだらないやりとりに時間を使うより、率直に話をするほうがいい年齢なんだけど」

「きみのやり方は窮屈すぎるんだよ」コールは上着のポケットに両手を突っこんで話しはじめた。「マッケナ兄弟と若いドゥガルは、たしかに不満をこぼしてた。きみが自分たちの仕事をぜんぜん認めてくれないって」

「だって、正しい発掘のやり方を知らないんですもの。教えてあげなきゃならないでしょう? つるはしやシャベルでがんがん掘るわけにはいかないの。研究者だって、熱心な人ほど遺跡を傷めてしまったりするのよ。出土品は下手をすると壊れるの。壊れたら時代を特定するのがむずかしくなるし、特定が不可能になることもあるのよ」

「なるほど」

「彼らはたんに、女に命令されるのが気にいらなかっただけよ」

「それは誤解だ。立派なハイランダーっていうのは、相手がだれであろうと命令されるのはきらいなんだよ。あいつらも同じだ」

彼の言葉に驚き、ヴァイオレットは笑ってしまった。「それで、どうやって仕事に戻る気にさせられたの?」

「こう言ってやった――イングランド人はみんなそうだが、あの女性もちょっとばかり変人なんだ、だけど伯爵の友人だから、変人ぶりには目をつむったほうがいいって。これからも伯爵のもとで働きたいのならしかたがないさ、と言ったのも、功を奏したかもな」

ヴァイオレットは目を丸くして彼を見つめた。「ほんとうに?」彼が自分の側に立って話をしてくれたのかと思うと、あたたかいものが胸に広がった。

「ぼくも小作人には好き勝手されると困るからね。ぼくの言うことを聞いてもらうようにしておかないと」

「あら」胸のあたたかみは一瞬で消えた。「そうよね。つまりあなたは、今回のところはわたしによいように計らったけれど、わたしにも変われと言いに来たのね」

「ちがう。きみを変えようなんて思っていない」コールは横目でにやりと笑った。「だが、なんでもかんでもあまり深刻に考えないほうが、あいつらとはやりやすいと思うぞ。ただでさえ過酷な暮らしなんだ、これ以上過酷にすることもない」

「あの人たちに話をしてくれたことはお礼を言うわ、ミスター・マンロー。でもあなたには、わたしの状況なんて理解できないわ」

「そうかな？」

「あなたは権力を行使できる立場にあるもの。見た目も威圧感があるし」ヴァイオレットは指を折って数えあげはじめた。「人を従わせる声もある。なにより、あなたは男性だわ。あなたも言っていたけれど、わたしにはそういういいものがなにひとつないもの。強引に出るしかないの。そうしなければたちまち退けられて、言い分も聞いてもらえない。やさしく、物腰やわらかく、愛想よくなんてしていられないの」

コールはしばらく彼女を見ていた。「おいで。ちょっと歩こう」向きを変え、さっき来たく歩いていく。ヴァイオレットも隣りに並んだ。「きみの言うとおりだ。ぼくは男で体も大きいから、人に意識を向けさせるのは簡単かもしれない。だが最初から大きかったわけじゃないし、きみの言う〝権力を行使できる立場〟というのも、手に入れたのはつい最近のことだ。人間は、出会った相手すべてに従うわけじゃない。イソベル・ケンジントンもレディだが、彼女の土地にいる人たちは彼女の命令に従っている。人が人に従うには、なにかべつの側面があるんだよ」

「そうかもしれないけれど、わたしにはそれがないわ。自分がつきあいにくい人間だということはわかっているの。チャーミングでもないし、会話は下手だし」ヴァイオレットはかたくなに前を見たままだった。

「あれ、そんなことはないぞ。ぼくらがそれを証明したじゃないか。きみはおしゃべりの達人だった」

ヴァイオレットは哀しげに彼を見た。「わたしが言っているのは、会話の量ではなくて質のことよ。わたしには人を惹きつける魅力がないの。あったとしても、〝か弱く〟見えるのはいやだわ」

「きみがか弱く見えるとしたら、そいつはばかだな。たしかに男というのは、女性のうわべの美しさしか見ないことが多いが」

ヴァイオレットは彼をちらりと見て、さっと目をそらした。頬が熱くなってくる。彼は、わたしが美しいと言ったの？　いいえ、ちがう、もちろん一般論を言ったにすぎないわ。それはともかく、彼が言ったことは、まさしく彼女が嫌悪していることだった。女性が見た目の美醜でしか価値を判断されないこと。けれどさっき、コールに魅力的だと言われたかもしれないと思ったときは、うれしかった。

　コールは話をつづけた。「だからといって、男が女性の内面などどうでもいいと思っていることにはならないよ。きみがどういう行動をするかで、きみの見た目よりもずっとたくさんのことがわかる」

「つまり、わたしは行動を変えるべきだということね？」ヴァイオレットは腕を組んだ。

　コールは肩をすくめた。「きみがなにをするかは、きみが決めることだ。だが、ぼくはこの人たちを知っている。少しは助言できると思うな」コールの瞳が輝いた。「メグも、ぼくはいつでもわりと役に立つと思ってるみたいだ」

「そう。それで、あなたの助言というのは？」

「みんなにきみのことをもっと知ってもらえばいいんじゃないかな」

「どういうことかしら」

「みんながぼくの言うことを聞くのは、ぼくのことを知っているからだ。ぼくがだれか、ぼくがなにをしてきたのか、どんなふうにぼくは行動するか。だからこそ、たとえばなにかの作り方を教えたときには、ぼくに従っておけばまちがいないって信用するんだ」

「でも、それは同じでしょ。わたしの教えてる内容にだって、まちがいはないわ」

「そうだけど、彼らはきみのことを知らない。彼らにとっては発掘も土を掘るのも同じことで、それをどうやるかなんて命令されたくないわけだ。ぼくが教えたとしてもいやがると思うよ。でも相手がぼくの場合、ぼくの言うことは正しいだろうと認めてくれるんだ」

「わたしが新参者だという事実は変えようがないわ」

「そうだ。だから、すぐには無理だが、谷の人たちに自分を知ってもらう努力はできるだろう？　好きなものの話をするときのきみには、説得力がある。自分では気づいていないかもしれないけど」

ヴァイオレットはまじまじと彼を見た。彼の言葉はうれしいものだった。なぜなのかは深く考えたくないけれど。「でも、そんなことをどうやればいいの？　全員に自己紹介をしてまわるわけにもいかないわ」

「この土曜にダンスパーティがある。人と知りあうにはいい機会だ」

「ダンスパーティ！　そんなのだめよ、パーティは得意じゃないの」

「パーティに得意もなにもないだろう。楽しむために行くだけなんだから」

楽しかったパーティの記憶など、ヴァイオレットにはまったくなかった。いつも気取った会話ばかりで、彼女は舌がもつれるか、ほかの人たちを死ぬほど退屈させるかだった。そして、どこかよそに行きたいと思いながら、ずっとほかの人たちが踊っているのを見ているのだ。「招待もされていないのよ。どうやって――」

「ぼくが招待されている。連れていくよ」

「えっ。それは」ヴァイオレットはどこを見ればいいかわからなかった。「それはご親切に
どうも。でも――」

「心配しなくても、そのへんのやつらだけじゃなくて、きみみたいな人間もいる。場所はベ
イラナンだから」

「わたしみたいなって、どういう意味？」

「郷紳《ジェントリ》だ。パーティの主催者であるイソベルは、古くから地主《レアード》を務める家の娘なんだ」

「わたしは〝そのへんのやつら〟と交わるのがいやなんだろうと思ったの？」ヴァイオレッ
トは腰に両方のこぶしを当てて、正面からコールに向きあった。「お高くとまっていると？」

「ちがう、そういう意味じゃない。きみにとって、よりなじみのある種類の人間がいるとい
うだけだ。本をよく読んでいて、教養のある人間が。イソベルの夫はイングランド人だし。

彼女のおばは、前にも話したが、この地方のあらゆる昔話を知ってるぞ」

ヴァイオレットはいくぶん落ち着いて言った。「そのおばさまには会ってみたいわ」

「音楽もある」さも楽しいぞと誘いをかけるような調子で、コールは言った。「ダンスも。

歌も」

「でも――あの、ダンスってスコットランドの？」

「きみは興味があるって言ってたじゃないか。慣習、伝統、昔話、昔の歌」

「見るのは楽しそうだけど」

「やってみるのはもっと楽しい。ぼくが教えてやる」

「えっ？　ええ」コールと踊るところを想像するだけで、ヴァイオレットの心臓は跳ねた。ちらりと彼を見あげると、彼がじっと見つめていた。晴れた日の空のような色の瞳……その輝きを見ると、彼女の血までもが歌いだしそうになる。「それはその……でも……だから……」

「ウイスキーもたっぷりふるまわれるぞ。音楽もなかなかいい。それは保証しよう、親父が演奏するんだ。ぼくもうまく飲まされて、一曲や二曲は歌って恥をかかされるかもな」

「あなたが歌うの？」

コールは肩をすくめた。「これでもけっこううまいって言われてるんだ」

だから、彼の声にはこんなに力があるのかもしれない。まるでブランデーのように、彼女の体を熱くさせてしまう。

「そうね、そんなところを見る機会を逃すのももったいないわよね」ヴァイオレットはにこりと彼を見あげた。「いいわ。あなたとダンスパーティに行くわ」

6

パーティに出かける準備を、ヴァイオレットはずいぶん早くすませていた。もちろん母親にはそういうところもよろしくないと思われていたが、時間に遅れて紳士を待たせるなんて、ヴァイオレットにはどうしてもいいことだとは思えなかった。とくに今夜は。なんだかそわそわするおなかのあたりを手で押さえる。これはパーティが楽しみなせいなのかしら、それとも不安なせい？

最後にもう一度、鏡の前でゆっくりとまわった。ドレスは質素で、飾りと言えるものは襟ぐりの黒いレースだけだったけれど、少なくとも時代遅れではない。ウエストの位置は高く、襟ぐりも大きく開いている茶色のドレスは、つやがあってまるで銅のような輝きを放っていた。髪もふだんよりやわらかい感じにまとめ、頭のてっぺんのおだんごから幾筋か巻き髪を垂らしている。首には象牙のカメオまで巻きつけてあった。

コールが見たら、どう思うだろう。ヴァイオレットはこれまでずっと、男性が喜びそうな姿に自分を整えようとするのはおおいなる時間の無駄だと思っていたし、そういうことをしている母親や姉妹を冷めた目で見てもいた。けれどいま、コールが自分を見たときにときおり見せる瞳の輝きを思うと、またあんな輝きが見たいと思わずにはいられなかった。

階段を降りていったときには、もうコールは来て待っていた。彼女の足音を聞きつけて彼がこちらを向き、目線を上げる。その瞳が大きく見開かれ、ゆっくりと彼女の体の上から下へと視線が移っていったかと思うと、彼の口もとがやわらかくゆるんだ。心臓がどぎまぎして、舞いあがってしまいそうな笑みだった。手すりを持っていてよかった。急に脚の力が抜けて、立っていられないような気がしたから。

「ああ、きれいだな」

「あの、その……」ヴァイオレットは階段の途中で口ごもった。「ありがとう」

コールが微笑む。「言ってみれば、そんなにむずかしいことでもないだろう？」

「わたしだって、まるきり礼儀知らずというわけじゃないわ」彼女は残りの階段を降りてコールと並んだ。「それに、お高くとまっているわけでもないし」

彼の眉がつりあがった。「そりゃそうだ。ぼくはなにかへんなことを言ったかな――どんな話をしてたっけ？」

「嘆かわしくも、わたしがいかに人にきらわれやすいかってことよ」

「でも、今夜はきみと言いあいはしたくない」彼女の肩に外とうをかけ、そのまま少し肩に手を置いてから顔をそらした。「しっかり着こんで。湖を渡るから。水の上は寒いかもしれない」

「それはつまり、舟で?」

「きみがいやじゃなければ。そのほうが速い」

「ええ、ぜんぜんかまわないわ」ヴァイオレットは使いこまれた毛皮のマフに両手を入れ、彼について屋敷の裏手の庭に出た。コールは先に立ち、湖を臨む庭を何段もの石の欄干沿いに降りていった。最後にもうひとつ階段を降り、湖岸にある小さな木の桟橋に出た。

そこにつないであるはしけに乗りこむと、くるりと振りむいてヴァイオレットのウエストをつかみ、持ちあげてはしけのなかにおろした。彼女はびっくりして思わず息をのみ、とっさに彼の腕に手をかけて支えにした。彼の指がぐっと食いこみ、大きな手が彼女のウエストをすっぽりと抱えこむ。ふたりはつかの間、まるで像のように固まって立ち尽くした。重ね着した服を通してでも、彼の手のぬくもりや腕のたくましさが伝わってきた。抱きあっているのかと思うくらいに近い。ヴァイオレットは突然、その数センチのすきまを埋めたくてたまらなくなった。そんな考えがあまりに衝撃的で、とっさに後ろにさがり、足もとではしけが大きく揺れた。

「気をつけて」コールは彼女のウエストから手を離したが、代わりに腕をつかんで支えた。

「ゆっくり座って。でないと、ふたりとも湖のなかだ」そう言うと、板の座席に彼女を座らせた。

はしけのおだやかな揺れにもなんとなく落ち着かず、ヴァイオレットは身を固くしていた。コールは手を伸ばして桟橋につないである綱をほどき、彼女の向かいに腰をおろすと、櫂を手にした。

「舟に乗るのは初めて?」

「ええ」ヴァイオレットが不安げに眉根を寄せる。「この湖はどれくらい深さがあるのかしら?」

「まあ、それなりに深い」ちらりと彼女を見る。「もしや、こわいのか?」

「まさか。ただ……わたしは泳げないから」

「あたたかくなったら教えてあげよう。だいじょうぶ」笑った彼の歯が、暗いなかで白く光った。「溺れさせたりしないよ」

ヴァイオレットは外とうのフードをかぶり、あたたかなマフに手を入れた。暗い水の上で平和な静けさが広がり、櫂が水を漕ぐ規則的な音だけが聞こえる。月明かりが水面を照らす。やがてヴァイオレットの心も落ち着いていった。たくましいコールの腕がしっかりと櫂を漕ぐ動きを見ていると、安心する。

コールの言ったとおり、湖を渡るのはそう遠くなく、やがてはしけを降りてベイラナンへの道を上がっていった。ダンカリーのまるで崖のような急斜面よりずっとなだらかで楽だった。目の前に見えた屋敷には、ダンカリーのように気まぐれな塔や銃眼がついていたりはしなかった。単純なつくりの、巨大な灰色の石造りのかたまりに見えた。わびしげだと言う人も多いかもしれないとヴァイオレットは思ったが、堅固な建物には頑丈なものの持つある種の魅力があり、窓にともる明かりがあたたかい雰囲気を醸して、いっそうすてきだった。

同じ灰色の石で造られた建物がたくさん母屋のまわりにあり、そのなかでもいちばん大きな建物にコールは進んでいった。大きな両開きの扉が開け放たれ、明かりと音が外にもれていた。なかでは梁からランタンがつるされ、集まった人々にあたたかな光を投げかけている。木製の架台に板を載せてつくったテーブルが巨大な空間の壁際にいくつも置かれ、そこから少し離れて置かれたべつのテーブルには大きな酒樽が載っていて、まわりを男たちが囲んでいた。奥の突きあたりは床が一段高くなっており、音楽家たちが楽器の音合わせをしている。

ヴァイオレットが出たことのある、豪華な舞踏室で開かれたダンスパーティとは、似ても似つかぬ光景だった。状況に慣れる間もないうちに、人々の集まりのほうに連れていかれた。その集団のひとりは黒髪の美男子で、黒と白の優雅な正装だ。彼のかたわらに背の高いすらりとした女性がいて、空色のドレスがやはり洗練された装いだった。彼女の首には輝く真珠が巻かれている。ふと顔を上げた彼女が、顔をほころばせた。

「コール！」女性が両手を彼のほうに広げ、コールもにこやかに近づいていく。

コールはこの人のことが大好きなんだわ——それは見るもあきらかだった。ヴァイオレットの胸は嫉妬に焼かれ、その強さに自分でもびっくりした。

「イソベル」コールは女性の両手を取り、彼女から差しだされた頬に慎み深くキスをした。

ではこの人が、コールの言っていたベイラナンの当主の子孫にあたる女性。おそらく隣りの男性が、彼女の夫ジャック・ケンジントンだろう。

「メグの結婚式以来じゃない？」イソベルはたわむれるような口調で叱った。「わたしたちのことなんて忘れたかと思ったわ」

「まさか。なんでそんなこと」コールはイソベルの手をぎゅっと握ってから離し、向きを変えて隣りの男性に手を差しだした。「ジャック」

「コール」男性は、イソベルのコールに対する愛情たっぷりの挨拶にもまったく動じる様子もなく、コールと握手した。ジャックの視線が、数メートル離れて立っているヴァイオレットに移る。この男性はどんなことにも目ざとく気づくのではないかという印象を、ヴァイオレットは持った。

「ごめん。作法がなってなかった」コールが振り返ってヴァイオレットのところに戻った。「ジャックとイソベルを紹介しよう。怖気づくことはない。ふたりとも話しやすいから」

「怖気づいてなんかいないわ」できるだけ抑えた声でヴァイオレットは言った。「おじゃましたくなかっただけ」

「おじゃま？」コールが妙な顔をする。「そのためにここに来たんだろう？」

コールは夫婦に彼女を引きあわせ、説明した。「レディ・ヴァイオレットは遺跡を調べるためにここに来たんだ」

「まあ！　そうなの？」イソベルは驚いたようだった。「すばらしいわ！　わたしたちもあの場所のことをとても知りたいと思っているの。おばさま……」彼女は白髪交じりの女性のひじを引いた。「お聞きになった？　レディ・ヴァイオレット、わたしのおばを紹介させてちょうだい。レディ・ヴァイオレットは遺跡を発掘するためにここにいらしたんですって。レディ・ヴァイオレット、わたしのおばを紹介させてちょうだい。レディ・エリザベス・ローズよ」

ヴァイオレットがびっくりするほど、年配の女性の瞳がぱっと輝いた。「まあ……」ヴァイオレットの手を取る。「なんてすばらしいことでしょう！　ぜひ遺跡のお話を聞かせてくださいな。わたしもとても驚いたのよ、メグとあのすてきな男性が――彼の名前はなんだったかしら？」姪をちらりと見る。

「マードン伯爵のこと？」

「ええ、そう。マードン伯爵」またエリザベスの瞳がきらりと光った。「ほんとうにハンサムなかたよね。それで彼とメグが偶然あそこを見つけたとき、わたしたちもそれは驚いたの。あんなところに建物があったなんて、だれも知らなかったんですもの」

「それはミスター・マンローからお聞きしました」

「あれは家だと思う？　それともただの壁？　わたしもイソベルと一緒に見に行ったのだけれど、よくわからなかったわ」

「まだ調査に取りかかったばかりなので、どれくらいの規模のものなのか、いつごろのものなのかもわかっていません。でも住居がひとつだけということはないと思います」

「わくわくするわ！　あそこは昔ベイラナンの土地だったの。でも、もっとも古い文献にも、あそこに住居があったなんてまったく書かれていないのよ」

「文献があるんですか？」

「ええ、数百年分の記録が。もちろん欠けている部分もあるけれど。火事や襲撃なんかがあったから。それにローズ家の人間ときたら、粗忽者が多いのよ」エリザベスは不満げに唇を引き結んだ。「中世の男性たちがどんなだったか、あなたもご存じでしょう——知識や歴史というものに無関心で、お酒を飲むことや戦うことばかりに明け暮れて」言葉を切って、なにかを思案する。「いまでも多くの男性がそうかしら」

「中世の時代の文献があるんですか？」ヴァイオレットの声は畏敬の念に満ちていた。

「ええ。よかったら、そのうち見にいらっしゃる？」

「はい、ぜひ」

「近いうちにお茶にいらして」エリザベスはヴァイオレットの腕に手をかけて引っ張った。

「お話を聞かせてちょうだい。あそこでどういうことが起きたと思う？……」

「いや、それは最後にわかることで……」コールが笑った。

ヴァイオレットは会話に夢中で、彼の言葉には反応しなかった。エリザベスに連れられて静かな部屋の隅に置かれた長椅子に行き、ふたりで腰を落ち着けて、心ゆくまで遺跡の話をした。エリザベスは遺跡の発見について、コールやマードン伯爵の手紙よりもずっと多くの役立つことを語ってくれたし、話も劇的でおもしろかった。

「それは、嵐のあとのことだったわ」エリザベスの話しぶりは、生まれながらの語り部のようだった。「世紀の嵐だったなんてみんなは言っているけれど――そう言われてもたいした栄誉でもないと思うの。だって、今世紀になってまだ七年ですもの。ああ、でもあの夜ベイラナンのまわりに吹き荒れた風といったら！　メグと彼女のいい人は洞窟に閉じこめられて、かわいそうに、どんなだったか想像するしかできないけれどね」

世慣れていることでは当代随一のマードン伯爵が〝メグのいい人〟だなんて言われ方をして、ヴァイオレットは思わず口もとをほころばせたが、こう言うにとどめた。「ミスター・マンローに崖を見せてもらいました」

「ええ、あのあたりの崖は洞窟だらけなの。メグはなかに入っても迷わずに動けるけれど、嵐は予測できなかったみたいね。はしけも壊れてしまって、崖をのぼっていかなければならなかった。安全なところに出たときには、そこの砂がずいぶん風で吹き飛ばされて、石の表面が露出していたのね。だから、ふたりが苦労した甲斐もあったというわけ。財宝も見つかったのよ――もちろん財宝のすべてではないけれど、少なくとも、あるという証拠が」

「財宝！」

「そうなの。わたしの父が王子さまのためにフランスから持ち帰った金貨よ」

「王子さま？」ヴァイオレットは心もとなげにイソベルのおばを見た。

その顔を見て、エリザベスはくすくす笑った。「まだすっかり頭がおかしくなったりはしていませんよ。ほんとうなの。ほんとうに財宝はあったのよ。わたしのいとこみたいに疑り深い人たちが、どんなにばかにしようともね。ジャコバイトの乱の最中のことよ。父のマルコム・ローズがボニー・プリンス・チャーリーのために、フランス国王から金貨を賜って帰ってきたの」

「ああ」ヴァイオレットはほっとしてうなずいた。「わかりました」

「父は帰ってこなかったと、ほとんどの人は思っていたわ。あるいは帰ってきたけれど、持ち帰った金貨は隠してしまったのだ、とか。でも、とにかく実際に金貨を見た人はだれもいなかった」

「ところが、マードン伯爵とコールのお姉さんが、洞窟で偶然それを見つけたんですね？」

「すべてではないけれどね。ふたりが見つけたのは二、三枚の金貨と、金貨が入っていたらしいローズ家の紋章入りの革袋の一部だけ。でもおかげで財宝はほんとうにあって、ただの伝説ではなかったと証明されたの」

「あなたは古い伝説に精通されていると、ミスター・マンローから聞きました」

「精通だなんて」エリザベスは謙遜した。「でも、たしかにお話はたくさん知っているわ。

古いお話に興味があるの？」

「ええ、あります。この地方の伝統や慣習にも。ぜひ聞かせてください」

ふたりはすぐに話に夢中になり、コールが近づいても咳払いをされるまで気づかなかった。

「レディのかたがた？」

「えっ！」ヴァイオレットの頭が跳ねあがった。「ミスター・マンロー。ぜんぜん気がつかなかったわ――」ぼんやりとまわりを見まわす。

「そんな感じだったね」コールが微笑む。

「あらあら」エリザベスは申し訳なさそうな顔をした。「お客さまを独り占めしてしまったわね。ごめんなさい」

「お話しできてとても楽しかったです」ヴァイオレットはエリザベスを安心させるように言った。「また、ぜひおしゃべりしたいわ」

「わたしもよ。でも、いまは……」エリザベスはきらきらした瞳をコールに向けた。「どうやらコールがあなたをダンスに連れだしたいようね」立ちあがって彼の腕を軽くたたく。

「ダンス？」ヴァイオレットは驚いて目を丸くした。「だめよ、ほんとうに、ダンスなんてぜんぜん――」エリザベスのほうを見たが、彼女はすでに立ち去りかけていた。

「心配しなくてもいい。無理やり踊らせようと思って来たわけじゃない。地元のうまい酒を持ってきたんだ」彼はグラスを差しだした。

「ウイスキー？」ヴァイオレットは金色に輝く液体を興味津々で見つめた。これまでだれも――おじでさえ――彼女にウイスキーを勧めてくれた人はいなかった。グラス一杯のシェリー以上の強い酒を飲むことは、レディとしてはしたないことだと考えられているからだ。

「ウイスキーの一杯も飲まずして、ハイランドは語れないぞ。地元のやつらに会うのが楽しくなる薬だと思って」挑発するように、コールはにこりと笑った。

ヴァイオレットも同じような笑みを返してグラスを受け取り、ほんの少し味見をした。かっと舌が熱くなる。まるで液体の炎だ。「こ――これは――」

「おいおい、お嬢さん、小鳥みたいにちびちびすすってちゃだめだ。ウイスキーは口にふくまないと。ぐっといって」コールは自分のウイスキーでやってみせた。「こんなふうに」

ヴァイオレットは、残りをひと口でがぶりと飲み干した。一瞬、息ができなくなったかと思った。口のなかだけでなく、胃も大火事だ。

「からかったのね！」ようやくしゃべれるようになると、ヴァイオレットは文句をぶつけた。体がぶるりと大きく震える。

「からかったりしてないよ」躍る瞳が、言葉とまったくそぐわない。「これがウイスキーの飲み方なんだ。これできみもハイランダーのことがもっとよくわかるさ」

「こんなものを飲むなんて、あなたたちはみんなおかしいんだってことがわかったわ」

ははは、とコールは笑った。「でも、緊張はなくなったんじゃないのかい？」

意外にも、ヴァイオレットも一緒に笑っていた。たしかに、なんだか……楽しい。

「何人か、村人を紹介しようか？」

「ええ、そうね」

驚いたことに、ほかの出席者たちに会ってみると楽しかった。コールが隣りにいてくれると会話を始めるのも簡単だった。彼はどの客とも顔見知りで、しかもヴァイオレットはほんとうに驚いてしまったのだが、だれに対してもかならずなにか言えることがあるのだ。まだ顔を合わせたことがなかったダンカリーの料理人、サリー・マキューアンにも紹介してくれた。サリーの挨拶は礼儀正しかったが、どこか壁をつくっているように思えた。けれどヴァイオレットが彼女の食事を心からほめると態度がやわらぎ、さらにコールがヴァイオレットは〝古くからの習わし〟に興味があるんだと話すと、サリーは喜々として、湖の近辺で冬のあいだに行われるしきたりをあれこれまくしたてはじめた。

「まあ、昔のことが知りたいなら」サリーは話の途中でひと息ついて、コールとヴァイオレットの後ろにいるだれかにあごをしゃくった。「アンガスじいさんに聞いたらいいよ」

ヴァイオレットが肩越しに振り返ると、小柄で干からびたような男性が近づいてきていた。なめし皮のようなしわだらけの顔と、ぼさぼさの白い眉毛のせいか、しかめ面をしているように見える。いや、ぎゅっと閉じた口もとからすると、思いちがいではなくほんとうにしかめ面かもしれない。コールがなにかをぼそりとつぶやいた。

「おい、マンロー」アンガスはいかめしい顔だが、どこかうれしそうに言った。「ついにおまえも暴君の仲間入りか」

「やあ、アンガスじいさん。あんたに会えるのはいつだってうれしいよ」

アンガスは鼻を鳴らし、隣りのヴァイオレットを見た。「ふん、また南部モンか」

いかにも苦々しい顔つきで、けしからんという思いやあきらめがにじみでた声で言うものだから、ヴァイオレットは笑いそうになってしまった。彼女はアンガスをまねて腕を組み、あごを上げて言った。「ええ、そうよ。あなたはまたスコットランド人ね」

アンガスの黒い瞳がなにやら光った。「ほう、ふうむ……」大きく息をつく。「赤毛のメグがあの悪魔をとりこにしたらどういうことになるか、わしにはわかっとったさ」

ヴァイオレットがぽかんとしているので、コールは説明してやった。「ぼくの姉とマードン伯爵のことだ」

「ああ。でも、どうして伯爵が悪魔なのかしら、ミスター……ええと……」

「マッケイだ」コールはため息混じりに言った。「アンガス・マッケイ。アンガス、あんたが怒らせたこの女性を紹介するよ——レディ・ヴァイオレット・ソーンヒルだ」

「ああ、わかっとる」老人はばかにしたようにコールを見た。「イングランドから来た頭のおかしな女が石を掘りまわってるのは、谷じゅうのもんが知っとる」コールがうめき声をこらえたのも無視して、アンガスはヴァイオレットに向きなおった。「イングランド人てのは、あるがままに放っておけんのかね」

「そう言うあなたは、なんの興味も湧かないの？」ヴァイオレットも負けていなかった。「急に地面から飛びだしてきた石の壁を見て、どうしてこんなものがここにあるんだろうと思わないの？　いつできたものなんだろう、どうして砂に埋まっていたんだろうって？」

アンガスはのどが詰まったような音をたてたが、笑い声じゃないかしらとヴァイオレットは思った。「ああ、ちょっとは思っとるよ」

「わたしもそうなの」ヴァイオレットはにこりと笑った。「発掘作業を間近でごらんになってみたらどうかしら、ミスター・マッケイ？　そのうち午後にでもいらしてくれたら、喜んでご案内するわ」

「ふうむ」マッケイはしばし彼女を見ていた。「そうだな」

そのときサリーが、背中の具合はどうだいとアンガスに尋ね、彼の意識はそちらに向いた。アンガスは、おまえさんには関係ねえこったと荒っぽく言い返したものの、これまでの痛みをああだこうだといちいち話して聞かせていた。

まわりで会話が進むなか、コールはヴァイオレットのほうに身をかがめた。「やっちまったな。アンガスじいさん、明日にでも見に来ること請けあいだ」

「楽しみだわ」

「だろうね」コールはにやりと笑った。「目に浮かぶよ。午後じゅう、きみたちふたりがあれこれ言いあって、それを完全に楽しんでるところが」

ヴァイオレットは声をあげて笑った。「偏屈なおじいさんとわたしが仲間だって言うの?」

「いいや、そんな沼に足を突っこむようなばかなまねはしない」コールの青い瞳が躍り、ヴァイオレットの心臓は跳ねた。彼のあたたかな笑みを向けられて、体がほてらずにいられるわけがない。彼の瞳の色に深みが増し、あたたかさがもっとべつの熱に変わる。

頬が赤くなるのを感じてヴァイオレットが顔をそらすと、部屋の向こう側にいる金髪の若い女性が目に留まった。若さあふれるかわいらしい面立ちだったが、いまは顔をしかめて額にしわが寄っていた。いったいどこにナイフを突きたててやろうかと考えているような表情で、こちらをにらんでいた。

ヴァイオレットはぎょっとし、あわてて目をそらした。コールに女性の名前を訊くまでもなく、彼女本人がふたりのほうへ颯爽とやってきた。いまは笑みを浮かべて。

「コール・マンロー!」金髪の彼女はコールの腕を、たわむれるように軽くたたいた。「久しぶりね。あなたはもうあたしたちの手の届かない、えらいやつになっちまったって、昨日父さんが言ってたわ」彼女はヴァイオレットにもほかの客にも見向きもせず、コールだけを見つめていた。

「なに言ってるんだ、ドット、ぼくがえらいやつのわけがないだろう」コールは体を揺すった。「仕事が山ほどあって、それで……」ちらりとヴァイオレットを見る。「レディ・ソーンヒルには会ってたかな？　マイ・レディ、ミス・クロマティを紹介するよ」

「まあああ、レディなの」ドットは大げさに目を丸くし、軽くひざを折って挨拶した。「光栄だわ。こんな田舎、なにもなくてつまんないなんて思われないといいけど、マイ・レディ」

ミス・クロマティがほんとうに言いたいのは、まったく逆のことじゃないかしらとヴァイオレットは思った。それと、彼女はずっとコールだけを見ていたのではないだろうか。果たしてコールは、彼女の気持ちを喜んでいるのかどうか。彼は少しぎこちなく居心地が悪そうに見えるけれど、それをどう解釈すればいいのかわからなかった。

「あなたのお父さん、もう三十分は演奏してるけど」ドットが言い、澄んだ瞳でコールを見あげた。「まだ一度もあなたからダンスの誘いを受けてないわ」

「いや、その、話をしてたもんだから」

「せっかくだから踊らなきゃ！」ドットはまばゆいばかりの笑顔を向けて、コールに身を寄せた。「次はリールだってお父さんが言ってたわ。一緒に踊りましょう！」彼女が両手を差しだす。

「ああ、うん……」コールはヴァイオレットを見てからサリーを見て、やっとうなずいた。

「わかった。じゃあ、ちょっと失礼して……」彼はまわりの面々に一礼し、ドットとともにダンスフロアに向かった。しかしドットの手を取らなかったことにヴァイオレットは気づいていた。

「ふん、あのドットときたら、かれこれ二カ月はコールを追いかけてるね」サリーが頭を振った。

「ふたりはおつきあいしているの？」さりげなくヴァイオレットは尋ねた。

「気があるのは娘のほうだけだな」アンガス・マッケイが鼻を鳴らす。「コールにはその気がねえ」

「あの娘《こ》じゃあ、コールはすぐに飽きちまうよ」サリーも同意見だった。

「おつむの出来がよくねえからなあ」アンガスがさらに言う。

「頭の悪い女房でもいいって男はたくさんいるけど、われらがコールはだめだね」サリーがうんうんとうなずいた。

「ミスター・マンローがまだ独り身だなんて驚きですよね」ヴァイオレットは言った。「いくらでもお嫁さんが来そうなのに」

「ああ、そうなんだよ。でもあの子はむずかしいのさ」サリーはヴァイオレットを品定めするように見やった。「あの子の育ちのせいでね。このベイラナンでローズ家の子どもたちと一緒に育ったもんだから」

「ふん、マンロー家の人間は昔っから選り好みが激しいじゃねえか」アンガスが頭を振る。

「コールはミセス・ケンジントンととても仲がよさそうだわ」ヴァイオレットは思いきって言い、イソベルのほうを見やった。彼女はとても美しいし、金髪で、背が高くて、ほっそりとして、まるで妖精のよう――ヴァイオレットとは正反対だ。

「ああ、そうさ、メグと変わらず、彼女ともきょうだい同然だからね」

イソベル・ケンジントンに対する気持ちがきょうだいとしてのものなのかどうか、ヴァイオレットにはわからなかった。いまイソベルは、帰っていく客に笑顔で挨拶をしていた。そして夫に向きなおる。妻のほうに身をかがめるジャックは、慈しむようなやさしい目をしていた。イソベルが夫を見あげ、にっこり笑う。ふたりはふれあっているわけでもないのに、仲のよさと愛情が目に見えるかのようにはっきりと感じられ、ヴァイオレットは息をのんだ。

あんなふうに愛し、愛されるというのは、どんなものなのかしら。だれかをあれほど近くに感じ、あたたかみを感じ、だれも入っていけないふたりだけの世界にいる。ずきりとヴァイオレットの心に痛みが走った。あんな気持ちを自分が感じることは、けっしてない。あれほどだれかに心を開くことは、とうの昔にあきらめた。それでも、甘い愛の味というものを知ることができたらどんなにいいかと、一瞬、胸が締めつけられた。

ヴァイオレットは決然と顔をそむけた。サリーの言ったとおり、イソベルがコールをきょうだいのようにしか思っていないことははっきりした。しかしだからといって、コールのほうも同じ気持ちかどうかはわからない。もしかしたら、イソベルの心がほかのだれかのものであっても、コールは彼女を愛しているかもしれないのだ。

ヴァイオレットはダンスフロアに目を移した。コールはだれより背が高いので、見つけるのは簡単だった。彼は頬を上気させて笑みを浮かべ、くるくるまわり、ランタンの明かりで髪を金色に輝かせている。報われぬ思いに苦しんでいるようには見えなかった。

突然、ヴァイオレットはまわりが静かになっていることに気づいた。振り返ると、サリーたちが彼女を見ていた。「あ——ごめんなさい。ぼうっとしちゃって……」

「ああ、いいんだよ」サリーは手を振った。「元気な曲をやってるもんね。年寄りの話し相手をしてるより、若い人は踊りに行きたいと思うもんさ」

「あ、いえ——わたしは踊らないの」

「なんだって？　踊りたくない娘っこがいるもんかね？　信じられないよ」

「いいえ、というか、踊りを知らないから」

「そんなら教えてもらわなきゃ！　コール！」

いつの間にか音楽がやみ、コールはこちらに戻ってこようとしていた。ありがたいことに、ドット・クロマティなしで。「あ、いえ、サリー、コールにそんなこと——」

ヴァイオレットの隣りでアンガスが頭を振り、憐れむように言った。「無駄だな、サリー・マキューアンがこうと決めたら、海の流れを止めようとするほうがまだ簡単なくれえだ」

「コール・マンロー、このお嬢さんにあたしらの踊りを教えてなかったのかい？」サリーはとんでもないと言わんばかりに舌打ちした。

「そう怒るなよ、サリー」コールはにやりと笑った。「今日教える約束なんだから」

「こんなに軽やかに踊ってる人たちの前でわたしに無様なまねをさせて、恥をかかせたいんじゃないの？」ヴァイオレットはふざけるようにコールに言ったが、内心、自分でも驚くほど彼と踊りたくなっていた。

「まさかそんな」コールが手を差しだす。

「それならいいわ。教えてちょうだい」ヴァイオレットは彼の手を取った。

「これ飲んでけ、嬢ちゃん」アンガスが上着から平たい酒瓶を取りだした。「ひと口引っかけりゃ、元気が出るぞ」

ヴァイオレットは酒瓶からひと口、ごくりと飲んだ。体内に火がついたようになって、目がうるんでくる。ここに来る前にコールに飲まされたウイスキーなんて、これに比べたら甘口のワインのようなものだ。

アンガスが誇らしげににんまりする。「アンガス・マッケイ特製ウイスキーは万能薬だ」

「でしょうね……」流行《はや》り病の菌でも撲滅できそうだわ。

コールがくっくっと笑いながら身をかがめた。「注意しておくのを忘れてた。アンガスじいさんのウイスキーは飲むなって」

「口がしびれているわ」ヴァイオレットは唇をなめた。「頭のてっぺんが爆発しそう。もう踊るなんて無理よ」

コールがひときわ大きな笑い声をあげる。「そんなことはないさ。たいていのスコットランド人は言うぞ、一杯引っかけたほうがうまく踊れるって」

コールからダンスのステップをやってみせてもらったあと、サリーとアンガスから応援の言葉をかけられたり、ああでもないこうでもないと助言を受けたりしながら、ヴァイオレットはひととおり踊ってみた。驚いたことに、コールにウエストを抱えられてリードされていると、わからないとか自分は下手だとか思うこともなく、まちがえても彼と一緒に笑ってすませることができた。フロアに引っ張っていかれてもすんなり出られ、恥をさらしたらどうしよう、おしゃべりに詰まったらどうしようと不安になることもなかった。それどころか、音楽やステップを踏む足音、拍手、笑い、かけ声がにぎやかで、しゃべる必要などまったくなかった。ここでコールと一緒に踊るダンスは、かっちりと堅苦しいこともなく、退屈でもない。コールと一緒だと……すごく楽しい。

その後の夜は、ヴァイオレットにとって実際の意味でも、言葉のうえの意味でも、目まぐるしく過ぎていった。コールだけでなく、ジャックやイソベルのいとこだというグレゴリーや、名前も知らないベイラナンの小作人たちとも踊った。エリザベスとイソベルとは三十分ほどおしゃべりもした。イソベルがコールの父親を紹介してくれたけれど、青い瞳がきらきらして、すぐに打ちとけてくれるハンサムな人だった。コールの容姿と笑顔はだれからもらったものなのか、ひと目でわかった。

コールと一緒にいとまごいをしたときには、ヴァイオレットは浮かれていた。はしけのところまで歩く途中、ちょっと横にそれて、習ったばかりのダンスのステップを踊ってみたりもした。湖を渡るのも、今度はこわくなかった。小さく鼻歌を歌いながらフードを脱いで、ほてった頬をひんやりとした空気にさらした。彼女の鼻歌に合わせてコールが歌詞をつけて歌いだし、ヴァイオレットはひざを抱えて前のめりになり、うっとりと彼の声に聞き惚れた。哀しい、心をかき乱されるような歌だったけれど、気にならなかった。いま大切なのは、彼の髪を照らす月明かり、夜の静けさ、しみいる彼の声だけ。コールの声を聴いていて、寒さを感じることなんてあり得ない。

ダンカリーの桟橋に着くと、コールははしけを降りてもやい綱をつなぎ、ヴァイオレットが木のはしごをのぼって桟橋に上がるのを手伝った。コールの手が彼女の両手をすっぽりと包みこむ。パーティから帰るときに毛皮のマフを忘れてきてしまったけれど、それがいまはよかったと思えた。彼の手は力強くて、あたたかくて、かさついた彼の肌の感触にいっそうどきどきさせられる。桟橋に上がったヴァイオレットは、くるりと向きを変えて両手を上げ、空を振り仰いだ。

「すてきな夜だったわ！」

「危ない」コールは両手で彼女を支えた。「湖に落ちたらどうするんだ」彼の手がそのまま彼女の腰にとどまる。

「だいじょうぶよ」ヴァイオレットは彼の腕に両手をかけて、笑顔で彼を見あげた。

「パーティを楽しんでもらえたのならよかった」

「最高だったわ。ダンスも覚えたし、お話も聞けたし、すてきな人たちに会えて」

「そうだね」コールは微笑んだ。「ウイスキーの味見もできた。飲みすぎだったかもしれないが」

「そんなことないわ」そこでヴァイオレットは小首をかしげて少し考えた。「でもアンガスじいさんの〝ひと口〟は、舌があのまま焼けて戻らないかもしれないって、本気でこわかったけれど」

コールは声をあげて笑い、彼女のウエストにかけていた手の指が、そこを抱えるように曲がった。親指がゆっくりと円を描きはじめる。「きみはきれいだな」

ヴァイオレットの唇が弧を描いた。体が彼のほうにかしいでいく。彼の襟を両手で持ち、くいっと引っ張った。「あなたこそ、ウイスキーを飲みすぎたんじゃないの？」

「そんなことはない」さっきの彼女と同じ返事をして、身をかがめていく。手を大きく広げ、彼女をそっと自分のほうに引きよせながら。

「わたしはちっちゃくて、人をあごで使うのよ」

「きみは最高だ」

コールは頭をさげ、ヴァイオレットはつま先立ちになってそれに応えた。唇が重なり、彼の腕が彼女を抱きこんで持ちあげるように自分に押しつける。ヴァイオレットは体じゅうの神経に火がついたようになり、彼の首に抱きついた。世界がぐらりと揺れ、この男性とこの瞬間しか存在しないような気持ちになる。

彼のウールの上着が指先にちくちくした。彼のぬくもりに全身が包まれ、ベルベットのような彼の唇はほんのりとウイスキーの味がする。夜の空気がヴァイオレットの頬をなで、湖のにおいが泥炭の燃えるにおいに混じっている。桟橋に打ちよせる水音は、まるで彼女を夢の世界へ引きこもうとするかのようだった。すべてが彼女のなかで絡まりあい、ねじれていく。うねる欲望と悦びと興奮がものすごい勢いで激しくなだれこんできて、体が震えた。

コールは彼女を自分に押しつけながら、彼女の唇を貪った。もう一刻も待てないというような切迫感は、ヴァイオレットのなかで燃えるものに負けていなかった。彼の両手が彼女の外とうの下にもぐりこみ、やわらかな曲線やくぼみをまさぐっていく。ヴァイオレットはその感覚に驚いてぞくりとし、身を震わせた。せつないうずきが生まれてくる。もっと知りたい、もっと感じたい、もっと味わいたい……。

そのときコールがうめき、唇を離した。「ヴァイオレット……」彼の胸は荒い息で上下していた。目を閉じて彼女の額に額をつけ、両手を彼女の腰に軽く置く。「こんなことはできない」

「えっ」ヴァイオレットは固まった。恥ずかしさで体が焼けるように熱くなり、さっと離れた。「ごめんなさい」

「ちがう……ちがうんだ」コールは彼女の動きを追うように手を伸ばして腕をつかもうとしたが、ヴァイオレットは体を横にずらして彼の手をかわした。「きみは酒を飲んでいた。だから――」

「そうね。あなたの言うとおりよ」ヴァイオレットの声は冷ややかだった。「たしかに、いつものまともな状態ではなかったわ」庭につづく階段を、走るも同然の勢いで駆けあがった。頬が熱いのは、もはや気が高ぶっているせいではなく恥ずかしいからだ。きみは酔っていたんだと言われた。酔いにまかせて彼の腕にしなだれかかった、だらしない女だと言われたのだ。

ヴァイオレットは、ぞっとした。今夜のことはぜんぶ酔っていたせいなのかもしれない。気さくでいられたのも、楽しかったのも、陽気だったのも、すべてお酒の力にすぎなかったとしたら！　いまになって彼女は、コールが一緒にいてくれたからみんなも彼女に調子を合わせていたのだと思い至った。コールはきっと彼女を持て余していたのだろう。

後ろから、彼が追ってくるのがわかった。「ヴァイオレット……待ってくれ。悪かった。ぼくはそんな――キスするつもりじゃなかったんだ。でもぼくは――いや、きみがあんまり……」

「だらしなかったから？　酔っ払ってたから？」ヴァイオレットはくるりと振りむいた。恥ずかしさでよけいに腹が立ってくる。「ええ、わかってるわ。ウイスキーでおかしくなって。ばかみたいなふるまいをして。行かなければよかった。誘ってくれなかったほうがよかったわ」泣きそうになって、ぐっと息をのんだ。

コールは身を固くし、手を体の横におろした。「悪かった」

「ここから先はついてきてくれなくてもいいわ。ひとりで庭を通って帰れるから。おやすみなさい、ミスター・マンロー」

「おやすみ、マイ・レディ」

上の段に着くまでヴァイオレットは振り返らなかった。ようやく後ろを見たときには、もうコールの姿はなかった。

7

翌朝、ヴァイオレットが目覚めるとひどい頭痛がしていたうえ、口には苦い後悔の味が広がっていた。あれほどの恥をさらして、もうどんな顔をしてコールに会えばいいのかわからない。けれど、そんな心配をすることもないのかもしれない——きっと彼のほうから彼女を避けるだろう。そう思っても、気分は少しも明るくならなかった。

日曜日なので発掘の仕事をして気をまぎらわすこともできず、昨夜どれほどみっともなくコールに身を投げだしてしまったのか、考えないわけにはいかなかった。以前、ほかの人にどう思われようと気にしないなんてコールに言ったけれど、コールにどう思われているかは気になってしかたがなかった。

彼もヴァイオレットと同じくらい欲望を感じていたことは、まちがいないと思う。彼の唇は貪るようだったし、抱きしめられた腕の力も強かった。でも結局、こんなことはできないと言って、彼は体を引いてしまった。あの言い方はまるで、彼女に煽られて反応はしたものの、やはり無理だと気づいた、ということのように思える。ほんとうに、男の人というのはまったくわからない。

もう一日経って、また発掘作業に精を出すことができるようになると、ヴァイオレットはほっとした。しかも、人の手によって穴を空けたらしい小さな骨片まで見つかり、気分が盛りあがった。ただ、ここにライオネルおじもいて、この興奮を分かちあえたらどんなによかっただろうと思うと、哀しみに胸を突かれた。

そして同じ日、もう少しあとになって、発掘現場の略図を描いて骨片の出土位置を書きこんでいたヴァイオレットは、ふと顔を上げて驚いた。ひとりの男性が彼らのほうにやってくるのが見えたのだ。小柄で、真っ赤な毛糸の帽子をかぶり、そこから白髪がはみでている。手には節くれだった木の棒を握っていたが、かくしゃくとした足取りを見るかぎり、杖は必要ないのではと思えた。ひと目でだれだかわかった。

「ミスター・マッケイ」ヴァイオレットは笑顔になり、彼女の後ろでドゥガルがうめいたのは聞こえなかったことにした。「お誘いしたとおり来てくださって、ありがとうございます」

「ああ。あんたがどんなことをしてんのか見たぐてな」マッケイは遺跡を見渡した。「わしにはたいしたもんにも見えんが」彼はマッケナ兄弟とドゥガルに目を戻した。「マンローのやつ、もっとええ働き手を差し向けてやりゃええものを」

ブルース・マッケナがくるりと目をまわし、もうひとりのマッケナが口を開いた。「おい、アンガスじいさん、人が働いてんのを眺めるよりほがに、もっとやるごたねえのか」

「それがおめえの仕事か？」アンガスが言い返す。「砂しか掘ってねえじゃねえか」

「あのね、見つけたのよ」ヴァイオレットは誇らしげにハンカチを開き、くるんであった小さな発掘品を見せた。

アンガスが身をかがめて骨片を覗きこむ。「こりゃ、ちょっとちっちぇんでねえか？」

ヴァイオレットは声をあげて笑った。「ミスター・マッケイ、あなたがなにか感じのいいことを言うときなんてあるの？」

「あるとも」男たちがまわりでふんと鼻を鳴らしたのは、まるきり無視だ。「ほんとうにいいと思えるもんを見だときにはな」

アンガスは近くの岩に腰をおろし、午後のあいだずっと彼らの作業を見ていた。たまに彼らの働きぶりや成果――というより成果のなさ――について意見を言いながら。翌日もまたやってきたので、おそらく楽しかったのだろう。ヴァイオレットにはなにが楽しかったのかはわからないが。

その後、二日間はコールの姿を見なかった。もちろん、それは願ったり叶ったりで、彼女も門番小屋の前は通らないようにしていた――それどころか、そちらの方向さえ見ないようにしていた。夜も図書室には行かないようにした。コールのほうも自分と同じように母屋に来ないよう気をつけているのだと思うと、なんとなく気分が沈んだ。

コールと再会したのは、まったく予期していないときだった。発掘現場でひざをついて作業をしていたとき、なんとなく場の空気が変わったのを感じ取って顔を上げてみると、コール・マンローがこちらに歩いてくるところだった。いつもどおり、ゆったりと優雅な足取りで、彼の肩幅の広さや脚の長さを、あらためて思い知らされた。帽子はかぶっておらず、髪が風になぶられている。

ヴァイオレットはのどがふさがり、胸が締めつけられるような心地がして、しばらく動けなかった。そのあと、勢いよく立ちあがった拍子にスカートの裾を踏みつけてしまい、転びそうになった。早くもみっともないところを見せている。

ヴァイオレットはあごを上げた。「ミスター・マンロー」自分で聞いても耳ざわりな声が出た。「これはうれしいこと。どうしてまたここへ？」

「マイ・レディ」彼は数メートルの距離を置いて止まった。太陽を背中に背負う形になっていて、表情は読み取れない。「その——イソベルが発掘現場を見に来たいそうだ」

なるほど、イソベルに頼まれたのだ。もちろんそれならここにだって来るだろう。ヴァイオレットは声がうわずらないよう気をつけた。「ミセス・ケンジントンとおばさまなら、いつおいでいただいてもかまわないわ」

「そうか。いや、イソベルが今日の午後ここに来るつもりだという手紙を送ったと言うんだ。知らせておいたほうがいいかと思って」コールは身じろぎした。「そのほうが準備できるだろう」

「知らせてもらっても、もらわなくても、やってることは同じだから見るものも変わらないわ。でも、お知らせありがとう」

コールはうなずき、男たちを見やった。彼らはわかりやすくあわてて顔をそむけ、作業に戻った。コールがヴァイオレットに近寄ると、ヴァイオレットは横に寄った。

「ヴァイ――いや、マイ・レディ」コールも彼女の動きを追う。「きみと話がしたいと思っていたんだ」

「そうなの?」いまや彼の顔がはっきり見えた。眉間にしわが寄っている。

「ああ。この前の夜のことで……」

「パーティは楽しかったわ」ヴァイオレットはにっこり微笑んだ。「パーティのことを教えてくれてありがとう」

「楽しかったのならよかった。だが、その話じゃない。そのあとのことだ。桟橋でのこと……」彼は上着のポケットに両手を突っこんだ。「謝りたいと思って」

「そんな必要はないわ。わたしが悪かったの」

「きみが!」コールが目をむく。

「ええ。わたしの行動がまずかったのよ。あなたの言ったとおり、お酒を飲んでいたし、それに――」

「まずかった?」

「そうよ。わたしのしたことは迷惑だっただろうし……厚かましかったわよね」

「厚かましかった！」

「ねえ、ミスター・マンロー、わたしの言ったことをぜんぶくり返すつもり？」

「いや、だが――ぼくが言おうとしてたのは――」

「気を遣ってくれなくてもいいの」彼は、わざと話をしづらくしているのかしら？「だって、もちろんあなたは無理にあんな――その、関わりというか……」

「どうした。なにを言ってるんだ？」

ヴァイオレットは気色《けしき》ばんだ。「柄にもないことをしてしまったと言ってるの。もう二度とあんなことは起こらないと保証するわ。もうこの話はおしまい。ごきげんよう」

「待ってくれ。どうしてきみが話はおしまいだと決める？」

「ミスター・マンロー！　声を小さくして！」ヴァイオレットは声をひそめてまわりの男たちを見やった。

コールは奥歯を噛みしめた。肩越しに三人の男を見ると、いまや全員が作業しているふりもせず、じっとこちらを見ていた。「くそっ！」彼の視線が男たちの向こうに飛んだ。「なんてこった。いま来るとは」ヴァイオレットも彼の視線をたどった。イソベルと彼女のおばが、遺跡に向かって歩いてくる。コールは眉をしかめて勢いよく振り返った。「この話はまだ終わってないからな」

「そう?」ヴァイオレットは眉をくいっと上げ、さっと彼の横を通りすぎた。「レディ・エリザベス、ミセス・ケンジントン、お会いできてうれしいです」

始まり方はともかく、午後はそれから楽しかった。コールはさっさと帰っていった。ヴァイオレットはふたりの女性に遺跡を案内し、彼女や作業員たちがどこをなぜ掘っているか説明し、見つかった骨片を見せた。発見をだれかと分かちあえるのはうれしかったし、彼らがほんとうに興味を持って聞いてくれるのがわかると、なおさらうれしさも増した。

「装飾品の一部かしら?」イソベルが手のなかで大きめの骨片をひっくり返しながら尋ねた。

「そうね、骨に穴が空けられているのはそういうことだと思うの。こちらの小さいふたつは、その大きめのもののすぐそばで昨日見つかったのよ」

「とっても古いものなんでしょうね」イソベルの声にこもった畏敬の念がヴァイオレットの感じているものと同じで、ヴァイオレットは親近感を持った。

なんにせよ、イソベルはヴァイオレットが逆立ちしてもかなわないような理想の美女だった。ダンスパーティで彼女の顔を見たとたん、コールがぱっと顔を輝かせたのも、イソベルにはなんの罪もないことだ。もしコールがミセス・ケンジントンに報われぬ思いを抱いているとしても、ヴァイオレットが口を出す筋合いではない。

彼らは遺跡がいつどのようにしてできたのか、そしてヴァイオレットがどのように発掘を進めていくかについて、長いこと話しこんだ。学問的なことで同じくらい熱中して女性と話ができたことなどほとんどなかったから、ヴァイオレットはあまりに楽しくて、今日の作業が終わったらダンカリーでお茶でも飲みませんかとイソベルとエリザベスを誘ってしまった。

その日の夜、ヴァイオレットはベイラナンでダンスをして以来、初めて楽しい気分でベッドに入ることができた。だから夜中になんとなく不安な気持ちに襲われて、動悸が激しくなったのは、まったくわけがわからないことだった。彼女は天蓋からさがるカーテンを開けて部屋を見まわした。暖炉の石炭が暗い部屋のなかでぽうっと赤く光り、家具の影がいっそう黒々として見える。重たいカーテンを閉じてまた眠ろうとしたとき、金属のような音と、つづいてくぐもった叫び声が聞こえたような気がした。屋敷のなかだ。

コールがまた図書室にやってきたのだろうか。ヴァイオレットはベッドからすべるように抜けだし、つま先立ちでマントルピースの時計を見に行った。午前二時。こんな夜中では、コールがダンカリーで本を探しているということもないだろう。使用人かもしれない。けれど、召使い用の食事室や寝室は下の階だ。いまこの階にいる理由はない。

ヴァイオレットは部屋のドアを開けて廊下を覗いた。真っ暗というわけではなかった。壁に取りつけられた燭台がひとつふたつ、ぼんやりとした明かりを投げかけているが、廊下の先は右も左も暗がりになっていた。静まり返った暗い屋敷が周囲からのしかかってくるようだ。長く伸びる廊下とその両側に並ぶ閉ざされたドアが、ひそひそと内緒話をしているようにすら見えてくる。

ヴァイオレットは気を張り詰めて目を凝らしていた。突然、だいぶ向こうのドアから黒い人影がひとつ出てきて、音もなく階段のほうへ向かっていった。彼女はぎょっとして、心臓が音をたてそうなほど跳ねた。考える間もなく、ドアを大きく開け放つ。「待ちなさい！だれなの！」

人影が駆けだした。ヴァイオレットもあとを追って飛びだし、途中でテーブルから重たい燭台を一本つかみ取った。階段の降り口に着いたときには、人影は踊り場の角を曲がって下へ駆けおりるところだった。ヴァイオレットもろうそくのない燭台を棍棒のように握ってつづいた。

下の階にぼんやりとした明かりが見えたが、大理石の床を打つ足音とともに明かりが遠ざかっていく。ヴァイオレットは階段を降りきると、明かりのほうを見た。黒い人影がランタンを持って玄関のドアを出ていくのが見えた。ヴァイオレットは影を追い、暗い外へ飛びだした。と、なにかがつんと後頭部にぶつかり、彼女は玄関前の階段を前のめりに転がりおちた。

頭への衝撃には驚いたが意識を失うまではいかず、階段を落ちるときにとっさに両手で体をかばったようだ。つかの間、ぼう然とそこに転がっていたけれど、少しして頭を上げた。霧雨が降っていることに気づく。寒い。馬車道には霧が漂い、霧でランタンの火は見えづらいものの、目でとらえることはできた。ひざの高さくらいで揺れるランタンの明かりとともに、人影は霧の馬車道を走っていく。

ヴァイオレットは起きあがって駆けだした。手のひらの痛みや頭がずきずきしていることはうっすらと意識していたが、それで足が止まることもなく、馬車道を走っていった。動くランタンの明かりはどんどん遠ざかり、ついに夜の闇にのまれて消えた。彼女の足は少しずつ遅くなり、やがて止まった。胸が激しく上下する。体がぶるっと震え、急に寒さと雨が身にしみてきた。

少し先に、大きな黒いかたまりのような小屋が見えた。「コール！」

彼女は駆けだした。小屋に着くころ、窓に明かりがともった。「コール！」

ドアの枠に片手をかけたヴァイオレットは、めまいを感じながら肩で息をした。ドアが勢いよく開き、コールが戸口に出てきた。あきらかに寝ていたところ、大声を聞きつけて起きてきたのだろう。裸足でシャツもはおらず、髪はぼさぼさだ。彼の後ろに、テーブルの上でろうそくが一本揺らめいているのが見えた。

「ヴァイオレット！　どうした！」コールは彼女の腕をつかもうと手を伸ばした。ヴァイオレットも前に出ようとしたが、手足が奇妙にばらけた気がした。胃のあたりも沈むような感じがする。コールの唇が動くのが見えたけれど、言葉は聞こえなかった。ひざがくずおれる。

床に倒れこむ前に、コールが彼女を抱きとめた。

8

コールはヴァイオレットを抱きあげて暖炉まで運んだ。視界がいきなりかたむき、彼女は目を閉じて彼の胸に頭をもたせかけた。この胸はあたたかくて、たくましくて、ほっとする。このまま自分を解き放ち、この腕に抱かれて、守られて、眠ってしまいたい。

コールはひざを折り、ヴァイオレットを暖炉の前の床におろした。彼女を抱えたまま、片手を彼女の頰に当てる。「なにがあった？　こんなに震えて」

そう言われ、自分が震えていることにヴァイオレットは気づいた。歯ががちがち鳴らないように、奥歯を食いしばる。

「いいんだ」コールは低くなだめるような声で言った。「もうだいじょうぶだよ」体をずらして床に腰をおろし、彼女をひざの上で抱えた。

心の片隅で、体を離さなければとヴァイオレットは思った。こんなふうに弱々しく人に頼ってはいけない。なのに体が動かない。彼の腕に包まれていると、居心地がよすぎる。頰に彼の素肌が当たるのは不思議な感じだったけれど、すてきでもあった。なめらかな肌と、ちくちくする胸毛。さっき戸口に出てきた彼の姿が思い浮かんだ。むきだしの広い胸にはVの字に赤茶色の胸毛が生えていて、鎖骨がすっと伸びていて、肩が広くて、うねるような筋肉も見えていた。

頬が熱くなってくる。「ごめんなさい。あなたがぬれてしまうわ」

「そんなことはどうでもいい」

彼の胸に頬を寄せていると、耳から声が聞こえるだけでなく頬にも振動が伝わり、ヴァイオレットの体はとろけてうずきそうになった。そんな感覚に自分でもぎょっとして、離れなければいけないという気持ちが湧いてきた。コールが少し体を引いて、彼女の顔から胸へと視線を移す。彼の頬骨あたりが朱を掃いたように赤く染まり、瞳の色が濃くなった。雨でナイトガウンがぬれているのだと、ヴァイオレットは気がついた。ぬれた生地が彼女の体に張りつき、透けて、胸の形や色の濃い先端がはっきりと見えているのかもしれない。あまつさえ、寒さでそこが固くなっているところも。

ヴァイオレットは動けなかった。静寂のなかで、コールの息づかいが荒く、速くなっていくのがわかる。彼の瞳が急に熱をたたえ、表情がゆるんでまぶたも重くなっている。彼女はとうとう意志の力を総動員し、自分の体を抱えるようにして顔をそむけた。その動きで彼もわれに返り、さっと立ちあがった。「その、じゃあ……」

コールは暖炉前のひじ掛け椅子の背にかかった、色あざやかなアフガン編みをつかんだ。

ヴァイオレットは立ちあがってそれを受け取り、自分の体にきつく巻きつけた。そうすると気持ちがしっかりして心細さは減ったけれど、どこかさびしいような不思議な心の痛みも感じた。

コールが火かき棒を取り、灰をつついて火を生き返らせ、泥炭をもうひとかたまり放りこんだ。炎が彼の肌を赤みがかった金色に染める。突きでた肩甲骨や、彼の背中の筋肉が動くのを、ヴァイオレットはじっと見つめていた。彼はほんとうにたくましい。服を着ていないから、よけいにそれがわかる。こんなに大きくて強そうな人は、こわいと感じるはずなのに……いま彼女は……ぞくぞくしていた。

コールが振り返り、ヴァイオレットは目をそらした。見ていたことを知られたなんて恥ずかしい。彼は火かき棒を棒立てにガランと入れると、部屋から出ていった。戻ってきたときにはシャツをはおり、たたんだ毛布を持っていた。毛布をヴァイオレットの肩にかけると、やかんのところに行って水を入れ、火の上につるした。

「いったいなにがあったんだ？　どうしてそんな、なにも――いや、その格好は――」彼はヴァイオレットを見ないようにして、カップや茶葉の入った缶を取りだした。

「屋敷にだれかが侵入したの」ヴァイオレットは自分の服装の話はなかったことにした。

「なんだって？」コールが勢いよく振り返る。「ダンカリーに？　だれが？　どうして？」

「わからないわ。よく見えなかったから――いえ、見えていてもだれだかわからなかったでしょうけど」

「泥棒か。大胆なやつだ、マードンからものを盗もうだなんて」コールは目をすがめた。が、すぐに身を固くした。「まさか——きみの部屋に入ったのか？　なにかされたんじゃ？」

「いいえ——あ、殴られたけれど、それはあとのことで」

「殴られた！」

「そうよ。大きな声を出さないで。わたしはその男を追いかけて外に出たんだけど、ドアの後ろに隠れていたんだと思うわ。いきなりあらわれて、わたしの頭を殴ったの」ヴァイオレットは手を上げて痛みの残るところにふれた。

「どこだ？」コールは彼女の肩をつかみ、テーブルのろうそくの近くまで連れてきて、顔や髪に目を走らせた。

「頭の後ろよ」ヴァイオレットはその場所におそるおそる指先を当てた。

コールは小さく悪態をつき、テーブルの椅子に彼女を座らせた。「どうして言わなかったんだ？」

「いま言ったじゃない」

あきれたような声をもらしてコールは大またでどこかに行き、瓶と布とオイルランプを持って戻ってきた。ランプを彼女の近くのテーブルの上に置く。ランプの芯を出して炎を大きくすると、傷口を調べた。「ああ、たしかにたんこぶができてる。きみの頭が固くて運がよかった」茶色の液体を瓶から布に出し、傷口を押さえはじめた。

「いたっ！」ヴァイオレットがむっとした顔をする。

コールは愉快そうな顔でちらりと流し目を送り、手当てをつづけた。「血は出ていないようだな」彼の大きな手は驚くほどやさしかった。手当てがすむと、その手はそっと彼女の髪をなでてから離れていった。寒さとも、頭の痛みとも関係のない震えが、ヴァイオレットの全身を駆け抜けた。「切れてはいないと思うが、念のためにね。これをつけておけば治りが早い」

彼は向きを変えて、茶葉に熱い湯をそそいだ。

「さて」ヴァイオレットの前のテーブルにポットを置き、彼女の向かい側にスツールを引っ張ってくると、そこに座って正面から彼女を見た。「なにが起こったのか詳しく話してくれ。どうして屋敷でそいつを追いかけることになったんだ？」

「目が覚めたの。音が聞こえたんだと思うわ。そしたら、なにかぶつかるような音がして。なにかを落としたか、ひっくり返したか」

「きみの部屋で？」コールはおだやかな口調を保っていたが、顔は石のようにこわばっていた。

「いいえ、ちがうわ。わたしとはなにも関係ないの。音がしたのは廊下で、わたしは起きて廊下を覗いただけ。最初はなにも見えなかったけど、もう少し階段に近い部屋から男の人が出てきたのよ」人影が音もなく廊下を歩いていたところを思いだし、自然と体が震えた。

「こわかったわ」

「こわかったのに男を追いかけたのか」

「そのままなにもせずに放っておくわけにはいかないでしょう?」

「いいや、放っておけばよかったんだ。分別ある女性ならそうする。けがをしたかもしれないんだぞ――これ以上の」

「考えているひまはなかったの。大声で声をかけたら走りだしたから、追いかけたのよ。彼は階段を駆けおりて、玄関から外に出ていったわ」

「つまりきみは、夜中に侵入者のあとを追いかけたのか? 丸腰で? ナイトガウンだけの格好で?」

「だから言ったでしょう、考えているひまなんかなかったって! あなたなら親指を突きあわせて、男が逃げていくのを黙って見ていたかしら?」

「いや、もちろんそういうことじゃないが――」

「ええ、わかってるわ。あなたはわたしの倍くらい大きくて、男だから、泥棒をつかまえたくなってもかまわないんでしょう。でもわたしみたいな弱い女はだめなのね」

「きみが弱いとは言ってない」

「なんにせよ、丸腰だったわけじゃないわ。テーブルにあったろうそく立てを持っていったもの」

コールが、ははっと短く笑い声をあげた。「ろうそく立て！」腕を組んで後ろにもたれ、おかしさと憤りの入り混じった顔で彼女を見た。「なるほど、つまりきみは侵入者を追いかけた——ものすごい剣幕で、ろうそく立てを振るって……」

「そしてドアを出たところで、後ろから殴られたの」ヴァイオレットはため息をついた。「そういうことも予想しておくべきだったわ」

「ところが！　きみは頭に血がのぼっていた」

「ねえ、わたしの失敗でずいぶん楽しい思いをしているようだけど」ヴァイオレットは辛辣な口調で言った。「でもどうして——」

「ちがう、そうじゃない！」コールは彼女の両手を取った。「けがをしたきみを見て、楽しいわけがない。そんなこと、わかるだろう。ぼくが楽しんでいるのは、きみの心意気さ」ふと、自分が彼女の手を握っているのを見て驚いたかのように、コールは下を見た。そして眉をしかめる。「手もけがをしたとは聞いてないぞ」

「ああ、これ。頭を殴られたときに転んで、石で手のひらをすりむいたのよ」

コールは渋い顔で、先ほどの茶色の液を布に追加し、彼女の手のひらをぬぐいはじめた。彼が頭をかがめているので、ヴァイオレットは存分に彼を見ることができた。ランプの光で彼の髪は輝き、金色と銀色の混じった髪がはらりと額にかかっている。さわったら、どんな手ざわりがするのだろう。薬がしみて痛かったけれど、気にならなかった。コールがすぐそばにいて、あたたかくて、仕事で荒れた大きな手のひらに手を支えられていることに意識を奪われていたから。

コールが布を脇に置き、手をゆっくりとすべらせるようにして彼女の手を離した。体を起こすにつれ、目が彼女の下のほうに降りていく。そして、はっと息をのんだ。「裸足でこんなところまで走ってきたのか」

ヴァイオレットはむきだしの素足を椅子の下に引っこめた。「それは……ええ、まあ」

「まったくどうかしてる」コールは片方のひざをついてしゃがみ、彼女の片足のかかとを持って足の裏を調べようとした。ヴァイオレットがぎょっとする。

「泥棒は、わたしが靴下と靴を履くのを待ってはくれなかったでしょうから」ヴァイオレットは足をさっと引いた。急に自分がまぬけに思えて緊張してきて、体がかっと熱くなる。

「なんともないわ」

「そうだろうとも」コールはまたどこかへ行った。

ヴァイオレットは自分の足をまじまじと見た。素足なのがなんともいやらしい。自分の足のことなんていままで考えてみたこともなかったけれど、こうして見ると骨ばっていて生白い。とにかく目の毒だ。そして見苦しいだけでなく、汚れている。すりむけてもいる。そんな足にコールがふれた。彼女の足にさわった男性なんていままでひとりもいなかった。それどころか、彼女の足を見た人さえ。きっと野蛮な女だと思われただろう。雨が降っているのも靴を履いていないのもかまわず、ナイトガウン姿で泥棒を追いかけて、外を走りまわる女なんていやしない。彼の言ったとおり、まったくどうかしている。

彼の手にふれられて、このあいだの晩と同じように、すべてがかき乱された。ヴァイオレットは目を閉じた。彼のせいでこんなに動揺していることを、知られてはいけない。また恥をさらすなんてぜったいにだめ。コールが戻ってきた音がして、横目で様子をうかがった。テーブルに大きな鉢を置き、湯をそそいでいる。そして茶色の瓶を取り、湯に液体を少し垂らした。

「なにをしているの?」

「だれかがきみのことをかまわないと」コールはやかんに残った湯をさらに鉢に入れた。「あきらかに、きみは自分のことをかまわないから」

コールはひざをついて大きな鉢を彼女の前の床に置き、彼女の足を持ちあげて湯に浸けた。ヴァイオレットはあまりにびっくりして、抗議の声すらあげられなかった。けれど湯はあたたかくて気持ちよく、無意識のうちにほうっとため息をつく。コールは愉快そうに見あげたが、なにも言わず、布を取って湯に浸し、片手で彼女の足を持って足の裏をそっとぬぐいはじめた。

熱い衝撃がヴァイオレットの全身を駆け抜け、彼の手のなかで足がびくりと動いてしまった。心臓がすさまじい勢いで打ちはじめる。「なにをしてるの？」

「しっ。だいじょうぶ。傷をきれいにしてるだけだ。きみはさぞや子守を困らせた子どもだったんだろうな」

「そんなことないわ。お行儀よくて完璧な子だったわ」信じがたいなと言うようにコールが片眉をつりあげたのを見て、ヴァイオレットは笑った。「ふふ、そのとおりよ。わたしはとんでもなく困った子で、なんでも首を突っこんでめちゃくちゃだったわ。エプロンは汚れ、リボンはほどけ。ほつれていない靴下なんかひとつもなかったもの」

コールは、くくっと笑った。「やっぱりな」彼の手の動きはやさしく、傷は痛いけれど彼の手当ては痛みをなだめてくれるものだった。「ああ、気の毒な足だ。明日はふたつみっつあざができてるぞ。じっとして」彼女のかかとをしっかりと握り、棘を引き抜く。

「いたっ！」

「いまのがいちばんひどいやつだ。皮膚がずたずたに切れてなくて運がよかった。松葉が積もっていたおかげだな。だが小石はいくつか踏んだらしい」

「たしかに一度や二度は」ヴァイオレットは椅子の上で身じろぎした。彼の言葉に意識が集中できない。コールはたんに親切で手当てをしてくれているだけで、特別な意味はないはずだ。それなのに、布でなでられるたびに、彼女の体に熱の渦がらせんを描いて走っていく。かかとを包まれている手のひらにいちいち神経が反応してしかたがない。

ほんとうは拒むべきだった。自分でできるからと、彼に言わなければ。けれど、その言葉をどうしても口にすることができなかった。どんなにいけないことでも、どんなに未知の信じられないようなことでも、いま自分の体に走りつづけている感覚を止めたくない。やさしさと力強さの同居する彼の手。手当てをしてくれている彼の集中した顔。そっとふれる布の感触。彼の手のぬくもり。すべてにすさまじいほど感覚を揺さぶられる。

ずっとこうしていてほしかった。いや、心のどこか隠れた暗い場所では、もっと先へと進んでほしいとさえ思っていた。彼の手を足首へ、そしてふくらはぎへ動かしてほしい。ひざ立ちになって、彼女の脚のあいだに大きな体を割り入れて、両手をナイトガウンの下にもぐりこませてほしい。その手を想像すると、肌がちりちりする。男性の手を知らない肌を、彼の手で目覚めさせてくれたら……。

自分がこんなふうに感じるなんて、考えたこともなかった。下腹に熱がたまり、脚のあいだにうずきが生まれている。顔がほてって、息が荒くなるのをこらえることしかできない。自分が彼に対してどうなっているか、気取られるわけにはいかなかった。こんなみだらなことを考えていると知られたら、この前の夜に拒まれたときよりも、もっと恥ずかしい思いをすることになる。あのときはまだ〝酔っていた〟という言い訳ができたのだから。

コールも同じように黙りこんでいた。彼は黙ってヴァイオレットのもう片方の足の手当てに移った。かすかに彼の手が震えたのは、気のせいだろうか？　彼も自分と同じことを考えているなんて、あり得るかしら？　もしかしたら彼も、彼女のスカートの下に手をもぐりこませて肌の手ざわりを知りたい、彼女の肌をなでたいと思っているのかも……？

ヴァイオレットはつばを飲みこんで、彼を見た。彼はうつむき、ものすごい集中力で自分の手を凝視している。ランプの明かりで彼の肌は金色に輝き、まつげの影が頬に落ち、口もとは……ああ、なんてすてきな唇だろう。少し濃い色で、厚みがある。きっとうっとりするような味わいじゃないかしら。

彼女の頭のなかは、キスの記憶でいっぱいになった。覚えている彼のにおいと味わいと感触で、感覚がはちきれそうになる。あの唇のなめらかさ。あたたかさ。外とうの下にもぐりこんで、大きく広がっていた手。抱きしめられた腕は、燃えるように熱かった。押しつけられた体も、冷えこんだ秋の夜だったのに火のようだった。あのときに激しく湧きあがってきたぞくぞくするような感覚は、理性も分別も押し流してしまいそうだった。

コールが顔を上げ、そのまなざしの威力がヴァイオレットを射抜いた。彼女の足を持つ手に、ぎゅっと力がこもる。きっとこのあと、彼は勢いよく立ちあがり、彼女を抱きしめて、ぬくもりと力強さで包みこんでくれるはず――ヴァイオレットの体が前にかしいだ。

しかしコールは顔をそむけ、すっと立ちあがった。

9

ひどい落胆に、ヴァイオレットは胃が重たく沈んだような気がした。彼女がなにを感じていたとしても、コールの気持ちは同じではなかった。彼はヴァイオレットのほうを見ようともせず、鉢の湯を捨て、せっせと道具をすいだり片づけたりしはじめた。ヴァイオレットはひざの上で握りあわせた両手をじっと見つめ、暴走していた頭のなかを鎮めようと闘った。彼が戻ってきたときには、乱れた胸の内が顔に出ないくらいにはなだめられていた。ああ、どうか、さっき目を合わせたときに、切羽詰まった物欲しそうな気持ちを見られていませんように……。

ふたりは気まずい沈黙が広がるなか、お茶を飲んだ。コールは身じろぎして咳払いをした。

「ダンカリーに侵入するなんて、だれだろう。なにを狙っていたんだろうか」

害のない話題になって、ヴァイオレットはほっとした。「あそこは物取りに入るには絶好の場所だと思うわ。ほとんど人もいないし、高価なものがたくさんあるし」

「たしかに。だが、伯爵から盗もうなんて危険が大きすぎる。流罪になるかもしれないんだ

——いや、流罪ならまだ運がいいほうだぞ」

「ここでは大勢の人が小作地から追いだされたと言っていたわね。そういう人たちは、自暴自棄になってもしかたがないんじゃないかしら」

「そうだな。でもマードンは放逐をやめたんだ。家を失った人たちに見舞金を出した例もある。ぼくもできるだけたくさんの人に仕事を斡旋してきたよ」

「それでもウィル・ロスは追いはぎ行為に走ってしまったのね」

「ああ」コールはうなずいた。「ぼくも最初はそういうふうに考えた。でもあの夜、あそこにいたのはウィルだけじゃなかった。デニス・マクラウドは養わなきゃならない子どもがいる。それで必死になることだってあるだろう。ロブ・グラントもいた。ドゥガルのやつはいなかったが、以前あいつらと一緒に行動していたことがあるんだ。これから赤ん坊が生まれるから、落ち着いたのかもしれない」コールは体をこわばらせた。「ひょっとして——出ていけと言ったから、そうしたんだと思っていたが——もし出ていってなかったとしたら？」

「え？　ドゥガルのこと？　出ていけって、どこから？　なんの話なの？」コールの表情を見たヴァイオレットは、コールが話題にしているのがだれであれ、その人物にはなりたくないと思った。

「ドナルド・マックリーだ」

彼女はつかの間ぽかんとしていたが、名前を思いだした。「前の管理人のことかしら？

あなたが前に言っていた？」

「そうだ」コールの顔は険しかった。「あいつはだれよりもダンカリーのことをよく知っている。それに、マードンに強い恨みを持っている。ぼくにもね」

「屋敷に侵入するなんて、管理人だった人がするようなことではないと思うけれど。いくら恨みがあっても」

「きみはマックリーを知らないから。あいつは平気で罪を犯すようなやつだ。いや、それよりもっと悪いかもしれない。このあいだ、あいつは村に来ていた。ぼくが出ていくように話をしに行って、出ていったと思っていたんだ。だが、もっとしっかり確かめないといけないな。侵入者の男はどんな体格だった？　背が高いとか、やせてたとか、中くらいの体格だったとか、がっしりしてたとか」

ヴァイオレットは残念そうに首を振った。「よくわからないの。一瞬のことだったし、ほとんど明かりもなくて暗かったから」彼女は目を閉じて振り返ってみた。「背は高くなかったわ。やせてもいなかったけれど――上着を着ていたから、はっきりとは言えない。頭にちょっと違和感が――やわらかい帽子をかぶっていたのかもしれないわね。そうだ！」ヴァイオレットは体を起こした。「ああいうマフラーをしていたわ。この前の夜、わたしの馬車を止めた人たちがしていたようなものよ。霧のなかに走って逃げていったとき、後ろにたなびいていたもの」そしてため息をつく。「でも、このあたりでは、それに当てはまる人は大勢いるわね」

コールはうなずき、カップを脇に置いて立ちあがった。「盗られたものがないかどうか、屋敷を見てきたほうがいいな」そう言いつつ、ためらいがちに彼女を見る。「きみは歩いて帰れそうかな？　よければ、この暖炉の近くでいてもらってもいいんだが。眠ってもらうこともできるし」彼は奥の部屋のほうを手で示した。

ヴァイオレットは硬直した。ものすごい勢いで顔に血がのぼってくる。

コールはまごついて言いよどんだ。「あ、いや――つまり――だいじょうぶだ、ぼくは外に行くから……」

彼はなんの意図もなく言ったのだろうが、いまやヴァイオレットの頭には、少し寝乱れた彼のベッドしか浮かんでこなかった。さっきまで彼がくるまれていた上掛けのなかに、するりと入っていく自分の姿……。

なにか言おうとしたけれど、なにも出てこない。ヴァイオレットは咳払いをして、もう一度口を開いた。「いいえ。そう言ってくれてありがたいけれど、屋敷に戻るわ。だいじょうぶ、そんなに遠くもないし」

「そうか。それじゃ――」さっと背を向けたが、また振り返った。「上着を持ってこよう。あるいは、その毛布をそのまま掛けていってもらったほうがいいかな」まごついて心ここにあらずといった様子だ。

コールは返事を待たず、寝室に入っていった。戻ってきたときには、分厚く黒っぽい格子柄の布を持っていた。

「これを。タータンだ。上着よりも楽に着られる」コールは布を広げはじめた。

ヴァイオレットは長そうな生地を疑わしげに見やった。「とても大きそうだけど」

「ああ、でも上着とちがって、しっかり巻きつけることができる。袖が腕にかぶさってしまうこともない」コールの唇の両端が上がった。「ぼくの上着じゃ、きみには合わないだろう?」

こんな布をかぶったらばかみたいに見えるだろうけれど、だぶだぶの上着を着た姿を想像して笑われるのもおもしろくなかった。ヴァイオレットは毛布をさっと取った。ナイトガウンはまだぬれているし、あまりにも肌がむきだしになっているし、なんとも恥ずかしい。彼女はタータンに手を伸ばした。

「いや、ここに立って。ぼくが着せてあげよう」コールはタータンの端を彼女の脇に当てた。「手でここを押さえておいてくれ」布を彼女の背からまわして、さらにもう一度巻き、残りを背中側から引きあげるようにして肩に巻く。布地から彼のにおいがして、彼女の鼻孔をくすぐった。「ほんとうは横になってもらって、くるむのがいいんだが、こうするほうが簡単だから。さあ、できた」

肩から垂らしたタータンをなでおろしたとき、彼の手があやういほどヴァイオレットの胸の近くにふれた。全身に震えが走ったのを、どうか気づかれていませんように。ヴァイオレットはとても彼と目を合わせることができなかった。彼の手が下におりる。

「これをまとうのは、まだ法で禁止されているんだが、きみは南の人だからかまわないだろう」軽い調子でコールは言ったが、どことなくかすれた声があたためたハチミツのように、とろりと彼女の下腹部にしみいるようだった。

「エジプトのミイラみたい」ヴァイオレットはあえて口調を鋭くした。「それともソーセージかしら。これでどうやって歩けばいいのかわからないわ」

「脚のまわりは上よりゆとりがあるはずだが、まあそれは問題ない。きみが歩くことはないから」

ヴァイオレットは彼を見つめた。

「ぼくがきみを運ぶ。そんな足では歩けないだろう」

「ここまでは来られたわ」

「そんなことをしたら、明日は後悔することになるぞ」コールは上着をはおり、彼女に手を伸ばした。

素早くヴァイオレットが後ろにさがる。「ばかなことを言わないで。まさかダンカリーまでずっとわたしを抱えていくつもりじゃないでしょうね」

「そのつもりだ」

「遠すぎるわ。それに重たいし」

コールが吹きだす。「きみが？　きみなんか小さいじゃないか」

小柄なことを指摘した相手には例外なく向ける顔で、ヴァイオレットは彼をにらんだ。

「赤ちゃんみたいに運ばれるなんていやよ。わたしは子どもじゃないわ」

「ああ、それはよくわかってる」コールの瞳がきらりと光った。

「なにかあなたのものを借りられないかしら」

彼はふふん、と意地悪そうな顔をした。「それは、ぼくのブーツを履くってことかな？」

「まさか、でも……ああもう、わからないけど、なにかを足に巻くとか」

コールは大きく息をついた。「赤ん坊みたいな抱き方じゃなければ、運ばれてくださるのかな？　じゃあ、おんぶにしよう」

ヴァイオレットから反応はなかった。

「ほら、子どものころに、お父さんが背中に背負ってくれただろう？」

ヴァイオレットは口をあんぐりと開けた。「父のこと、なにもわかってないのね」

「まさか、おぶわれたことがないのか？」

「ええ、まったく」

「おやおや、じゃあ……その記憶を改めないとな」コールはにやりと笑って、彼女をスツールに連れていった。「この上に立って」彼女をスツールの上に乗せ、背中を向けた。そして彼女の手を取り、自分の肩の上に伸ばさせる。「ほら、乗って」

　ばかげてる。こんなのはおかしいわ……。けれど前のめりになると、ヴァイオレットの腕は自然と彼の首にまわった。止めることができなかった。コールは腕を後ろにまわして彼女の脚の裏にかけ、彼女を前に引いた。とっさにその動きについていき、ヴァイオレットの腕には力がこもり、脚は彼のウエストに巻きついた。彼の背中にあつらえたかのようにぴったりと重なり、胸をぎゅっと押しつけ、彼の髪に頬をうずめた。とんでもなくはしたなくて、ものすごくどきどきする。彼女が貝のようにくっついたところで、コールはランプを吹き消して歩きだした。

「頭をさげて」そう言って身をかがめ、玄関のドアをくぐる。彼はふつうの道ではなく、木立を抜ける道に入っていった。ときおり手を伸ばして低い枝を持ちあげ、ヴァイオレットに当たらないようにする。「そこからの景色はどうだ？」

「すばらしいわ！」地に足のつかない状態で、こんなに高いところから世界を見ていると、頭がくらくらしそうだった。ばかみたいで子どもっぽくて、そしてびっくりするほど自由になった気がする。ヴァイオレットはくすくす笑いが止まらなくなり、コールにしがみつくのをやめられなかった。けれど、子どもに返ったようなわくわくした気分でいるのに、彼とのふれあいは、なにか強烈でなまめかしいものをかきたててもいた。服の下で動く筋肉を意識せずにいることは無理だった。広い背中、軽々と彼女をおぶっているたくましさ。密着している彼の体や、顔をくすぐる彼の髪の感触がうれしい。その髪に頰をすりつけ、絹のようになめらかな感覚を味わいたい。

屋敷に近づくと、コールがわざと背中を丸めて大声をあげた。「ああ、お嬢さん、背骨が折れちまった。もうもとに戻らない」

「よく言うわ！」ヴァイオレットはふざけるように彼の肩をたたいた。「背負っていくって言ったのは、あなたでしょう」声を低くし、できるだけスコットランド訛りをまねてみる。

「〝きみなんか小さいじゃないか〟ってね」

はははとコールは笑った。「ぼくはそんなしゃべり方じゃないぞ」肩をすくめて彼女を放りだすようなしぐさをすると、ヴァイオレットは悲鳴をあげて彼の上着をつかんだ。コールが屋敷の玄関扉を開けてなかに入る。ここでは身をかがめなくても、ヴァイオレットが頭をぶつける心配はなかった。

彼女はしぶしぶ彼の背中からすべりおりた。同時にコールは振りむき、彼女のウエストに手を添えて支えてやった。彼の瞳は深い色合いになっていて、表情が読み取れない。ゆっくりと彼の手が下におり、ヴァイオレットの腰で止まった。彼の体が前にかしぎ、声が低くなる。「ヴァイオレット――」

「コール・マンロー！」ふたりともびくっと跳びあがって振りむいた。ミセス・ファーガソンが炎の揺らめく燭台を持ち、玄関ホールを突っ切ってこちらにやってこようとしていた。

「これはいったいどういうこと？　大きな叫び声が聞こえたと思ったら、今度はこんな。いったい何事なんだい？」非難のこもった目がヴァイオレットに移り、あっけに取られた顔になる。「マイ・レディ！　いったい――それはタータンですか？」

　ヴァイオレットはあごをつんと上げた。ミセス・ファーガソン相手なら、こうしてしらを切るのがいちばんだ。「ええ、そうよ。殿下がスコットランドを訪問されたとき、ハイランドの服をお気に召したのよ。ロンドンではこれがとても人気なの」コールの目がこっけいなほど見開かれたが、ヴァイオレットは気づかないふりをした。「それに、とてもあたたかいし」

　これにはどう応えたらよいのかわからず、家政婦はコールのほうに向きを変えた。

「侵入者がいたらしいんだ」すかさずコールは言った。「レディ・ヴァイオレットはそれを知らせに来てくれたんだよ」

「侵入者？」ミセス・ファーガソンの意識は、うまい具合にヴァイオレットの格好からそれてくれた。「ほんとうなのかい？」

「ああ。レディ・ヴァイオレットを殴っていったそうだ」

「殴った！」べつの声が響き渡ったほうに一同が目をやると、料理人がばたばたとやってくるところだった。サリーは巨大なマッシュルームみたいなふっくらしたナイトキャップをかぶり、がっしりした体を赤いネルのガウンに包んでいた。片手に小さなオイルランプを持ち、もう片手に麺棒を握っている。「だれだい？　泥棒かい？　やっぱり。だから言ったんだよ、ミセス・ファーガソン。だれかここにいただろう？」

「それはわかりませんよ」家政婦はかたくなに言った。「紙が何枚か床に落ちてたからって――」

「小間使いがへましたんじゃないよ」サリーが口をはさむ。

「ちょっと待ってくれ」コールが両手を上げると、ふたりの女性は黙った。「いったいなんの話だ、サリー？　なんの紙だ？　どこに、いつ？」

「だんなさまの書斎だよ。少し前に」

「物音で目が覚めてね」ミセス・ファーガソンがすかさず話の主導権を握った。「大きな声と、ドアの閉まる音がして」サリーがつけ加える。

「なにがあったんだろうと見に行ったんだけど。マードン伯爵の書斎の床に紙が何枚か落ちてただけだった。小間使いが不注意で落とすってこともおおいに考えられるし」家政婦はヴァイオレットに向きなおった。「でも、あなたになにかしようとしたんだったら……」

「とくにわたしを狙ったんじゃないと思うわ。ただ、わたしが追いかけるのを止めようとしただけで。でもわたしが男を見たのは書斎のそばじゃないわ。彼は二階にいたの」

「まずそこを見てみよう」コールはサリーのランプを取ると階段を上がりだし、ほかのみなもつづいた。いまや小間使いがふたりと従僕もひとり加わって、みんな目をむいて互いにひそひそやっている。

「どの部屋から出てくるのを見たんだ？」コールがヴァイオレットに尋ねると、彼女は廊下の先を指さした。

「あの部屋よ」

「だんなさまのお部屋だわ！」小間使いのひとりが息をのんだ。

コールは大またで廊下を進んでドアを開け、部屋の内部を照らした。家具には埃よけの布がかぶせられているが、鏡台にかかっている布がずれ、抽斗《ひきだし》もいくつか開いている。衣装だんすの扉も少し開き、二枚の絵が壁からはずされて立てかけられていた。

「あきらかに何者かがここに入ったようだな」コールはミセス・ファーガソンのほうを見た。

「あの絵は使用人がおろしたものじゃないと思うが」

「ええ、もちろんですよ」

「壁につくられた金庫でも探していたのかしら」ヴァイオレットが言った。

「かもしれない。ここには金庫はあるのかな、ミセス・ファーガソン？」

家政婦は息を大きく吸って取り澄ました。「だんなさまが金目のものをどこにしまわれているかなんて、そんなことは知りませんよ」

コールは彼女を通り越してヴァイオレットを見た。「どこだと思う？」

「わたしにわかるわけがないでしょう？　この部屋には入ったこともないんですもの」

「きみは同じような家柄の人だから。同じような家に住んでいるんじゃないか」

「あのね、ダンカリーみたいなお屋敷はそうそうないのよ」ヴァイオレットは反論した。まるで彼女はふつうの人たちとちがう種類の人間みたいではないか。「でも、わたしの父は、化粧室に金庫を置いていたわ」

コールは小さな控えの間に入った。シーダー材のにおいがして、棚と抽斗が整然と並び、さらにその下はブーツと靴で埋まっている。靴の後ろに、壁につくりつけの小さな四角い金属の扉があり、鍵がかかっていた。コールはしゃがんで扉を調べた。

「鍵がかかったままだから、侵入者はこれを見つけられなかったか、開けられなかったかだろう」コールは寝室に戻り、頭をめぐらせた。「なくなったものがあるかどうか、どうやって調べたらいいかわからないな。なにか手はあるかな?」ミセス・ファーガソンに尋ねる。

「小間使いたちはどうだろう?」

「とんでもない!」ミセス・ファーガソンは驚愕したように答えた。「このお部屋をつつきまわすような者はいませんよ。だんなさまの持ち物を扱えるのは従者だけですからね」

コールはため息をこらえて廊下に出た。「侵入者を見たとき、きみはどこにいた?」ヴァイオレットのほうを見る。

「わたしの部屋はこの先よ」彼女が廊下を進むと、ほかの者たちもついてくる。ドアをくぐろうとしたそのときになって、急にヴァイオレットは意識して足を止めた。視線が自分のベッドに飛ぶ。シーツが乱れて上掛けもめくれ、そばの椅子にはガウンが無造作にかかっている。コールと一緒にここに立っているのは、ほかにも人がいるとはいえ、あまりにも親密な感じがした。ヴァイオレットが一歩さがると、コールとぶつかった。彼がぱっと離れる。ヴァイオレットはあわてて前に行き、咳払いをした。「前に言ったように、侵入者はここには入ってないわ」

「階下《した》を見てみよう」コールは向きを変えた。まず書斎に行くと、床に散らばっていたという数枚の紙を手に取った。「これは証文のようだな。遺言書かな」

「金庫に入れておくような重要なものね」ヴァイオレットは部屋を見まわした。ずんぐりとした金庫が壁際に置かれている。扉は閉じていたが、コールがふれると簡単に開いた。空っぽのなかを見て、彼が小さく悪態をつく。

「なかになにが入っていたか、知ってるかな?」ミセス・ファーガソンに尋ねた。

家政婦が頭を振る。「いいえ、まったく」

「領地からの収入では?」ヴァイオレットが言った。「小作料とかそういうもの」

「それは門番小屋の金庫に入っている。あそこにはだれも押しいろうとしていない。ここの金庫には宝石類を入れてたんじゃないかと思うんだが、ロンドンに持っていったのかもしれないな」

「銀器は? 食器室《パントリー》の!」ミセス・ファーガソンが叫んできびすを返し、走る勢いで召使い用の食事室に行った。ドアを開けると、細長い部屋を大急ぎで奥のドアへと進む。ほっとして体から力が抜けた。「よかった、開いてないわ」

「念のために確かめてみよう」コールが言った。「なにかなくなっていたら、ここならわかるんじゃないか？」

「ああ、そうだね」ミセス・ファーガソンの声は暗かった。「鍵を取ってくるわ」

家政婦が戻ってくるのを待つあいだ、サリーがヴァイオレットに言った。「とてもお疲れに見えますよ、お嬢さま。いつまでもこうしてちゃいけません。おやすみになってください」

「眠れるかどうかわからないわ」

「ホットチョコレートでもお飲みになれば落ち着くかもしれません。こしらえてきましょう」サリーは小間使いや従僕を追いたてながら、ばたばたと厨房に向かった。

「サリーの言うとおりだ。きみはもう寝たほうがいい」コールはヴァイオレットを廊下のベンチまで連れていった。「心配するな。もうダンカリーにはだれも入れさせない。夜が明けるまでぼくがここにいる。屋敷の部屋はすべて見てまわるつもりだ。窓やドアがすべて閉まっているかどうかも確認する」

サリーが湯気の上がるホットチョコレートのカップをふたつ用意して戻り、コールはその盆を受け取った。「ああ、サリー、ぼくのぶんまでつくってくれたのか？　あんたはほんとに理想の女性だ」

「ええ、まあね、今度もっと厨房にお金が必要になったときには思いだしとくれ」

コールはヴァイオレットの隣りに腰をおろし、味わい深いホットチョコレートをひと口飲んだ。ヴァイオレットがほうっと息をついて壁にもたれ、脚を前に伸ばす。ミセス・ファーガソンが鍵を持って戻ってくると、コールは彼女と一緒に執事の管理するパントリーの金庫を調べに行ったが、ヴァイオレットには荷が重すぎたので残った。ベンチでホットチョコレートを大事に飲みながら、心がうつろうにまかせた。どうして泥棒は、せっかく押しいったのに屋敷のあちこちにある高価なものを盗らなかったのだろう？　どうして……。

「おいおい、お嬢さん、ホットチョコレートがこぼれるぞ」

はっとして目を開けると、コールがヴァイオレットの手にあるカップをつかんでいた。

「あっ！　ごめんなさい。気がつかなくて」彼女は頭を振った。「パントリーからなにかなくなったものはあった？」

「いや、スプーン一本なくなっちゃいなかった」飲みかけのカップをベンチに置くと、コールは彼女を立たせた。「さあ、もう寝たほうがいい」

「ええ、少し眠いわ」ヴァイオレットは大きなあくびを手で覆った。

「きみにはそんなものなのか？　くたくたと言ってもいいくらいだろうに」

「コール！」彼に抱きあげられ、ヴァイオレットは大声をあげた。コールが階段に向かう。

「運んでくれなくてもいいわ。自分でしっかり歩けるから」

「ああ、きみが強いことはわかっているけどね」階段を上がりはじめる。「でも今回ばかりは、それを証明する必要はないよ」

ヴァイオレットはため息をついた。抗わなくてはと思いながらも、彼の胸に頭をあずけてしまう。彼の腕のなかはあたたかくて、心地よくて、すてきだった。規則正しい彼の心臓の音に、自分の鼓動が同調していくような気がする。目を閉じてほっとするのがとても楽で、いとも自然なことに思えた。

ベッドにおろされたときに、彼女はまた目を開けた。コールが身をかがめ、マットレスに両手をつく。暗くて彼の表情はわからなかった。

「ヴァイオレット……」

彼女は眠たげな顔で微笑み、彼の二の腕に手をかけた。「ありがとう」

コールはそのまま少しじっとしていたが、やがて体を起こした。「おやすみ」

上掛けをかけられると、ヴァイオレットは横向きになってマットレスにすり寄るように体をあずけた。眠りに落ちていくとき、髪をそっとなでられたような気がした。

10

なんてことだ！　いったいなにをしようとした？　コールは大またで廊下を歩いて階段に向かった。降り口で足を止め、このまま振り返ってヴァイオレットのところに戻りたいという衝動と闘った。さっき目を開けて彼を見たときの、あのやわらかな微笑みを思いだす。ベッドに横になった彼女が、どれほどあたたかく、やわらかく、誘っているように見えたことか。枕に髪が広がって、あんなものを見せられたら拷問でしかないじゃないか。

コールは無理やりにでも足を動かして階段を降りていった。ヴァイオレット・ソーンヒルのような女性は、彼には似つかわしくない。彼女はレディだ。称号を持つ身であることを忘れてはならない。もちろん、彼のような人間は貴族にとって不快なことが多すぎて、そんなことを考えるまでもないのだが。

腕に抱いた彼女がどれほどやわらかくいとおしかったか。透けそうなナイトガウンの彼女にどれほど血がたぎったか。そんなことはどうでもいい。彼女がコールのところまで走ってきたことも、なんでもない。なにより、この前の晩にキスしたとき、彼女が熱く反応したことも、どうでもいいことだ。彼女は酒を飲んでいた。だからあれにはなんの意味もない。その証拠に、あれ以来、彼女の態度は氷のように冷たいじゃないか。

ヴァイオレットは念には念を入れて彼を避けている。何度となく夜にダンカリーの図書室に行って夜が明けるまで過ごしても、まったく会えなかった。だから、とうとう遺跡まで出向かなくてはならなくなった。しかし、あそこにはほかの作業員もいるので案の定気まずく、自分がものすごくまぬけに思えた。あそこでは本音で彼女と話をすることができなかった。いったいヴァイオレットは、彼が彼女のことをなんとも思っていないなどと本気で思っているのだろうか？　彼女がしゃべるのを聞いていると、怒っているだけでなく、傷ついているようにも思えたが……。

もしかしたら彼が感じていたのと同じように、彼女も荒れ狂うような情熱を感じていたのかもしれない。今夜、彼女の足を手当てしていたとき、彼女も同じ欲望に身を焼かれていたのだろうか。布で彼女の足をぬぐっていたときの、絹のようになめらかだった彼女の肌を、コールは思いだした。足を洗うというなんでもないことに、神経という神経が目覚めさせられるとはばかばかしい話だが、ほんとうにそうだったのだ。そして頭を上げたとき、うっとりととろけたようなヴァイオレットの表情を見せられて、もう我慢の限界を超えそうだった。あの瞬間、彼女を床に押し倒して彼女のなかにうずもれたかった。あまりにも激しい炎のような欲望——あれを退けるには、持てる力のすべてを使わなければならなかった。

ふと気づくと、テラスに出るドアの前にたたずんでいて、はっとした。またしても、ここまで来るのにまったくなにも目に入っていなかった。コールはいらだちまぎれに低くうめき、ドアの閂をまわした。もちろん、はまっていなかったからだ。この屋敷のドアの半分は開いているんじゃないだろうか。それだけ、あえてダンカリーに侵入しようという人間などいないということだ。

しかし、そういう不届き者がひとりいたわけだ。その人間のことこそ、コールは考えるべきだった。屋敷じゅうをまわりながら、若い娘のことに心を奪われている場合ではない。侵入したのはマックリーだろうか？　スチュワートの後家さんの宿は出ていったはずだが、どこかほかに移っただけかもしれない――ただ、マックリーを泊める人間など、いくら金をもらうためでも思いつかないのだが。それに、まだ寒さが本格的ではないとはいえ、マックリーが野宿をするとも考えにくい。となると、地元の人間が侵入した可能性のほうが高いだろう。それでもコールは、マックリーが犯人であってほしかった。あのくそ野郎がヴァイオレットを殴ったのだとしたら、めちゃくちゃにぶちのめしてやる。いや、だれであれ、彼女を殴ったやつは再起不能だ。

ああ、またヴァイオレットのことを考えている。まるでばかみたいだ。自分の欲望が強すぎて、彼女もそうだと思いこんでいるだけかもしれないのに。たとえ万が一、彼女も同じ気持ちだとしても、そこにつけこむわけにはいかない。彼はイソベルと彼女の弟のアンドリューと一緒に育ったから、身分あるレディがどれほど世俗のいかがわしい現実から隔絶されているか知っている。

ヴァイオレットはダンカリーの客人だ。コールは彼女を守りこそすれ、踏み荒らしていい立場ではない。それに、自重しなければならない理由はそれだけではなかった。ヴァイオレット・ソーンヒルは、これまで生きてきた女性のなかでも最高に強情な女性に思える。彼女との毎日は、きっとぶつかりあいの連続だろう。いっときのことであればそれも刺激的だろうが、人間はいつまでもそんなふうには生きられない。

コールは屋敷の見まわりをつづけ、施錠されていない窓やドアを見つけるたびに悪態をついた。見まわりが完了するころには日が昇り、厨房の使用人が忙しく動きだしていた。サリーが朝食のひと皿とお茶を出してくれた。それを食べ終わると、腰をおろして壁にもたれ、目を閉じて、ヴァイオレットが降りてくるのを待った。

「コール？」

ぱっと目を開け、弾かれたようにコールは立ちあがった。ヴァイオレットが階段を降りきったところに立っていた。いつもどおり、身なりをきちんと整えて落ち着いている。昨夜、彼のところに髪を振り乱して走ってきたときの、目の色を変えて頰を上気させた女性とはまるで別人だ。「レディ・ヴァイオレット」

「なにか盗まれたものはあったのかしら？　どこから屋敷に侵入したか、わかったの？」

コールは首を振った。「これと言って、なくなったものはなかった。ちょっとしたものがちらほら消えていたとしても、ぼくにはわからない。この屋敷にはそういうものがたくさんあるからね。それに、侵入するのも、わざわざ手間をかけることもなかったようだ。ドアで施錠してあったのは一カ所だけだった。窓は数えきれないほどあるし、その多くはやはり鍵がかかっていなかった。でもそれらにはすべて施錠したし、これからは毎晩ぼくが見まわって、開いていないかどうか確認しよう。だが、それでも侵入しようと思えばいくらでもできる。だから、ぼくはここに住みこむことにした」

ヴァイオレットはつかの間、声もなく目をしばたたいた。

「まただれかが侵入しても、ぼくがここにいれば捕まえられる。完全に施錠されているか、毎晩寝る前に見まわって確かめるよ」

「それは、あの、とても賢明な判断だとは思うけれど」

「きみはイングランドに帰ったほうがいい」

ヴァイオレットの眉がぐっとつりあがった。「なんですって？　帰るつもりはないって、ここに着いたときにも言ったわよね」

「あのときとは状況が変わったんだ。いまではきみの安全が保証できない」

「そんなことは頼んでいないわ」

「それでも、この屋敷ときみのことは、ぼくが責任を持って預かっていることに変わりはないんだ」

「いいえ、それはちがうわ」

「もしきみになにかあったら、それを止められなかったのはぼくだということになるんだぞ」

「ばかなことを言わないで！　わたしのことはわたしの責任よ。それに、このダンカリーを守るために、あなたがここに住みこむんでしょう？」

「ああ、そうだ。だが……」

「それなら、わたしに害は及ばないわ」

彼への信頼に満ちた言葉に、コールは驚くとともに胸が熱くなった。「信用してくれるのはうれしいけど、害というのは身体的なものだけじゃない。たとえば、きみの評判はどうなる？　ぼくが同じ屋敷で寝起きするんだぞ」

ヴァイオレットは片眉をくいっと上げた。「わたしを襲う気なの？」

いっきに頬が熱くなるのをコールは感じた。怒りでなのか、羞恥でなのか、それとも欲情したせいなのか、わからない。「なんだって！　そんなばかなこと――」

「ええ、あり得ないわよね。だったら、わたしの評判を気遣ってくれなくてもだいじょうぶよ」

「ほかにだれもいないんだぞ。同じ廊下に面した部屋で眠るんだ」そう、それこそが、考えないようにするほうがいいことだった。

「ミセス・ファーガソンがいるわ。ほかの使用人も」

「彼らは召使い用の階でやすむ。きみには付き添い婦人もいない。男と同じ屋根の下で何日も一緒に寝起きしていると世間に知れたら、きみの評判は粉々だ。とくに、ぼくみたいな男と」

「あなたみたいなって？　融通がきかないってこと？　人の話を聞かないって？」

「きみと同じ階級じゃないってことだ」うなるようにコールは言った。「そのうえ、私生児だ」

「あなたの生まれはなにも関係ないでしょう」ヴァイオレットは涼しい顔で言った。「でも、もしそうでも、わたしは自分の評判を気にしないんだからいいじゃない」

「言うのは簡単だが、現実に起こるのとはまったくべつの話だ」

「だから、わたしは気にしないと言っているじゃない。それが現実よ。わたしはすでに家族にとって厄介者だもの。できるかぎり、わたしはいないものとされているの。わたしは結婚するつもりもないから、未来の夫がいなくなる心配もしなくていいわ」

コールは鼻で笑った。「メグもよくそう言ってたよ。だがデイモンと出会った。きみだっていまはどうでもいいと思ってるかもしれないが、出会ったらどうするんだ……一緒になりたいと思う男と」

「結婚しなくても〝一緒になる〟ことはできるわ」

コールの全身の神経という神経に、たぎるほど激しく火がついた。しゃべることができない――それどころか考えることも――一瞬にして、欲望で息が詰まりそうだ。

「わたしは進んだ女なの」ヴァイオレットは静かに言った。「結婚に縛られることがいいとは思っていないわ。わたしはだれかの陰に隠れて、名前もない存在になるのじゃなく、自分の仕事を極めたいの。男性は妻がいなくてもなんとも思われないでしょう？　結婚していないからって、禁欲も求められないし。どうして女性も同じではいけないのかしら。さあ、もうよければ、仕事に取りかかりたいの」取り澄ました笑みを見せ、くるりと背を向けて立ち去った。

コールは彼女の腰が揺れるのを見ながらたたずんでいた。追いかけて口づけて、あの挑発するような冷ややかな顔を欲望と情熱で崩してやりたいのを必死でこらえる。少し震える手で顔をぬぐい、髪をかきあげた。くそっ。自分の正気を保つために、早く侵入者を見つけたほうがよさそうだ。

ひどい一日になるはずだった。空は灰色に重くたれこめて暗いし、霧まで漂っている。ヴァイオレットはほんの二、三時間しか眠っていなかった。頭が痛い。すりむいた手のひらも痛い。そして住まいは、もはや安全ではなくなった。それでも不思議と気分は浮きたっていた。

驚くことでもないけれど、遺跡で作業する男たちはすでに侵入者のことを知っていた。でもそれよりも、なぜかアンガス・マッケイまでなにが起きたか知っているらしいのには驚いた。午後早くにやってきた彼は、こげ茶色の瞳を好奇心で輝かせていた。

「あんた、ダンカリーで大暴れしてるらしいな、嬢ちゃん」アンガスはずいぶんと生き生きしているように見えた。

「暴れてなんかいません。あなたたち地元の人がひとりダンカリーに押しいったのだとしても、わたしのせいじゃないわ」

「泥棒はなにを盗ってったんだ？」

「なにがなくなったか、だれもわからないんですって」

「狙いはフランス金貨だな」作業員のひとりが、さも自信ありげに言った。「赤毛のメグとマードン伯爵が見つけて、ダンカリーにしまいこんだんだ」

アンガスは彼に白い目を向けた。「ばか言うな。メグとあのイングランド人は財宝なんざ見つけてねえ」

「いちおうそう言ってるがな」男がもったいぶって答える。

「おめえも酒場のやつらとおんなじ、ばかだな」

「財宝？」ヴァイオレットが訊いた。「レディ・エリザベスのお父さまがカロデンの戦いのあと持ち帰ったというお金のこと?」

「ああ、それだ。金貨のぎっしり詰まった櫃だとさ。入れ物そのものが金を彫ったもんらしい。でっけえエメラルドが上についてて――」

「くだらねえ!」アンガスが杖の先を地面にたたきつけた。「アダム・マッケナ、おめえはまったくあいかわらずの大ばかもんだな。ベイラナンの当主がそんな櫃を持って歩きまわってたっつうのか? 〝襲ってくれ〟って言ってるようなもんでねえか」

「でも、彼らが見つけたのは何枚かの金貨だけで、財宝なんて見つかってないと思ってたけど」

「だから、そう言ってるだけだって」アダムがかたくなに言う。

「ぜんぶ見つけたことをだれにも知られたくねえんだろ」弟のブルースが言った。「だって、危ねえじゃねえか。だれかが盗みに来るかもしんねえ。昨夜のもそういうやつだろ」勝ち誇ったようにアンガスを見る。

アンガスは目をくるりとまわした。「メグがわしらみんなに嘘ついてるって言ってんのか?」

「だってよ、彼女はもうあっち側の人間だろ?」

「彼女の実のじいさんでねえか!」

「おじいさま?」ヴァイオレットは眉根を寄せた。「どういうこと? レディ・エリザベスのお父さまのことなの？」

「ああ。そのレアードが、メグのおっかさんの親父でもあったんだよ」

「ま、おかしかねえよな」アダムが言った。「マンロー家の人間は昔からずっとベイラナンのレアードとねんごろだったんだからよ」

「まあ」ヴァイオレットは目をしばたたいて作業に戻った。アンガスの言ったことの意味をよくよく考えるうち、彼らの会話が耳に入らなくなっていく。地元の人たちは、屋敷のどこかに金貨があると思っている。そして、もしマルコム・ローズがメグの祖父ならば、コールにとっても祖父ということになる。法に認められない自分の出自について彼があれほどこだわっているのも、なるほど無理もないことだろう。

考えこんでいたヴァイオレットは、ふと背中の上のほうになにかむずがゆいような感じがするのに気づいた。なんとなく、だれかに見られているような……。てっきりアンガスが彼女の仕事に厳しい目を向けているのではと思い、肩越しにそちらを見やった。しかし彼はまだアダム・マッケナと熱くやりあっていて、彼女のほうは見ていない。それでも背筋がむずむずする妙な感覚があって、ヴァイオレットは背後を振り返った。だれもいない。三百六十度、ぐるりと地平線を見渡してみても、やはり人影はなかった。

疲れておかしくなっているのだろうか。昨夜のことで動揺して、ありもしないものにびくびくしているのかも。気を取りなおしてヴァイオレットは作業に戻った。しかしその晩は、作業員たちが帰ったあともいつもは残って仕事をするのだが、彼女も帰ることにした。今夜はひとりになりたくなかった。

コールはダンカリーで夕食もとるのだろうか、あるいはここで眠るだけなのだろうか。一緒に食事をとる人がいればうれしいけれど、今朝彼女が断固としてイングランドには帰らないと言ったとき、彼は苦いものでも飲みこんだような顔をしていた。

侵入者を捕まえる手伝いもするつもりだと言ったら、まちがいなく、いい顔はしないだろう。でも、きっとすぐに機嫌を直してくれるだろう。彼はいつまでも怒っているような人ではない。それが彼のいいところだ。笑顔もすてきだし。それに、おでこにぱらりと髪がかかって、うっとうしそうに払うところもいい。あの長い指やたこのできた手のひらが、彼女の足の傷をそっと手当てしてくれたところも……。

いけない。こんなことばかり考えていてはだめだ。コールの前では冷静に、なんでもないような顔をしていなければ。ぼんやりと彼のことばかり考えているなんてよくない。自分は彼に特別なものを感じているけれど、彼のほうはなんとも思っていないのだから。それはちゃんとわかっている。感情を抜きにして行動しなければ。ミセス・ファーガソンやライネルおじの仕事仲間と同じように、コールとも接するようにしよう。

でも、今夜はいつもより少しだけ時間をかけて身なりを整えてみようか。きっとコールは気づかないだろうけれど——小さな装飾品をつけたり、髪をもう少しだけやわらかい感じにまとめたってかまわないじゃない？　彼を誘惑しようというのでもあるまいし。誘惑なんて、どうせやり方もわからない。

彼女が夕食に降りていったとき、コールは食堂の前の廊下でうろうろしていた。ヴァイオレットの胸が、ひそかに小さく跳ねた。彼の視線が素早く彼女の足もとまで降り、また顔まで戻ってきた。

「あなたも一緒に夕食をいただくの？」落ち着いて、丁寧な口調を心がけた。

「かまわないかな。ミセス・ファーガソンがそうしろって言うものだから」

「そう」彼が自分でそうしたわけではないのだ。ヴァイオレットはのどが詰まりそうになったが、気づかぬふりをした。「彼女が気を遣ってくれたのね。わたしひとりだと退屈するから。でもそんなことを考えてくれるなんて、正直驚いたわ」ヴァイオレットは彼の横を通って食堂に入った。

「いや」コールが鼻を鳴らした。「そういうんじゃないさ。メグの肉親が使用人と一緒に食事をするのはふさわしくないと思ってるだけだ。ぼくが泊めてもらう部屋は親族用の部屋だから、食事をするのも親族と同じところってわけさ」

「そんなことまで押しつけられてごめんなさい。わたしから彼女に話をするわ。あなたは食事を――」

コールの目が大きく見開かれた。「ちがう！　そういう意味じゃない。きみと食事をしたくないというんじゃないんだ。ぼくはただ、きみのほうがいやなんじゃ——ふさわしくないと思うんじゃないかと思っただけで——」コールが腕を大きく振る。「ぼくは、こんな立派なところで食事をするのは慣れてないんだ」

傷ついたようなコールの顔に、ヴァイオレットは微笑んだ。「わたしも毎食こういうのをがまんさせられているから、あなたが逃げだしたくなる気持ちもわかるわ」

コールはほっとし、照れくさそうに笑って、彼女の前の椅子に腰かけた。

「少なくとも、上座につけと言われてはいないみたいね」ヴァイオレットの瞳がきらりと輝く。

「ああ、まったくありがたい。さすがに上座は伯爵だけがふさわしいと思ってるみたいだ」

コールは椅子にもたれ、給仕係が彼の皿に料理を盛っていくのを落ち着きなく眺めていた。

ヴァイオレットは給仕係に言った。「料理は自分たちで取るわ、ジェイミー」

青年はうろたえたように彼女を見た。「でも、ミセス・ファーガソンから給仕しろと言われてます」

「わたしがさがってもいいと言ったのなら、ミセス・ファーガソンも叱らないわ」

「あの……わかりました」ジェイミーは不安げに体を揺すり、コールのほうをちらっと見たが、料理を置いてそそくさと出ていった。

「若いジェイミーを困らせて。きみとミセス・ファーガソンのどちらに逆らうのがいけないことか、あいつには決められないよ」

「わたしの至らない点がまたひとつ増えて、ミセス・ファーガソンにそれ相応の罰を受けるかもね。このだだっ広い陰気な部屋で食事させられているのも、彼女の秩序を乱したおしおきじゃないかと思ってるのだけど」大きな飾り皿や枝付き燭台がずらりと並んだ長いテーブルを、ヴァイオレットは渋い顔で見やった。

「きみはこういう部屋で食事をするのに慣れてるもんだと思ってたよ」

「うちの屋敷はこんなに立派じゃないわ。ふだんはもっと格式張らない食堂で食べているし、本式の食堂でもここの半分の広さよ。とにかく、わたしはもうその食堂では何年も食事をしていないわ。おじ夫婦の家の、こぢんまりして和気あいあいとしたテーブルにすっかり慣れてしまったから」

「自分の屋敷には住んでいないのか?」

「両親の屋敷にはね。でも、ライオネルおじのところがわたしの家なの――いえ、もうちがうけれど」瞳が涙で光り、彼女は顔をそむけた。「父とわたしはあまり……いろいろなことで意見が合わないのよ、残念ながら。べつべつに暮らすほうが楽なの」

「そういうのはわかるよ」先ほどまでよりずっと力の抜けた様子で、コールは食事を始めた。

ヴァイオレットは驚いて彼に目をやった。ダンスパーティで会った、気安くて愛想のいいフィドル弾きが頭に浮かぶ。「あなたはお父さまとうまくいっていないの?」

コールは顔をしかめた。「きみ、まさか――あいつはすてきだったとか言うんじゃないだろうな? 女はみんなそう言うんだ」いまいましげに彼は言った。「あいつなんか、人とまともな話もできないのに」

「でも、あなたとはできるんじゃないの?」

「いいや、話なんかしないさ」コールは片方の肩をすくめた。「あの男はぬれた石けんみたいにつかみどころがない。根無し草だ。今日はここかと思えば、明日にはいなくなる。アラン・マクギーは頼りにならない男なんだ」

「そうなの」どうしてコールが動じない岩みたいに頼りになるのか、その原因が垣間見えたような気がした。

「わかってるよ」彼はヴァイオレットに反論されたかのようにつづけた。「人の性格に文句を言ったってしかたがないことは。メグはあいつをありのままに受けいれている。ぼくたちの母親もそうだった。でもぼくは、母に何もかも押しつけてどこかに行ってしまったあいつを許せないんだ。たまに戻ってきたときは、歌って、笑って、ほら話ばかりして。おまえたちに会えなくてさびしかったとか、母さんはなんてきれいなんだとか、この谷の生活はほんとうにすばらしいとか、そういうことを言って。なのにしばらくすると、落ち着きがなくなってくる。目を見ればわかるし、音楽にもあらわれてくる。そして、またどこかに行っちまうんだ」

「たいへんだったでしょうね」

「母がね」

「あなただって」ヴァイオレットはやさしく言った。「男の子には父親が必要でしょうに」

「ぼくはなんとかうまくやってたさ。ローズ家の人たちは母によくしてくれた。ぼくら全員に。アンドリューに乳母が必要なくなるころには、ぼくも母を手伝えるくらいにはなってたし」

「でしょうね」たくましい若者をヴァイオレットは想像した。年齢の割に体が大きくて、ほんとうなら大人の男がやるような仕事を、弱音も吐かずにこなしていたのだろう。「あなたのお母さまは、ほんとうに助かったと思うわ」

「頼りになるって、よく言われてたな」コールは謙遜するように笑った。「たぶん、頭の中身のほうを言ってたんだと思うけど」

ヴァイオレットはふふふと笑った。「ちょっとだけね」

「きみは、どうしてお父さんと意見が合わなかったんだ?」

「わかると思うけど。わたしは父が望むような娘ではなかったから。わたしの姉妹とは大ちがい。わたしは兄の家庭教師を質問攻めにしたり、兄の宿題を代わりにやったりしてたわ。父はわたしが本に興味を持ちすぎて、従順でかわいらしい女性になろうとしていないと思ったのね」

「きみが従順じゃない？　そんなことは思ってもみなかったなあ」

ヴァイオレットは目をくるりとまわした。

「わたしは歩き方やドレスの着付けやピアノじゃなくて、おもしろいことを学びたかったの」

「お父さんに話はしたのか？」

「しょっちゅう。十四のときに、母方のおばとその夫のところに預けられたんだけど」ヴァイオレットは当時を思いだして笑顔になった。「キャロラインおばさまとライオネルおじさまよ。父の目的は、立派な男性と結婚しなかった女がどうなるかを見せることだったんでしょうね――小さな家に住んで、お金の心配をして、掃除と料理の使用人はひとりしかいなくて、古いドレスを着て、おしゃれなパーティにも行けなくて。でも、わたしには天国だったわ。おじは本を読ませてくれたし、わたしの質問にも答えてくれた。わたしはおじの手伝いをして、発掘にも出かけて、おじの仲間との会話を聞いて。八カ月ほどおじのところで暮らしたけれど、戻らなくちゃならなくなったの」

「きみに改善が見られないことが、お父さんに知れてしまったんだな」

「ええ。大げんかをしたわ。父からは、おじとの手紙のやりとりをやめさせるとか、わたしを部屋に閉じこめるとか、本も取りあげるとか言われたの。母がまいってしまって、とうとう父はわたしを学校にやったの」

「ああ……」

「ほんものの学校じゃないのよ」ヴァイオレットは顔をゆがめた。「花嫁修行の学校よ。ピアノや写生や立ち居ふるまいを教えこまれるところ。お茶の注ぎ方、意味のない会話のつづけ方、パリでドレスを買えるくらいのフランス語なんかをね」

「それで、家に帰されたのか？」コールは予想した。

ヴァイオレットは笑った。「いいえ。父のお金が魅力的だから、学校がわたしを手放すとはなかったわ。家にいて閉じこめられているより、わたしもよかった。小さな図書室があってね。文学を教えてくれる先生がいて、本を貸してくれたの。ときどき先生と一緒に博物館にも行って、なによりよかったのは、ライオネルおじと手紙をやりとりできたこと。学校を抜けだして、おもしろそうな講義に行くこともできたわ。もちろん、男の子に化けなきゃならなかったけど……」

「男に化けた？」コールの眉がつりあがった。

ヴァイオレットがうなずく。「年齢が足りてないと思われて、入れてくれないこともあったけど」ため息をつく。「わたしみたいな背丈だと、男の人のふりをするのはむずかしいわ」

「いや、そんなことより……ほかの原因だと思うが」コールの視線が彼女の胸もとにさがり、あわてて戻った。

「なんとかなったのよ」

「きみのお父さんも折れてくれたんだね。きみはこうやって勉強をつづけられたんだから」

「父のことを知らないからそんなことを。学校を出たあとは、自分で社交界に出たわ。想像できると思うけれど、だれからもお声はかからなかった。とうとう二十一になって成人して、父が選んだ道ではなく自分が望むとおりの人生を歩むことができるようになったの。またおじ夫婦のところにご厄介になって、おじと研究をしたわ。それ以来、父には会っていないの」

「縁を切られたのか？」コールは目をむいた。

「いいえ。そんなことをしたら、それだけで醜聞よ。でも、わたしはどうせ家では歓迎されないから。父はわたしの話はしないし、だから当然、母やきょうだいもしないの。父がいないときに一度か二度帰ってみたけれど、そうすると母は居心地が悪そうで」

「きみのきょうだいは？」コールは心配そうに額にしわを寄せて、前のめりになった。

「彼らにとっても、わたしはやはり恥のようなものでしょうね」ヴァイオレットはにこりと笑った。「ここではなんて言うのかしら――〝気にすんな〟？　こういう暮らしのほうが、みんなにとって幸せだわ」

「きみのお父さんは厳しい人のようだな」

ヴァイオレットは肩をすくめた。「わたしの見てきたところ、たいていの男性が父と同じようだったわ」

「全員じゃない。横暴じゃない父親もいるはずだ」

「それはそうね。おじはちがっていたもの」ヴァイオレットの口角が片方上がった。「それに、とてもすてきな根無し草の父親もいるわね」

「おやおや、お嬢さん、その中間の父親だっているさ」

「ふむ。そうかも」彼女はコールのほうを見ずにフォークをもてあそんだ。「この人はちがうんじゃないかと思った人が、前にいたの。おじと一緒に研究をしていた人よ。本や発掘現場や方法について語りあったわ。おじのような人かと思って、彼との人生を思い描いたりもした。愛しあって、一緒に仕事をする人生を。彼から求婚されて、お受けしたわ。うまくいくと思ってた」

「なにがあった？」

顔を上げると、揺るぎのない静かな目でこちらを見ているコールと目が合った。「ある日、彼は自分の思い描いている結婚生活について話してくれたの。研究者としての自分の世界を理解してくれる妻が持てるのは、すばらしいことだろうって。妻が育児や家事をしているときに、自分が古代遺跡や図書館で働いていても、きみはわかってくれる。たいていの女性はお金やきれいな服のように平凡なものを望むけれど、きみはぼくの内面や研究成果に敬意を払ってくれる。学のある女性に自分の知識を語って聞かせるのは楽しそうだ。記録を取ったり、論文を写したり、講義の練習を聞く手伝いもしてもらえそうだな、って」ヴァイオレットは哀しげに笑った。「わたしが婚約を破棄したら、驚いていたわ」

「たいへんだったね」

ヴァイオレットは肩をすくめた。「もうずっと昔のことよ。忘れるのがいちばん。それに、かえって運がよかったのよ。もしジョンと結婚していたら悲惨なことになっていたって、いまならわかるもの。ライオネルおじと発掘に行くこともできなかったし、自分の好きな研究をすることもできなかった。いまは結婚はできなくても、自分の望む生活が送れているわ」

「そいつとは結婚できなかっただろうけど、男はほかにも――」

ヴァイオレットは鼻を鳴らした。「何週間と言わず、何カ月も妻がひとりで外に出ていて不満を言わない夫なんて、いるかしら？　おもしろいことが見つかったからって妻が夜遅くまで本を読みふけっていても、かまわない夫が？　男性の研究者と討論をするために、しょっちゅう夜に出かけてしまう妻に文句を言わない夫が？」

彼は肩をすくめた。「どうかな。そんなことは考えたこともなかった」

「もちろんないでしょう。男性はそんな選択に迫られることはないもの。でも女性には、ほんとうにふたつにひとつしかないの。結婚か、自由か。結婚を選んだら、人生のほかのことはすべて夫次第。住むところも、することとしないことも、子どもがどうなるかも。妻は、自分という存在そのものを夫の手にゆだねることになる。あとは夫が自分を大事にしてくれることを祈るだけよ」

「いいや、そんなものじゃない」コールはあきれたように彼女を見つめた。「男に対する考え方が辛辣すぎる。結婚した男がみんな暴君になるわけじゃないぞ」

「そうかしら」

「妻を愛している男もいる」コールは勢いこんで前のめりになった。「やさしく大事に扱って、足で踏みつけにしたりはしない」

「やさしい人もいるんでしょうね」ヴァイオレットは、昨夜コールが足の傷をきれいにしてくれたときのやさしい手つきを思い起こした。胸が熱くなってきたけれど、そんな気持ちは脇に追いやった。「でも、やさしさと自由はちがうわ。妻がなにを持ち、どうなるか、なにをするかは、すべて夫がそれを許すかどうかにかかっている。暴君とまではいかなくても、支配にはとてもたくさんの段階があるわ。それでも、支配は支配よ。だから、わたしは結婚しないの」

コールが眉根を寄せた。頭のなかで反論の言葉を集めているのが目に見えるようで、ヴァイオレットははねつけるように手を振った。「でも、わたしたちはお互いに相手の考え方は変えられないと思うわ。それに、あなたと話したかったのはそんなことじゃないの」

コールが警戒したように彼女を見る。「ぼくと話したかった？」

「ええ。侵入者の件でやるべきことを、話しあったほうがいいと思って」

「やるべきこと？」コールの眉間にさらに深いしわが寄る。「侵入者の件で、きみがやるべきことなどない。ぼくが――」

「あなたひとりでどうにかしようと思っているなら、それはたいへんなまちがいよ。わたしもこの件を調べるつもりなの——問題は、それをわたしひとりでやるか、あなたと協力してやるかよ」

11

コールがヴァイオレットにはわからない言葉を荒っぽくつぶやいた。ほめ言葉ではなさそうだった。「きみには関係ない」しばらくして彼は言った。「責任はぼくにある。だから、ぼくがどうにかする」

「昨夜頭を殴られたのはわたしなんだから、わたしにはとても関係があると思うわ」

「だからこそ、きみは帰ったほうがいいと言ったんだ。きみに危険が及ばないように」

「いくらでも好きなだけ言いあってもいいけれど」ヴァイオレットは断固とした顔で彼を見つめた。「それで結局、わたしがおとなしく身を引いてあなたにまかせると思う？」

「きみほど腹立たしい女性はこれまで――」

「ええ、わかっているわ。あなたにどう思われているかは」

「それはどうかな」

「わたしの父みたいにわたしを閉じこめておくつもりでもなければ、わたしが首を突っこむのは止められないわよ。あなたはこの地域にもこのお屋敷にもここの人たちにも詳しいから、一緒にやってくれたらとても助かるけれど、もし気が進まないのなら……」

「きみが頭を殴られたのも無理はないな」

「そうね。でも覚えておいてほしいのだけれど、それでもわたしは止まらなかったわ」

コールはテーブルに両ひじをつき、両手で頭を抱えた。「きみと一緒にいると寿命が縮みそうだ」

「そんなことないと思うわ。どうやって侵入者を捕まえるか、考えてみた？」

「もちろん考えたさ。また入ってきたら、その場で捕まえる」

「それはちょっと……不確実な方法ね。もう来なかったらどうするの？」

「そのときは、それで問題ない」

「じゃあ、侵入してもあなたが気づかなかったら？　毎日、寝ずの番をするつもり？」

「ぼくは眠りが浅いんだ。きみがぼくの小屋に来たときだってすぐに起きただろう？」

「わたしは大声で叫んだから」

「じゃあ、どうやって捕まえたらいいのか教えてくれ」コールは食ってかかるように言った。

「屋敷のまわりに罠でも仕掛けようか？」

「そんなことが実際にできるのかしら」

「まあね。昨夜は屋敷じゅうを見てまわって、今朝も周囲をまわったけど、侵入者がだれなのかわかるような手がかりは見つからなかった」そこでコールはにやりと笑った。「きみの武器は見つけたけど」

「わたしの武器？」

「ろうそく立てだよ。おもての茂みの下に転がっていた。犯人に殴られたときに落としたんだろう」

「あれはあまり役に立たなかったわ」ヴァイオレットは顔をしかめた。「でも、侵入者の痕跡はなにもなかったのね？」

「棘のある茂みに引っかかった布切れひとつなかった。廊下に泥のついた足跡もなかったし。屋敷のまわりに足跡はあったけど、庭師や使用人のものと見分けがつかなかった。ここで働いてる人間にも全員、話を聞いてみたよ。小間使いが言うには、ここ数週間でこまごましたものがなくなっていたそうなんだが、だれの仕業かはわからないって。ミセス・ファーガソンに報告したら自分たちが疑われるんじゃないかと思って、できなかったそうだ」

「そうね、きっとそうなるわね」

「ああ。だが、侵入者を見つける手がかりにはならないな。今日の午後は村に行ってみたけど、やはりなにも収穫はなし」コールはため息をついた。「ぼくにはもうなにも打ち明けられないと思ってるやつもいて。話をしてくれる連中は、ぼくが望むような情報を持ってない場合のほうが多い」

「あなたの知りあいの追いはぎさんから話を聞いてみたらどうかしら」

「ウィルのところなら最初に行ったよ。でもあいつはひと晩じゅう家にいたと言ってたし、彼の母親もそう証言していた。息子のためならとことん嘘をつく可能性もあるが、証拠はなにもないからな。正直、あいつが犯人かどうかはわからない。ほかにも手癖の悪いやつはいるし」

「あのもうひとりの人は？　前の管理人だったっていう」

「あいつは二週間近く前にキンクランノッホを出ていった。宿のミセス・スチュワートが言うには、低地地方《ロウランド》に戻ったらしい。ロン・フレイザーも町はずれの道であいつとすれちがったと言っていたよ」コールはため息をついた。「村じゅうを聞いてまわったが、それ以降はだれもあいつを見ていないし、だれかがあいつを泊めているという話も聞かない。ここにかくまってくれる友人も、痕跡をごまかしてくれる友人もいないから、あいつは除外せざるを得ないと思う」

「じゃあ、泥棒が入ってきたところを捕まえるしかないってこと？」

「残念ながらね。ぼくがここに寝泊まりすることは、今日はだれにも言わなかったが、今夜が過ぎればすぐに噂は広まる。だから、入ってきた泥棒を捕まえる機会はひと晩かふた晩しかないと思う。ただ、そんなに早くまた侵入してくるかどうか」コールは肩をすくめた。

「どうにもわからないのは、そいつは何度か侵入していながら、どうしてほとんどなにも盗っていかないのかってことだ。銀の塩入れ。金のたてがみとトパーズの目をした小さなライオンの置物」

「生活できるくらいのものしか盗っていないのかもしれないわ。ほんの小さなものだったら、だれにも気づかれないか、使用人たちも黙っていてくれるかもしれないと期待して。現に、召使いたちは黙っていたじゃない」

「そうだな。でも、どこで売る？　そんなものを買える余裕のある人間はこのあたりにはいないし、品物の出どころも怪しまれるだろう。インヴァネスあたりまで出かけていかなきゃならないが、歩くには遠い。たとえ行っても、あそこでもそう簡単には売りさばけないだろう」

「いくつか数がまとまるのを待って、いっぺんに持っていくのかも」

コールの瞳が輝いた。「まだ手もとに盗品がすべてあるうちに捕まえられればいいな」

「運よくいくかもしれないわ。今夜は待ち伏せするつもりなの？」

「早めに二時間くらい寝ておいて、夜中に起きて見張るつもりだ」

「時間を分けましょうよ。わたしが最初に見張って、半分くらいであなたを起こすわ」

「いや、それは逆にしよう。ぼくが最初に見張って、あとをきみにまかせるよ」

「はあ？　わたしはそんなに簡単にだまされないわよ。あなたが先だったら、きっとわたしを起こすのを〝忘れる〟んでしょう？」

「なんだって？　疑り深いなあ」コールが嘆かわしそうに頭を振る。

「あら、経験豊富なだけよ」そのひとことが持つ二重の意味に、急に空気の濃度が上がった。ヴァイオレットの舌は、口のなかで張りついたように動かない。

コールが身じろぎした。「きみは、またろうそく立てを持って犯人を追いかけるつもりなのか?」

「そうとは限らないわ。だれかが屋敷に入ってくる物音がしたら、あなたを起こしに行くわ。わたしひとりで追いかけたりしないから安心して。でももちろん、念のために殴れるようなものを持っていくけれど」ヴァイオレットはなにか考えるような顔つきになった。「アンガスじいさんが持ってるような杖なんていいかもね」

「ああ、どうにかしてくれ」

「このあいだ侵入者が入ってきたのは真夜中だったから、あきらかにあなたに割り当てられた時間帯のほうが危険だわ。男としての自尊心は、それで満足すると思うけれど」

「自尊心うんぬんの問題じゃない」

「ええ、そうでしょうとも」ヴァイオレットはやたらとなだめるような声色を出した。

「きみはなんて腹の――」

「立つ女なんだ!」ヴァイオレットが代わりに言い、ふたりして声をあげて笑った。「じゃあ……それでいいわね?」

「もう決まったじゃないか。きみは最初から、ぼくを説得してこうするつもりだったんだろう？」

「うまくいって、とてもうれしいわ」ヴァイオレットは立ちあがった。「さあ、それじゃあちょっと失礼して。追跡用の服に着替えなきゃ」背を向けたが、またくるりと向きなおる。「あの——一緒に食事ができて……楽しかったわ。ありがとう」

彼女はさっと背を向け、コールがなにも言えないうちに部屋を出ていった。

ヴァイオレットはまぶたがそろそろと降りてくるのを感じてはっとし、両手で顔をこすった。見張りというのは退屈だった。学問のことでも考えていなければ、ついうとうとしてしまう。ほかに考えることと言えば、どうしてもコールのことになる。前の晩、小屋の玄関に出てきた彼がどんなふうだったか……むきだしの胸、筋肉の盛りあがった腕、彼女の腕をつかんだときの手の力……。

半裸の男性と向きあったことなど初めてだった。あのときのことを思いだすと、下腹のあたりが落ち着かなくなる。ヴァイオレットは体をずらし、固い木の床の上で座りのいい位置を探し、ポケットに手を入れて懐中時計を見た。午前二時をまわったところだ。コールを起こそうかと考える。もう少し眠らせてあげるのが親切というものだけれど、それで自分が眠ってしまって侵入者を逃したら、目も当てられない。

ヴァイオレットは立ちあがり、こわばった手足を伸ばした。ふと、男性の寝室に入るなんてとんでもないことでは、と思い当たった。そんなことはしたこともない。なんだか背筋がくすぐったくなる。彼女は静かに階段を上がり、コールの部屋のドアの前でいったん止まって、そっとドアを開けた。部屋は暗かった。明かりは、背後の廊下に灯ったろうそくだけ。けれどぼんやりと浮かびあがる大きなベッドはなんとなく見えた。そちらに足を踏みだすと、急に呼吸が乱れた。

夜は冷えるのに、きっとコールには暑いくらいなのだろう。ベッドのカーテンは開けられ、束ねられていた。近づいていくと、上掛けがウエストのあたりまでしか掛かっていないことがわかった。裸の胸がひんやりとした空気にさらされている。ヴァイオレットの目は彼の胸に釘付けになり、足が止まった。シーツと毛布の下は、一糸まとわぬ姿なのだろうかと想像してしまう。知らないうちに、脚のあいだに熱が集まってきた。

見ているとコールが身じろぎし、彼は枕の上で頭を落ち着きなく動かした。小さくうめいて横向きになり、片手をシーツの上で広げる。枕に頬をすりつけ、なにかつぶやく。そしてまた小さな声をもらすと、マットレスに指先が食いこんだ。顔が紅潮している。熱でもあるのだろうか？　具合が悪いの？　ヴァイオレットはそっと彼の腕に手をかけてささやいた。

「コール？　コール、起きて」

彼の目がぱっと開いた。「ヴァイオレット！」

コールは彼女の腕をつかみ、仰向けになって、熱のこもった夢見るような目で彼女を見あげた。唇がゆっくりと弧を描いて微笑む。もう片方の手も彼女の腰に伸び、なでるように指が広がった。「きみか」

彼の手がふれたところが燃えるように熱い。やんわりとした手の動きに、ヴァイオレットの脚のあいだにますます熱が生まれた。

「もちろん、わたしよ」騒ぎたてる神経に、彼女は必死で逆らった。「ほかにだれもいないでしょう？　具合が悪いの？　体が熱いわ」

コールの目が大きく見開かれた。熱いかまどに手をふれたとでもいうように手を引っこめ、がばっと体を起こして、ずり落ちそうになった上掛けをつかんだ。「ヴァイオレット。ここでなにをしてるんだ？」

「起こしに来たのよ、忘れたの？　ねえ、コール、熱があるんじゃない？」ヴァイオレットは彼の額に手を当てた。コールが上掛けをつかんだまま後ろにさっとさがる。

「いや、だいじょうぶだ！」静まり返ったなかで声がやたらと響き、彼は声の調子を落とした。「熱はない。その――夢を見ていたんだ」

「まあ。悪い夢ね」ヴァイオレットはうなずいた。「それで苦しそうだったのね」

「苦しそう？　いったいどんな――いや、ぼくはなにか言ってたかな？」まだぼんやりしている顔に警戒の色が浮かんだ。

「いいえ、とくに」

「よかった」コールは上掛けの下でひざを立て、腕でひざを抱えてなにかつぶやき、顔をうつぶせた。

「そんなふうにぶつぶつ言われると心配になるわ。なにを言ってるかわからないんですもの」

「わからないほうがいいんだ」

「そう」ヴァイオレットの視線が、むきだしになっているコールの背中をさまよった。浮きでた背骨をなぞりたくて指がうずき、両手を握りしめる。彼がひざを立てたときに上掛けがさらにすべり落ちたのか、脇まではだけて、なにも身につけていない腰が少し見えていた。シーツの下の体は、ほんとうに裸なのだ。

ヴァイオレットは砂を噛んだように口がからからになった。視線を無理やり引きはがす。

「あ……あの、それじゃあ、わたしはもう行くわ。じゅうぶん目が覚めたのなら」

「すっかり覚めたよ」語気が荒かったが、そのあとコールはため息をついた。「すまない。ぼくは寝起きが悪いんだ。みんな知ってるけど」

「あなたと目を覚ました人がそんなにたくさんいるの？」

「えっ？　ちがう。そういう――そういう意味じゃ……メグと、母さんと、その……」

「何人かの女性ね」コールの頬骨のあたりに赤みがさすのがわかった。そんな彼を見て、どうして肌がぞくりと粟立つのか、どうして彼の動揺が楽しいのか、ヴァイオレットにはわからなかった。いったいどうして、こんなに彼の心を揺さぶりたくなるのだろう。これではまるで、彼が激昂するところが見たいかのようじゃない。

自分でもわけのわからない気持ちに混乱し、ヴァイオレットはついと顔をそむけた。「それじゃあ。わたしはもう寝るわね。おやすみなさい」

ヴァイオレットが足早に暗い廊下に出て見えなくなるのを、コールはじっと見つめていた。そしてうめくような、うなるような声を小さくもらすと、ベッドにどさりと背をあずけた。横向きになって枕に顔をうずめ、悪態をついてみたが、身の内に燃えさかるものをうまく吐きだすことはできなかった。寝言を彼女に聞かれていたのだったらどうしよう？　彼がどんな状態になっていたか、知られていたとしたら？

コールは彼女の夢を見ていたのだ。夢のなかは夏で、ふたりは湖で泳いでいた。彼女はシュミーズしか身につけておらず、ぬれた木綿が張りついて体の線が余すところなく浮かびあがり、目にも楽しかった。彼女は湖畔で仰向けに寝そべり、両腕を彼のほうに差しだした。彼は覆いかぶさり、彼女の唇をふさいでシュミーズのなかへ手をもぐりこませ、なめらかな肌をなでた。

そのとき、名前を呼ばれたのだ。目を開けると彼女が目の前に立っていた。高ぶっていたのと寝ぼけていたのとで、つい手を伸ばしてしまった。彼女をベッドに引きずりこむ前に目が覚めて、ほんとうによかった。

コールはうめいた。そうだ、よかったのだ。少なくとも自分の望んだ状態ではないが、ここで興奮冷めやらず、汗だくになって、解放される望みもないまま岩のように固くなっているほうが、ずっといい。どうして彼女にはこれほど心をかき乱されるのだろう？　ああ、あのやわらかな光を放つ、やさしい瞳。ふっくらとしてやわらかな胸は、きっと彼の手にしっくりとなじむだろう。唇もなまめかしくて、キスしたくてたまらなくなる。だが、美しい女性ならほかにもいるし、きっと彼女よりもやさしくて、かわいげがあって、従順だろう。

それなのに、ヴァイオレットにはだれよりも心を惹かれる。あの辛辣な部分があるからこそ、甘い部分をよけいに味わいたくてたまらなくなる。彼女が燃えあがって快楽を感じるところを見られるかもしれないと思うと、どうにもそそられる。彼女の奥の奥に隠された部分を目覚めさせることができたら、どれほどの満足感を得られるだろう――彼女の奥深くに封じこめられた、熱くたぎる秘密の部分を暴く鍵を、まるで自分だけが持っているような気がするのだ。

コールは体を起こした。起きて服を着なければならない。頭を切り替えて、体のなかで荒れ狂う欲望を鎮めなければ。それができないようなら、彼女と同じ屋根の下で生活するのは、とんでもない責め苦になるだろう。しかし逆に、その責め苦に自分から飛びこんでいきたいような気もしていた。

ため息をついて後ろにもたれたコールは、腕で目を覆った。あと少しだけでいい。もう少しだけ、彼女のことを考えていたかった。

翌朝、ヴァイオレットは軽やかな足取りで食堂に入っていった。前の晩は眠った時間が短かったのに、不思議と元気が湧いていた。コールはすでにテーブルにつき、お茶を飲んでいた。

「おはよう」彼女は明るく言って、配膳台のところに行った。

コールの返事は、挨拶というよりうなり声のようだった。ヴァイオレットは肩越しに彼を見やった。彼の目はぼんやりとし、髪はくしゃくしゃであちこちにはねている。細長く赤い筋が顔の片側についていて、どうやらなにか角ばったものに顔を押しつけて眠ったらしい。お茶のカップの上にかがみこむように背を丸め、まるでお茶だけがやすらぎだとでも言うように、片手でカップを包んでいる。くたびれて眠そうで、無愛想な感じだった。なぜか彼の姿を見ただけで、ヴァイオレットは気持ちが浮きたった。

「すてきな朝ね？」彼女の皿には料理が山盛りになっていた。

「雨だよ」

「ええ、でも、雨でもすてきなこともあるでしょう？　見る人の気持ちによるのだと思うわ」彼女は笑顔でコールの向かいに腰をおろした。

コールがねたましげな顔でちらりと見る。「きみは朝からいつもそんなに……元気なのか？」

「あなたは朝をあまり楽しく迎えられない性質《たち》のようね。てっきりいつも早起きしているんだと思っていたわ、田舎で育った人だから」

「早起きはしているさ。だからって楽しいとは限らない」コールはまたお茶をひと口飲んだ。「わたしが後半の見張りをしたほうがいいかもしれないわね。わたしのほうがよく見張っていられそうだもの」自分が見張りをしていたとき、目を開けているのに苦労したことは言わないことにした。「ただ、侵入者を捕まえるのは、わたしのほうが役に立たないけれど」

「ふむ。おしゃべりの嵐で気を失わせればいいんじゃないか」上目遣いのコールの瞳がきらりと光った。

ヴァイオレットは口もとがゆるむのをこらえようとしたが、だめだった。「どうやら、ようやく脳みそが起きたみたいね」

ヴァイオレットの皿からベーコンをかすめ取ると、コールは椅子にもたれてそれを嚙みながら、考え深げに彼女の顔をじっと見た。「きみのほうは、どうやら新たにとんでもない計画を思いついたようだな。どうぞ、話してみたら」

彼女は偉そうに眉をつりあげた。「そう言われると、言いたくなくなるわ」

コールはそのまま待っている。

「わかったわ。昨夜、犯人を待っているときに、よくよく考えてみたの」

「勘弁してくれ」

「何度もくり返し屋敷に侵入するなんて、捕まる危険を増すようなものでしょう？　とても愚かな行為に思えるわ」

「ウィル・ロスなら、そう驚くようなことでもない」

「それはそうかもしれないけれど、もしかしたら小さなものがなくなっていたのは、本来の目的の〝ついで〟だったのかもしれないと思ったの。どうせわからないだろうとか、目的のものは見つからなかったけれど、せっかく入ったからなにか実入りがほしいとか、出来心で持っていったんじゃないかと」

「というと？」コールの眉が上がる。

「もっと大きなものを探していたんじゃないかしら。もっと価値の高いもの。価値があるから、何度でも戻ってきて探したのよ」ヴァイオレットは身を乗りだし、コールの顔を凝視した。

「それで、その価値のあるものというのは？」

「ええ、ミスター・マッケイによると――」

「アンガスじいさん！　なんであのじいさんがここで出てくるんだ？」

「べつになにもないわ、意見を言ってくれただけよ。いつものように」ヴァイオレットの唇が愉快そうに弧を描いた。

「うかつだった。いつそんな意見をきみに言ったんだ？」

「これまでに二回ほど発掘現場に足を運んでくれているわ。最初のときは、わたしたちの仕事を品定めするためだったんでしょう。昨日は、侵入者のほうに関心があったみたい」

「世捨て人みたいな暮らしをしているくせに、どうして谷で起こったことをなんでもかんでも知ってるんだ」コールがうなった。「じいさんのやつ、ぼくがへまをしたとか言ってただろう」

「いいえ。いまのところ、作業員の人たちにあれこれけちをつけるくらいしかしていないわよ。彼と作業員の人たちは、侵入者は財宝を探してるんじゃないかと言ってたわ」

「財宝！　ああ、なんてこった……」

「アダムは、マルコム・ローズがフランスから持ち帰った金貨をあなたのお姉さんと伯爵が見つけたと思ってるようだったわ。アンガスはそんな話はばかげてると言ってたけれど」

「アンガスじいさんの言うとおりだ――じいさんに賛成するのは癪だが。メグが見つけたのは、革の切れ端と二枚の金貨だけだ。レアードの旅費だったとも考えられる」

ヴァイオレットは眉をひそめた。「あなたはできるだけ平凡なつまらない話にしたいと思ってるのかしら」

「ぼくは平凡なつまらない男だからね」コールは言い返した。「単純な話がいちばんあり得るものさ」

「そうだとしても、財宝があるかどうかが問題なんじゃないの」

「えっ？　それじゃあ、なにが問題なんだ？」

「財宝はあると、みんなが思ってることよ。そして、この屋敷に隠されていると思ってる人がいるってこと。侵入者の目的はそれだったんだから」

コールはかたくなに唇を引き結んでいたが、しばらくして息をつき、力を抜いた。「きみの言うとおりかもしれない。だけど財宝がここにあるとみんなが思ってるとしても、それはぼくらにはどうにもできないことだ」

「あら、できることがひとつあるわ」

「へえ、なんだい？」

「先にわたしたちが見つけるのよ」

12

「宝探し？　それがきみの解決策か？」コールは目を丸くした。

「ちがうわ。宝を見つけることが、よ。実際に見つかるまでは、みんなここに財宝があると思いつづけて、探すのをやめないでしょう。でもわたしたちが見つけて銀行に入れてしまえば、探しても無駄だということになるわ」

「だが、どこにあるのか見当もつかない」

「だから、財宝がどうなったかをあきらかにしなければならないのよ」

コールは目を細めて彼女を見た。「きみはたんに、うずもれたお宝を探してみたいだけじゃないのか？」

ヴァイオレットは声をあげて笑った。「たしかに困難な謎解きに挑戦するのは楽しいわ。困難だからって、見つけなくていいってことにはならないでしょう？　それに、そういうことがあったほうが、どきどきわくわく楽しい夜になるわ」

「わくわくはともかく、きみが来てからじゅうぶんどきどきさせられてるよ」コールはため息をついた。「いいだろう。だが、実際にどうやって見つけるつもりだ？　ぜったいに見つからないと言える場所は、このダンカリーだけだ。デイモンの一族は戦争のときに敵側だったからな。チャールズ王子を助けるための金を預けられるはずがない」

「レアードから盗んだということは？　金貨がどうなったか、あなたはなにも知らないの？」

「当時のマードン伯爵はここではなくイングランドにいたことはわかってる。サー・マルコムが帰国していたことも、イソベルとジャックが彼の遺体を発見したから、まちがいない。そして、彼が妻と弟によって殺されたということも」

ヴァイオレットは目を見開いた。「妻と弟に殺された？　どうして？」

「嫉妬さ。弟は、兄に称号と領地を取られたことを恨んでいた。そしてサー・マルコムの奥方にも恨みに思うことがたっぷりとあった。サー・マルコムはほかの女性を愛していたんだ。だが、ふたりとも金貨を手に入れていないというのははっきりしていると思う。メグとデイモンが二枚の金貨を見つけるまで、金貨は盗まれたか、そうでなければサー・マルコムは持ち帰らなかったと考えられていたから。しかしいまでは、レアードは金貨をフェイ・マンローに――ぼくらの祖母に託したとメグは思っている」

「レアードが愛した人というのは、あなたたちのおばあさまだったのね」

コールは肩をすくめた。「ぼくらの祖父がだれだったのか、だれも知らなかった。フェイはけっしてそれを明かそうとしなかったし、ぼくらの母を産んですぐに亡くなったから。メグはよく言ってたよ、だれが祖父なのか知りたいって。そしてふたりが伝言を取り交わしていた場所を突きとめたら、その場所でフランス金貨が二枚とローズ家の紋章入りの革の切れ端が見つかったんだ。だからといって、財宝があることになるのかどうかはわからない。でも、サー・マルコムがフェイ・マンローの謎の恋人だったことはまちがいないと思う」

「つまり、あなたとメグにはローズ家の血が流れているのよね。それなのに、そんなに貴族を嫌っているなんて！」

「なにせ不義の子だからな。祖父が女遊びをするような貴族とわかったって、うれしくもなんともないさ。いつでもどこでも好きなように自分の欲望を満たし、法にのっとった妻を裏切り、愛しているはずの女性をも捨てる男が、またひとりいただけだ。当然、ぼく自身は前となにも変わらないよ」

「そうね、あなたはそんなことで変わるような人ではないわね」ヴァイオレットの口もとがわずかにほころんだ。「でも、それであなたがミセス・ケンジントンといとこ同士になったのも確かよ」

「まあ、それはよかったことかな」

「お姉さんは、どうやってふたりが会っていた場所を突きとめたの？　サー・マルコムが財宝をあなたのおばあさまに託したと思ったのはなぜ？」

「フェイの日記に書いてあったんだ」

「あの夜に図書室であなたが読んでいた本のこと？」

コールはうなずいた。「サー・マルコムがあれをフェイにあげたんだ。フェイに読み書きを教えたのも彼だ」

ヴァイオレットの表情がやわらいだ。「そうなの？」

コールは笑った。「ロマンティックだと思ったんだろう。メグもそうだった」

「もちろんよ。彼がほんとうにおばあさまのことをわかっていたということだもの。心から大切に思っていたんだわ。女性にはちょっとした宝飾品を渡すことがほとんどだけれど、そんな時間も手間もかかることをするなんて、体だけが目当てではできないことよ」

「金貨を託すくらい、よく知っていたということだな」

「金貨を託されたことは書いていたのね。でもどこに隠したかは書いていないの？」

「その件についてては全体的にとてもぼかしてあるんだ。相手の男の名前も一度も出てこなくて、〝愛しい人〟とか〝彼〟としか書かれていない。なにかを渡されたことや、それをどうしたらいいかということは書いてあった。渡されたものをどこかへ移したということも。日記から破り取られたページも何枚かあって」

「ほんとうに謎ね」ヴァイオレットは目を輝かせた。「まずは日記から調べましょう」

「本気なのか？」

「そうよ。堅いことを言わないで、コール。あなたはわたしを怒らせるのが好きなんでしょうけど、それ以外にこの財宝を探さないほうがいい理由はひとつもないわ」

「きみを怒らせるのが好き？　きみのほうこそ、ぼくを怒らせて楽しんでるじゃないか」

「ばかばかしい」ヴァイオレットはにっこり笑い、最後のベーコンを口に放りこむと立ちあがった。「じゃあ、今晩からね。夕食のあと、図書室で」

「ああ、わかった。宝探し開始だな」


コールが図書室に入っていったとき、ヴァイオレットはすでに待っていた。テーブルに座り、前に紙と鉛筆がきれいに並べてある。彼女に会うのに、コールは心の準備をしていた――じつに一日の大半を、そのことばかり考えて過ごしてしまったが――それでもなお心が少し浮きたっていた。

ばかげている。彼は、どんどんこれまでの自分ではなくなっていた。落ち着きがなく、いらいらしがちで、どうということもない日常的なことをするのにも期待が渦巻く。夕食のあいだも、気づけばヴァイオレットのドレスの襟ぐりについたレースの縁飾りや、むきだしの彼女の腕をかすめそうでかすめない肩掛けの房飾りを見つめていた。彼女の絵を描きたいと、コールは思った。胸の谷間にできた陰や、なめらかな白い肌を飾る繊細なレースを写し取りたい。いや、絵よりも木彫りの像がいいだろうか。平面では、彼女の魅力や上品さは表現しきれないだろう。

彼女と会話をしていると話についていけないことがしょっちゅうあり、ヴァイオレットにはどうしたことかと思われているにちがいない。コール自身、ほんとうにどうしたことだろうと思う。彼女と一緒にいて、ほしいのに手に入らないものを見ていると、胸が痛む。それでもこうしてわざわざ彼女と夜を過ごしにきている。しかも、自分からそうしたいと思っているとは……。

図書室に入っていくと、ヴァイオレットは顔を上げて笑みを浮かべた。飛びあがるように立って、隣りの椅子を引く。「来てくれてよかったわ。助けてほしいの」

彼女の向かいに座ってずっと顔を見ているのと、数センチしか離れていない隣りに座るのと、どちらがまずいだろうかとコールは考えた。しかし、どちらも変わりがなさそうだ。彼女に引かれた椅子にそのまま座ると、彼女もまた腰をおろし、一枚の紙を彼の前にすべらせた。そして少し身を乗りだし、自分の描いたものを指さした。

先ほどのコールの疑問に答えが出た――隣りに座ったほうが、はるかにまずかった。彼女のにおいが届き、息づかいがもれなく聞こえ、彼女が動くたびにドレスの衣ずれの音がして、彼の視線はレースの縁取りの上の胸のふくらみに釘付けになる。彼は目の前の図に意識を集中しようとした。

「湖の地図を描いたのか?」

「調査している場所は、かならず図を描くことにしているの。もちろん簡単なものだけど。遺跡と、ダンカリーと、村に入る道、ストーンサークルなどにはしるしをつけておいたわ。ベイラナンの場所はここでいい？　金貨が見つかった洞窟の位置も？　あなたのおばあさまが暮らしていたのはどのあたりかしら？」

集中しろ。「ベイラナンの位置はだいたいそのあたりでいい」コールは彼女から鉛筆をもらって、いくつか図を書きこんだ。「ここが洞窟。ここが城塞」

「最初の日にあなたが指さして教えてくれたところ？　古いベイラナンね？　そこの地下は洞窟につながってるって言ってなかったかしら？」

「そう言われてる。だが、金貨が見つかったところにはつながってない」彼は急いで言い添えた。「あそこは崖からしか行けないんだ」

「でも、城塞は金貨を隠す可能性の高い場所に思えるわ」

「ああ。地下一階も二階もあるし、地下道もある。洞窟につながっているものは見つけられていないけどね。新しいほうのベイラナンに通じているものが一本あるけど、それは途中で崩れて埋もれている。ほかにも一、二本進んでみたが、それも途中で崩れていたから、洞窟までつながっているかどうかはわからない。まあ、ローズ家には洞窟か、少なくとも外壁まではつながる地下道があったと考えるのは理にかなっているな。いざ逃げなきゃならなくなったときのために」

「ローズ家って秘密めいた一族なのね」

「ローズ家の人間は……疑り深いんだよ。彼らが繁栄した理由のひとつだろう。もしサー・マルコムが金貨を隠したんだとしたら、城塞に隠す可能性が高い。でもフェイはあそこのことを彼ほどは知らないだろう。しかし彼女の手紙から判断するに、金貨を隠したのはフェイだ」

「手紙？　あるのは日記だけだと思っていたわ」

「メグが金貨を見つけた洞窟に、短い手紙もあったんだ。フェイがサー・マルコムに宛てて書いたものだ。ふたりはあそこで伝言をやりとりしていたんだよ」

「それ、持ってる？　見せてもらってもいい？」

「もちろん」コールは前面がガラス張りの書棚に行き、前に彼が読んでいるのをヴァイオレットが見た革装丁の古い日記を取りだした。それを開き、ぼろぼろの黄ばんだ羊皮紙を取りだすと、慎重に開いてヴァイオレットの前に置いた。

彼女はしわだらけの羊皮紙の上にかがみこみ、目を細めてかすれた文字を読んだ。


大切なあなた、あなたがこれを無事に見つけて喜んでくれますように。あなたから預かったものは無事よ。ちゃんと隠したわ。いつどこで見つければいいかはわかるわね。心配していたようにあなたが行ってしまったのなら、わたしたちの子どもに託します。もうすぐ産まれるの。こわくはないわ。だってきっと、あなたはわたしを待っていてくれるだろうから。心から愛しています、フェイ。

「なんだか哀しい手紙ね。子どもに託すだなんて、フェイは自分が死ぬことを感じていたのかしら？」

「かもしれない。あるいは出産をひかえて不安だっただけかもしれないが。どちらもあったのかもな。彼女は赤ん坊をこの世に産みだして間もなく亡くなったから」

「相手の男性の名前や、なにを預かったかは書いてないわね」

「ああ。金貨とローズ家の紋章から、ぼくらは一足飛びに結論を出したわけだが。見当はずれということもあり得る。でも、つじつまは合うんだ。フェイは類まれな美女だと言われていたから、いかな妻のいるレアードでも心を奪われたかもしれない。相手が妻のある身で身分もあったのなら、フェイが相手の素性をひた隠しにしたのもうなずける。相手の男が教育を受けていれば、彼女に読み書きを教えることもできただろう。財産もあったから、髪飾りをふたつ贈ることができた。デイモンが言うには、並の男には手の届かないような品だったそうだ。それに彼は、このナイフも彼女に与えていた」コールは背中に腕をまわし、柄の黒い短刀をベルトから引きだした。見るからに使いこまれた古いもので、柄に変わった模様が彫りこまれている以外は飾り気もない。

「いつもそうやって武器を隠し持っているの？」

コールは肩をすくめた。「ナイフがあると便利なこともある」

「それもサー・マルコムのものだったのかしら？　バラの紋章はないけれど」

「わからない。質のいいものにはちがいないが、だからといってレアードのものとは限らない。スコットランド人の多くが靴下の上部に挿して持ち歩く、スコットランドの短刀《スキアンドゥ》だから」

「ここに彫られた模様は？」

「わからない」

「ルーン文字のようにも見えるわ。持っている本で調べてみなきゃ」ヴァイオレットは短刀を彼に返した。指先がコールの手をかすめ、彼の腕に小さな震えが走る。コールは短刀の柄を握りしめ、時間をかけて鞘に戻した。

「どうして彼は自分で金貨を隠さずに、フェイに託したのかしら？　屋敷に持って帰ってもよかったのに」

「妻や弟は信用ならないと感じていたのかもしれない。彼がふたりの手でどういう最期を遂げたかを考えると、驚くことでもないな。たぶんだれよりもフェイを信頼していたんだろう。なんといっても、彼女は彼の素性を隠しとおしたんだ。ローズ家の歴史は、マンロー家の治療師である女たちの歴史と絡みあっている。その昔ベイラナンのレアードは、マンロー家の女たちに小屋を与えた。うちのご先祖は、ほかの場所だったら魔女と言われて蔑まれ、命さえ奪われることもあっただろう。マンロー家の女の在り方は……ふつうではなくて、しきたりをないがしろにするものだったからね。でも、レアードの庇護を受けていると思われていた」

「どうして?」

「それはわからない。言い伝えの大半は突飛な話ばかりで、真実がどうだったかは見えてこないんだ。ふつうに考えれば、サー・マルコムが金貨を置いておくのにいちばん安全な場所だと思ったのは、フェイと伝言のやりとりをした洞窟だったろうね。しかしあきらかに、フェイは金貨をよそに移した」

「どうしてあなたのお姉さんはその洞窟を探したの? 彼らが伝言をやりとりした場所がどうしてわかったの?」

「日記のなかで、フェイはその場所のことをアイルランドゴケが採れる場所だと書いていたんだ。それがどこの洞窟のことかメグにはわかった。そのコケは潮の影響を受ける場所――満潮のときに海水に浸る洞窟にしか生えない。そしてもちろんメグには、マンロー家の治療師がアイルランドゴケを採る場所がわかっていたってことさ」

「ものを隠す秘密の場所にしては、けっこう人に知られている場所のように思えるわ。それに、満潮のときに海水に浸かるのでは、伝言も流されてしまうんじゃないの?」

「ものを隠すのは海水に浸かる洞窟じゃなくて、その奥にあるもっと高い洞窟だったんだ。這ってトンネルを進まなくちゃならない。外側の洞窟だって、たどりつくのはたいへんなんだよ。干潮のときに舟を出して、漕いでいかなければならない。たいていの人たちにはそんなところへ行く用事もないし」

「でもフェイは、サー・マルコムだけでなく彼女の子どもも、どこに金貨を隠したかわかるような書きぶりだったわ」

「ぼくの母も外側の洞窟のことは知っていたけど、奥の秘密の洞窟についてはぼくにもメグにも話していなかった。母が死んだときはまだ若かったから——。ある日突然倒れて、そのまま……一瞬の出来事だったよ」コールは言葉を切り、そのときのことを思いだした。泥炭を切りだして帰ってきたら、メグが母親のそばにひざをついて、泣いていた。

驚いたことに、ヴァイオレットは手を伸ばして彼の手にふれた。「お気の毒に。とてもつらかったでしょうね」

「ああ。その日の朝、ぼくが家を出たときには元気だったんだ。その前の何日か、頭が痛いと言ってたことは何度かあったけど。でも薬を飲んで、元気になっていた。メグの話では、急に悲鳴のような声をあげたと思ったら、床に倒れてそのまま逝ってしまったと。あの日、ぼくが泥炭を採りに行かなければ……もしその場にいたら——」

「起こることを止めることはできなかったわ」ヴァイオレットはそっと彼の手を握った。

「なにもあなたのせいじゃないわ」

コールは彼女と手を握りあっていることに気づいて、はっとした。あまりに自然で、あたたかくて、当然のような気がして、離せなかった。しかし立ちあがって少し距離を置くと、ポケットに両手を突っこんでうろうろしはじめた。「そんなふうに言ってくれてありがとう。もちろん、きみの言うとおりだ。ぼくよりもずっと母を助ける力があったはずのメグでさえ、なにもできなかったんだ。でも、ぼくが言おうとしたのは――母の死が突然だったことを考えると、メグやぼくがもっと大人になってから伝えようと思っていたマンロー家の秘密が、伝えられないままになってしまったかもしれないということだ」

「もしそうなら、永遠にわからなくなってしまったわね」ヴァイオレットはしばらく考えた。「べつの方向から考えてみましょう。フェイは、もうすぐ子どもが産まれると書いた。金貨を移動させた直後にね」

「つまり、おなかの大きな女性がどうやって金貨の詰まった箱を移動させたのか?」

「そのとおりよ」ヴァイオレットは話の早い彼に笑みを浮かべた。「彼女は若くて、おそらく健康だった。革の切れ端が残っていたことから考えて、金貨は革袋に入れられていた。そのほうが箱に入れるよりも運びやすいからでしょう。それでも、金貨を運ぶとなるとたいへんだわ。洞窟まで舟も漕がなければならないし」

「それに、金貨を隠す奥の洞窟まで這っていかなきゃならない」コールがつけ加えた。「四つん這いで、さらに金貨の袋も引きずりながら、数メートルもトンネルを進むわけだ」

「いくつかの袋に分ければ軽くなるけれど、そのときは何度か往復しなければならなくなる。いずれにしても、洞窟から遠いところに移したとは考えにくいわ」

「同感だ。しかも、人に見られないように気をつけなくてはならない。イングランドの兵士がうろついていたし、家に帰る途中の人々もいただろう。彼女はだれも信用できない状況だった。金貨にしても相手の男の名前にしても、顔見知りの人間にさえ知られるわけにはいかなかった。だから、おそらく夜か、夜明けごろに行動したはずだ」

「よけいに、近い場所でなければならないわね」ヴァイオレットは地図に向きなおり、洞窟を示すしるしを指さした。「彼女の家はどこだったの?」

コールは身をかがめてテーブルに片手をつき、地図に書きこんだ。数センチしか離れていないヴァイオレットの存在を、いやというほど感じる。フェイの家を書きこんでいるあいだ、手の動きが不安定なのをヴァイオレットに気づかれていないだろうか。同じく地図の上にかがみこんでいる彼女のうなじに、つい目が行ってしまう。上にまとめた髪から細い髪がほつれ、うなじでふわりとうねっている。絹のようなそのほつれ髪を、指に巻きつけるところを想像した。あるいはうなじの付け根に唇を寄せて、そっと押しつけるところを……。コールは両手をポケットに押しこみ、後ろにさがった。ヴァイオレットが彼を見あげて、眉をつりあげる。どうやら彼女はなにか言ったばかりのようだった。

「ごめん。ちょっと——いまなんて言った？」

「実際の距離を訊いたの。フェイの家から洞窟まではどれくらいかかるのかしら？」

「ああ。そうか」コールは腰をおろし、さっと椅子を動かして彼女と向きあうようにした。

「うちの小屋は湖のすぐそばだ。洞窟には、はしけを漕いで行ったと思う。このあいだの夜、ぼくがベイラナンに漕いでいったけど、あれよりは少し時間がかかったかもしれない。フェイはぼくより時間がかかったと思うんだが、彼女の体の状態を考えると、どれくらいかはよくわからないな。三十分くらいか？」

「そして彼女は金貨の入った袋を——いくつあったかはわからないけど——はしけに積んで——そのあとは？　家に戻ったかしら？」

「たぶん。もちろん岸伝いに村まで漕いでいったか、崖をまわりこんでいったことも考えられるけど」

「あるいは湖の反対側、ベイラナンのほうに行ったかもね」

コールはうなずいた。「そうだな。でも、フェイは自分の小屋の近辺ほどには村に詳しいわけではなかっただろうし、メグやぼくのようにベイラナンで育ったわけでもなかった。だから、うちの桟橋に漕いで戻ったと考えるのが妥当だと思う」

「漕いだり運んだりで、きっと疲れていたでしょうしね。いったん家に持って帰って、翌日また家から新たな隠し場所に持っていったと考えるのが自然ね」

彼はうなずいた。「家のなかか近辺に、一日くらいは安全に保管しておく場所は見つけられたと思う」

「それじゃあ、家から遠くないところに隠してあるかもしれないのね」ヴァイオレットはフェイの小屋を示す四角を人さし指で軽くつついた。

コールはすぐそばにいるヴァイオレットの引力に強固な意志で抗いつつ、身をかがめ、小屋のまわりに指で適当な円を大きく描いた。「湖のこちら側の地域――ダンカリーに向かって斜面になっている木立や、海岸までの地域は、フェイも熟知していたはずだ。ストーンサークルのまわりの土地は開けていて、あまりものを隠すには向いていないと思う。遺跡がある崖の上も同じようなものかな。だがそのほかは木や小川や細道だらけで、マンロー家の女たちがいつも植物を集めている場所なんだ。〝魔女《スペイワイフ》の森〟なんて言われてるのを聞いたこともあるくらい」

「スペイワイフ?」

「未来がわかる、先見の魔女だね。小屋も〝魔女の小屋〟と言われたりもした。ベイラナンのレアードから土地をいただいたときのマンローの女は、先見の力を持っていたと言われてて、当時のレアードがなにか策を練るときに忠告や助言をしたとされている」

「役に立っていたのね」

「まったくだ」コールは愉快そうな顔でヴァイオレットを見た。彼女は手にあごを乗せて笑みを浮かべ、身を乗りだすようにして彼を見ていた。一瞬にしてコールの良心は崩れ去った。もう彼女にキスすることしか考えられない……いや、それ以上のことまで。欲望が腹の奥で燃えあがり、彼女を荒々しく抱きよせてテーブルの上に押し倒す自分の姿が目に浮かんだ。彼女の髪が、磨きあげられたマホガニーのテーブルに広がり……彼女の体を自分の体で組み敷いて……地図も、仮説も、疑問も、良識や礼儀も、すべてが迫り来る欲望の波に押し流されて……。

「コール？　だいじょうぶ？」

彼はぎりぎりのところでわれに返った。「えっ？　ああ、もちろん」

ヴァイオレットは彼を見つめていた。いったい自分はどんな目をしていたのだろう。考えていたことを彼女に気取られてしまっただろうか？　ヴァイオレットは背筋をまっすぐに伸ばして椅子の端に座り、ひざの上で手を握っている。

「いや、その――ちょっと考えごとをしていて」ああ、ほんとうに頭を働かせて考えることができれば、どんなにいいだろう。コールは向きを変えて地図に集中した。「とにかく探す範囲は広い。フェイが穴を掘って袋を埋めた可能性は、どこにでもある」

「そうね。でも彼女は手紙のなかで、彼には見つけられると書いてあったわ。ふたりの子どもにも見つけられると。だから、行き当たりばったりの場所に隠したのではないでしょう。ちゃんとしるしをつけたか、娘に見つけられるようになにかを残したはずよ。手がかりか、覚え書きか」ヴァイオレットは古い日記帳を手で示した。「彼女の日記になにかが残されている可能性がいちばん高いんじゃないかしら。この日記帳は、あとの代に受け継いでいくつもりだったんでしょう。お薬の処方がたくさん書いてあると言っていたから」

「ああ。子どものために書いたんだろうな。でもぼくらの母であるジャネットは、これの存在を知らなかった。メグがこれを見つけたのは、つい最近のことなんだ」

「あなたは読んだの？」

「いや。このあいだの夜に薬の処方を探して少し目を通したけど、それだけだ。メグでさえ詳しく読んだわけではないと思う。メグが探していたのは、おもに祖母が愛した男性がだれかということに関することだったから」

「やっぱり、始めるべきところはここね――日記帳。慎重に読み進めていけば、手がかりが見つかるかもしれないわ」

「ああ、そうだな」まったくとんでもない話だった。毎晩、ヴァイオレットの隣りに座るだって？　日記帳を前に額を寄せあって、彼女がそばにいることで神経をすり減らして、彼女にふれたくて体じゅうがうずくなんて……それ以上の望みなど思いつかないくらいの、最高で最悪の責め苦じゃないか。

13

ヴァイオレットは小声で鼻歌を歌いながら図書室に入っていった。コールと一緒にフェイの日記を読みはじめて、今日で三日になる。財宝について書かれた言葉はまだひとつも見つかっていないけれど、夜が来るのが楽しみになっていた。発見までの道のりが、発見そのものと同じくらいすてきなものに思えている。

しかも、その道のりをコールとともに進むということが、なんだかとても刺激的なのだ。肩がふれあうくらいの距離で隣りに座っているだけで鼓動が速くなるし、よく響くやわらかな彼の声は心がなだめられるようでもあり、かき乱されるようでもあった。昼間にあったことを彼と話したり、込みいった問題を解決したり……ふと気づくと、夜はずっとこんなふうに過ごせないものかしらと夢見ている自分がいた。図書室を出て自分の部屋に戻るのが、夜ごとおっくうになっている。自分の部屋がどんどんさびしく、暗くて寒い場所に思えてしまうのだ。

とはいえ、コールのほうは、このすべてのことにうんざりしているのではないかとヴァイオレットは不安だった。日記を調べることにはそれなりに快く参加してくれたけれど、あきらかに彼は落ち着きがなくなり、神経が張り詰めてきている感じがする。隣りに座った彼は、ぎりぎりと巻きあげていまにも弾けそうなぜんまいみたいに硬くなっていた。

実際、いきなり立ちあがって部屋をうろうろすることが、しょっちゅうあった。

侵入者を待ち伏せすることは、あきらめていた。いまとなっては谷じゅうの人間がダンカリーにコールがいることを知っていて、彼に挑もうという人間などいないからだ。それでもコールはよく遅くまで起きていて、ヴァイオレットがベッドに入ったあと屋敷を見まわっていた。あるとき、ヴァイオレットは物音を聞いた気がして、どきどきしながら目を覚ました。ちょうど夜が明けるころだった。カーテンから外を覗いてみると、コールが寒いのに上着も着ず、うつむきがちに考えこんだ様子で歩いていた。

彼はなにか問題を抱えているのではないかしら。なにを困っているのか訊いて力になりたかったけれど、近ごろは彼がよそよそしいので尋ねる勇気が出ない。だからヴァイオレットとしては、目の前の仕事に身を入れるしかなかった。

マルコム・ローズがフランスから帰国するまでは財宝の話は出てこないと考え、日記の始めのほうはざっと目を通すだけにした。最初のほうに書かれていたのはほとんどが薬の処方と、それを記録できてうれしいというフェイの気持ちで、彼女に日記帳を与えた男性のことは二、三度あいまいな表現で出てきただけだった。

マルコムがフランスに渡ってからの部分に入ると、若い娘のせつない物思いにヴァイオレットは思わず引きこまれてしまった。フェイは秘密の恋人について慎重であろうと最大限の努力をしていたが、〝心にぽっかり穴が空いたような気持ち〟や〝恋人が戻ってくるのを待ちきれない思い〟を何度も書かずにはいられないようだった。そのうち紙面から喜びがあふれだすようになり、サー・マルコムが帰ってきたことがはっきりした。そしてそのあと、赤ちゃんができたとわかったときには大喜びだったけれど、不安も書かれていた。もうすぐ財宝と、それを隠すことについて、なにか出てくるにちがいない。

彼女が図書室に入っていくと、コールはテーブルについていた。彼が立ちあがり、ここ数日でよく目にしていた表情が彼の目に一瞬ひらめいた。が、はっきりしないうちに、いつもどおりすぐに消えてしまった。

ヴァイオレットはコールを探るように見ながら、腰をおろした。「疲れているみたいね。もっと眠ったほうがいいんじゃない？」止める間もなく、言葉が口から飛びだした。

「あまりよく眠れないんだ」コールは肩をすくめてぎこちない笑みを見せた。「ここのベッドは、ぼくには立派すぎるんだな」

あきらかに、この話題について話すつもりはないらしい――少なくとも彼女とは。ヴァイオレットはテーブルの上に開かれた日記に顔を向けた。「昨夜はどこまで読んだかしら？」

「この、ヒレハリソウとほかのハーブのことと、処方をひとつ書いてあったところまでだ」

コールはそっとページをめくった。

ヴァイオレットの意識は、日記をめくる彼の手に向かった――大きくて、力強くて、たこで硬くなって、あちこちに切り傷もあるけれど、もろくなった紙にふれる指は気遣いにあふれ、しなやかでやさしい。どうしてもそれていく思考を、彼女は引き戻した。「洞窟のことにふれているわ。ほら、〝今日はアイルランドゴケを採った〟と書いてある。でもそのあと〝なにもなかった。彼はもう戻ってこないのかもしれない〟とも。ふたりが使っていた洞窟で、伝言を探したのかもしれないわね」

「ああ」

「それにここ――これは――はしけ《ドーリー》のことかしら？　この単語、読める？　彼女の字はあなたのほうがよくわかるんじゃないかしら」

「この二カ月くらい、マードンのひょろひょろした文字を読み解いて少しは訓練になったよ。伯爵という人種は、きれいな字を書くことに重きを置いていないんだな。その字はドーリーじゃなくてデイヴィーだと思う」そう言う彼の声はどこか変で、うわの空だった。

さっきより、彼の体がこちらにかたむいているかしら？「あ、そうね。〝デイヴィーはとてもやさしい〟ね」やっぱり近い。彼女の髪に、彼の息がかかっている。ヴァイオレットはどこを読んでいたかわからなくなった。「あの、ええと……」

「なにをつけてる？」いきなりコールが言った。

「えっ？」

コールが頬骨のあたりを赤くして、さっと体を引いた。「においがちがう」

「におい？」

今度は彼の顔じゅうが真っ赤になった。「いや、におうってことじゃなくて、もちろんにおいはある——というか、むしろすごくいい——いや、問題ないんだが。今夜はなにかがちがう。香水かな。ちがうのをつけてるのかと、そういう意味で……」

あまりにうろたえて後ろめたそうなコールに、ヴァイオレットはくすくす笑いだした。「サリー・マキューアンがハンドクリームをつくってくれたの。寒くて荒れてしまったから。バラの精油が入っているのよ。ほら」彼女は片方の腕を彼のほうに伸ばした。

コールは彼女の手首をつかみ、目を閉じて息を吸いこんだ。「夏のにおいだ」そう言ったかと思うと、まるで押し返すように彼女の腕を離し、勢いよく立ちあがった。ポケットに両手を突っこんでうろうろしはじめる。「ごめん。なにも考えてなかった」

ヴァイオレットは不安げに彼を見た。心のなかは荒れ狂っていた。手首をつかまれたときの感触、においを吸いこんだときの彼の表情、かすれた彼の声——すべてが体のなかで反響して、体を熱くし、震わせ、駆りたてる。「コール、だいじょうぶ？」

「ああ。だいじょうぶだ」いらだったような、荒っぽい言い方だった。「ごめん。ぼくは——いや、ちょっと問題があって……小作人のところで。だからぼんやりしていた、すまなかった。さあ、つづきを」

「わかったわ」彼がごまかしているのはあきらかだったが、そんなことを指摘してもなんにもならない。もっと食いさがってまともな返事を引きだそうかと思いながらも、ヴァイオレットは傷つくことを言われたらと思うとこわくて、口をつぐんだ。

コールは日記を彼女のほうへすべらせた。「声に出して読んでもらえるかな、ぼくは聞いてる。ここで立ってるほうがいいから」

「ええ、いいわ」ヴァイオレットは日記に戻った。「さっきの話題についてはもう終わりよ。また処方が書かれているわ」ヴァイオレットは抜粋で読みあげていったが、天気のことだったり、背中の痛みのことだったり、夜中にさいなまれる不安な気持ちのことだったりした。「かわいそうに。絶望的になっていってるわ。〝赤ちゃんがわたしの希望なの〟ですって。今度は〝じめじめした十一月〟。あ、ちょっと待って。〝今朝、日の出を見たら、金色とピンクに輝いていた。彼と一緒に見たときのことを思いだすわ〟って」ヴァイオレットは思いがけず涙でのどが詰まり、つばを飲みこんだ。「少し空白があって、次にこう書いてあるわ。〝わたしの重荷は、先に行ってしまった人たちに託しておこう〟って。コール……」ヴァイオレットは彼のほうを見た。

コールも食いいるような目で彼女を見返した。「重荷？　赤ん坊が？　赤ん坊が重荷だなんて言ってたかな？」

「わたしたちはずっとそうだと思っていたのよね。でも、コール、ほかのことを言っていたのだとしたら？」ヴァイオレットは急いでページをめくって後戻りした。「ほら、ここ。〝彼はわたしに重荷と恵みを与えてくれた〟と書いてあるわ」

「ああ、赤ん坊のことだろう」

「ええ、わたしたちは、赤ちゃんのことが重荷でもあり恵みでもあると考えていた。でも、ここ以外のところで赤ちゃんのことを書いているときは、希望に満ちて明るいわ。重荷と恵みがべつのものだったとしたらどうかしら？　だって、サー・マルコムが赤ちゃんも金貨も両方とも彼女に与えたんだもの。金貨が重荷となったかもしれないわ――若い女性が負わされるにはたいへんな責任ですもの。彼がいなくなってしまって、彼女ひとりでだれにも見つからない場所を探さなければならないなんて」

「そのとおりだ。彼女にとっては荷が重い」コールはテーブルにつかつかと戻ってきて身をかがめ、テーブルに両手をついた。日記のページをめくる。

「待って」ヴァイオレットが彼の手に手をかけ、コールの動きがぴたりと止まった。彼女の手の下で、皮膚が焼けるように熱くなる。「前のページにちょっと気になるところが」

コールは体を起こして両手を背中で握りあわせ、日記のほうにあごをしゃくった。「どこだ？　なにが書いてあった？」

「なんでもないかもしれないけれど」ヴァイオレットがページをめくる。「これよ、十二月六日のところ。日付の下にこう書いてある。〝わたしたちがご先祖さまを守ってきたように、ご先祖さまが守ってくださいますように〟ですって。〝先に行ってしまった人たち〟というのは、ご先祖さまだとは考えられない?」

「たしかに。じゃあ、もし金貨のことを指していたのなら、それを隠したのは——」

「墓地!」ヴァイオレットとコールの声がそろった。彼女は顔を輝かせて跳ねるように立ちあがった。「彼女は金貨を墓地に埋めたのよ。マンロー家のお墓のどこかに。そこを探せばいいんだわ! ああ、コール!」

彼女はとっさに手を伸ばし、コールの腕に両手をかけた。彼の表情が変わり、口もとがやわらいで瞳が光る。突然、熱気と欲望がコールからあふれた。彼の目がヴァイオレットの唇におりる。その瞬間、キスされると彼女にはわかった。彼の手がヴァイオレットのウエストにかかり、彼女のほうに体がかしぐ。ヴァイオレットは自然に目を閉じ、彼のほうに顔を上げた。

「くそっ!」聞こえないくらい小さかったが、怒りに満ちた声だった。コールは両手を引きはがして身をひるがえすと、ものすごい勢いで図書室を出ていった。

翌朝、ヴァイオレットは九時近くまで自分の部屋でぐずぐずしていた。いつもコールは早くに朝食をすませ、そのあとすぐに屋敷を出ることを知っていたからだ。意気地がないとは思うけれど、昨夜あれだけ恥をさらした次の朝に顔を合わせることなどできなかった。どうしてコールが相手だと、いつもあんなに判断を誤ってしまうのだろう？

ヴァイオレットは自分の容姿にうぬぼれてはいない。母や姉妹からは、もっと手をかければきれいになるのにとしょっちゅう言われていた。けれど男性たちは、ミツバチが花の蜜に引きよせられるようには寄ってこなかった。彼らはヴァイオレットのことをレディらしくない、品がない、女らしくないと思っていたようだ。自分でも男性を夢中にさせるような女でないことは自覚している。男性に熱く求められていると勘ちがいしたこともまったくなく、男性と接するときにはいつも折り目正しくしていた。短い婚約期間中でさえ、冷静でひかえめだった。

けれどいま、コールが相手だと、胸をかきむしられるような狂おしさに襲われる。この未知の感覚のせいであきらかに判断がおかしくなって、ありもしない彼の欲望があるように見えてしまったのだろう。そのせいで、彼は彼女を拒まなければならなくなった——しかも二度も。ここ何日か、彼が気を張っているように見えたのも不思議はない。望みもしない相手から言いよられて困ったことになるのを、心配していたのだろう。

確実にコールが出かけたという時間になってようやく、ヴァイオレットは冷たくなった朝食を手早くいただこうと階下に降りていった。うつむいてそそくさと急いでいたせいか、食堂に足を踏みいれるまで失敗に気がつかなかった。

「あっ！」コールが窓辺に立っているのを見て、ヴァイオレットははたと足を止めた。

コールが振り返った。こわばった顔で、見るからに寝不足なのがわかる。ヴァイオレットの心は沈んだ。もう宝探しはやめたいと言われるにちがいない。屋敷で寝泊まりしているのさえやめると言いだすかもしれない。それを自分がどれほどおそれているかに気づいて、彼女は愕然とした。

「ここにいるとは思っていなかったわ」とんでもなく失礼な言い方だったと気づき、ヴァイオレットはあわててつづけた。「いいえ、あなたはもう仕事に行ったと思っていたから」言いなおした甲斐がまったくない言葉しか出なかった。「今朝はだいぶ遅くなってしまって」彼女は配膳台に行き、お茶をつぎはじめた。サリーのお茶は死人でさえ目を覚ましそうなほど濃い。これを飲めばもう少し頭がまわるようになるかもしれない。「急がなくちゃ。作業の人たちが、どうしてわたしはまだ来ないんだろうって思ってるでしょうね」

「今日はいない。日曜日だ」

「あっ」ヴァイオレットは振り返って彼を見た。「そうだわ。忘れてた」

今日はやれる仕事がないのだ。つい昨日の朝は、今日のことを楽しみにしていたというのに。てっきりコールと一緒に、午後はフェイの日記を熟読して過ごせると思っていた。いまではもうそれはあり得ない。ヴァイオレットはスコーンをひとつ取り、お茶とともにテーブルに持っていった。

「じゃあ」コールを見ないようにして、彼女は明るい口調で話しはじめた。「今日は発掘作業のときに取った記録をまとめようかしら。たぶん最下層まで掘れたと思うの。壁が一枚まるまる掘りだせたのよ。しかもその壁の両端に、壁が二枚あることもわかったの。両方とも、最初に掘りだした壁と直角になっていて。つまりその構造からすると、外からの侵入を防ぐ砦ではなくて、なんらかの建物だと考えられるのよ」

「そうなのか。じゃあ、きみは今日、記録をまとめるとして……それは一日じゅう？」

尋ねるようなコールの口調に、ヴァイオレットはスコーンにバターを塗る手を止めて顔を上げた。「いいえ、そんなにはかからないわ。ほかになにか、わたしにやることがあるのかしら？」

「いや……もしよければ……朝のうちにマンロー家の墓に行かないかと思って」コールの声も、体と同じように力んでいるようだった。「もちろん、ほかにやることがなければだけど。もしかしたらきみは教会に行くかもしれないし。ただ、もう礼拝は始まってる。ミセス・ファーガソンも使用人もみんな行ってしまった」もごもごと言いつつ、いったん言葉を切った。

「まあ、すてき！」ヴァイオレットは飛びあがるように立った。が、冷静に落ち着こうと決めていたんだったと思いだし、また座った。「とても楽しそう。あ、いいえ、役に立ちそうなにか見つかるといいわね」

「少なくとも、外に出る機会にはなる」

外に出れば、互いにそれなりの距離を置くことができる。食べ物を飲みこむのもたいへんで、しばらくするとスコーンの残りを押しやって席を立った。コールとどこに行くにしても気まずいだろうけれど、彼に無言で見られながらここに座って食事をし、落ち着いたふりをしているよりは楽だろう。

ヴァイオレットは急いで朝食に取りかかった。「ええ、そうね」

コールが裏の庭から外に出たので、ヴァイオレットは意外に思った。「村に行くんじゃないの?」

彼は首を振った。「うちの墓は村にはないんだ。マンロー家の人間は教会から完全に認められているわけじゃなくてね。病気やけがを治すマンロー家の力に疑いの目を持っていた人間は、いつの世にもいたから」

「そうなの。残念ながら、知識は悪だとみなされることが多いものね」

「マンロー家の墓は、メグの小屋の裏手にある」

段丘状の庭を彼の案内で降りていき、最後の階段のところまでやってきた。桟橋に向かうものとヴァイオレットは思っていたが、コールは反対方向に進んだ。その道からは、息をのむほどすばらしいベイル湖の眺めが楽しめ、さらに向こう岸には灰色の石造りの堂々たるベイラナンが見えた。そこから道は、さらに木立のなかへとくだっていった。

静かな木立のなかを誘われるように歩く。空気にはほんのりと霧が感じられ、馥郁《ふくいく》とした土とマツの香りがした。こんなふうにコールが隣りで気まずそうに黙りこんでいるのでなければ、きっと楽しかっただろうに。ヴァイオレットは彼の存在を痛いほど感じていた。霧の小さな水滴がくっついた淡い色合いの彼の髪や、彼の長い指に自然と目が吸いよせられる。あの手がやさしく慎重に、日記をめくっていた――そして自分のウエストにもかかり、ぬくもりがドレスを通してしみいってきた。ああ、そして……あの指が急にぐっと食いこんで、押しやるも同然に離れていったことも忘れられない。

ヴァイオレットの踏んだ石が足の下で転がり、彼女は足をすべらせた。コールがさっと手を伸ばして彼女の腕をつかむ。肌に指先が食いこむほどの力で――。彼女が体勢を立てなおすと手は離れたが、そのとき彼の手の甲がなにげなく彼女の胸をかすめた。ふれあったところがかっと熱くなり、彼の顔にも昨夜見たのと同じ、張り詰めて切羽詰まったような表情が浮かんだ。一瞬、ふたりのあいだの空気が音をたてたような気さえした。ヴァイオレットは目を見開いて彼を見つめ、じっと待った。けれどコールは両手を上着のポケットに押しこみ、足早に斜面を降りていった。

14

　ヴァイオレットは彼のあとについていったが、心は千々に乱れていた。あの表情はどういう意味？　欲情したように思ったけれど、ほんとうは怒ったの？　嫌悪なの？　強い感情だということだけは確かだった。あの表情で、どうしてこんなに心をかき乱されるのだろう？　いま彼に顔を見られていなくてよかった。コールの表情がなにを意味していたにせよ、彼女のほうは欲望でしかないのだから。

　道が広がるにつれて地面は平坦になり、最後は分かれ道になった。コールは右側の道に進み、ほどなくして小屋が見えてきた。茶色の石造りに草ぶきの屋根で、木々に包みこまれるように建っている。小屋の前と両脇には、葉のなくなった植物や茂みの残骸が並んでいた。煙突から煙は出ておらず、荒れてはいないものの、ものさびしい雰囲気が漂っている。

「メグの小屋だ」コールは小屋のほうにあごをしゃくった。「墓地はこっちにある」小道をそれて小さな庭をまわりこみ、小屋の裏手の木立に入っていく。

「どうしてメグの小屋と呼んでいるの？　あなたも暮らしていた家じゃないの？」

「子どものころはね。でも大きくなってからは、ぼくはベイラナンに移って猟場の管理人として働いていた。小屋はちっちゃいから」楽しげな顔つきでちらりと彼女を見やったコールは、いつもの彼らしくなっていた。「ぼくは場所を取りすぎる」

「それはそうかもね」ヴァイオレットもほっとして、慣れ親しんだおふざけ口調に戻った。これでまた気安くしゃべれるかもしれない。

「あの小屋は、ずっと母から娘へと受け継がれてきたものなんだ。治療師としての技術と同じようにね。ぼくはそういうものに興味を持ったことはなくて、メグが受け継いだ。ぼくの役目という感じではなかったな。マンロー家はこぢんまりとした家系で、実際、男はあんまりいないんだ」彼は枝を持ちあげて彼女が下をくぐれるようにした。

「あなたの役目ってなんなの？」

コールは肩をすくめた。「昔からの伝統で、うちの家系は湖や谷と絆を結んでいるんだ。言葉で説明するのはむずかしい。そこに属する者であり、責務を負う者でもあり。ここを守り、役に立つために存在する」

「この土地を守らなくてはならないと感じているの？」

「どちらかと言えば、役に立ちたいというほうが強いかな。ぼくよりメグのほうが、もっとその絆が強い。彼女はまさにここと結びついていて、ほかの場所ではどんなところであろうと、長く離れていれば幸せではいられないだろうな」

「でも、あなたはだいじょうぶだと？」

「ぼくはどこに行っても、そう変わらないと思う。すごくつまらない男だ」

「いいえ」間髪入れず、迷いのない声が返った。「環境によって変わる人だからって、おもしろい人とはかぎらないわ」

「少しメグがうらやましくもあるんだ。自分がどんな人間で、なにをするべきかがはっきりしている。彼女には迷いがない。自分を頼ってくる人たちを治療して、助けてやりたいと思っている。それができなければ幸せではいられない」

「でもあなただって、このあたりの人たちを助けてあげているじゃない。治療はできないかもしれないけれど、彼らはいつも困ったときにあなたを頼るわ。そういうところをわたしも見ているもの。小作人や使用人だけでなく、村人や、漁師や、ほかの土地の小作人まで。彼らに助言したり、屋根を直す手伝いや新しい畜舎を建てる手伝いをしてたでしょう」

コールは肩をすくめた。「ぼくは木の扱いに慣れてるから」

「親切で、心が広いのね」

彼の足がゆっくりになり、彼女のほうを向いて、長々と彼女を見つめた。「ほんとうにそんなふうに思う？」

「ええ、もちろん」

コールの口角がわずかに上がった。「お節介だと言うやつもいるよ」

ヴァイオレットが微笑む。「そういう人もいるかもね。でも、谷のほとんどの人はあなたを頼りにしているわ。尊敬してる。そうでなきゃ、あなたに助けを求めてこないでしょう？」

「ときどき、そんなに頼りにしてくれなくていいのにと思うこともある」

「頼られるのはたいへんですものね」

「いや、そういうことじゃないんだ。ただ――ときどきすごく……押しつぶされそうになる」コールは頭を振り、照れくさそうに笑った。「わけがわからないだろうね」

「いいえ。わかるわ。責任があると、自由がなくなることもあるから」

彼の視線がヴァイオレットの顔をさまよった。「ああ、そう思うよ」コールは向きを変え、低い石の壁をまたいで彼女にも手を貸そうと手を差しだした。彼の手を取ったヴァイオレットには、手袋越しにでもその感触が痛いほど伝わった。自分の足だけを見ることにして、彼女は壁をまたいだ。コールの手が一瞬だけ彼女の手に留まり、そして離れる。彼は顔をそむけ、目の前の墓地に目を据えた。

「ここだ。ここにマンロー家の人間が眠っている」

小さく簡素な土地に、二本の木が影を落としていた。一本は曲がりくねった黒っぽいイチイの木で、メグの小屋の上に広がっていた木を思わせた。大きくて節くれだったそのイチイは、小さな墓地の四辺のうち一辺の壁代わりのように立っていた。ほかの三辺は、灰色の石を積みあげただけの壁がつくられ、ところどころに緑や暗い黄色や黒の地衣植物が生えている。野生のバラの茂みが壁のすぐ外にあったが、丈が低くてみすぼらしく、葉は落ちて鋭い棘だけが残っていた。べつの壁から数メートル離れたところには、イチイよりもずっと小さな枯れ木があった。その幹と低めの枝にセイヨウキヅタが巻きつき、墓のいくつかに滴り落ちるように垂れているのが、まるで緑の滝のようだ。墓のなかには頭部に木の板がついているものがあったが、風雨にさらされて銘はとっくに読めなくなっている。石塚の形をした墓もあり、奥にあるものには簡素だが丁寧に銘の彫られた墓石が載っていた。

「いくつくらいあるの？　どれくらい昔のものまであるのかしら？」古いものや墓所には慣れているヴァイオレットだが、少し気後れしたように声をひそめた。木立にうずもれ、イチイに守られたこの場所には、どこか時間の流れを超えた抗いがたいものがあるようだ。

「わからない。日付はほぼどれもわからなくなっている。なんとか読み取れるものでいちばん古いのは、百年以上前かな。目印だけで言葉は刻まれていないものもあるし。墓標のないものは、いくつあるかわからない。木の反対側にどれくらいあるのかも」

ヴァイオレットは巨大なイチイの木を見つめた。幹の下のほうにできた穴は、ほぼ内部をくり抜いたかのように広がっている。それでもこの木は生きているのだ。「永遠の木ね」

「祖母は、女神の木と呼んでいたそうだ」

「そういう話は聞いたことがあるわ。昔の言い伝えにはよく出てくるの」墓標の合間を縫うように歩きながら、ヴァイオレットは刻まれた名前や銘文を見ていった。発掘作業のときにもよくあることだが、まるで歴史のなかにいるような心地がする。でも、こうしてずっと生きつづけている古い木に守られた空間では、時の流れそのものに入りこんだような気さえした。マンロー家の女性たちと土地との結びつきを思わずにはいられない。コールの姉に会ってみたかった。彼の母親にも会えたらよかったのに。

ヴァイオレットはコールを見やった。彼はいちばん新しい墓標の前にたたずみ、じっとそれを見つめていた。彼のお母さんのお墓だわ――彼女の胸がずきんと痛んだ。彼のそばに行って手を握りたかったけれど、分別がじゃまをして行けなかった。ヴァイオレットはずっと自分のことを、感情よりも理性の勝った人間だと思っていた。でもコールが相手だと、いつも感情が真っ先に出てきそうになる。彼に感じているものがなんなのか、彼女にはよくわからなかった。正直、この感情の正体を理屈で説明したくはなかった。自分のなかにあるそんな部分に、長く留まっていたいとは思わない。

コールが顔を上げ、彼女に目をとめるとにこりと笑った。ヴァイオレットの心臓が跳ねる。危険なことだと彼女にはわかった。最悪なのは、自分の心がそちらに強く引きずられていくことだ。彼女は顔をそむけた。

「ここでなにかを探しだすなんて、どうすればいいのかしら」ヴァイオレットはぐるりとあたりに視線をめぐらせた。「広くはないけれど、掘り返すわけにもいかないし」

墓のあいだを縫うように進んで、ごつごつと曲がりくねったイチイの木まで行き、身をかがめて大きな穴を覗いた。

コールもついてきた。「ぼくも同じことを考えていた。穴のなかになにかあるかい？」

「いいえ」ヴァイオレットはため息をついて体を起こした。「好都合な場所に思えたけど、これだけ人目につかない場所とはいえ、この穴はわかりやすすぎるわ」小さな墓地を困ったように見まわした。「どこから手をつけたらいいのかしら」

「フェイがこの墓のどれかを掘り返して金貨を埋めたとは思えないな」

ヴァイオレットもうなずいた。それは想像するだにおそろしい光景だ。そのとき、冷たい風に彼女の外とうが煽られ、彼女は震えてフードをかぶった。コールが空を仰ぐ。

「雨になるな。戻ろう」

ヴァイオレットはうなずき、一緒に斜面をくだりはじめた。湖から吹く風が強くなり、黒い雲が頭上に集まって、空が一面、濃い灰色になっていく。ヴァイオレットは外とうをきつく巻きつけたが、風でフードが脱げて髪が飛ばされるのは避けられなかった。ダンカリーへの道に出ないうちに、最初の大粒の雨がふたりの頭に降ってきた。

コールは彼女の手首をつかんで足を速めた。ヴァイオレットはびっくりしながらも小走りでついていき、メグの小屋の庭を突っ切った。彼は低い木の玄関ドアをさっと開け、先に彼女を入らせて自分も入り、ぐっと押して閉めた。ヴァイオレットは震えながら小屋のなかを見まわした。

暗くてせまかったが、すばらしくかぐわしいにおいが満ちていた。壁のほとんどは背の高い棚で埋め尽くされている。右手に見えるドアのない出入口は、もっとせまい部屋につながっているようだ。背の低い揺り椅子が暖炉のそばにあり、ドアのそばにはテーブルと椅子が二脚置いてある。ふたりのいるところからちょうど反対側の奥が、木製の折りたたみの衝立で部分的に目隠しされていたが、そこには素朴なキルトの掛かった高めでやわらかそうなベッドがあった。

ヴァイオレットは動けなくなり、口がからからに乾いた。ばかげているけれど、突然、この小屋にはそのベッドしかないかのように思えてきた。コールをちらりと見あげると、彼の視線もベッドに釘付けになっている。

彼は急に、横に寄った。「ぼくは、その、火をつけるよ」ぎくしゃくと大またで彼女から離れて暖炉まで行き、路床の前でひざをつくと、泥炭のかたまりと焚きつけを並べた。

ヴァイオレットは向きを変えて、小屋のほかの部分も眺めた。壺や瓶や箱が戸棚にぎっしりと並び、どれがなにとはわからないけれども抗いがたい威力でいろいろなにおいが混然と漂っていた。どこか落ち着くにおいだった。まとめていた彼女の髪は風で崩れ、ばらばらに乱れていた。どうやってももとに戻せそうにないので、残っていたピンはすべて抜いてしまった。

ようやく火がつき、小枝にめらめらと燃え移った。コールはなめらかな動作で立ちあがり、マントルピースに置いてあるオイルランプをつけた。明かりとぬくもりに引かれるように、ヴァイオレットはもつれた髪を手ぐしですきながら暖炉に近づいた。コールが振り返り、そのまま固まった。火の前に来て彼と並ぶヴァイオレットを、ずっと目で追っている。

「その髪……」

ヴァイオレットはたっぷりとした髪をばつが悪そうに三つに分け、太い一本の三つ編みに編みはじめた。「わかってるわ、ひどい有り様でしょう。でも、こうすれば――」

「いいよ」コールは手を伸ばして彼女の手を止めた。「このままでいい」彼の手が、さまようように彼女の手から髪へ移った。が、さっと引っこめる。「いや、その、気にしなくてもいいってことだ」そう言って咳払いをする。

彼女がさらに暖炉に近づくと、コールはあわてて一歩さがった。彼の脚が揺り椅子にがつんとぶつかる。

「もういい加減にして、コール！」つい礼儀も忘れてヴァイオレットは声を荒らげた。「あなたを襲ったりしないから！」

「はっ？」コールはぽかんと彼女を見つめた。

「あなたがわたしをどう思ってるかはわかっているわ」

「そうなのか？」

「決まってるじゃない。昨夜だって、熱い火かき棒を載せられたみたいに手を引っこめたでしょう。わたしのそばにもいられないのね。わかってるわ、わたしもばかじゃないもの。わたしに強引に迫られて、無理やり厄介な関係に引きずりこまれやしないかと心配しているんでしょう？　でも、そんなことはないから安心して。わたしは男性に身を投げだしたことなど一度もないし、あなたをそんな困った状況に追いこもうなんて夢にも思っていないから」

「きみはそんなことを考えていたのか？」コールは頰を真っ赤にし、全身をこわばらせて彼女にのしかかるように向きあった。「きみがいやだから、ぼくはきみを避けているって？」

「そうよ！　でなきゃ、どうして——」

「なんてこった、ヴァイオレット！」コールは彼女の腕をつかんだ。「きみには学があるのに、あきれるくらい、ろくなことを考えないんだな」彼の瞳が燃えあがる。「ぼくの頭はきみのことでいっぱいだ。夢にも出てきて悩まされるくらいに。眠れないし食事もできない。きみのことしか考えられないんだ」彼の体から熱が吹きだし、暖炉に躍る炎よりも熱いくらいになった。「きみのにおい。髪。肌。わからないのか？　ぼくがきみと距離を置こうとするのは、きみにふれたら、きみがほしくて死んじまいそうになるからだ」

コールの指が腕に食いこんだかと思うと、ヴァイオレットはぐいと引きよせられた。そして唇が降りてきて、ぶつかった。

15

コールはヴァイオレットをきつく抱きしめ、思いの丈をぶつけるように激しく彼女の唇を貪った。ヴァイオレットは息もできなかったが、かまわなかった。いま大事なのは、男らしい硬い体が押しつけられているということだけ。彼の唇、舌、熱。ヴァイオレットは身を震わせ、彼の上着に指を食いこませた。戸惑いの日々も不安の日々もどこかに消え失せ、いまは自分のなかでうずく情熱だけがここにある。

彼がほしい。自分の望むものがなんなのか、経験がなさすぎてよくわからないけれど、コールを求めるこのうずきにまちがいはなかった。彼と、彼のなかで自分と同じくらい激しく吹き荒れる嵐を手に入れたい。

ヴァイオレットは彼の上着を握りしめてしがみつき、何度も何度もコールの口づけを受けとめた。彼の欲望は野蛮なほどで、ほとんど抑制のきいていない荒々しさに追い立てられる。彼の両手が下にすべりおりてヴァイオレットの尻にかかり、ぐっと抱えて彼の腰に押しつけられると、彼女は甘い声をもらした。彼のものが硬く張り詰めているのがわかった。

コールは苦しそうな、うれしそうな低いうめき声をたて、ヴァイオレットを床に押し倒した。敷物の上に仰向けに寝かせると、のしかかって自分の体重を両ひじで支え、片脚を彼女の体にかける体勢になる。彼女の髪に指をもぐりこませて頭を固定し、襲いかかるような口づけを浴びせた。ヴァイオレットが本能のおもむくままに腰を動かし、コールが身震いする。彼は唇を彼女の首筋に這わせながら、片手で彼女の体をまさぐり、胸やおなかを愛撫した。もどかしげに彼女のドレスのボタンを探り、余裕のない手つきではずしていく。シュミーズの縁から手をすべりこませ、素肌の胸をなでた。ヴァイオレットは敏感な肌にふれられて耐えがたいほど高ぶり、彼の下で身をよじって片脚を彼の体に絡ませた。

コールはシュミーズを押しさげ、指でなぞったところを舌でたどり、やわらかな震える肌に唇を押しあてていった。舌が小さな円を描きながら奥へ進み、彼女が快感にあえぐ。やがて彼の唇は、とうとう硬くなった胸の先端へたどりついた。そこを口にふくみ、執拗にやわらかく吸って、彼女の奥から熱くとろりとした悦びを引きだしていく。

ヴァイオレットは彼の髪に指を絡ませた。絹のような手ざわりが、自分のなかでもんどり打つ数えきれないほどの感覚とないまぜになる。コールがなにかを彼女の肌につぶやき、唇が胸の上を動きだした。次はなにをされるのか、期待が彼女のなかで渦を巻く。と、もう一方の胸の先端が唇に吸いこまれ、うれしくて胸がとくんと跳ねた。小さなうめき声がもれるのを抑えることができず、その声を聞いてコールの肌がさらに温度を上げる。

コールはドレスのスカートを押しあげ、その下に手をすべりこませて脚をなであげると、とうとう熱く潤った中心をとらえた。あまりに親密な場所にふれられ、ヴァイオレットが驚きでびくりとわななく。自分がしっとりと潤っていることに気がつき、恥ずかしくてたまらない。彼にどう思われるかと一瞬不安になったけれど、コールはまるでうれしそうに聞こえる音をのどの奥でたてただけだった。そのまま指をやさしく動かし、ヴァイオレットはほかのことなどなにも考えられなくなった。

熱が荒れ狂い、渦を巻き、ヴァイオレットはもっともっとほしくなっていった。ふたりを隔てている服を取り払ってしまいたい。彼を見たい。素肌にふれたい。けれど分厚い上着が彼女を阻んでいた。ヴァイオレットは彼の上着の下に手を押しこんで胸をなでたけれど、まだ彼のシャツがあって、ほしいものに手が届かない。シャツのいちばん上の紐を探って引っ張ってほどくと、ようやくなめらかな素肌に指先がふれた。焼けるように熱かった。

コールは体を起こしてひざ立ちになり、上着をはぎとって脇に放った。そしてズボンからシャツの裾を引っ張りだし、頭から抜こうとした。が、そのとき目の前で横になったヴァイオレットに視線が行き、突然、動きを止めて食いいるように彼女を見つめた。彼の荒々しい息づかいの音だけが聞こえる。

「くそっ！」コールはうめいてシャツの裾から手を離し、かかとに体重を載せた。「いったいぼくはなにをしてるんだ？」頭を抱え、指先を頭皮に食いこませる。

「コール？」ヴァイオレットはぽかんと彼を見ていた。高ぶりで頭はぼんやりし、全身が脈打っている。

「服を着て」彼の声は金属のようにきしんでいた。「こんなこと、きみにはできない」

ヴァイオレットは驚きすぎて、動くことも考えることもできなかった。しかしだんだんと怒りが湧きあがってきて、ものすごい勢いで立ちあがった。ドレスの前を引っ張ってもとに戻し、震える指でボタンをはめた。

「またなの？　またわたしがそんなにいやになったの？」恥ずかしさと落胆が逆巻き、必死で涙をこらえなければならなかった。彼に泣き顔を見られたくはない。

「いやになるだって？　ばかなことを言うな。そんなことがあるわけないだろう！　こんなにきみがほしいのに！」彼もすっくと立ちあがって彼女と向きあった。歯がゆさと怒りで全身がこわばっている。「そんな気もないのにきみを押し倒して、そして……奪う寸前までいくはずがないじゃないか」

「それなら、どうして！」ヴァイオレットはこぶしを握り、体の横で腕を硬直させていた。

「どうしていつもキスしておきながら、そのあと突き放すの？」

「きみは、ぼくが女性を軽く扱うような男だと思っているのか？　きみの体面も考えずに突き進んで、きみを穢《けが》すと？」

「体面？」ヴァイオレットは目をむいた。「大事なのはそこなの？　わたしの気持ちはどうなるの？　わたしのことはなにも考えないの？」

「考えるさ！　ほかのだれのことを考えると言うんだ？　もしぼくが自分のことしか考えないのなら、いまごろぼくはきみのなかに深く――」コールは、はっと口を閉ざして顔をそむけ、深く息を吸った。「とにかく、ここに突ったってきみと話してはいられない」

「わたしが自分の体面を守ってほしいかどうか、わたしに訊こうとは思わなかったの？　どうせ、わたしには関係ないことなんでしょうね。わたしがなにをするべきでなにをするべきでないのか、わたしよりもあなたのほうがはるかによくわかっているんですものね」

「きみの問題じゃない」

「なんですって？」ヴァイオレットの眉がつりあがった。「今度は、わたしの純潔がわたしとはなんの関係もないですって？」

コールはうなり声としか思えない音を出した。「いい加減にしてくれ、ヴァイオレット。いまぼくは、きみの純潔の話をしているのでも、きみのためになにかを決めようとしているのでもない。ぼくがどうするかを話しているんだ。ぼくは女性をそういうふうに扱う男じゃない」

ヴァイオレットは口をあんぐりと開けた。「それって――つまりあなたは、その、女性と関係を持ったことがないってことなの？」

コールは目を丸くした。「は？　ちがう！　もちろん、あるさ。だが、きみのような女性とは、ない。きみは身分あるレディだ。まっさらだ。評判に傷がつく」

「相手はそういうお仕事の人だけ？　お金を払うような人？」

「生娘には手を出さないんだ。若いお嬢さんを誘惑して、評判に傷をつけるようなことはしない」

「だから言ったでしょう！」ヴァイオレットは歯ぎしりした。「わたしは評判なんか気にしないって」

「言うのは簡単だが、実際にどういうことかわかっていないだろう」

「まあ！」ヴァイオレットは目を細め、両手を握りしめて腰に当てた。「女性が社会からつまはじきにされるのがどういうことか、わたしよりもよく知っているというの？　家族から煙たがられ、疎ましげに扱われることが？」

「みんなはきみのことを学問好きな女性だと思っている。もしかしたら、ちょっと変わってるとさえ思っているかもしれない。だが、ふしだらな女と思われるのはまったくちがうんだ。蔑みを持って見られ、こそこそ陰口をたたかれるのがどんなものか、きみは知らない。ぼくは母がどんな目で見られていたか知ってる。メグにずっとどんな噂がつきまとっていたかも。メグはそんな噂のようなことをなにもしていないのに、だ。世間のやつらに、きみをそんなふうに扱わせるわけにはいかないんだ」

「扱わせるわけにはいかないですって？　そうでしょうとも。そこが大事なのよね。あ、あなたがどうするか。あなたがなにを決めて、なにをしたいか。そこにわたしはなんの口出しもできない。自分の人生がどうなるかも決めさせてもらえない。か弱い女にすぎないから、どうするべきかは男性に決めてもらわなくちゃならないのよね」

「そんなことはひとことも言っていない」コールはむっとした顔であごを突きだした。

「言わなくてもわかるわ。あなたの言いたいことはよくわかりました。いままでずっと聞いてきたんだもの！」ヴァイオレットは身をひるがえして外とうをつかんだ。「もう恥ずかしいことをしてあなたを困らせることはないわ」

「ヴァイオレット！　待て。外に出ちゃいけない――天気が」

「天気なんか気にしないわ。雨が降っていても寒くても、ここで横暴なおためごかしの知ったかぶりと閉じこもっているより、ずっとましよ！」ヴァイオレットは外とうの紐を結びながら大またでドアに向かった。

「待て」コールは自分の上着を取り、着はじめた。「火を消させてくれ、一緒に行くから。こんな天気のなか、ひとりで外に出ちゃいけない」

　ヴァイオレットはきびすを返し、氷のような目で彼を見据えた。「いいえ。わたしは自分のしたいようにするわ。しちゃいけないなんて言われる筋合いはないの。あなたはここにいて、お望みどおり、ひとりで楽しくしていたほうが、お互いに幸せよ」

　ヴァイオレットは大またで出ていき、背中でばたんとドアを閉めた。

荒れた天気はいまのヴァイオレットの気分にぴったりだった。怒りにまかせて歩いているうちに、いつの間にかダンカリーに向かう分かれ道のところまで来ており、そのときようやく天気がそれほど悪くもなくなっていることに気づいた。灰色の空からはまだ雨が落ちてきていたが、土砂降りではなく風もやんでいて、フードが脱げることも、外とうがめくれあがることもなかった。

ダンカリーへの斜面をけっこうな勢いでのぼるヴァイオレットは、ひどくいらだっていた。まったく、なんて癪に障る人なのかしら！　彼女にとって最適なことがなにかを決めつけるなんて！　まるで彼女が子どもで、行動の結果もわからないみたいに。

しかし徐々に彼女の足取りはゆっくりになり、心のほうも鎮まっていった。ひざ立ちで顔をそむけていたコールを思いだす。うつむいて頭を抱えていた指先の強さ。彼は全身をこわばらせていた。ヴァイオレットにとって彼に拒まれたことがどれほど癪に障って落胆することであれ、彼にとってもつらいことだったのだ。彼女の口もとにうっすらと笑みが浮かんだ。彼は、ヴァイオレットに興味がないわけではなかった。彼が欲情しているのは、思いちがいでも、いっときだけのことでもなかった。

ここ数日のコールの行動を思い返しながら、ヴァイオレットは歩きつづけた。新たな目で見てみると、たしかに彼の行動はけっして無関心を思わせるものではなかった。ほんとうに、そんなにしょっちゅう彼女のことを考えていたのだろうか？　ずっと彼女がほしかった？　目の下にくまをつくり、表情が張り詰めていたのは、欲求不満のせいだったの？　暖炉の前で、彼の顔に欲望が燃えあがったあの瞬間がよみがえってきた。彼女の肌をなでた手が、かすかに震えていたことも……。

ヴァイオレットの足が止まった。あの手。ドレスの下にもぐりこんできた、あのしなやかな手。敏感な胸の先端にふれられたときの、甘美なまでの彼の指先の感覚。彼女の評判を気にかけてくれるのは、けっして悪いことではない。彼女を大切に扱ってくれたことを、責めるわけにはいかなかった。もし彼がそういうことを平気で無視するような人だったら、男性として尊敬できないだろう。ああ、でも、自分の人生のことはやはり自分で決めたい。

枝の折れるような音が木立から聞こえ、ヴァイオレットはびくりとした。コールが追いかけてきたの？　振り返って木立に目を走らせる。道にはなにも見えず、木々の下は陰になっていてよく見えない。コールではない。彼は隠れたりしない。

もう一度、よくよく前を見た。肩甲骨のあいだのあたりがぞわりとする。だれかに見られているという考えを捨てきれない。木の葉がかさりと音をたてたが、風が吹いて葉っぱが地面とこすれたのか、それとも人間の足に踏まれたのか、わからない。小さな動物が人間の姿を見て、逃げていったのかもしれない。

ヴァイオレットは勢いよく振りむいた。なにも変わったところはなく、木と茂みと陰以外にはなにもない。ただの思いすごしだ。どんよりとした天気と、落ち着かない気分でピリピリしているせいだろう。さっきまでコールと一緒にいたのに、こんなところでめずらしくひとりきりになったから……。

頭を上げ、決然とした足取りで彼女はずんずんと歩きだした。ダンカリーの石階段が見えたときには、ほっとした。その階段をあがって庭の最下段に着き、振り返って自分がたどってきた道を見た。人っ子ひとりいない。

なんだかばかばかしく思えた。こんなに落ち着きをなくす理由もないのに。それでも先週、やはりだれかに見られているようなむずむずした感じを覚えたことは忘れられなかった。そのときも今日も、なにか確証があったわけではない。理屈に合わないとわかっている。この数日は神経をとがらせていることが多かったから、そのせいだろう。それだけだ。

部屋に戻ったヴァイオレットは、最初はずっとこもっていようかと思った。食事は部屋に運んできてもらえば、コールと会わずにすむ。けれど、それでは意気地がないように思えた。逃げるようなことはしたくない。のけ者や拒絶には慣れているから、今回のことだってなんとかなる。最初は気まずいだろうけれど、そのうちやりすごせるだろう。コールにはコールの考えがあり、自分にも自分の考えがある。互いにそれを受けいれて、よい仲間であればいい。

いつもの時間に夕食に降りていくと食堂にコールの姿はなく、ほっとしたと同時にがっかりした。そのとき、廊下に足音が響いた。足音はつかの間ドアの少し手前でためらいを見せているようだったが、やがて近づいてきた。

心の準備をする時間ができてよかった。ヴァイオレットは礼儀正しい表情を慎重に装って、そちらに顔を向けた。「ごきげんよう、コール」哀しくて胸がちくりと痛んだけれど、ぐっとこらえた。これもそのうちなくなる。

「ヴァイオレット、今夜はここで会えないかもと思っていた」

「あら、そう？　わたしは男性が自分の信条に固執したからって非難するような、了見のせまい人間ではないと思っているのだけれど。それどころか、あなたには、女性はこうあるべきという考えを変えずにいていただきたいわ。女性のだらしないふるまいが男性にとっては歓迎されるものだと思っている人は、あまりにも多いんですもの」

コールは眉を引き絞った。「ぼくはべつに――」

「ねえ」ヴァイオレットは涼しげな笑みを浮かべて片手を上げた。「もう言いあいはよしましょう。今日の午後に起きたことは忘れて、恨みっこなしで前に進みましょうよ」

「いいとも」そう言う割に、彼の声は不満げだった。

「よかった。じゃあ、一緒に財宝の手がかりを見つける作業はつづけるということでいいわね？」

「ああ。このままつづけたい」

「うれしいわ」胃のあたりがざわつくのをヴァイオレットは無視した。作業に身を入れれば、そのうちコールを見ても彼の手が自分をなでるところなど想像しなくなるだろう。彼の唇ばかりを見ずに話ができるようになるだろう。いつの日か、彼が道徳を守ってくれてありがたかったと、本気で言えるようになり、もっと自分が魅力的だったら彼は禁忌を破ってくれたのだろうかと思い悩むこともなくなるのだろう。

ヴァイオレットはフォークを手に取った。「フェイがどこに袋を埋めたにしろ、なにかしるしがあるはずだわ。あるいは、さらなる手がかりが」

コールはフォークをもてあそんだ。「そうだな。彼女の言う場所がマンロー家の墓なのかどうかも、まだはっきりしていない。〝わたしたちの先祖〟としか言ってないんだから。サー・マルコムの先祖かもしれないし、世間一般の先祖かもしれない。村の墓地とか」

「〝わたしたちが守ってきたように、守ってくれる〟というくだりもあったわね。特定の場所を示す手がかりかもしれないわ」

「教会の内部にある墓所かも？」コールが意見を出した。

「それなら範囲がせばまるわね。どれくらいあるか知ってる？」

彼は肩をすくめた。「いや。いくつかある。地下とか。壁沿いにも石の埋葬所があるし」

「でも、それはちょっとむずかしそうね。敷石や石のふたをはがすなんて考えられないわ」

「ローズ家の墓所は、教会の横庭にひとつかふたつ立派なものがある。それに城塞にも」

「城塞にもあるの？」ヴァイオレットはうんざりしたように言った。

「ああ。ベイラナンのレアードは後世に忘れられたくなかったんだろうな。城塞に礼拝堂と小さな墓地があるよ」

「とても谷じゅうは調べられないわ。もちろん、フェイも自分の子どもにそんなことをさせるつもりではなかったでしょうし。なにか見落としていることがあるはずよ」

「〝アニーのお墓と壁のあいだ、一五センチの深さに埋めました〟って書いておいてくれればよかったのに」

「そんなふうに書いたら、日記を読んだ人だれにでもわかっちゃうじゃないの」ヴァイオレットは笑った。

「明日、また日記を見てみよう」

「そうね」今夜と言われなくてよかったとヴァイオレットは思った。いまはまだ気持ちが乱れているし、高ぶった体の名残りも鎮まっていない。

これで心を落ち着ける時間ができた。なんとかなるだろう。いや、なんとかしなければならない。それができないのなら、コールと一緒の作業はつづけられない――そんなことになるのは、考えるのもいやだった。

16

翌朝、ヴァイオレットはふだんの生活に戻った。平穏な日々だった。コールのいないところで好きな仕事に没頭していると、彼を求めてうずく体を、長い時間であっても忘れることができた。アンガス・マッケイがたびたびやってきて気がまぎれるのもありがたかった。彼はどうやら発掘作業を監督することに決めたようだ。二、三日ごとに一、二時間ほどふらりと立ちよって、作業員をからかったり、ヴァイオレットと口でやりあったりした。ちょうど彼が居合わせたときに四枚目の壁が発見され、慎重に掘りだすことにもなった。その結果、それらの壁は、かつて部屋か小屋だったものだろうというヴァイオレットの憶測が裏付けられた。

「ひょっとしたら、お屋敷かもしれないわ」その晩、夕食のときにヴァイオレットはコールに話した。「もちろんその場合は、あのあたりにあるほかの壁は母屋以外の建物ということになるから、ほんとうにすごいことよ」

コールはうなずき、丁重な質問を返してきた。食事中の堅苦しい会話のなかで、発掘作業の進展の話題だけが頼みの綱だった。前にマンロー家の墓地で交わしたような気安いおしゃべりはもうできなかった。なにを言うにしても、慎重に会話の先を読んで、あの日の小屋でのふれあいを思い起こさせるような話題をすべて避けなければならない。そんな苦労をしても、どうせヴァイオレットにはあの記憶を封じることなどできないのだけれど——コールを見ただけで、ほかのことはなにも考えられなくなるのだから。

夕食後に図書室の大きなテーブルに座り、フェイの日記を調べているときのほうが、ある意味、楽だった。少なくとも図書室では、安全な話題にしなければと頭を絞らなくてもすむ。ただどうしても、コールの近くに座っているのはたいへんだった。コールの腕がテーブルの上で数センチしか離れていないところにあるし、彼が身動きすると偶然に脚がふれあったりもする。おまけに彼のにおいも、彼の体温も感じられる。

ヴァイオレットはなかなか日記に集中できなかった。コールの言葉よりも、声の響きに聞きいってしまうのだ。彼がページをめくると長い指に視線が引きつけられるし、うつむき加減の彼の頬にできたまつげの影を見てしまう。どうにもこうにも限界だった。まるで消え残った熾火《おきび》がくすぶるかのように、体がずっと小さく振動しているような心地だった。ほんとうはコールから離れているのが、唯一、賢明なことなのだろうけれど、それでも毎晩、みずから進んでその責め苦を受けに行ってしまうのだった。

ふたりはもう一度、日記を読みとおした。今度は後ろから逆に読んでみた。そして、フェイが愛する人から与えられた重荷と恵みという言葉が最初に出てきたところまで戻ってくると、コールはため息をついて日記を閉じ、椅子にもたれて両手で顔をこすった。ヴァイオレットは彼の様子を盗み見た。疲れているのか、目の下にくまがある。ほんとうに彼女のことを考えて眠れていないのだろうか？　ヴァイオレットは顔をそむけた。そんなことは考えないほうがいい。

そして、ふたたび日記を開いた。「ここがいちばん重要なページだと思うわ」そう言って、そのページを指で軽くたたく。

「この日に金貨を隠したと思っているんだね？」

「ええ。十二月六日。日付が書かれているのはこの日だけよ」ヴァイオレットは前のほうをパラパラとめくってみた。「ほかは一日も日付が書かれてないわ。それに、なんだかひと段落ついたような書きぶりですもの。〝ご先祖さまが守《ガード》ってくださいますように〟なんて……」

「たしかに。つまり、ここがいちばん金貨の隠し場所を明かしていると考えられるところだな」

「ええ。マルコムや彼との子どもに、日記全体を読ませる必要はないでしょう？　書いてあることを理解できるのが彼らだけだとしたら、書いてある箇所をわかりにくくするのは意味がないもの」

「内容を理解するのがむずかしいだけだってことか」コールは顔をしかめた。「そうだな。

もう一度、このページを見てみよう」コールは椅子にもたれた。「声に出して読んでみて」

「最初は、薬の処方よ。〝保護するもの〟と書いてあるわ。材料は、イチイとほかに——いえ、これは汚れね」

「イチイ？」コールは眉根を寄せて前のめりになり、ページを覗きこんだ。「変わった処方だな。イチイには毒があるのに」

「ほんとう？」ヴァイオレットは彼のほうを見た。

「ああ。毒のある植物とキノコについては、歩けるようになったときからずっと、母にくり返し教えこまれたんだ。イチイは、ほぼどの部分にも毒性がある——種でも、葉っぱでも。きみの言うとおりだ、次に書いてあるのは言葉ではなくて、消したあとだな。つまり、材料のところにはひとつしか書いてない」コールはテーブルをとんとんとたたいた。「材料のところはまったく注意して見てなかった。なにから保護するのかも書いていないな」

「書きまちがいかも。〝保護するもの《プロテクション》〟ではなくて、Pから始まるべつの長い単語で、たとえば〝毒のある《ポイズナス》〟とか……」ヴァイオレットは少し黙って考えた。「ねえ、なにかを保護するというのは、守るというのと同じ意味よね」

「ああ」コールは彼女を見た。「ご先祖さまが〝重荷〟を守ってくださる。つまり、イチイも手がかりのひとつかな？」

「マンロー家の墓地を指しているのかもしれない」

「でもそれじゃあ、やはり墓地全体を指すことになる。イチイの木の陰になっているところに絞るとしても、半分近くある。木そのものの内部もきみが見てみたけど、なにもなかったよね」

「ええ、そのとおりよ。もっとほかになにかあるはずね」ヴァイオレットは片手にあごを乗せて、ページを見つめた。「コール……日付は？」

「日付って、なにが？」

「手がかりよ。彼女はこの日に金貨を隠したと思うのだけど、でもどうしていつ隠したかが重要なのかしら？　もしかしたら、日付が場所を特定する手がかりになるのかも」

「その日に死んだご先祖の墓に隠したとか？　あるいは、年は関係なく、その日付とか。何年かはまったく書いていないね」

「だれかが生まれた日かもしれないわ。でも、どちらかと言えば、亡くなった日のほうが大事かも。お墓にも亡くなった日のほうが書いてありそうだし」

「マンロー家の墓はそうはいかない」

「どういうこと？　日付を書かないの？」

「ついているのもあるが、きみも見ただろう、墓標の大半は木でできていて劣化して、名前も残っていないのが多い。読めるのは新しいものだけで、そのなかに十二月六日はないよ」

「じゃあ、イチイの木がある墓地という意味ではないのね」

コールは肩をすくめた。「もう六十年近くも前のことだからな。日付が消えてしまっていてもしかたがないよ」

「その場合は、もう見つけるのは不可能ね」ヴァイオレットがため息をつく。

「ああ。でもそれはわからないさ。ほかのところに隠した可能性のほうが高いかもしれない。フェイは、サー・マルコムには見つけられると思っていた。でもマンロー家の墓地のことを、彼がどれくらい知っているかな？　イチイは重要じゃないのかもしれない。あるいは、ほかのイチイの木かもしれない。墓地にはイチイの木がよく植わっているだろう？」

ヴァイオレットはうなずいた。「イチイは昔から宗教や永遠と関連づけて考えられているものね。異教徒の教義では、死と再生の象徴とされていたり。寿命がとても長くて、だからそういう――」はっと口をつぐんだ。コールがうっすらと笑みを浮かべて聞いている。「ごめんなさい。またこんなにぺらぺらと」

「いいや」彼はヴァイオレットの手首をつかんだ。「謝らなくてもいい。きみの話を聞いているのは楽しいよ」彼の視線が自分の手までさがり、彼女の手を離した。「とにかく、手がかりはできた。村の教会に行ってみよう」

「ええ」ヴァイオレットはうなずき、自分の手首をつかんでいた長い指の感触を忘れようとした。けれど、肌がまだちりちりしていて忘れようにも忘れられない。

「明日は？　発掘は一日お休みしてもいいんじゃないか？」

て喜ぶと思うわ」

「ええ、もちろん」ヴァイオレットの気分は急上昇した。「作業員のみんなも息抜きができ

「よし。じゃあ、マッケナ兄弟には、明日は庭仕事に戻ってくれと言っておくよ。親方のぼやきもやむんじゃないかな」

ふたりは翌朝早く出発した。コールが馬車を頼んでいたのでヴァイオレットは驚いた。問いかけるように彼を見ると、コールはどんよりとした空を指さした。「雨が降りそうだ。またずぶぬれになるのはいやだろう？」

彼の言葉で、この前ふたりで雨に降られたことと、ふたりのあいだに燃えあがった情熱がよみがえった。コールの顔によぎった表情から察するに、彼も同じことを考えたようだ。彼はさっと向きを変えて馬車のドアを開け、ヴァイオレットは彼に手を差しだされる前に乗りこんだ。

ふたりは向かいあって座ったが、沈黙で息が詰まりそうだった。小さな教会に着いて数メートルの距離がとれるとやっと息がつけ、ふたりは墓地に入っていった。教会の近くにイチイの木が二本あったが、マンロー家の墓地に趣を添えている木よりも小さく、迫力もない。とにかく、イチイの木が生えている奥のほうから調査を始めた。

二本のイチイに近い墓で十二月六日の日付がついているものはなく、コールは羽の生えた天使が飾られている大きな墓に目を向けたが、そこには当然のことながら、ベイラナンのレ

アードが何人か埋葬されていた。そのまわりにはさらに墓標や記念碑が入り乱れ、その多くにローズの名前が入っていた。

身をかがめて墓標を確かめるという退屈できつい作業に、昼になるころにはヴァイオレットの背中は痛みで悲鳴をあげていた。墓標の多くは傷んで地衣植物も生え、読みにくくなっている。ひびが入ったり割れたりしているものや、名前しかわからないものもあった。十二月六日と書かれているものはひとつもなかった。

「ここでは十二月六日に亡くなった人がだれもいない、いから、重要な日なのかと思えてきたわ」ヴァイオレットがげんなりしたように言った。体を起こして腰に手をやり、体をねじってコールを見る。

彼は数メートル離れた墓標の前にしゃがみ、彼女をじっと見ていたようだった——いや、もっと言うなら、前かがみになった彼女が突きだすことになっていた、口にするのもはばかられるような場所に視線が釘付けになっていたらしい。コールは真っ赤になって、さっと目をそらした。ヴァイオレットも頬が熱くなるのを感じながら、次の墓標に移った。今度はかがまず、しゃがむことにした。なかなか頭に入ってこない文字をぼんやり見つめ、心臓が鎮まるのを待つ。彼に見られていたことがわかっただけで、こんなに体を熱くして混乱しているなんて、ばかみたい。

いいえ、ちがう。こんなにどぎまぎしているのは、彼に見られていたからじゃない。彼の表情が――荒々しいまでのむきだしの欲望が――まるで直に体にふれられているのかと思うほど強烈だったからだ。

少し離れたところで、コールが雑草を引き抜いたり枝や小石を取ったりして、墓のひとつをきれいにしている音がした。バキッという大きな音にびっくりし、彼のほうをこっそり見やる。コールは落ちていた枝を小さく折り、葉や小枝が積まれているところへその枝をやたらと乱暴に投げこんでいた。

その後、ヴァイオレットが作業しているあたりに戻ってきた。「ローズ家の墓はぜんぶ見たよ。イチイの木に近いあたりも」コールは墓地のほかの箇所を見渡した。「ここをぜんぶ見ていたら、だいぶ時間がかかるな」

「そうね。一日では終わりそうもないわね」ヴァイオレットはため息をつきながら立ちあがった。「なにか大事なことを見落としているんじゃないかと、ずっと考えているのだけれど」

「フェイは書き方があいまいすぎる」

ヴァイオレットは腰に手を当てて体をそらし、背骨を伸ばした。

「今日はこのへんでやめておこうか」コールが提案した。彼女が驚いて振りむく。彼の顔には表情がなく、声も平坦だった。「またの機会に出直そう」

「そうね」ヴァイオレットも成果のない作業には疲れてきていたが、コールとの一日を切りあげるのかと思うとがっかりする気持ちを抑えられなかった。

ふたりは待っている馬車まで戻った。コールはヴァイオレットのためにドアを開けたが、自分は乗りこまなかった。「先に帰ってくれ。ぼくは、その、キンクランノッホで用事がある。日用品とか……」あいまいなしぐさをする。「ぼくは歩いて帰るから」

「でもこのお天気じゃ――」ヴァイオレットは空を見あげた。「雨が降りそうよ。待っているわ」

彼は首を振った。「いいよ。ぼくは慣れてる」

「そう」遠慮しているようには見えなかった。ヴァイオレットは座席に腰をおろし、スカートを直すふりをしてうつむいた。ドアが閉まる音がするまで、顔は上げなかった。

馬車は向きを変え、ガラガラと音をたてて走りだした。ヴァイオレットはふかふかの背もたれに頭をあずけ、なにもすることのない午後について考えた。発掘現場に行こうか。でも、今日は作業員たちはべつの仕事を言いつけられているし、コールの言うように雨が降りそうだ。作業の記録をまとめるか、手紙でも書くことにしようか。コールと宝探しを始めてから、どちらも手つかずになっている。もちろん日記を調べてもいいけれど、ひとりで読むのは気が進まなかった。

結局、持ってきた本を見てみることにした。コールが見せてくれた短刀に刻まれたしるしに、ヴァイオレットは強く魅せられていた。あれを見たときに古代スカンジナビアのルーン文字を思いだしたので、調べようと思っていたのだ。宝探しの役に立つとは思えなかったが、雨の午後を過ごすにはいいだろう。

北欧の歴史に関する本が二冊と、ヴァイキングのスコットランド侵攻についての論文が見つかり、ヴァイオレットは床に座ってそれらを調べた。本の一冊にルーン文字の形と説明が出ていて心が躍ったが、あいにくコールの短刀にあったしるしは載っていなかった。

ヴァイオレットは自分で描いておいた短刀の絵を取りだし、いま一度じっくりと見た。柄に刻まれたしるしの一部は、本に載っているルーン文字に似ていた。ひょっとして短刀のしるしは時間とともに変化したか、ふたつの異なるルーン文字を組みあわせたものかもしれない。しかし、上半分に似たルーン文字は見つからなかった。横長の直線に短い縦線が五本、交差しているような模様だ。

おじの仲間に手紙を書いて、問いあわせてみることも考えた。けれどあいにくヴァイオレットの知っている古物研究家は、ほとんどの人が古代ローマか古代ギリシャの時代を専門にしており、古代のイギリス史にも関心を持つ学者はほんのわずかにいる程度だった。ヴァイキングの研究となると、だれも思いつかない。

歴史学者のほうが、望みがあるかもしれない。オックスフォード大学のオニール教授。彼はケルトの歴史が専門だけれど、なんとなくルーン文字にも関連があったような気がする。ケルト文化にもルーン文字があっただろうか？

むくむくと興味が湧いてきて、ヴァイオレットはまたトランクを引っかきまわした。そして底のほうから、オニール教授が書いたアイルランドとケルト族の歴史の本を見つけた。急いでページをめくると、オガム文字というものが出てきた！　どうしてもっと早く思いださなかったのだろう？

ページを下のほうへたどっていく指が、あるしるしのところでぴたりと止まった。その模様の下に書いてある説明を読むと、ヴァイオレットの心臓は早鐘を打ちはじめた。本が床に転がるのもかまわず、弾かれたように立ちあがった。「コール！　コール！　見つけたわ！」

17

コールはなにも手につかず、自分の小屋のなかをうろうろしていた。家まで歩いて帰ってくれば荒れ狂う胸の内も少しは落ち着くかと思ったが、無駄な努力だった。ゆっくり絵も描けないし、帳簿もつけられないし、デイモンのいちばん新しい手紙を判読するなどはもってのほかだ。考えられるのは、ヴァイオレットのことだけだった。彼のなかでうずくこの欲望を、彼女に包みこんでもらいたい。熱くきつく、締めあげてほしい。

彼は低いうなり声を吐きだすと、鉄の火かき棒をつかんでくすぶっている泥炭を荒っぽくつついた。黒いかたまりから火花が上がり、まるで自分の腹のなかで燃えあがる欲望を見るようだった。ため息をついて火かき棒を路床に投げだし、窓まで歩いていってどんよりとした外を見る。テーブルに戻り、そこに置いてあったスケッチを手に取った。未完成なのは、彼女の目がきちんと描けないからだ。次に、その隣りにある木の彫り物を見る。これもまったく彼女に似ていない。新たないらだちが噴きだして、その頭像を投げつけたくなった。いまはとにかく、なにかを壊したい気分だ。しかしもちろん、そんなことはできない。なぜなら、その像はやはりとても彼女に似てもいるからだ。コールは親指で、像の頬骨のあたりをなでた。

いったい自分はどうなってしまったんだ？　小さく毒づき、またうろうろしはじめる。これほど女性のことでにっちもさっちもいかなくなったことは、いままで一度もない。青くさい若造のころでさえ、だれもが持っている肉体の欲望に振りまわされたことはなかった。しかしいまは、いつもいつも欲望の限界に立たされているような気がする。眠れない夜もあって——正直、そういう日があまりに多すぎるのだが——どこでも、考えられるかぎりのあらゆる方法で彼女を抱くことを想像してしまう。彼女を抱きあげて自分の部屋に運び、ドレスをつかんで引きちぎるように脱がせ、スカートを押しあげて彼女の奥深くに突きいることを考えると、自分でもこわくなるほどに血がたぎる。いままで生きてきて、これほど女性を自分のものにしたい、自分の意思に従わせたいと思ったことはなかった。

最悪なのは、日曜日には彼女のほうから自分を差しだされたことだった。彼女はやわらかく、みずから体を押しつけ、積極的すぎるくらい彼の口づけに応えた。しかも、彼が途中でやめると火のように怒った。つまり彼は自分自身だけでなく、彼女にも抗わなければならなかったのだ。

日ごとコールは、あんなことをして自分はばかだったんじゃないかと思うようになった。ほかの男なら、ヴァイオレットが差しだしたものを迷わず受け取っただろう。実際、近い将来、ほかの男がまちがいなくそうする。そう思うと、赤く焼けた槍を突き立てられるような心地がした。

女性に敬意を払うのは当然のことだ。女性の評判を傷つけたり、どうなるかも考えずに純潔を奪ったりするのは言語道断だ。しかし、もし女性のほうからも求められているのなら、それを突っぱねるのは愚かの極みではないだろうか。とくにヴァイオレットのように、自立してしっかりと自分の考えを持ち、自己が確立している女性は。

しかし、評判がずたずたになった女性の現実を、彼女は知らない。そして純真でまっさらだ。その事実はいったいどうしたことか、コールの良心に重くのしかかるのと同じくらい、彼を硬くしてしまうのだが……。彼女を傷つけるものから守ってやらなければとこんなに強く思っているのに、彼女のためになにも決めるなと言うのだろうか。それにしても、ヴァイオレット・ソーンヒルのようにまったく守られたいとは思っていない女性を、どうしてこれほど守ってやらなければと思うのだろう？　彼女もたいがいひねくれていると思うが、これでは自分も負けていないじゃないか。

コールはマントルピースをつかんで小さな炎を見つめ、今朝、教会を調べていたときのヴァイオレットを思い起こした。こわばった筋肉をほぐそうと、体をそらしたときに突きだした胸。墓標を見るために身をかがめたときの、引きしまった丸い尻。あのそそられる丸さを、自分の手で包みこむところを想像する。

そのときドアにノックがあり、コールはぎくりとして、いらだちもあらわに振り返った。頭のなかが混乱して散らかっているときは、ひとりで苦悩しているほうが楽なのに。しかし返事もしないうちにドアが勢いよく開き、ヴァイオレットが流れるように入ってきた。頰を染め、瞳をきらめかせ、興奮をにじませて、まぶしいほどの姿で……それがコールの欲望を直撃した。あまりの激しさと熱さに、驚いてしゃべれなくなるくらいに。

「コール！　わかったかもしれないの」ヴァイオレットがフードを脱いで笑った。

彼女の言ったことなど、コールにはほとんど聞こえていなかった。彼は玄関まで大またで歩いていき、彼女の両肩をつかんだ。熱いまなざしで長いこと彼女の顔を見つめる。血がどくどくと脈打っている。ようやく口を開いたときには、のどから言葉を引きはがしたかのような、耳ざわりでかすれた声が出た。「髪をおろしてくれ」

ヴァイオレットは目を見張った。しかしなにも言わず、ただ彼と見つめあいながら、髪に手をやってピンを抜きはじめた。ゆっくりと、見せつけるように。彼女の髪が少しずつほぐれて落ちていくのを、コールは食いいるように見ていた。心臓がすさまじく打ち、もはやその音しか聞こえない。彼のなかのすべてが、髪をほどいていくヴァイオレットの指の動きに集中した。

コールは手を伸ばし、彼女の外とうの前を合わせている紐の端を引っ張った。結び目がほどけると外とうを肩から脱がせ、床にばさりと落とす。それからドレスの襟ぐりに指先をかけて、ゆっくりとすべらせた。彼女の顔がほてり、表情がふわりとゆるんでくる。

「きみを傷つけたくないんだ」彼は低い声で言った。最後の自制心のかけらが限界に近づいている。「どんな形であっても」

ヴァイオレットの唇が、ゆっくりとうれしそうに微笑んだ。「わたしは傷ついたりしないわ。見かけより強いのよ」

「ヴァイオレット……」コールは彼女の鎖骨に手を広げ、首筋をなであげてあごで止めた。

「なに？」

しかしコールには、言いたいことはなにもなかった。ただ彼女の名前を舌に載せてみたかっただけだ。身をかがめて口づける。ゆっくりと、やさしく。あやすように彼女の唇を開かせていくうち、唐突に湧いた欲望はもはや後戻りできないものになっていった。ヴァイオレットがつま先立ちになり、彼の首に抱きつく。コールの腕も彼女にまわって、ぴたりと彼女を抱きよせた。そして舌と歯と唇を駆使してキスを深め、彼女を高ぶらせていった。

ようやく唇を離したコールは、ヴァイオレットの髪に顔をうずめ、荒く息を弾ませた。ここでどうにか押しとどめようとする自制心で、体が震えている。

「だめよ」ヴァイオレットは彼の首や肩をなでてささやいた。「やめないで」

コールは低くうめき、彼女の体を抱いたまま頬を寄せて、ゆっくりとひざをついていった。彼女の体にふれているという甘美な悦びに体がうずく。彼はヴァイオレットのおなかに顔を押しつけた。ぼくの負けだ。だが、もうかまわない。

彼女の指が髪に絡まったのを感じ、ふたたび悦びと欲望の混ざりあったものが押しよせた。もう一刻も早く、激しく、彼女を奪いたい。しかしそれ以上に、このときを長引かせ、彼女を煽って目覚めさせ、余すところなく快楽を引きだしたいという欲望のほうが強かった。

コールは顔を上げて彼女を見た。ゆっくりと両手を彼女の背中から尻へとすべらせ、また胸に戻す。「ほんとうにきれいだ」

ヴァイオレットは夢見るような瞳で微笑み、ばかなことを言うのねとおもしろがっているかのように首を振った。

「教えてあげるよ」コールは彼女の腰を両手で持ち、質素なドレスの背中にある締め紐をほどこうと反対を向かせた。彼が紐をゆるめて広げると、ドレスがゆるんでさがった。ヴァイオレットがドレスをとっさに胸もとで押さえ、勢いよく振りむく。急に恥ずかしそうな彼女にコールは微笑み、彼女の手をつかんだ。「だめだ、隠さないで。見せてくれ」

ヴァイオレットは手を離し、ドレスがふわりと足もとに落ちた。いっきにコールの欲望が高まった。シュミーズのリボンもほどき、彼女の胸をはだけさせる。「ああ……」コールは彼女の胸を両手で包み、その重みとふくよかさを堪能した。「すてきだ。ふんわりとなめらかで、やわらかくて、完璧だ」胸の先端を親指でそっとなで、硬くなる様を見つめる。「百万回はきみの胸を想像したよ――なでるとどんなだろう、キスしたらどんなだろうと夢に見た。だが、ほんものにはかなわないな。まるでシルクだ。ハチミツみたいだ」

コールは両手で彼女の脇腹をなでおろし、自分の手の動きを目で追いながら、広げた指でまろやかな曲線をなぞった。欲望が獣の鉤爪のように襲ってきても手の動きを速めることなく、のろいぐらいの速さでゆるゆると上に戻し、硬くなった彼女の胸の頂きにふれた。ヴァイオレットの瞳の色が濃くなり、表情が欲望でゆるむ。彼女が欲情しているしるしを目にして、彼の高ぶりもいや増した。かすかに震える指で彼女の下穿きのリボンをほどき、押しさげて両手をしばらく彼女の脚にとどまらせる。ヴァイオレットは無言のまま両手を彼の肩に置いて体を支え、下穿きから足を抜いて、彼の前に一糸まとわぬ姿をさらした。

その姿に、コールはうっとりと見惚れた。「おいで。きみがどれほどきれいか、教えてあげよう」彼女のウエストに両手をかけて引きよせ、もろとも床に倒れていった。

脱いだ服の上に彼女を横たえ、コールはたっぷりと口づけた。存分に彼女を味わいながら、両手で彼女の体をまさぐっていく。どこもかしこもやわらかくて、あたたかい。彼女の肌がほんの少し震えている。脚のあいだに手をすべりこませると、そこはなめらかに潤い、彼をまちわびていて、その素直でひたむきな反応に彼は射抜かれてしまった。

コールは彼女の唇を放し、首筋から、枕のようにやわらかな胸へとたどっていった。もう硬くなってうずいている自分を、ぎりぎりのところで押しとどめていた。ヴァイオレットが彼のシャツの紐をゆるめて開き、手をすべりこませて彼の素肌にふれた。彼はあやうく彼女の脚を広げ、持てるかぎりの力で彼女のなかに突きいってしまうところだった。なんとか体を起こし、シャツを頭から抜いて脇に放り投げる。

そのときヴァイオレットの手がズボンのボタンにかかり、コールは身動きができなくなった。かすれた荒い呼吸をくり返し、繊細な彼女の指の動きで敏感な部分が布越しにうずいて張り詰めるのを感じながら、刃のように鋭い快感をこらえる。彼女が彼を見あげた。驚きと問いかけるようなまなざしのなかに、喜びもくすぶっているのが見て取れる。彼女の唇が弧を描いた。秘密を知ったような、力に満ちた女らしい笑み。彼女はズボンのウエストに手を入れ、ズボンを押しさげた。

その動きにコールは身震いした。ここまで欲望の限界が広がるとは、思ったこともなかった。彼は立ちあがり、服の残りを脱ぎ捨てた。ヴァイオレットが大きく目を見張る。一瞬、コールは、彼女が初めて男の裸を見てこわくなり、怖気づいてしまうのではないかと不安になった。しかし彼女の視線は、彼にふれるかのようにやさしくさまよい、彼を興奮させた。ヴァイオレットの両腕が彼を迎えるように伸び、コールは無我夢中でそこへ飛びこんだ。

やさしいキスと愛撫で彼女を高めていこうと思っていたのに、コールの欲望はもはや抑えられそうになかった。ヴァイオレットはやわらかすぎる。あまりにおいしそうで、こらえられない。彼女の胸に唇をさまよわせ、女らしい尻の双丘に指を食いこませた。ヴァイオレットは彼が欲情しているのを喜んでいるようだった。彼女の手が彼の髪に絡まり、すすり泣きにも似た満足そうな声をもらされて、コールはいっそう激情を煽りたてられた。

ふたりの肌が汗ばみ、肌と肌がすべった。彼女の息づかいが速くなり、のどもとの繊細なくぼみが脈打っている。コールが彼女の奥深い秘密の場所を指で探りあてると、麝香《じゃこう》のようなにおいに鼻孔をくすぐられ、彼女の高ぶりがまるで大波のように彼をのみこんだ。コールもいよいよ切羽詰まり、体を震わせながらなんとか持ちこたえた。しかしヴァイオレットが背をそらして腰を揺すったときが、もう限界だった。コールは彼女の脚のあいだに体をすべりこませ、彼女の尻を抱えて持ちあげると、ゆっくりとなかへ入っていった。

ヴァイオレットはひるむことも、体を引くこともなく、少し体を動かして彼を迎えいれた。そんなふうに身を差しだされると、とりわけ自制心を働かせるのがむずかしい。わずかに押し戻されるような感覚はあったが止まることはできず、コールは奥まで押しいった。きつく、熱く包みこまれ、動くたびにすさまじい快感に襲われる。ヴァイオレットが彼にしがみつき、口からもれるあえかな声が彼にいっそう火をつける。背中に彼女の爪が食いこみ、その小さな鋭い痛みが、彼のなかでうねる大波をさらに激しくしていった。

コールの世界が、人生が、いまこの瞬間に集約する。熱とうずきと興奮ではちきれそうになり、苦しいほどに気持ちがいい。そしてついに彼のなかで命が弾け、彼女のなかへと注ぎこまれた。コールは身を震わせ、ヴァイオレットをつぶさんばかりに抱きしめた。

彼女の首筋に顔をうずめたまま、ゆっくりと体から力が抜けていく。やがてコールは、彼女もろとも仰向けに転がった。すべてを使い果たし、満ち足りた気分で彼女を抱きかかえる。彼女の髪が雲のように彼の上で広がり、彼女のにおいで満たされた。コールは彼女の肌に唇を押しあて、頭から背中をなでおろした。吐息混じりにつぶやいた彼女の名前が、彼女の肌をくすぐった。

そうして彼は、やすらいだ眠りへと引きこまれていった。

コールが眠りに誘われていくのを、ヴァイオレットは感じていた。彼の腕から力が抜け、息づかいがおだやかになり、激しかった心臓の鼓動が耳の下でゆっくりになっていく。彼女はひとり笑みを浮かべた。ここで彼と横になり、彼の胸に頭をあずけて息づかいに耳をすませ、満ち足りているなんて。正直言うと、ぼうっとして、これ以上のことはほとんどできそうもない。この数分間はもう圧倒されてめちゃくちゃで、いまだに快感の余韻でどこもかしこも落ち着かなかった。

すべてが一変した。見かけは前と変わらなくても、彼女の根本が変わってしまった。かすかな痛みと、使われたという感覚……もちろんそれは、とてもすてきな意味でだけれど。体がいまだにかすかにうずいているような、奥がとろけているような感じがする。肌が敏感になり、空気の存在さえ感じ取れるような気がする。〝幸せ〟とか〝満足〟とか〝感動で震える〟という程度の表現では、陳腐でそぐわない。それらがぜんぶ合わさって、自然に顔がゆるんでくるような……いや、それよりもまだはるかにすばらしい感じだった。

ヴァイオレットは自分の発見を一刻も早くコールに伝えたくて、ダンカリーからここまでの半分は走ってきた。けれど小屋に一歩入ったら、コールがじっとこちらを見ていた。彼の視線がどんなふうに彼女の内面まで飛びこんできたのか、うまく言えないけれど、彼の欲望があまりにもむきだしで生々しくて、思わず息をのんだ。彼に伝えようと思っていたことなど、どうでもよくなってしまった。

ヴァイオレットは目を閉じて、コールの口づけを思いだした。さらに、彼女の前でじりじりとひざをついていったあの姿も。あのときの彼は、全身全霊で彼女にすがりつくかのようだった。彼女の体に顔をうずめ、両手をさまよわせ、声をかすれさせて、口と手と体で彼女を求めて……結局、自分のものにしてしまった。大切なものを崇めるかのように口づけ、愛撫して、そして同時に所有してしまったのだ。

彼にふれられて過敏に反応し、どうしようもなく甘い声をもらしたのは、恥ずかしいことだったのかもしれない。けれど実際に自分が感じたのは……このうえない喜びだけだった。しかも、もう一度同じことをしてほしいという空恐ろしいようなことまで考えている。ヴァイオレットは彼の胸にそっと口づけ、片ひじをついた姿勢になって彼をじっと見つめた。彼はすっかり力が抜け、やすらいでいるように見える。顔から緊張が消え、こわばっていた顔つきがやわらかくなっていて、そのこともまた心が浮きたつほどうれしかった。

ヴァイオレットは体を起こしてひざを抱え、眠っている彼を見つめた。これまで彼女は分析ばかりしてきたものだから、自分の感情も分析せずにはいられなかった。自分がこれほど感情に流されるなんて、不思議な気分だ。そんな自分が彼をあれほど高ぶらせ、苦しませ、じれて自制心も保てなくなるほどにしたということがうれしくて、誇らしささえ感じられる。その反面、自分が彼を喜ばせてあげられたこと、高ぶりをなだめて解き放ってあげられたこと、そして幸せとやすらぎを与えてあげられたことも、同じようにうれしかった。

だれかとこんな結びつきを感じられたことは、いままでなかった。彼がなかに入ってきたときの瞬間は、なにものにも代えがたいものだった。最初の鋭い痛みが、あの輝かしい充足感に変わったとき――あれはまるで、たとえひとときであっても、彼が彼女の一部になったかのようだった。そう、いつだって、彼は彼女の一部だという気がする。そう思うと心が躍ると同時に、少しこわくもあった。

体がぶるりと震え、ヴァイオレットはやっと現実の世界に引き戻された。暖炉の火のおかげで凍りつくような寒さではないけれど、それでもむきだしの体であたたかくいられるほどではない。彼女の服はコールが下に敷いている。もちろん彼を起こしたくはないから、ヴァイオレットは放り投げられた彼のシャツを拾ってはおった。玄関のドアに鍵がかかっていなかったことを思いだし、いつだれが入ってくるかもわからないことに気づいて、急いで閉めに行った。

戻りがてら、暖炉のそばの椅子からアフガン編みを取って、コールにかけてあげた。そして彼のそばに腰を落ち着け、眠っている彼をまた眺めた。子どもみたいと思うほどやすらかな顔で、すっかり緊張のほどけた表情をしている。ヴァイオレットの視線は彼の顔をさまよった。しっかりとした眉、額にかかるきれいな金色の髪、すっと伸びた頬骨、引きしまったあごの線。彼の髪を後ろにかきあげた彼女は、弧を描いた眉をそっとなでた。頬骨もなぞりたかったが、やめておいた。そのあと、形のきれいな締まった唇に視線が移った。この唇がわたしの首筋に……胸に……。少し彼女の呼吸が速くなる。

視線はさらに下へ、のどもとの小さなくぼみ、くっきりとした鎖骨へと移った。ただの骨と肉にすぎないのに、どうしてこれほどすてきなのかしら。どうしてもがまんできず、ヴァイオレットは人さし指で彼の鎖骨をたどり、胸の中央を下に向かってなぞった。胸毛が指先にちくちくする。さらに指はうつろって、小さな平たい乳首をくるりとなでた。たくましく盛りあがった胸板には手のひらを這わせ、肋骨をひとつひとつ確かめてそこの筋肉もなで、浅くくぼんだ腹部に移る。そしてやわらかな毛布の端にもぐりこんだところで、手が止まった。

これ以上はだめ。本人が眠っているあいだにこんなに見るなんて、やはりいけないことだわ。同じことをされたら、自分だってきっと怒るだろう。けれどそんな場面を想像してみると、のどもとが熱くなり、怒りや恥ずかしさよりも興奮が湧いてきた。ヴァイオレットは毛布の下に手をすべりこませ、一度に数センチずつ、じりじりと進めていった。へそのくぼみに指先が当たると、人さし指で縁をなぞった。そしてまたゆっくりと、彼の体を這う自分の手を思い浮かべてどきどきしながら手を進めた。突然、毛布が動いて、息を詰める。さっきズボンのボタンをはずしたとき、彼がどれほど大きくなって布を押しあげていたかを思いだした。あのときは大事な部分が力強く張り詰めていて、布地から解放されると跳ねるように飛びだした。いまだって、眠っていても彼女の手に反応している。ヴァイオレットは自分の目でそこを見たくてたまらなくなった。質感やたくましさや熱さを探って、直にふれたいけれど、彼女の手は少し手前でためらっていた。

「いまさらやめるな」コールの声が低くかすれて響いた。

「えっ！」ヴァイオレットはびくりと驚き、後ろめたそうに振りむいた。コールが片腕を曲げて枕にし、眠たげにぼんやりとした目で彼女を見ていた。唇はゆるんで悩ましく、その顔つきに彼女のおなかの奥深くが激しくうずきだす。ヴァイオレットは真っ赤になった。「ごめんなさい。こんなこと。こんな……失礼よね」

コールの唇が、けだるげに笑みを浮かべた。「失礼なきみは好きかもしれないな」コールは手を伸ばし、彼女が着ているシャツを引っ張った。「これはなんだ？　ずるいぞ。ぼくは生まれたばかりみたいに素っ裸で、きみだけくるまれて」シャツの下に手をすべらせ、彼女の胸を正確に探りあてる。彼の手でヴァイオレットはとろけた。コールの男らしい得意げな表情を見るかぎり、彼にはそれがすっかりわかってしまっているようだ。

「やめて」弱々しくヴァイオレットが抗うと、コールはにんまり笑った。ゆるいシャツを片手でひとまとめにつかんで引っ張り、頭を上げてゆっくりと丹念な口づけを仕掛けた。手を離すころには、ヴァイオレットは息を切らして血が全身を駆けめぐっていた。

「ほら。さっきのつづきをどうぞ」コールは毛布をめくり、なにもまとっていない長い体をすっかりさらした。「止めやしないから」

「コール……」ヴァイオレットはどうしても彼の下半身に視線がうつろうのを止められなかった。

「なに？」彼女の髪を手に巻きつける。彼の声は笑いをふくんでいたが、低い響きが欲望をにじませてもいた。「きみにはなにひとつ逆らえないって、わかってるだろう」

ヴァイオレットは彼の腹部に手を広げた。彼がぴくりと動いて鋭く息を吐く。ちらりと見やったが、彼の顔には欲望しか見て取れない。コールは彼女の手首をつかみ、下へと持っていった。

「やめないでくれ」

ヴァイオレットはゆっくりと彼の体を探りはじめた。おなかのやわらかな肌、突きでた腰骨、ぷつりと立った乳首。指先に毛を巻きつけたり、彼のものを握ったり、脚のあいだに手をすべらせて手のひらで包んだり。ひとなでしてふれるごとに、彼は硬くなり、うずきを増した。それもまた、彼女の下腹に欲望を渦巻かせた。身をかがめて彼の乳首に口づけると、彼が小さくうめく。そっと盗み見ると、彼は目を閉じ、口を少し開けていた。

彼が自分にしてくれたことをまねて、平らな乳首に舌で円を描き、さらに唇をつけて吸いながら肌をなでた。彼の肌の温度が上がり、息づかいがかすれる。彼が感じていることがわかるたび、ヴァイオレットはうれしくてたまらなかった。硬くなった乳首から口を離し、今度は胸の上を横切ってたくましい胸骨をたどり、やわらかな腹部の肌に行きついた。

コールがびくりとして彼女の髪に手を差しいれ、歯を食いしばりながら彼女にはわからない言葉をつぶやいた。ヴァイオレットが顔を上げる。燃えるように激しく強い彼のまなざしは、ほんとうならこわいはずなのだろうけれど、彼女にとっては欲望を煽られるだけだった。彼に肌をすりつけるようにして伸びあがり、彼の唇を唇でふさいだ。

コールはのどの奥で言葉にならない声をたて、ヴァイオレットを抱えて転がった。彼女を床に縫いとめて、もう止まらないというようにキスをする。ヴァイオレットは背をそらすように体を押しつけ、もう一度彼を迎えいれようとした。

しかしコールは体を引き、両手を彼女の頭の両側についた。ヴァイオレットがうっとりと彼を見あげ、彼を自分のほうに引きよせる。「コール、ねえ……お願い《プリーズ》……」

コールは腰を上げて立ちあがり、彼女も手を引いて立たせた。野性味のある顔つきで、にっと笑う。「ああ、だいじょうぶ、かならず喜ば《プリーズ》せてあげるよ。でも、ここよりもっとずっと快適なところでね」

身をかがめてヴァイオレットをさっと抱きあげると、彼は寝室に向かった。

18

コールは彼女をベッドまで運び、おろして立たせた。「まずは、これを取ろう」シャツを脱がせて脇に投げ、彼女の全身に目を走らせる。「きみがあんまりきれいで、心臓が止まりそうだ」両手で彼女の顔を包み、額、頬、唇にキスをした。「さっきはしっかり時間を取らなかった。無我夢中で……きちんと気を遣えなかった」彼女の腕をそっとなでおろす。「でも、今度はきちんとする。すべて、きちんとするよ」

「どういうことか、よくわからないわ」彼の指が尻から腰をたどって脇腹に上がってきて、ヴァイオレットの声はうわずった。

「ああ、そうだろうね」コールは彼女の耳たぶをそっと噛んだ。「でも、これからわかるよ」

ふたたび唇が合わさった。やわらかく、やさしく、彼女から可能なかぎりすべての快感を引きだそうとあやしていく。彼の手もゆっくりと、羽根のような軽さで彼女の肌をたどり、ヴァイオレットはひざが震えてくずおれそうになった。それを察知したかのように、コールは彼女を抱きあげ、まるでガラス細工のようにできるだけそっとベッドにおろした。それから自分も彼女の隣りに横になり、約束どおり、彼女を喜ばせはじめた。

手と唇と舌と歯で彼女をじらし、煽り、肌を隅々までなぞって、もうこれ以上は快感で弾け飛ぶしかないというところまで、彼女の欲望の火に油を注ぎつづける。ヴァイオレットの奥深くで欲望が渦を巻いて募り、まるでなにかを追い求めているかのような気にさせられた。あと少しというところまで高められ、もう弾けそうと思うたびに、コールはやめてべつのところにふれ、口づけて、そこからまた新たな快感の渦を起こしていくのだ。

コールは胸をかわいがり、熱い口内に吸いこんで胸をふっくらと重たくさせ、先端をとがらせて色濃く変えさせた。そのあいだもずっと彼のしなやかな指は彼女の脚のあいだで動き、彼女を開いてくすぐり、燃えたたせた。さらに彼はヴァイオレットの背後にまわり、ゆっくりと背中をたどりはじめた。唇で背骨をなぞりながら脇腹に手をすべらせ、腰の曲線をゆるゆるとなでたり、おなかに手を広げてさまよわせたりする。

後ろから彼の手が脚のあいだに忍びこみ、ぬれてうずいているすべらかなひだをとらえられ、ヴァイオレットの口からあえぎ声があがった。さらにやわらかな双丘をついばまれて、身悶える。彼がほしくて体がうずいた。もう一度、体のなかを満たされるすばらしい感覚を味わいたい。これまで知らずにいたものがほしくて、もう自分の切羽詰まった欲求のことしか考えられなくなった。

「お願い《プリーズ》」ヴァイオレットはくるりとコールのほうを向いた。大きな瞳を輝かせ、せわしなく彼の腕や肩をなでる。「あなたがほしいの。わたしのなかであなたを感じたいの」

汗ですべり、すでに燃えるように熱くなっていたコールの肌が、彼女の言葉でいっそう温度を上げ、彼の息も震えるようにわなないた。彼はヴァイオレットにのしかかり、脚のあいだに体を入れて、少しずつなかへ入りはじめた。彼でいっぱいになっていく甘美な感覚に貫かれ、ヴァイオレットは声が抑えられなかった。少し体を動かして完全に彼のものを迎えいれると、コールの動きが止まり、シーツに指が食いこんだ。それからゆっくりと、彼は動きだした。腰を引き、また深く突きいれる。

ヴァイオレットは彼に抱きつき、彼の肩に顔をうずめて、一緒に動いた。彼女のなかに生まれる欲望はもはや止めようもなく、彼が動くたびに強くなって迫ってくる。ヴァイオレットはまるで飛ばされてしまうとでも言うように、彼にしがみついた。そのとき突然、彼女のなかで荒々しく欲望が弾けた。思わず飛びだしかけた悲鳴をこらえようとヴァイオレットは彼の肩を噛み、それに応えるかのようにコールもびくりと胴を震わせて叫び声をあげた。奔流がふたりをのみこみ、それまでの一切をさらっていく。快楽の大波をかぶったヴァイオレットはぼう然として、体に力が入らない。それでも彼女は全身まるごと満たされていた。

コールが彼女の隣りに倒れこみ、彼女を抱えこんだ。ヴァイオレットは彼にしがみついたが、びっくりしすぎて、力を使い果たして、動けない。目の前にある彼の肌に口づけた。彼の心臓の音と息づかいがぴったり自分のものと合わさって、どこまでが彼でどこからが自分なのかもよくわからない。彼女の唇がふれると彼の肌が震え、彼の手がヴァイオレットの頭を抱えた。

「あなたが言っていたのは、これなのね」彼女がつぶやく。

「そうだ、これだ」コールが微笑んだのが、髪の毛から伝わった。彼の声にも男としての達成感がにじんでいた。彼はふたりの上に上掛けを引っ張り、彼女の肩を包みこんだ。

「あなたの言うとおりね。ここのほうがずっと快適だわ」ヴァイオレットはコールの腕のなかにすりよった。

「ああ」彼がヴァイオレットの髪にキスをする。「きみの話の腰を折ってしまって悪かった」

「え？　ああ」彼女がにこりと応える。「いいの。このほうがずっとよかったわ」

「もしかしたら後悔しているんじゃないかと心配してた」

「そんな」ヴァイオレットは頭を上げて心配そうに彼の目を覗きこんだ。「あなたはしてるの？」

「ぼく？　これを後悔？」驚いた彼の顔は、ヴァイオレットをほっとさせるのにじゅうぶんだった。「まさか。きみと愛を交わして、ぼくが後悔するわけがない。きみは……すばらしい。完璧だ」コールは身をかがめて口づけ、また横になって息をついた。「でも、ぼくは誓いを破ってしまった。きみが関わることになると、ぼくは弱くなってしまう」

「わたしは誓ってほしいなんて言っていないわ」

「わかってる。だから、よかったよ。どうせぼくには誓いなど守れないんだから」

ヴァイオレットは彼の目を見つめた。「わたしは自分で選ぶの」

「わかってる」コールは微笑み、彼女の頰に手を当てた。「そして、ぼくを選んでくれたんだからうれしいよ」

ヴァイオレットは幸せな気持ちでいっぱいになった。コールは彼女の気持ちを受けいれてくれた。彼女の望みをわかってくれた。とても自立したああいう母親や姉のもとで育ったから、あきらかにほかの男性よりヴァイオレットのことを理解してくれている。それ以上にすごいのは、だれより彼女のことをわかっていながら、それでも彼女とこうなりたいと思ってくれたことだ。

ヴァイオレットは伸びをして彼の唇にキスをした。彼の手がうなじにまわって頭を固定し、さらに長く深い口づけをする。ようやく彼女が体を離したとき、彼はかすれた声で言った。

「またぼくが脇道にそれてしまわないうちに、早く話したほうがいい。なにが見つかったって？」

「いいえ、正確には見つかったわけじゃないの」ヴァイオレットは上掛けがすべり落ちるのもかまわず体を起こした。目にも楽しい、むきだしの胸が彼の目にさらされる。「見つかったと言うより、意味がわかったということなんだけど」

「ほんとうに？」コールの視線がさがり、片方のバラ色の先端をこぶしでなでた。

「コール……聞いてないでしょう」

「聞いてるよ」重みのある丸みを手で包む。

「聞いてないわ」彼の手を押しのけながらも、ヴァイオレットの口もとはゆるんでいた。

「あのシャツはどこ?」体をひねってシャツを探す。

「だめだ、あれを着ちゃ。いい子にするから。約束する」コールは頭の後ろで手を組んだ。

「さあ、話して」

「あなたのあの短刀についていた模様の意味がわかったと思うの」

「スキアンドウの?」コールのまなざしが鋭くなった。

「ええ。あれを見て古代スカンジナビアのルーン文字を思いだしたのよ。それで、今日はわたしの本を調べてみたの」

「どうしてぼくの短刀に北欧のルーン文字が?」

「わからないわ。何百年も前にスコットランドを襲ったヴァイキングに関係があるのかもしれないわね。本によると、彼らはいろんなものにルーン文字を彫って残したんですって。同胞への伝言だったのかもしれないし、あとから来る古代スカンジナビア人への道しるべのようなものだったのかもしれない」

「でも、どうして短刀に? それに、古代スカンジナビアに関係するものが刻まれた短刀を、どうしてサー・マルコムが持っていたんだろう?」

「それはまったくわからないわ。だからこそ惹かれるの」

「ルーン文字なのか？」

「そうとは言いきれない。とても似ているのは——Yの字の中央に縦線が一本入ったようなものがあるのだけど」ヴァイオレットは彼の胸に指でそのしるしを描いた。

「ああ、鳥の足跡みたいな」

「ええ、そうなの。でも、それはしるしの下半分だけなのね。上半分は、一本の長い横線に五本の短い縦線が交差したような形」また彼女は彼の胸に指で描いた。

「そんなことをされると、また気がそれちまう」

ヴァイオレットは目をくるりとまわした。「だから、よくわからなくて困ってしまったの」

「でも、それも早々に判明した——ってことだろう？」

「じつを言うと、もっと早くわかってもいいくらいだったわ。でも、やっと思いだしたの。アイルランド人もそういう文字を使ってたということを」

「アイルランド人？」

「そう。彼らもこのあたりにやってきたのよ。みんなスコットランドがほしいのね。彼らにもあなたたちにもケルトの血は入っているから、スコットランド人がよく似たしるしを使ったと考えても飛躍しすぎではないわ。ルーン文字というよりは、アルファベットに近いかしら。いろいろなしるしがいろいろな音をあらわすの。文字と同じように」

「じゃあ、あのしるしもなにかの単語なのかな？　そうだな……〝バラ〟とか」

ヴァイオレットは声をあげて笑った。「残念でした。なんらかの〝木〟をあらわすしるしよ。そして、直線に五本の短い線が入っているのは……」

彼の瞳が、わかったというように輝いた。「イチイの木だ」

「そう。あのしるしは、ふたつの異なるしるしが組みあわされたものだと思うの」

「どうしてそんなことをしたんだろう？」

「わからないわ。どこかにそのふたつのしるしが彫られているのを見て、ひとつのしるしだと思ったか。あるいは、なんらかの意味がこめられているのかも。上半分がイチイの木で、下半分のルーン文字の部分は〝守り〟という意味よ」

コールは急に真剣な顔つきをして起きあがった。「保護と同じか」

「わたしもそう思ったの。フェイの日記のあのページ、イチイの木の上に書いてあった言葉は〝保護するもの〟でしょう。処方の名前かと思っていたけれど、もしかしたら、短刀に彫られたしるしを意味していたのかもしれない。だから彼女は、サー・マルコムにはすぐにわかると思っていたのかも。あの短刀がほんとうの鍵なのかもしれないわ。そして、あのしるしが財宝の埋められた場所をあらわしているのかも」

「じゃあ、あのしるしが彫られた墓を探せばいいのかな？」

「お墓に限られているかどうかはわからないけれど、ローズ家のなにかを指しているにはちがいないわ。ご先祖さまか、模様かなにか。もっと大きくて目立つものかもしれない。サー・マルコムにはすぐわかる場所とか」

「城塞とか」

「ローズ家は城塞の地下に、いろんなところにつながる地下道をつくったと言っていたわね。あるいは、安全に隠れられる隠し部屋とか」

「うわ……また隠し部屋か」

「秘密主義の一族だったたってお話だから」

「そうなんだ」コールは長々と息を吐いて考えた。「話のつじつまは合う。サー・マルコムとフェイは、この夏にジャックとイソベルが見つけた隠し部屋で会っていたと考えられる。つまり彼女は城塞にもある程度は慣れていた。まあ、サー・マルコムが戻らなかったとすれば、ふたりの子どもにはどうやって伝えるのか、そこはわからないが」

「もうずいぶん昔のことだもの。フェイが考えていたよりもずっと長い時間が経ってしまったわ。当時はもっとよく知られていたものだったのかもしれない」

「ああ。イングランド人に禁止されて、いまではわからなくなったハイランドの伝統に関わるものかもしれないしな。イングランド人がそんなことをするなんて、フェイは知り得なかったんだから。自分の知っているものがなくなってしまうなんて」

「次は城塞を調べてみましょう」

コールはうなずいた。「でも明日は行けないな」わずかに笑みを浮かべて彼女を見た。「今日はほとんどなにも仕事ができていないから」

「村でお仕事をしてるんだと思ってたけれど」

「ぼくの仕事は、きみの乗った馬車に近づかないでいることだった」

ヴァイオレットの眉がつりあがった。「まあ、なにそれ！」

「あの小さな空間では、きみに手をふれずにいられる自信がなかったんだ」コールの瞳が色を深めた。「教会の庭でも、きみに手を伸ばさないでいるので精いっぱいだった」ヴァイオレットの腕をつかんで一緒にベッドに倒れこむ。自分の手の動きを目で追いながら、コールは彼女の体をなでた。「教会であんなことを考えて、雷に打たれなかったのが不思議だよ」

「まあ、そうなの？」ヴァイオレットは彼の手を感じながら、けだるげに伸びをした。「なにを考えていたの？」

彼の瞳に熱がこもり、コールは身をかがめて彼女の胸の先端をくるりと舌でなぞった。

「こんなことだ」彼女の下に手をすべりこませ、尻をぎゅっとつかむ。「こんなことも」彼女の首筋に顔をすりよせ、熱い息を吐く。「地面にきみを押し倒して、その場できみを奪いたかった」

「牧師さまもびっくりなさるわね」

「そうだな」下に向かって唇を這わせていく。

「でも、すてきだったと思うわ」

コールがくくっとかすれた声で笑った。「じゃあ、いまそうしよう」彼女の脚のあいだに体を入れる。

「そうね」ヴァイオレットは彼のうなじで両手を合わせた。「それがいいわ」

それを最後に、おしゃべりはやんだ。

ふたりがダンカリーに戻ったのは、夕食の時間をとうに過ぎてからだった。ふたりとも、もはやミセス・ファーガソンのえんま帳に載っているのはまちがいない――いや、サリーのえんま帳にだって載っているかもしれなかった。ヴァイオレットは、今夜は使用人のだれとも顔を合わせたくなかった。もし会ったら、今日の午後はなにをしていたか、だれにだってピンと来たことだろう。身なりが乱れているだけでなく、彼女の顔は光り輝いているだろうから。

夕食は、コールと一緒にチーズとパンと酸っぱいりんごを暖炉の前で食べてすませ、食後は彼の胸にもたれて揺らめく炎を眺め、けだるく甘い時間を過ごした。できるものなら、ひと晩じゅうここでふたりの小さな世界にこもっていたかった。

けれど、そんなことはできない。まずダンカリーの使用人たちが見当ちがいの心配をするだろうし、そのあとはまちがいなく、ひどい醜聞になるだろう。最初コールは、当然ヴァイオレットの評判のことを考え、彼女をひとりで先にダンカリーに帰し、追って自分も行くのがいいと言っていた。しかし彼女がコールの小屋を出るころには、彼は考えなおしていた。

「きみをひとりで歩かせるのはよくないな」コールは彼女越しに暗くなった外を見て、彼女と指を絡めて手をつないだ。

「来るときはひとりで来たのよ」

「それは昼間だっただろう」なんとはなしに親指で彼女の手の甲をなでながら、コールは考えた。

「ここからお屋敷に戻るあいだに、わたしになにかあるって言うの？」ヴァイオレットは楽しげに彼を見た。

「あり得なくはないじゃないか」コールは彼女にもう一歩近寄り、空いたほうの手をウエストにまわした。「もう暗い。屋敷には侵入者もいたし」

「もうずっと前のことよ」

「せいぜい一週間だ」コールは彼女の背中をなでた。「ほんとうだぞ。きみのいる屋敷で寝泊まりしてから、毎日、日にちを数えているんだから」

「そうなの？」ヴァイオレットは瞳を挑発的に輝かせ、彼のほうに寄りかかるそぶりをした。

「毎日。毎時間」コールの唇がゆるみ、瞳が色を深める。「だから、ぼくも一緒に行くよ」

「うれしいわ」

コールはヴァイオレットの額にそっと唇をふれさせた。「屋敷が見えるまでは一緒に行こう。きみはそのまま行って、ぼくは少し待ってからにするよ」

「木立のなかに隠れているの？」ヴァイオレットはにこりと笑い、つま先立ちになって彼にそっと口づけた。「ちょっとばかみたいじゃない？」

「かもしれないな」つま先立ちから戻る彼女の唇を、コールの唇が追いかけた。「でも、きみにぜったいに危険がないようにしたいから」

「ときどき立ち止まるのはかまわないんじゃないかしら」ヴァイオレットは両手を広げて彼の胸に当てた。「こうするために」また背伸びをして、今度はもっと時間をかけて口づける。

「そうだな」コールは彼女の首筋に顔をすりよせた。「でも――少し惜しいかも――月明かりのなかのきみが見られない」そう言って彼女の耳たぶを噛む。「きみが歩いているところを見たいんだ」

「歩いているところを？」

「きみの歩き方は特別だ。すごく……いい」

「ただぼんやり立って、わたしが歩いているところを見ているの？」ヴァイオレットが片方の眉をくいっと上げた。

「ああ、ぼんやり突っ立って、きみがいろんなことをするところを見てる」コールは彼女の腰をぴたりと自分につけた。「まあ、正直言うと、座って見ていることもあるけどね」

彼のものが硬くなるのを感じて、ヴァイオレットは訳知り顔でうれしそうに微笑んだ。

「コール・マンロー、あなたってほんとうにいやらしいのね」

「きみがものすごくそそるんだよ」

「わたしが？」ヴァイオレットは吹きだした。「そんなこと、言われたこともないわ」

「よかった」コールはゆっくり、じっくり口づけてから、ため息をついて彼女を離した。

「さあ。もう出たほうがいい。でないと、またきみをベッドに引きずりこんでしまう」

「もう少し遅くなってもいいんじゃないかしら」

「だめだ」コールは厳しい顔をして、上着をはおりながら彼女を促して玄関を出た。両手をポケットに入れ、彼女とは慎重に少し距離をとって歩く。

ヴァイオレットは隣りを歩くコールをちらりと見やった。彼には言えなかったけれど、彼女の評判を気遣ってくれるのはすてきなことだと思った。もしかしたら、いまの彼女の気分では、彼がすることはなんでもすてきに思うのかもしれないけれど。たとえば、彼は肌が白いから、照れているのが——そして高ぶっていることも——すぐに顔色ではっきりわかることとか、まじめな顔をしているのに目だけがいたずらっぽくきらきらしているところとか。

そういうところがあるから、もっとわかりやすいすてきな部分がいっそうすてきになるのだ。長くてしなやかな指、広い肩、長い脚。彼女のほうこそ、彼が歩くところを見るのは楽しかった。ほんとうに残念だわ、とヴァイオレットは横目で見やった。外での作業に向いた彼のズボンは、紳士向けの服のようにぴったりと体に沿ったものではない。今日、家のなかでの彼はなにも身につけずに動きまわっていて、むきだしのお尻や太ももを堪能できたのに。

ふと気づくと、ヴァイオレットは彼の隣りに寄り添うように歩いていて、ふたりの足取りもゆっくりになっていた。コールも彼女の肩に腕をまわして抱きよせるようにし、のんびりと歩いている。ダンカリーが建っている開けた土地に出るのに、ふだんよりずっと時間がかかってしまった。広い芝生の端のところまで来たふたりは、木立から出る前に足を止めた。

「ここからはべつべつに行ったほうがいい」コールは彼女の肩を抱いたまま、長いこと動かなかった。そして、熱い唇で熱烈なキスをした。「さあ、行くんだ」

ヴァイオレットを放した彼は両手を乱暴にポケットに戻し、彼女はひとりで歩きだした。コールが隣りにいないとなぜだかぽっかりと空間が空いたような気がして、ヴァイオレットは振り返って彼を見たい衝動に駆られた。でもそうしたら彼はやきもきするだろうし、それに、そんなことをするのは未練がましいだろう。

屋敷に入ったヴァイオレットは立ち止まり、壁の鏡で自分をよくよく見た。髪はうまくまとまっておらず、首に幾筋も乱れ髪がかかっている。ヘアピンがぜんぶは見つからなかったのだ。唇はふっくらとして少し腫れぼったく、濃いバラ色になっている。そっと唇にふれてみた。キスをしていたことがわかってしまうかしら？　何度も、何度もキスしていたことが？　ヴァイオレットの瞳が、とろりと夢見るようなまなざしに変わった。乱れた髪を指に巻きつけながら、心がうつろっていく。

「お帰りなさいませ」

ヴァイオレットはひっと声をあげて飛びあがり、振りむいた。正方形のだだっ広い玄関ホールの反対側にミセス・ファーガソンが立っていて、両手を前できっちりと重ねていた。ヴァイオレットは頰がほてっていくのを感じた。自分がどんなふうに彼女の目に映っているか、自覚はあった。この乱れた髪と、情熱的なひとときを思いだしていた顔を見られたら、ダンカリーに戻る前にどんなことをしていたかは一目瞭然だろう。他人にどう思われようと気にしないなんて豪語していたけれど、いまこうしてミセス・ファーガソンににらまれてみると、やはり少し怖気づいてしまう。午後はコールのベッドで過ごしていたことをみんなに知られたら、みんなからもこんな目で見られるのだ。もしもサリーにこんな目を向けられたら？　イソベルや彼女のおばからもこんなふうに見られたら？　ヴァイオレットは、つばを飲みこんだ。思っていたよりも平気ではいられないかもしれない。

しかし、そんなことで止められるものでもない。他人に自分の生活を指図されたくはなかった。とくにミセス・ファーガソンには。ヴァイオレットはあごを上げて、冷ややかに言った。「ごきげんよう、ミセス・ファーガソン」そう言ってから、遅くなった言い訳を考えておいたのだったとヴァイオレットは思いだした。「お夕食に戻らなくてごめんなさい。仕事をしていて、時間が経つのも忘れてしまったのよ」あれこれと言い募りたくなるのを、ぐっとこらえる。

長々と沈黙がつづいたあと、家政婦は首をかたむけた。「そうですか、マイ・レディ。料理人が厨房でお食事を温めてお待ちしています」

「まあ。ありがとう。あの、料理人の気持ちはありがたいけれど、でも、あの……」とにかく自分の部屋に逃げたかったが、言い訳したときに食事のことはなにも言わなかったので、いらないと言うのはおかしい。「ぜひいただくわ。料理人にお礼を伝えてね。あなたもありがとう」

ふたりは厨房に向かったが、屋敷の奥から足音が聞こえてミセス・ファーガソンは立ち止まった。コールが屋敷の横手から入ってきたのだ。彼は突然、足を止めた。

「ミセス・ファーガソン。マイ・レディ」コールは会釈をして髪をかきあげた。「いや、入ってくる前に最後の見まわりをしていたんだ」目線はずっと家政婦に据えたままだ。

「これからレディ・ヴァイオレットに、料理人が取っておいたお夕食をお出しするんだけど。あんたも食べるかい？」

「えっ。いや、けっこうだ。ぼくは小作人のところに行っていて……その、そこで夕食をごちそうになったから。食事に戻らなくて悪かった。申し訳ない」視線がヴァイオレットに飛んだが、すぐにそれた。「あなたも食べなかったのか、マイ・レディ？」

「ええ、遺跡に行っていたので」

コールが目を見開く。「ああ、そうか。その、それじゃあ、ぼくはちょっと……」階段のほうをあいまいに示す。「おやすみ」

コールは振りむきもせずに大またで立ち去った。ミセス・ファーガソンが眉根を寄せて彼の後ろ姿を見送る。

「じゃあ、わたしは食事をいただくわ」ヴァイオレットはあわてて言い、家政婦の注意をコールからそらした。彼は嘘をつくのが下手だ。まあ、その点では彼女もあまりうまいとは言えないけれど。これからはもっと慎重にならなくては。

ヴァイオレットは食事を部屋まで持っていこうと思っていた。うまくいけば裏口から外に出て、中身を茂みの下にでも捨てられるだろうと考えたのだ。しかし料理人はまだ厨房にいて、大きな木のテーブルににこやかに座り、ヴァイオレットの食事中の話し相手になるつもりのようだった。

少なくともしゃべる内容を練る余裕はあったので、ヴァイオレットは夜に遺跡を調べに行くもっともらしい説明を考えだし、専門用語や感銘を受けそうな表現をたくさん盛りこんで話をした。サリーはそれを簡単に信じたようだったが、ミセス・ファーガソンも監視役のようにずっと立っているものだから、ヴァイオレットは焼いた肉とじゃがいもをなんとか数口ばかりおなかに入れた。

ようやく家政婦がいなくなってくれると、サリーは大きなため息をついて、きらきら輝くまなざしをヴァイオレットに向けた。「あの人は疑り深いんだよ、まったく。次のときは、書き置きでもしてったほうがいいよ」

「ええ、そうするわ。たいへんなお手間をかけてほんとうにごめんなさいね。そんなに心配させなかったのならいいんだけど」

「しないよ。あんたが急いで出てくのを見てたから、わかってたよ」ヴァイオレットがサリーを見る。この人も疑っているのだろうか？　サリーの目はあきらかに輝きを放っていた。

「なにか大事なことをしなきゃならなかったんだろ？」

「ええ。そう。そうなのよ、ありがとう」ヴァイオレットはいっきに顔が赤くなるのを感じた。

「じゃあ、あたしはそろそろ失礼しようかね」サリーは椅子から立ちあがった。「多かったら、犬の餌皿に入れといとくれ。あんたはパンでも持ってって食べてたんだろうからね」

ヴァイオレットはありがたく、食事の残りを勝手口近くの鉢に入れさせてもらった。二階に上がったものの廊下にひと気はなく、がっかりした。コールがここで待っていてくれると思うなんて、ばかみたい。彼女は自分の部屋に向かって歩きだしたが、コールの部屋の前を通ったとき、ドアが勢いよく開いて、なかから伸びてきた手が彼女の腕をつかんだ。

「コール」ヴァイオレットは笑みを浮かべて彼を見た。「びっくりしたわ」

「ああ、すごくびっくりしてたね」コールはドアから頭を突きだして、左右に目を走らせた。

「きみの部屋まで彼女がついてくるんじゃないかと思って」

「いいえ、彼女ならもうやすんだわ。わたしはサリーと少し話をしていたの」

「サリー？　彼女までいたのか。なんてこった」コールは目を閉じた。

「とてもやさしかったわよ。彼女はあなたのことをよく思ってるのね」

「ああ、でも……」彼は腕を離した。「用心しなくちゃならないんだ、ヴァイオレット」

「わかってるわ」

「もう行ってくれ」コールは彼女の部屋のほうへあごをしゃくった。「ぼくらが話しているのをだれかに見られるかもしれない」

「話ならしょっちゅうしてるじゃない」

「ヴァイオレット……」

「部屋まで送ってちょうだい」彼女はにこりと笑った。「紳士ならそうしてくれるものよ」

コールは片方の眉をつりあげたが、彼女と一緒に歩きだした。「まじめに言ってるんだ、ヴァイオレット。ここではどれほど噂が広まるか、きみは知らない。まるで稲妻並みだぞ。もし使用人のだれかに、ぼくがきみの手を取っているところとか……どういうところでも見られたら、ほんの数時間で谷じゅうに知れ渡る」コールは顔をしかめた。「そんな目で見ないでくれ。ベイル湖ってのは、そういうところなんだ」

「あなたにも守りたい評判があるということね」

コールはのどの奥で音をたてた。「ぼくのことを考えてるんじゃない。傷つくのはきみの評判だ。きみが噂されるようなことにはしたくないんだ。きみが男たちにどんな目で――」

最後まで言わずに口を閉ざす。「それがいちばんいいんだ。まちがいない」

「わかったわ」ヴァイオレットは自分の部屋のドアを開けて彼を振り返った。「じゃあ、一緒に入らないのね？」

「ヴァイオレット……」コールはドアの両側の枠をつかんだ。「今日の門番小屋でのようなわけにはいかないんだ」

「そうね」

彼は目を細めた。「やけに聞き分けがいいな」

ヴァイオレットは笑った。「聞き分けがいいのが不満なの？」

「不満だと言ってるんじゃない。ただ……素直すぎる」

「わたしだっていつも扱いにくいわけじゃないのよ」ヴァイオレットは手を伸ばし、彼のシャツの前を締めている紐をもてあそんだ。「今夜はぜんぜんひねくれた気分じゃないの」つま先立ちになり、ないしょ話をするかのように身を寄せてささやいた。「どうすればわたしがかわいらしくなるか、あなたはもうわかっているでしょう？」

彼女は部屋に入り、ドレスの背中のボタンに手をかけた。肩越しにコールを振り返る。

コールはまだドアのところに立ち、歯を食いしばってドアの枠を握りしめ、彼女を見つめていた。しかし小さく毒づいて、足を踏みいれた。「きみにかかると、ぼくの善意も形無しだ」

コールはドアを閉めると、彼女に向かって歩きだした。

19

翌朝、目覚めたヴァイオレットはベッドにひとりだったけれど、枕カバーにコールのにおいが残っていた。枕に顔をうずめ、満ち足りたあたたかな気分に浸る。体に少しだけ痛みがあり、前の日にふたりがしたことを思いださせた。シーツに直にふれている素肌も、ものすごく敏感になっていた。ヴァイオレットはひとり笑みを浮かべ、猫のように伸びをして、新しく感じる体の感覚に浸った。

顔を洗って服を着て階下に降りていくころには、コールはすでに朝食をすませてダンカリーを出ていた。そのほうがよかったと思う。もし彼と顔を合わせたら、態度や顔になにもかも出てしまいそうだから。

自分の記憶にあるかぎり、ヴァイオレットは生まれて初めて仕事に集中できなかった。いつどんなときでも、コールや、前の晩のことや、これからの夜のことに頭が向いてしまうのだった。結局、ふだんより一時間も早く今日の作業を切りあげ、作業員たちとともにダンカリーへ戻ってきた。

空いた時間ができたのを幸いに、ヴァイオレットはバラの香油をたっぷり入れたお風呂に浸かった。バラの香りのする湯で髪を洗い、暖炉の前でブラシを通しながら髪を乾かしていると、コールのかたわらで横になっていたときに手ぐしで髪をすかれ、その髪がふわりと彼の胸にかかっていたことを思いだした。彼はどうしてあんなに彼女の髪を気にいってくれたのだろう――とりたててどうということのない茶色の髪で、うっとうしいほど量も多いと思うのに――でも彼が喜んでくれるのなら、わざわざ彼の手を止めるのももったいなかった。

その後、ヴァイオレットは洋服だんすに向かい、彼がまたあの欲望の光を瞳に浮かべてくれそうなドレスを探した。けれどいざ見てみると、そんなドレスは哀しいほど少なかった。胸を隠すのではなく見せるようなドレスなど一枚もない。結局、濃紺のベルベットのドレスにした。少なくとも素材の手ざわりは官能的と言えなくもないし、レースのフィシュをはずせば襟ぐりから胸の半分くらいは見えそうだ。

仕上がりに満足し、ヴァイオレットはいつもよりゆるめに髪を結った――これならほどくのもやりやすい。気づけば食事時間に十五分も遅れていて、あわてて階段を降りて少し息切れしながら、頰を上気させて食堂に入った。すでにテーブルについていたコールは、まるでピンで突つかれたように即座に立ちあがった。

「ヴァイオレット」長い脚で素早く、たったの二歩でテーブルをまわりこんで彼女のほうに行こうとしたコールだったが、給仕係に目が飛んで足を止めた。そしてもう少しゆっくりした動きになり、給仕係をさえぎって彼女の椅子を引いた。「こんばんは」

彼の手が肩をかすめ、ヴァイオレットの体に震えが走った。声まで震えませんようにと願いながら、返事をする。「こんばんは。遅れてごめんなさい」

コールは向かいに腰をおろした。「ちょっと心配だった。もしかしたらきみが――」また給仕係に目をやる。彼はいまやテーブルでてきぱきと給仕をしていた。「夕食に来ないんじゃないかと思って」

「うっかり時間が経つのを忘れてしまったの」給仕係が食堂を出ていってから、ヴァイオレットはつづけた。「髪を乾かすのに時間がかかって」

スプーンを持つコールの手がぴたりと止まった。咳払いをする。「髪を洗ったのか」

「ええ。それに、ゆっくりとお風呂にも浸かったわ」

コールの瞳がきらりと光った。決然とした手つきでスープをすくいはじめる。

「食事がすんだら、昨日調べた本をあなたに見せようかと思っていたの」しばらくしてヴァイオレットが言った。

「え？　ああ。しるしのことか。うん、そうだな」彼は音をたててスプーンを置いた。彼女から目をそらしながら、ぼそりと言う。「こういうのは、どうすればいいかわからない」

「こういうのって？」

「なにも変わってないみたいにふるまうことだ。まるでなにもなかったみたいに」

「同じでなきゃいけないの?」ヴァイオレットもスプーンを置いた。

「人に知られるようなことはなにもできないし、なにも言えないじゃないか」

「給仕係はいなくなったわ」

「だが、いつ戻ってくるかわからないだろう」コールはうなるように言った。「くそっ。ぼくはきみにキスすることしか考えられない。そんなふうに笑うなよ。今日は一日、使い物にならなかったんだ。きみが夕食に来なかったときは、ぼくに会うのがこわいのかと思ってみたり」

「こわくなんかないわ」

コールの口の端がゆがんだ。「だからつまり、きみが後悔してるかもしれないってことだ」

身を乗りだす。「どうなんだ? 後悔してるのか?」

ヴァイオレットの瞳に揺るぎはなかった。「いいえ、ほんの一瞬も」

コールは瞳の色を深め、立ちあがりかけた。そのとき給仕係が入ってきたので椅子に戻り、食事に注意を戻した。

「前にあなたが遺跡に来たときより、ずいぶん発掘作業が進んだのよ」

「へえ」

「そうなの。壁のひとつの後ろに穴があることもわかったし」

「それはおもしろい」

ヴァイオレットはむっとした顔で彼を見た。コールはぜんぜん会話に乗ってこない。皿の横に置いてあるナイフをなんとなくいじり、目線は彼女の胸もとを泳いでいる。彼女がこれ見よがしに咳払いをすると、彼の視線は彼女の顔に戻った。

「その……いや、よかったよ」取ってつけたように言い添える。

「ごみを捨てるための穴だったかもしれないの。貝殻なんかがあって」

「へえ。そうか……それはよかった」

ジェイミーがふた品目の料理を並べ、また食堂を出ていく。

「今夜はわたしの部屋に来る？」ヴァイオレットが尋ねた。

コールはのどを詰まらせ、ワインをがぶりと飲んだ。「ぼくを殺す気か？」

「ちがうわ。どうなのかと思って訊いただけよ」

「めちゃくちゃだ」コールは乱暴な手つきで皿の上の魚を切った。「使用人のだれかに見られたらどうする」

「使用人が生活しているのは下の階よ。人数も少ないし。そんなに遅い時間に主人たちの暮らす階に上がってくることはないわ」

「朝には小間使いが火を入れにやってくる」

「今朝はその時間よりも前にあなたはいなくなってたじゃない」

「でも、もし寝てしまって、小間使いが入ってきたときにまだいたら？」

「ドアに鍵をかけておくわ」

コールはうめき、手で顔をこすった。「そんなことをしていたら見つかる。きみの評判は粉々だ。子どもができる可能性だってあるんだぞ。わからないのか？　後先考えずにきみと関係を持ったなんて、言語道断なことなんだ」

「ふうん。あなたがそういうことを気にする人でよかった。でも、それじゃあ質問の答えになっていないわ。今夜はわたしのところに来る？」

コールの目がぎらりと光った。「行くと言うまで気がすまないんだな」

それから毎晩、ヴァイオレットはできるだけコールと偶然に体がふれたり、熱い視線を交わしたり、ふたりがたんなる顔見知り以上の関係だと示すようなことがないように気をつけた。体のなかではいつも欲望が脈打っていた。ほんの少しの刺激でも感覚が目覚め、愛を交わすことで頭がいっぱいになり、ほかのことに集中できなくなる。夜が深まっていくにつれてどんどん期待が高まり、もう待ちきれないような気分になって部屋にさがる。そこで彼女はうろうろしたり、座ったり、また跳ねるように立ちあがって歩いたりをくり返す。そして、ようやくコールが部屋にやってくると、やっと彼の腕のなかに飛びこんで、すてきな数時間を過ごすことになるのだった。

彼が来る前にナイトガウンに着替え、髪をとかしておくことも多かった。ときにはそこまでせず、彼に服を脱ぐのを手伝ってもらうこともあった。一度はとても大胆な気分になって、服を脱いで裸でベッドに入り、彼を待っていたこともあった。またべつの日には、彼女のすぐ後ろにコールがついてきて、部屋に着くや彼女をさらうように部屋に入り、熱烈な口づけと愛撫がすぐに始まったりもした。ある晩はなかなか彼が来ず、体をうずかせながらうつろな気持ちで結局ベッドに入った。けれど夜中になって彼がベッドに入ってきて、むしゃぶりつくような激しさで抱かれた。

毎晩、一日の終わりにはかならず、ヴァイオレットはコールの腕のなかで眠りについた。そして毎朝、ひとりで目覚めた。

そんなある日、発掘作業を一日休んで城塞の調査に行かないかとコールに誘われ、ヴァイオレットはふたつ返事で賛成した。城塞を調査できるということよりも、コールとまる一日、ダンカリーで使用人たちの目にさらされることなく過ごせるという興奮で彼女の心はいっぱいになった。コールは料理人のサリーからお弁当を手に入れることに成功し、おかげで昼食をとるために戻らなくてもよくなった。

コールがはしけを漕いで湖を渡るあいだ、ヴァイオレットは自分の気持ちが顔に出る心配をすることなく、彼を思う存分眺めた。はしけを漕ぐためにコールは上着を脱いでいて、シャツの下で腕の筋肉が動くのがわかる。彼が袖をまくりあげるくらい、あたたかければいいのに。

「そんな目で見るのをやめてくれないと、いま自分がなにをしてるかわからなくなる。そうなったらふたりとも湖にドボンだぞ」コールがうなった。

ヴァイオレットは声をあげて笑った。「溺れるのはいやだわ」ないしょ話をするように身を乗りだす。「でも、あなたになら溺れてみたい」

彼の腕の動きが乱れて止まった。櫂に腕を置いてコールは彼女を見た。「頭に浮かんだことをなんでもそのまま口にしてるな？」

「いいえ。口にしていることなんか、考えていることのほんの一部よ」ヴァイオレットは片方の眉をくいっと上げた。「ほかにどんなことを考えているか知りたい？　あなたの髪でどんなふうに陽射しがきらめくか、話してあげましょうか」

「ああ、もう、ヴァイオレット……」コールはまた漕ぎだした。

少年のようにはにかんだコールがうれしくて、ヴァイオレットはなおもつづけた。「それに、あなたの指はとても長くて、櫂を握っているところは力強いけれど、わたしの肌にふれるときはとてもやさしい――なんてことも考えていたわ」水をかく櫂の動きが、やたらと速くなる。「それに、あなたの脚も長くて、見ていたらなでたく――」

「もういい！」コールは燃えたつ瞳でにらんだ。「寿命が縮みそうだ」

「それはいやだわ。いい子にするわ」ヴァイオレットはひざにひじをつけ、手にあごを乗せて、彼を見るだけにした。上下する彼の胸や、色あざやかな青い瞳を堪能する。

桟橋に着くと、コールは飛びおりて無言ではしけをつなぎ、それからヴァイオレットを抱きあげた。桟橋に彼女をおろしたその手で彼女のウエストをつかみ、身をかがめると同時にぐいっと彼女を引いて口づけた。唇を熱く貪りながら、彼女のお尻に手をすべらせ、腰を自分に押しつける。ヴァイオレットが身をくねらせ、コールはのどの奥でうめいて唇を離した。彼女の尻に指を食いこませ、額と額をくっつける。

「くそっ、煽るのはやめてくれ。この場で、この桟橋で、きみを押し倒したくなる。だれに見られるかもわからないってのに」

「それでもいいわ」

「だろうと思った」ふたたび唇を重ねたところで、明るい口笛が空に響いた。コールの頭が跳ねあがり、ひとこと荒っぽく毒づいた。「アンガス・マッケイか。そんなことだろうと思ったよ」

コールはヴァイオレットを離して一歩さがり、老人がぶらぶらと近づいてくるのを見ていた。アンガスは釣り竿を肩にかつぎ、前に伸びる道を見据えている。顔を上げたかと思うと、急に足を止めた。

「おや、コール、今日は仕事はねえのか？」アンガスは挨拶代わりにそう言いながら、桟橋に向かって歩いてきた。「おめえ、日ごとに親父さんに似てくるな」

コールの顔色が赤黒くなり、言い返そうと口を開いたが、その前にヴァイオレットが話していた。「ミスター・マンローは、今日はわたしのお手伝いをしてくれることになったの、アンガス」

「ほう？　じゃあ、今日の午後は、海のそばでうろうろしねえのか？」

「ええ。今日は城塞跡を見に行こうと思っているの」

「ああ、そういうことかい」アンガスは鼻を鳴らした。「城塞跡を見にねえ」

コールは鋭い目を彼に向けたが、ヴァイオレットはにこりと笑っただけだった。「ええ。それであなたは、湖に釣りに来たの？」

「いづでも来ていいって、地主さん直々のお達しでな」

コールがうなった。「ジャックは友人には寛大だからな」

「ああ。哀れな年寄りがたまに魚を取ったって、ぶつくさ言うような男じゃねえ」

「それと同じことが、ウサギにも通用することになってるんだろう？」

アンガスの瞳が躍った。「かもな」

コールは顔をゆがめ、はしけに手を伸ばして弁当の入っている袋を取った。それを肩にかけ、ヴァイオレットの腕をつかんで不機嫌そうな顔で歩きはじめた。ヴァイオレットは肩越しに、さよならとアンガスに手を振った。

「お節介な年寄りだ」コールがぼそりと言う。

「コール……わたしは捕虜じゃないのよ」

「なんだって？」

ヴァイオレットは自分の腕をつかむ手を、目で訴えるように見た。「これじゃ、いつ逃げだすかわからない捕虜を連行しているみたい」

「ああ、ごめん」コールは彼女の腕をおろし、両手をポケットに突っこんでそのまますたすたと歩いた。「見られたと思う」

「ええ、見えたに決まってるじゃない」

「ちがう、さっきより前にってことだ」

「わたしたちがキスしてたときってこと？」

「そうだ」コールはぎらりと目を光らせた。「しかもキスだけじゃない。ぼくはきみの体じゅうにさわっていた」

「そうだったわね」

「とにかく、アンガスじいさんには見られたと思う。偶然ぼくらを見かけたっていうふりをして、驚いて見せてたけど」

「あら、意外にも気を利かせる人だったのね」

コールは鼻を鳴らした。「いいや、ぼくには知らせたぞ。あのいやみはそういうことさ——ぼくが親父に似てきたっていう」

「今日は仕事をしていないことをからかったんだと思ったけれど」

「それもある。あのじいさんは、二本の剣を同時に振るうのがなにより好きなのさ」

ヴァイオレットはくすくす笑った。「あなたがそんなにからかいやすいから、彼もつい、いたずら心を起こすんだわ」

「きみはじいさんの肩を持つのか」コールが雷を落としそうな顔になった。

「ねえ、コール……」ヴァイオレットは彼の腕に抱きつき、すねた子どもに話しかけるような声色を出した。「わたしはあなたの味方だって、わかってるでしょう?」

コールは横目で彼女を見たが、彼女の肩に腕をまわしてぎゅっと引きよせた。「罪にまみれた男でも?」

「それはちがうわ」ヴァイオレットは彼の上着の下に手をすべりこませてウエストを抱え、彼に寄りかかってもう片方の手を彼の胸に置いた。「アンガスがあなたをからかって遊ぶのは、あなたが罪を犯してるからじゃないわ。あなたがそのことをあんまり気にするからよ」なだめるように胸を丸くさする。

コールは空いた手を彼女の手に重ね、足取りをゆるめた。「きみとこうしているのは、いけないことだ」低い声で言い、彼女を見ようともしない。「だが、どうしても止められないんだ。このあいだの夜も、きみの部屋に行かないようにしようとしたのに、できなかった」

「よかった。わたしはあなたに来てほしいわ」ヴァイオレットは彼を見あげた。「どうしてそんなにわたしから離れていたいの?」

「離れていたいわけじゃない！　もしぼくが自分のやりたいようにやっていたら、きみのベッドを離れるひまなんかないくらいだ。でも、ぼくはきみの評判をおとしめている」

「そんなこと気にしないわ」

「それじゃだめなんだ。ほんとうは、きみはもっと自分のことを気にかけなきゃいけない」

「気にかけているわ。あなたがそうしなくちゃならない理由なんてないの。わたしは自分がなにをしているか、ちゃんと自覚しているもの。結婚しないと決めたときに、どうなるかは覚悟ができているわ。でも夫を持たないことを選んだというだけで、人生の喜びをすべてあきらめるなんてごめんだわ」ヴァイオレットは足を止めて彼のほうを向き、彼の顔を探るように見た。「コール……なんだか、わたしはあなたに堕落した女だと思われているんじゃないかって気がしてきたわ。そうなの？　あなたと肌を合わせたことで、わたしは卑しい女になってしまったの？」

20

「なんだって?」コールの眉がつりあがった。愕然とした表情がヴァイオレットにはうれしかった。「まさか! どうしてそんな——そんなことは言っていない」

「そう? わたしが世間から見くだされるのをあんまり気にしているみたいだから、あなたこそわたしを見くだしているのかと思えてしまったわ」

「ちがう。そんなことはあり得ない」コールは彼女の両手を握って自分の唇まで持っていった。「きみのことは、すばらしく高潔で、すぐれた女性だと思っている。だからほんとうに驚いた……うれしかった……ぼくにその身を捧げてくれて」ひとつ息をつく。見くだされるべきなのは、きみが差しだしたものを奪ったぼくのほうなんだ」

「わたしはそんなふうには思わない」ヴァイオレットは彼と同じように彼の両手を取り、自分の口もとに持っていって指の一本一本に口づけた。コールが身を震わせるのがわかる。

「あなたにはどこも欠けたところなどないわ。誠実さも、知性も、容貌も」彼女はにこりと笑った。「もしわたしがそんなにすぐれていて高潔なんだったら、わたしの意見を尊重してちょうだい」

コールも笑い、ヴァイオレットに素早く熱い口づけをした。「きみはなんにでも主張があるんだな」

「そうよ」ヴァイオレットはコールにまた一歩近づき、上着の下に両手を入れて抱きつき、つま先立ちになってキスをした。「そして、これがわたしの史上最高の主張よ」

コールは観念し、彼女を包みこむように抱きしめて唇を存分に貪った。彼の全身に熱がめぐり、息づかいが速くなるのがヴァイオレットにも伝わってくる。彼女も反応してコールに溶けこんだ。ようやく唇を離したコールは、しばらく彼女の頭に頭をつけて心を鎮めた。

そしてヴァイオレットの額に熱いキスを落としたのを最後に、コールは彼女の手を握ってふたたび歩きはじめた。「行こう。城塞を調べに来たんだものな」

「そうね」ヴァイオレットは彼の隣りに並んで微笑んだ。「でも、わたしは一度にふたつ以上のことだってできるわ。あなたは？」

「ぼくはとても一途な男なんだ」

ふたりはベイラナンのほうに向かって進んだが、そびえ立つ灰色の屋敷に行きつくずっと前に、コールは木立を抜けるべつの道に入り、古びた小道に出た。その小道の先は不毛な台地となっており、もっとも高い部分に白い石壁のわびしげな残骸があった。ほとんどが崩れ落ち、地面から巨大な動物の白骨がところどころ飛びだしているかのような光景だった。

ヴァイオレットは息をのんだ。「すばらしいわ」前のめりになって駆けよっていく。

「いつもの顔になってるぞ」

「いつもの顔？」ヴァイオレットは無邪気に目を丸くした。

「〝さあ掘るぞ、腕が鳴る！〟って顔だよ」

ヴァイオレットは声をあげて笑った。「いやだ、いつものわたしにしてみれば、これはとても新しいものだわ。それでもやっぱりすばらしいけれどね」まずは周囲をぐるりと歩いて全体を眺め、それから近づいていって壁の残骸を観察した。「しるしらしきものは、なにもないわね」

「財宝を隠すような場所は、表面にはなさそうだな」コールは平らで不毛な土地を見まわした。「見晴らしがよすぎる。祖父がこの城塞跡になにかを隠したとしたら、やはり地下だろうな」

廃墟の隅にぽっかりと空いた穴のほうへ、コールは歩いていった。そこは木の柵で囲ってあるので、柵をぐるりとまわって、ヴァイオレットを奥の隅へ連れていく。「ジャックとイソベルがここを見つけたあと、つっかい棒をして支えをつくったんだ。地面が崩れて、ふたりは穴に落ちてしまったんだよ」

「けがはなかったの？」

「あやうく死ぬところだったよ。ケンジントンはほんとうに運がよかった。それに、先に落ちたのがあいつだったから、イソベルが彼を探しにきてあとから落ちたときに抱きとめられたんだ」

「ベイラナンの生活って……刺激的なのね」

コールは、くくっと笑った。「ああ。でも最近はずいぶん退屈になったけどね。これが、ぼくらがつくった地下に降りるはしごだ。弱くなってないか、先にぼくが降りて確かめたほうがいいな」彼は縁をさっとまたいだ。

「ふうん。はしごを降りてくるわたしを見たいだけだったりして」

コールはにやりと笑った。「そうだな、それは楽しそうだ」

ヴァイオレットは彼のあとにつづき、スカートが脚に絡まないよう片手でまとめて持ちあげながら降りていった。コールがはしごの横に置いてあったランタンに火をつけ、ふたりは調査を開始した。上からの光は地下の隅までは届いておらず、崩落した場所から離れるにつれランタンが必要になった。何本かの通路は、瓦礫の山に半ばふさがれている。半円筒形の石の天井は積みあげられた石や煉瓦でいまだに崩れず残っているが、数カ所は新しい木の梁で支えられていた。

「これはいつつけたの？」間に合わせの梁を、ヴァイオレットは軽くたたいた。

「この二、三カ月で、ジャックとぼくがつけたんだ」

「この場所にたくさん手をかけているのね」

「とにかく安全は確保しておきたかった。もうだれも崩落に巻きこまれないように」コールはそこで照れくさそうな笑みをちらりと見せた。「それに、地下道を見つけたかったんだ」

「あったの？」

「ひとつふたつは。でも、それも崩落で埋まってたけどね。こっちには、岩を掘ってつくられた部屋があるよ」コールは瓦礫の山の奥へヴァイオレットを案内した。手をつないでゆっくり歩きながら言う。「もし財宝が見つかったら、きみはその金でなにをしたい？」

「わからないわ」ヴァイオレットは驚いた顔で彼を見た。「見つけたあとのことなんて考えたことがなかったわ。少しはいただけるのかしら？」

「もらえない理由はないだろう。ほかのだれのものだと言うんだ？　もう存在しないフランスの王国？　ずっと昔に戦いに敗れた王子？　マルコム・ローズの金でもない。マードン伯爵とも関係がない。そうだよ、きみとぼくが見つけたとしたら、ぼくらのものになるさ」

「そうね……もしそうなったら、発掘にだれかの支援を仰がなくてもよくなるわ。自分の好きなようにできるし、好きなところへ行ける。ほかには、女性の教育のためになにかしたいわ。いまのところ女性の教育がないがしろにされているんですもの。わたしみたいな女性向けではなくて――」

「きみみたいな女性がほかにもいるのか？」コールが意地悪そうににやりとする。

ヴァイオレットはおだまりなさいと言わんばかりの顔をした。「だから、教育を受けさせるだけの余裕のない人たちの娘ということよ。わたしたちは少なくとも読み書きを教わっているから、自分で本を読んで勉強できるわ。でも、貧しい人たちの教育は嘆かわしいくらいに不足しているの。男女ともにね。だれでも通える学校を村につくりたいと思っている人たちもいるわ。だから、そういうことをわたしもしたいかもしれない」

「それはいい目標だな」

「あなたは？　お金があったら、あなたはなにをしたい？」

「食いぶちを稼がなくてもいいのはなによりだろうな。好きなことだけをしていられる。ずっとものをこしらえたり、彫り物をしたり――楽しくて舞いあがりそうだ。でも、小作人のためになることもなにかしたいな。小さくても自分の土地が持てて、他人の気まぐれで追いだされないような場所がつくれたらと思うんだ。マードンとケンジントンからも少しずつ土地を分けてもらえるんじゃないかと考えている」

「新しい村ね――すばらしいわ。そして、わたしがそこに学校をつくるの」

コールは笑った。「じゃあ、あとはとにかく財宝を見つけるだけだな」

「ええ、それがちょっと問題よね」ヴァイオレットはため息をついてあたりを見まわした。「あなたの短刀についていたようなしるしは、どこにも見当たらないわ。彫り物もまったくないし」

「ああ」

「方向性がまちがっているのかしら？　スキアンドウの彫り物は、金貨とはなにも関係ないと思う？　あるいは探す場所をまちがえているとか？」

「わからない。財宝があるのかどうかさえ。でも、ここにしるしがないからって、あのしるしが手がかりじゃないということにはならない。ほかのいろんな場所にあるかもしれないじゃないか——キンクランノッホの墓地や、マンロー家の墓地でもぼくらが見落としただけかもしれない。あのときはしるしのことは知らなかったんだから。あるいは、メグの小屋の近くにある可能性もあるし」

「ストーンサークルのどこかかもしれないしね」

「そうだ。あるいは、それこそベイラナンかも」コールは彼女の手を取った。「さあ、気落ちしていないで調べよう。まだ地下二階が残ってるぞ。地下二階には、隠し部屋と、いまのベイラナンにつながる地下道があるんだ」

コールはヴァイオレットを連れて入り口のほうに戻り、せまい石の階段を降りた。階下の細長い空間は天井が非常に低く、コールは腰を曲げないと進めないほどだった。新しく木の梁がつくられ、壁を支えている。壁のひとつに沿って、一列にずらりと小さなバラの紋章が彫られていた。そこは動くものもなく静まり返り、床は土がむきだしの地面で、ふたりの足音はくぐもって聞こえた。

「ここが隠し部屋だ」通路の行き止まりの壁で、コールは足を止めた。

「どこ?」

コールはポケットに手を入れて、懐中時計の巻きねじを取りだした。ランタンを掲げ、壁の天井近くに彫られている一列のバラの紋章を探る。そしてひとつの紋章の中央に巻きねじを差しこみ、ぐっとまわしたのでヴァイオレットは驚いた。壁にわずかなすきまができ、コールが石の隠しドアを向こう側に勢いよく開けた。

ヴァイオレットは興奮ぎみに鋭く息を吸った。「そうやって開けるの?」

「ああ。だけど、巻きねじのことと、どの紋章を使うかを知らないと開かない。ベイラナンにはこのバラの紋章がいたるところにあるからね。目を皿のようにして調べても、どれがそうなのかわからないこともあり得る」彼は身をかがめて低いドアをくぐった。

なかの小さな部屋には家具もあった。テーブル、椅子、ベッド、たんすが、部屋の主を待っているように見える。小さなテーブルの中央にろうそくが立っていた。

「ベイラナンに通じる地下通路は、奥の壁の向こうにある。またべつの紋章を使うんだ。だけどその通路は途中で崩れていて」

「もちろん、ここにはだれも住んでいなかったのよね」ヴァイオレットは声をひそめて言った。ここの不気味な雰囲気には、声をひそめさせるようななにかがあった。

「マルコムがフェイとの秘密の逢瀬に使っていたんじゃないかと思う」

「逢引きの場所なのね」ヴァイオレットは身を震わせた。「少し気味が悪いけれど」

「当時はそうでもなかったと思う。ここで人殺しがおこなわれるまでは。カロデンの戦いのあと、フランスから戻ってきた彼はここに身を隠していたと思うんだ。ここで殺されたのはまちがいない」コールはテーブルのそばの地面を指さした。「あそこでジャックとイソベルが白骨死体を見つけた。背中から刺された遺体を」

ヴァイオレットは地面を見つめた。「人を愛して、大きな代償を払うことになったのね」

「ふむ。愛というよりは、裏切った報いだと思うけど」

「あなたって厳しい人ね、コール」

「彼は妻に誓いを立て、子どもまで成したんだ。それなのに、その誓いを破った」

「そのために殺されてもしかたがないと?」ヴァイオレットがじっと彼を見る。

「いいや。そこまでは言わないよ。でも、レディ・コーデリアがそのために彼を憎んだ気持ちはわかる。ぼくは、彼を悲劇の英雄のようには考えられない。彼は栄光を求めて戦いに出て反乱を起こし、財宝を持ち帰りもしたけど、イングランド兵と対峙して罰を受け、食べるものにも苦しみ、土地を失い、哀しい目に遭ったのは、残された女性や子どもだった。もっとちゃんとした男だったら、残ってその重荷を背負ったことだろう」

「あなたなら残ったでしょうね」ヴァイオレットは彼の手を両手で握りしめ、つま先立ちになって唇をふれあわせた。

「ああ、まあ、ぼくはロマンティックじゃないから」

「そう？　昨夜のあなたはじゅうぶんロマンティックだったと思うけど」ヴァイオレットがからかうように横目で見る。

「あれがロマンティックだって？」コールは片方の眉をくいっと上げ、両手で彼女のウエストを抱えてぴたりと自分の体に引きよせた。「あれは、無我夢中って言うんだ」

ヴァイオレットが悩ましげに背をそらし、ぐっと体を押しつける。「無我夢中？」

「ああ」身をかがめ、彼女の首筋に顔をすり寄せる。「どうしようもなく高ぶって、きみがほしくてたまらなくなって。ぼくはいつだって限界まで追い詰められるんだ。夜が近づくとじっとしていられなくて、今日はどんな夜になるだろうと思いながら、きみの部屋に行けるまでの時間をやりすごす」コールの唇が彼女の首筋や顔をさまよい、言葉の合間に吐息混じりのやさしいキスをしていく。「ぼくの手できみがどんなふうに震えるか、どんなふうにあの小さなあえぎ声をたてるのか、考えずにはいられない。ぼくが入っていくとき、きみが目を閉じて謎めいた笑みを浮かべるところや、ぼくの下できみがすっかり解き放たれるときの顔がちらついて」

「コール……」ヴァイオレットは彼の髪に指を絡めた。「いますぐ、ここでもわたしを解き放って」

コールはうれしそうとも苦しそうともとれる声をもらし、彼女をきつく抱きしめて、自分の硬い体にすりつけた。いましかないとでも言うように口づけ、激しく唇を貪る。その熱い欲望をヴァイオレットは喜んで受けとめ、自分もありったけの力で返した。コールのたががはずれるのを見ると、彼女も煽られずにはいられない。彼の自制心を凌駕するほどの激情が、彼女からも同じものを引きだそうとしていく。彼のなかにある、抑えきれない荒ぶったもの。ヴァイオレットはそれがほしくてたまらなかった。猛々しいそれを飼いならし……そして自分もそこに身を投じたい。

「だめだ」コールが体を引き、ヴァイオレットを離した。「こんなふうに抱いたりはできない。こんなところであわただしく、こそこそと。しかも、マルコム・ローズが刺し殺された地下室でなんか」コールは震えるような息を長々と吸いこんだ。「今日はきみとゆっくり過ごそうと決めてきたんだ。だれにも詮索されず、見られず、人目をはばかることもなく。ミセス・ファーガソンには、今日は一日ここにいるから夕食も用意しなくていいと言ってきた。今日はぼくのベッドで抱きたい。ぼくの家で」

ヴァイオレットはキスでふっくらとなまめかしく、赤くなった唇をして、上目遣いに彼を見あげた。「それなら、そこで抱いて」

21

ヴァイオレットは、はしごをよじのぼって地下から出た。コールがすぐあとにつづき、ちょうどよいところに手を当てて彼女を地面に押しあげた。

「コール！」地に足がついたとたん、ヴァイオレットは勢いよく振り返った。彼を叱りたいのか、それとも抱きついてこの場で押し倒したいのか、自分でもよくわからない気分だった。

「ん？　なんだ？」コールは料理人につくってもらった弁当の入った袋を肩にかついで上がってきた。欲情しているのがはっきりとわかる顔をしているのに、からかうように瞳を輝かせている。

「てっきりあなたの家に帰って、そこで……ちゃんと……してくれるのかと思ってたけれど」

「そうだよ」コールはにやりと笑い、彼女のウエストを抱いてぎゅっと引きつけた。身をかがめて彼女の耳たぶをついばむ。「でもだからって、途中でちょっとばかり悪さをしたってかまわないだろう？」

「つまり、どちらでもしたいのね？」ヴァイオレットは片眉をくいと上げた。

コールはくっと笑って彼女に耳打ちした。「きみとは、どこでもしたい」

彼の言葉に、ヴァイオレットの全身がいっきに熱くなった。彼の首に抱きついて、そのやわらかな首もとのくぼみに唇を押しつける。

彼女の名前をつぶやく深い声が、彼の胸で響いた。彼の指がヴァイオレットの臀部に食いこみ、いっそう体を押しつけられる。「もう、ここでしようか？　アンガスじいさんが見ている前で」

「なんですって！」ヴァイオレットは飛びすさってくるりとまわり、あたりに目を走らせた。

後ろでコールが笑い声をたて、彼女はこわい顔でにらんだ。

「いや、いるかもしれないじゃないか」コールもまわりに視線をめぐらせた。「あそこの木立に目を凝らしたら、隠れているかもしれないぞ」

「そんなことを言われると、ほんとうにだれかに見られているような気がしてくるわ」ヴァイオレットは顔をしかめた。メグの小屋から歩いて帰った日のことが、自然とよみがえってきた。あのときは物影からだれかに見られているような気がしてならなかったのだ。思いだすと、体に震えが走った。

「じいさんになにか見せてやってもいいけど」コールの手が彼女の外とうの下にすべりこみ、体をなでる。「でも、やっぱりきみを独り占めするほうがいいな」

しかし桟橋まで歩いていくあいだ、だれにも会うことはなかった。アンガスにさえ会わなかった。驚いたことに、コールは湖をはしけでまっすぐに渡り、メグの小屋の近くにはしけをつないで、門番小屋まで遠まわりの道を選んだ。ダンカリーを避けたんだわ、とヴァイオレットにはわかった。みんなからできるだけ離れ、ふたりきりで自由に過ごしたいとコールは思ってくれている。それは彼女もまったく同じ思いだった。

小屋に入るとコールは鍵をかけ、満足そうに期待に満ちた顔でヴァイオレットを抱きよせ、口づけた。しかしもう家のなかに入ったからか、気が急いている様子はなかった。上着を脱ぎ、暖炉をつついて、骨身にしみるあたたかさに身をまかせる。彼はマントルピースに両手をかけ、長いことヴァイオレットを見おろしてから、身をかがめてキスをした。どこにもふれずに唇だけを感じているのは、数センチの距離を開けていても、なぜだか全身をまさぐられているのと同じくらい興奮する。

コールは一歩後ろにさがり、暖炉の前の椅子に腰をおろして、長い脚を前に伸ばした。そしてかすれた声でこう言った。「脱いでくれ」

ヴァイオレットの目が驚きに見開かれる。「えっ？」

「服を脱いでいるところが見たい」

彼の言葉が、ヴァイオレットのなかで炎のように渦を巻いた。彼と目を合わせたまま、彼女は小さな丸いボタンをはずしはじめた。ゆっくりと見せつけるように手が動き、じょじょにドレスの前がゆるんでいって、下に着ている白い木綿のシュミーズがわずかに覗く。ドレスから腕を抜き、少しずつすべり落ちるにまかせ、とうとう布地が足もとにわだかまった。コールの頬骨のあたりが赤く染まり、胸が上下するのも速くなっている。ヴァイオレットはシュミーズの紐をほどき、襟ぐりに両手の人さし指をかけて、縁をなぞるように動かした。シュミーズがじりじりとさがっていく。腕にだらりとかかり、ピンク色の胸の先端がもう少しで見えてしまうというところでそのままにし、今度はペチコートの紐をほどいた。ささやくような音をたてて生地が脚をすべり落ち、あとは薄い長ズロースと、かろうじて胸に引っかかっているシュミーズだけの姿になった。

そして肩をひとすくめすると、シュミーズがなくなった。ふっくらとした丸いふたつの山があらわになる。コールが鋭く息を吸い、ヴァイオレットの唇が弧を描いた。からかうような、期待を持たせるような、誘うような笑みを浮かべ、両手を上げて髪からピンを抜く。コールはつばを飲みこみ、彼女の髪が少しずつ指からこぼれていくのを食いいるように見つめた。絹のようにやわらかく、豊かなこげ茶色の髪が胸の上に広がり、突きだした先端のところで左右に分かれる。

コールの手は椅子のひじ掛けをきつく握りしめ、重たくなったまぶたが燃えるような瞳にかかっている。ヴァイオレットは靴を脱ぎ、片足を彼の近くにある椅子に乗せ、長靴下と靴下留めをすべらせるようにおろしていった。もう片方の靴下もおろし、とうとう長ズロースのリボンをほどいて下に落とした。コールが手を伸ばしたが、彼女はひょいとかわした。

「あら、まだだめよ」

ヴァイオレットは彼の前にひざをついた。彼の重たいブーツの紐をほどいて脱がせると、動くたびに胸が揺れて、コールがのどをひくつかせる。ブーツが終わると彼女は伸びあがり、彼のシャツのボタンに手をかけた。まずはウエストあたりから……。彼女の手が当たるとコールはびくりと動き、すぐに止まったものの、彼の体はもういつ弾けるかわからないところまで張り詰めていた。

彼の瞳に燃える炎に、ヴァイオレットはぞくぞくした。彼は筋肉に力をこめ、いまにも解き放たれそうな欲望を、とてつもない自制心で抑えている。彼女はシャツの両脇を手でなでおろし、彼の素肌をかすめながら裾をウエストから引っ張りだして、ズボンのボタンに指をかけた。コールの腹部の筋肉が跳ね、肌がいっきに熱くなる。

いきなりコールは彼女に覆いかぶさり、暖炉の前の敷物に押し倒して唇を貪った。彼女の髪に荒々しく指を絡め、首筋や胸にも唇をさまよわせる。ズボンを脱ぎ捨て、彼女の脚を開かせて、いっきに深く貫いた。彼女の耳に届く息づかいは激しく乱れ、彼の体からはうねるように熱が放たれている。

ヴァイオレットは彼に抱きつき、本能のおもむくまま彼に合わせて動いた。欲望も情熱も、彼のものとひとつになる。なにも考えなかった。警戒心も理性も吹き飛び、彼とひとつになりたい、この人を迎えいれて彼のなかでわれを忘れたいという根源的な深い欲望だけがそこにあった。彼にしがみつき、ともに同じ嵐へと乗りだし、めくるめく快楽にのみこまれていった。

コールは目を開けた。あたりは暗く、体はぬくもりに包まれている。ヴァイオレットが腕のなかにいて、彼女の腰がすばらしくぴたりと寄り添っていた。彼女の髪はまくらと彼の腕に広がり、絹のようになめらかで甘い香りがする。少し体を動かして、彼女の胸の片方を手で包むと、ヴァイオレットが身動ぎしてすり寄ってきた。コールは口もとをゆるませ、満足しきって体をあずけた。

ふたりはその日、ずっと門番小屋のふたりきりの楽園でのんびり過ごした。暖炉の前で横になり、あたたかさに浸りながらゆったりおしゃべりし、そしてまた愛を交わした。今度は笑ってたわむれつつ、やがて燃えあがっていくようなやり方で。食事もふたりでとった。ヴァイオレットは彼のシャツをはおり、ひざから下は誘うように素足をさらして、彼の目も手も楽しませた。そして、たくさん話もした。もちろん熱い言いあいになり、それで最後はベッドに行きついて、彼は骨までとろけそうな心地を味わうことになった。

ダンカリーには戻りたくない。やるせなくてたまらないほどだ。しかし当然、そんなわけにはいかなかった。ふたりは歩いてはしけまで戻り、ダンカリーの桟橋まで渡って、ダンカリーの庭を上がった。周囲をあざむいていることが、コールの胸に重くのしかかっていた。彼は嘘がきらいで、正直に生きている自分をいつも誇りに思っていた。だがヴァイオレットの評判を守るためにはしかたのないことだ。こうしなければ、もっと彼女を傷つけることになる。それでも彼の心はさいなまれていたし、もしほかの男が同じことをしたら、軽蔑していただろう。

だからせめてその夜だけは、彼にあてがわれた部屋でひとり眠ろうと自分に言い聞かせていた。ヴァイオレットと数時間を過ごして欲望を満足させたあとなら、それもできると思っていた。しかし結局、階段をのぼったときには、空っぽの自分のベッドを見たくなくて、彼女の部屋に行っていた。彼女を抱くことに、慣れすぎてしまっていた。

そしていま、コールは、腕のなかに彼女がいるひとときを味わっているところだった。これから暗い廊下を通って、自分の部屋に戻らなければならない。彼はヴァイオレットの脇腹をなでおろし、腰のふくらみに手を当てた。キスをして、彼女を起こそうか……?

そのとき、ドアががたがたと音をたて、コールはぎくりとした。それ以上のことは幸い起きなかったが、彼はヴァイオレットの上から手を伸ばしてベッドを囲んでいる天蓋のカーテンを開けた。薄暗いが、もう真っ暗ではない。小さく悪態をついたコールは彼女の頭の下から腕を抜き、自分の側からベッドを降りようと向きを変えた。

「コール?」ヴァイオレットがつぶやき、目を開けて彼のほうを向いた。

「寝過ごした」ひそひそ声で返す。「小間使いが来ていると思う」

「だいじょうぶよ。鍵はかけてあるわ」ヴァイオレットは起きあがって髪を後ろにやった。

上掛けがウエストまでしかかかっておらず、どうしても目が吸いよせられる。

コールは断固として目をそらした。「そうか、でもあいにく、ぼくの部屋は鍵をかけていない。そして、ぼくはいないときた。小間使いが火をいれに入ったら、ひと目でぼくが昨夜は部屋で寝ていないことがわかってしまう」

「あっ」ヴァイオレットもベッドから出てガウンをはおった。

内心、自分の不注意に毒づきながらコールが服を着ているあいだに、ヴァイオレットはドアに行って鍵をはずし、わずかに開けた。コールがブーツを手に、そこへやってくる。

「テーブルにはたきをかけているわ」ヴァイオレットはひそひそ言った。「あ、灰入れの桶を持って、また廊下を歩きだした。もうあなたの部屋の前よ。いま入ったわ」

「灰の掃除で、しばらくはかかるな」

ヴァイオレットはもう少しドアを開けて頭を突きだした。「いまはだれもいないわ」頭を戻し、コールがするりと廊下に出る。

彼は足音を忍ばせて廊下を進み、階段が向きを変える踊り場まで降りた。腰をおろしてブーツを履き、急いで紐を締める。小間使いには、彼が昨夜はだれかのベッドで過ごしたことがわかっているだろう。しかし、それがこの廊下の先のベッドではなく、屋敷の外のベッドだと思ってくれさえすればいいのだ。自分が使用人たちに放蕩者だと噂されるのはかまわない。コールは立ちあがると、大きな足音をたてて階段を駆けあがった。

大またで自分の部屋に踏みこむと、ドアを入ったところで足を止めた。小間使いが暖炉からひょこりと立ちあがり、好奇心で瞳を輝かせた。軽くひざを折って挨拶する。「ミスター・マンロー」

「ああ、すまない」ばつの悪そうな演技をするのはむずかしくなかった。「その……昨夜は門番小屋で寝ることにしたんだ。ちょっと――いや――」わかるだろう、と言いたげな笑みを見せると、数歩なかへ進んだ。「彼女には黙っておいてくれるかな」廊下のほうにあごをしゃくる。「レディ・ヴァイオレットだ。屋敷の警護をおろそかにしたと知られるのはまずいから。それにミセス・ファーガソンにも」

「そんな。だいじょうぶです、なんも言いません」もう一度ひざを折ると、小間使いは灰の入った桶を持ちあげてそそくさと出ていった。あきらかに、早く階下に行ってほかの召使いたちに話したいのだろう。

コールはドアを閉め、ベッドに座りこんだ。小さくうめいて仰向けに寝転がり、天井を陰気な顔でにらむ。いったいぼくはなにをしているんだ?

いつまでもこんなふうではいられない。いまではもっと楽になっているはずだった。夜はいつでも好きなときに彼女のところへ行ける。彼女にふれて、キスをして、自分のものにできる。それなのに、いまだに彼女のことしか考えられない。ほかのだれかが来ると、うっかりふたりの関係をもらしてしまうのではないかと気がもめる。言いたいことも言えず、したいこともできない。正直であること、誠実であることをつねに自負していたのに、いまや人をあざむいている。嘘をつき、こそこそ行動し、自分の本心をひた隠しにして。レディの評判を守るためにはしかたがないと言っても、そもそも自分が踏みとどまれていたらレディの評判を危うくすることもなかったのだから、たんなる詭弁にすぎないじゃないか。

昨日はすばらしい一日だった。彼の家にふたりきりで、人になにかをごまかす必要もなく、いらだちも、後ろめたさも、言葉を濁すこともなかった。しかしそれがどんなに楽しくても、おかげでよけいにふだんの生活に戻るのが耐えがたかった。一日だけの自由を与えられたあと、また檻のなかに戻るようなものだ。

彼がもっと立派な男なら、彼女をあきらめるだろう。もしヴァイオレットがもっとちがった女性なら、求婚することもできたかもしれない。だが彼女は、感情に流されてくれるような女性ではない。ならばやはり男らしくあきらめようと思っても、彼もなかなか気持ちのふんぎりがつかないのだ。結果、一日の半分は、こぶしで壁をぶち壊したいような気分で過ごしている。いつまでもこんな状態はつづけられない。とにかく自分には無理だ。なんとかして、この状況を終わりにしなければならない。

その日、朝食の席にコールはいなかったが、驚くことでもなかった。寝過ごしてしまって、彼女の評判を危険にさらしたことを悔いていたから……。そんなに気に病まないでいてくれたらいいのにと、ヴァイオレットは思った。自分の名前が谷じゅうで噂されるのはうれしくないけれど、彼女も大人の女性なのだから、どんなことになっても自分で対処はできる。

午後になって発掘作業から戻り、図書室前の廊下でコールが待っているのを見たときは、ほっとした。彼は足早に近づいてきて彼女の手首をつかみ、図書室に彼女を引っ張っていった。背中でドアを閉め、彼女のほうを向く。彼の顔は無表情にこわばり、体にも力が入っていて、なにやら思い詰めて警戒しているような目をしていた。

いやな予感がヴァイオレットの背筋を這いのぼってきた。「コール？　どうしたの？　なにかあったの？」

「いや。ただ――きみに言いたいことがあって」

「ええ、いいわよ」彼女は待った。

コールは息を吸い、肩をいからせた。「結婚しよう」

22

予想だにしなかった言葉に、ヴァイオレットはしばらく目を見開いて見つめることしかできなかった。「なんですって？」

「だから、ぼくらは結婚しなくちゃならない。いつまでもこんなことをつづけていてはだめだ。つづけられると思うほうがおかしい。かならずだれかに見つかる。今朝だれにも見られずにきみの部屋を出られたのは、まったくの幸運だったんだ。昨夜ぼくが自分のベッドで眠らなかったのは、小間使いには丸わかりだった。ダンカリーじゃないところで寝たというふりしかできなかった。いまごろみんながなにを言ってるか、わかったもんじゃない」

「一回だけじゃないの！」

「あと何回隠せるって言うんだ？　もしできたとしても、ぼくには耐えられない……こんなことをするのは。こんな状態でいるのは」

「そんな」突然、ヴァイオレットは息をするのも苦しくなった。「そうなの。あなたがそんなにいやだと思っていたなんて知らなかったわ」

「嘘をつくのが苦しいんだ。なにもないふりをするのも。自分の言うこと、やることすべてにピリピリするのも。ぼくは嘘のつけない男なんだよ、ヴァイオレット。単純な人間なんだ」

「嘘をついてほしいなんて言っていないでしょう？　隠さなきゃならないと思っているのはあなただけよ。なにもないふりをするのがいやなら、しないで。わたしの部屋であなたが眠るのをだれかに止められるってわけでもあるまいし」

「そんなそしりをきみに受けさせると思うのか？　きみとの関係をおおっぴらにするなんて、まるできみには配慮もいらないし体面も気にしなくていいと思っているみたいじゃないか。きみの評判はずたずたになるぞ。ぼくは、女性が世間知らずなのをいいことに、あとのことは知らぬ存ぜぬで通すような男じゃない。ぼくは責任逃れなどしない。今日、牧師さまに話をしてきた。この日曜に結婚予告を出せるから、そうすれば二週間後には式を挙げられる」

「あなたはこんなことをしない、あなたはこう決めて、牧師さまに話をしてきた……すべてあなたの行動ね。わたしはどうなるの？　わたしにはなにも言えないの？」

「言えるとも。きみのためにしていることなんだぞ！　わからないのか？　誹謗中傷を受けるのはきみなんだ。みんながきみの噂をする。でも、ぼくはきみのことをば――」コールは歯を食いしばった。

「ば――なに？　売春婦？　売女？　あなたはわたしのことをそう思っているの？」

「まさか！　そんなことがあるものか！　だが、みんなはきみのことをそう言うんだ」

「言わせておけばいいわ。止められるものでもないし。でもそんなこと、気にしなければいいのよ」

「実際にそういう目に遭うまではそんなことも言えるさ。だけど、こういうことなのかと思い知るころには、もう手遅れなんだ。後戻りして、やってしまったことを変えることはできない。ヴァイオレット……よく考えてくれ」

「いまやわたしは考えなしなの？　他人の考えに従おうとしないから？　自分の思うとおりに生きようとしているから？　わたしは、評判に傷がつくかもしれないとびくびくしながら生きるなんていや。結婚なんてする気はないわ。これまでわたしの言ったことをなにも聞いていなかったの？」

「いや、聞いていたさ。きみの気持ちはわかっている。男の意のままに生きるのはいやなんだろう？　だが、ぼくはきみを支配するつもりはない」

「あら、そうなの？」ヴァイオレットのこめかみで血が脈打っていた。熱くて、頭がゆだりそうで……こわい。まるでなにかがすり抜けていっているような気がした。自分の手の指をなにかがすべり落ち、つかもうとすればするほど逃げていく。「いったいどういう考えで、わたしは結婚すべきだなんて思ったの？　わたしにはひとこともなく、牧師さまのところへ行ったのよね。わたしの人生をわたしの代わりに描くようなことをして、どういう気持ち？

わたしの父がやることとまったく同じだわ」

「ぼくはきみの父親じゃない！」コールはドアにこぶしをぶつけた。「きみを自分の陰に置こうとした、例のばか野郎でもない。ぼくはきみのことを考えているんだ。子どもができたらどうする？　いまこのときだって、ぼくの子どもができているかもしれないと考えたことがあるのか？　その子はどうなるんだ？　ぼくはきみの生き方を制限するつもりはない。小さく縮こまって従えというつもりもない。きみは、ぼくを冷たい男だと思っているのか？　きみにひどい扱いをするかもしれないと？　きみの金を奪ったり、やりたいことをやらせないと？」

「いいえ、思わないわ。でも、そこが問題なんじゃないの。問題なのは、あなたがやろうと思えばそうできるってことよ。そして、わたしにはそれに抗うことができないということ。自分の名前さえ失って。あなたの所有物になるのよ」

「そうか、ぼくの所有物になるのは、ぞっとするようなことなんだな」コールは苦々しげに言った。「レディ・ソーンヒルではなく、ミセス・マンローになるのは。たしかにぼくは紳士じゃない。レディが結婚したいと思うような男じゃないよ」

「そんなことを言うのはずるいわ。なにも関係ないじゃない」

「そうか？　じゃあ、きみがぼくに対して、きみの望むようにぼくに生きろと要求するのは、ずるくないのか？　ぼくが放蕩者と呼ばれ、ぼくの子どもたちが婚外子の烙印を押されるのも？　ぼくはいつもこそこそして、人目がないときに少しだけきみと過ごして、毎日夜明け前にきみのベッドを出るような、育ちの悪いろくでなしでいろと言うんだな？　ぼくはそんなふうには生きられない。ごめんだ」

「じゃあ、やめればいいわ！」ヴァイオレットは鋭く言い返した。蔑みのにじんだ彼の声に胸を突かれた。いま、やっとわかった。彼は彼女を求めてはいたけれど、そんな自分をいやだと思っていたのだ。それなのに、彼は自分を理解してくれていると思っていたなんて！　ヴァイオレットは胸を引き裂かれるような痛みを感じた。そしてその奥には、焼けるような怒りがあった。「もうわたしに近づかないで。あなたはきちんとした清らかな人生を送ればいいわ。だらしないわたしに巻きこまれて、あなたまで堕落しないようにね。おきれいな世界のなかで、自分のベッドで眠ってちょうだい」

「そうするよ！」コールは大きな音をたててドアを開け、乱暴な足取りで出ていった。

　ヴァイオレットはショックで口もきけず、出ていく彼の背中を見つめるしかなかった。憤りと、喪失感と、ほかに名前もつけられないいくつもの感情が怒濤のように押しよせて、体が震えそうだった。バンというドアの閉まる大きな音で、ようやく体が動いた。図書室を出て駆けあがるような勢いで階段を上がり、自分の部屋に入った。ドアを閉めて鍵をかける。そうすれば、とにかくもっとしっかり自分が守られるような気がして……。

窓まで行って、外を見た。日がかたむきかけて、いまの彼女の気分にぴったりだ。遠くに、ものすごい勢いで家に向かって歩いていくコールが見えた。もう木立に入るあたりまで行っているとは、よほど怒りにまかせて歩いていたにちがいない。これで、あと数分で始まる夕食の席で彼と顔を合わせる心配はなくなった。のどが詰まるような感じがして、ヴァイオレットはつばを飲みこんだ。冷たいガラスに額をつけて目を閉じ、湧いてきた涙をこらえた。

まったく、わたしはなんというばかな女だったのかしら。コールが理解してくれるなんて、わかってくれるなんて、どうして思えたの？　しかもわたしを好きだなんて？　彼は、ヴァイオレットが彼を思うようには、彼女のことを思っていなかった。ふたりでいるかぎり、世間がなにを思おうと関係ないと、彼女は思っていたのに……。

ヴァイオレットは頭を振って頬の涙をぬぐい、部屋をうろうろしはじめた。ぽっかり空いた胸のなかの空洞を埋めたくて、怒りをかき集める。まったく男の人ときたら！　急に良心にさいなまれたからといって女性を責める行動に出るなんて、いかにも男性のやりそうなことだ。彼女を自分の所有物にし、本来の彼女とはちがうものに変え、不本意な人生を送らせることで罪悪感をやわらげようなんて。

あきらかに、彼女にはなんの選択権もないようだった。ありがたい名前によって男性が与えてくれる庇護を、とにかく感謝していればいいということなのだ。コールは自分の決定を、愛の言葉でくるむという手間さえかけなかった。世間の人たちがどう思い、それが彼にどう影響するかということしか考えていなかった。彼は、嘘つきにも放蕩者にもなりたくないと言ったけれど、つまり、彼女はその両方だということになる。

そんなことでショックを受けてどうするの？　ほんとうに驚くべきなのは、自分がとんでもなく初心《うぶ》で、彼がほかの人とはちがうと信じてしまったことだけなのに。彼だけは、ありのままの彼女を受けいれてくれると思ってしまった。ヴァイオレットはまた窓辺に行き、冷たいガラスに頭をもたせかけて、暮れゆく外を見るともなしに眺めた。彼のあの苦々しい顔、怒りと蔑みに満ちた顔を思いだすと、体が震えた。

あの人にこれほどの思いを抱くようになるなんて、自分は愚かだった。これは愛ではないし、彼に愛してほしいとも思っていない。人を愛するには、出会ってからの時間があまりにも短かすぎる。でも、彼には好かれている、大切にされているとは思っていたのに。けれど結局、肉体的なものに惹かれたにすぎなかった。

ああ、それでもなんて強い引力だったのだろう！　また涙が出てきた。いま彼女のなかにはぽっかりと穴が空き、寒々としてさびしくて胸が痛む。認めたくないけれど、自分は欲望をはるかに超えたものをコールに感じていたらしい。あやうく、あと少しで愛してしまうところまでいっていたのだ。

その最後の過ちを犯す前になんとか踏みとどまったのは、幸運だった。あとはただ、その幸運があまりにもつらいものではないことを祈るばかりだった。

ヴァイオレットが夕食のために階下に降りていったとき、食堂にコールの姿はなかった。食欲もなく、もう少しで具合が悪いと厨房に使いをやるところだった。しかし結局、そんな臆病なふるまいはしたくないと思いなおした。コールは逃げても、自分は逃げない。

給仕係が興味津々でちらちらと見ているのも、向かいの席が空いているのと同じように気づかぬふりをした。自分たちの会話の内容が使用人に聞こえていなかったのならいいけれど、怒って大声で話していたのは聞こえただろうし、コールが出ていったときにドアを荒っぽく開け閉めしていた音も聞こえただろう。彼らが好奇心を抱くのも無理はない。

料理はとりあえず味がするものの、おがくずを食べているかのようだった。なんとか食事をしているように見えるくらいには皿の上で料理をつつきまわしたが、ジェイミーがさっさと皿を取り替えてコース料理の先を進めてくれるのはありがたかった。食事がすむと、ベッドに入った。もう夜に財宝のことを調べることもないだろうし、コールとベッドのなかで甘い時間を過ごすこともないだろう。それでも寝るときには、部屋の鍵をかけずにおいたのだけれど。

翌朝目が覚めたときは、当然、ベッドは冷たくて自分しかいなかった。朝食のときも、食堂には自分と給仕係しかいなかった。

「今朝はミスター・マンローはお食事に来ないようね」ヴァイオレットは澄ました顔で言っ

た。とにかく、べつにコールがいなくても胸の内が焼かれるような思いなどしていないことを知らせるために、なにか言わなければならないと思ったのだ。

「ああ、そうでじょうね、今朝はすごいにおいをさせてたから」ジェイミーがうかがうような目で見ながら言った。

では、コールは昨夜、飲んですごしたのだ。屋敷を出ていったあと、まっすぐ酒場に行ったのだろう。ウイスキーの瓶だけでなく、給仕女とも夜を過ごしたのかしらとヴァイオレットは苦々しく考えた。ヴァイオレットに断られ、酒でそれをまぎらわしたのか、それとも新たな自由を手に入れて祝杯をあげたのか？　そんなことは考えないほうがよさそうだ。

手早く支度をして遺跡に向かったヴァイオレットは、だれよりも早く着いた。風が強くて寒さが厳しいが、どんよりとした天気は彼女の気分にぴったりだった。暗い顔で作業を始めた。そのうちにほかの作業員たちもやってきた。彼らもおしゃべりする気はほとんどないようで、何度か彼ら同士で言葉を交わしたときにも、がっかりするほどコールには関係のない話ばかりで、コールが前の晩どんなふうに過ごしたかはわからなかった。じめついた寒さがいつもより体にこたえ、アンガス・マッケイが来てくれてもどこか沈んだ空気は変わらなかった。

一日の作業が終わったときには、ほっとした。ダンカリーへの斜面を上がりながら、コールはまた夕食に来ないのだろうかと考えていた。もしかしたら、門番小屋に戻ることにしたのかもしれない。あきらかに彼女のそばにはいたくないのだろうから。腹いせに彼女をダンカリーから追いだしたり、彼女の愛する仕事を奪ったりするような人ではないけれど、侵入者の気配が消えてから二週間は経ったので、もう危険はなくなり、彼が屋敷にいる必要はなくなったと考えたかもしれない。

あの巨大で静かな屋敷にひとりで寝起きすることを考えると、胃の縮こまるような気がしたけれど、胸が痛んだのはそのことよりも、もうコールに会えないと思ったからだった。自分の生き方は、とうの昔に決めたことだ。自分の望む人生が孤独と隣りあわせになることはわかっていた。それが自由を得るための代償なのだ。けれどいま、頭のなかだけで物事を決めるのは、現実の世界のなかで決めるよりもずっと簡単だということを思い知った。ひとり寝の寒々しい夜がまたやってくると思うと、胸が痛くて引き裂かれそうだ。

屋敷に入ったとき、コールがいる気配はなかった。裏階段から自分の部屋へ上がった。そのほうが近いからと自分に言い聞かせながらも、その実、コールの部屋の前を通るのがこわかったからだ。そして時間をかけて身なりを整えた。髪をとかしてまたピンを打ち、持ってきたドレスのなかでもいちばん見栄えのよいものに着替えた。コールがいないのなら意味のないことだけれど、もしいたら、最高の状態の自分を見せたかった。彼に最終通告を突きつけられて内心うろたえているなんて、知られたくない。

果たしてコールは、ヴァイオレットが食堂に入っていったとき、すでに待っていた。窓辺で外を眺め、ポケットに両手を突っこんでいる姿は、なじみがありすぎて見るのがつらかった。彼は振り返ると、こわばった表情と同じようにぎこちない動きで彼女のほうにやってきた。考えなおしてくれたかもしれないという淡い期待は、早々に打ち砕かれた。「こんばんは、コール」自分の声がとても冷静に聞こえて、ヴァイオレットはほっとした。「長くお待たせしなかったのならいいのだけど」

「いや」短い返事のあとは、気まずい沈黙がつづいた。

「あなたがここに来るかどうか、わからなくて」遠まわしな言い方をすることもないと思い、ヴァイオレットはそう口にした。彼の視線が居心地悪そうに給仕係のほうに飛んで戻ってきたのを見て、少し胸がすっとする。

「そりゃあ、もちろん来るさ」

「今朝は気分がすぐれなかったそうね、だいじょうぶ？」

また給仕係に飛んだ視線が、今度は面目ないというより腹立ちのにじんだものに変わった。

「まったく問題ないよ」

「それはよかったわ」

ジェイミーは、いつもより給仕に時間をかけているようだった。おそらくふたりの会話をもっと聞いて、召使いたちの噂話のねたをできるだけ仕入れようとしているのだろう。しかしコールはかたくなに口を開かず、ヴァイオレットも自分から会話を始めようとは思わなかった。

長いこと、食堂で聞こえる音は、皿をかするナイフとフォークの音だけだった。ヴァイオレットはずっとテーブルを見つめていたが、一度顔を上げるとコールがこちらを見ていた。彼はすぐに目をそらし、皿の料理をつつきはじめた。まだ前の晩のウイスキーが残っていて気持ちが悪いのね、と意地悪く考える。

でも、ほんとうはそうじゃない。彼はどこからどう見ても、つらそうだった。いくらヴァイオレットにとっては腹立たしくて、意固地で、まちがっているように思えても、とにかく彼は苦しんでいるのだ。ヴァイオレットはのどが詰まりそうになった。

「お屋敷にいる必要はないのよ」彼女は静かに言い、フォークを置いて彼と目を合わせた。

「家に戻りたいんでしょう?」声がかすれたのが腹立たしい。

「ぼくをそんな人間だと思っているのか?」コールが唇を引き結んだ。「ここでさっさと出ていくような男だと? 自分の要望が通らなかったから、きみひとりを危険にさらしても平気だって?」

「いいえ。あなたのことは、ほんとうに頑固な人だと思うだけよ。もう二週間も経つのに、侵入者は戻ってきていないわ。あなたがいるからこわがって逃げたのかもしれない。あるいは、ここには財宝はないと思ったか。あるいは、最初のときに目的のものはもう手に入れていて、わたしたちにはそれがなにかわからないだけだとか。とにかく、もうここには危険はないわ」

「ほう」コールは短くうなずいた。「きみに未来がわかるとは知らなかった」

ワインを顔にかけてやったら、どんなにすっきりするかしら。「実際の状況から、もっともな推論を導きだしているだけよ」

「ぼくは出ていかないぞ」彼はきっぱりと言った。

思わずヴァイオレットは反論したくなった。ひねくれていると言おうか、ほんの一時間前までは、まさに彼が出ていってしまうことをおそれていたのに。「自分のことは自分でじゅうぶんできるわ」

「たしかに、きみのことはじゅうぶんだけどね」皮肉がしたたるような声だった。「ここで働いて暮らしている人たちの安全はもとより、この屋敷とそのなかのことも、ぼくはまかされているんだ」

「ええ、それはもちろん。あなたのお仕事のじゃまになるようなことは控えるわ」

コールは鼻を鳴らした。「きみが控えるのはそれくらいか」

ヴァイオレットの目がきらりと光った。体が浮く気がするほどの反発心が湧いてくる。一日じゅう胸につかえていた喪失感より、そういう気持ちのほうが、味わうのはずっと楽だった。「あなたの負担を減らしてあげようと思ったりして、ごめんなさい」

「負担？」

「わたしと同じ家にいなくちゃならない負担よ」ヴァイオレットはナプキンを乱暴にテーブルに置いて立ちあがった。

コールも立ってテーブルに両手をつき、前のめりになった。「か弱い女性のひとりくらい、負担でもなんでもない」

「お手並み拝見したいわ」

彼の瞳が光った。「ほんとうに?」

強い酒のような刺激が、ヴァイオレットの神経を熱く焼いていく。ふたりは体に緊張をみなぎらせて見つめあった。彼に飛びかかって、この大きくて容赦のない胸にこぶしを打ちつけてやりたい――でなければ抱きついてキスをして、彼女を押し倒さずにはいられない気分にさせてやりたい。そんな気持ちが彼の瞳のなかに映っているのを見ながら、感じながら、ヴァイオレットはぎりぎりのところで動けずにいた。息を詰め、いまにも弾けそうな状態のまま。

動いたのはコールだった。かすれた声でうなるようになにか言いながら顔をそむけ、勢い余って椅子を後ろに倒し、ものすごい勢いで出ていった。

もうおしまいだわ。ヴァイオレットはそう思った。ふたりはもはや、怒りをぶつけあわずには同じ部屋にいることもできないのだ。急にひざが震え、彼女は腰をおろした。後ろで物音がして、一瞬彼が戻ってきたのかと心臓が跳ねた。しかし給仕係のジェイミーがテーブルをまわりこんで、倒れた椅子をもとに戻しただけだった。
ヴァイオレットは席を立った。「わたしたち、もう終わったと思うわ」

23

もはやコールがテーブルで朝食をとることはなく、スコーンとコーヒーを手早くおなかに入れて早朝から屋敷を出るようになった。戻ってくるのは遅く、小作人のところで食事をすませてくることが多くなり、ダンカリーで夕食をとることも避けるようになった。たまにいるときは料理を皿でつつきまわし、ヴァイオレットとは遺跡の発掘作業についてぎこちなくふたことみこと言葉を交わすだけだった。夕食後はまた姿を消し、侵入者が入らないよう屋敷やそのまわりを長い時間見てまわる。そのあとは自室にこもり、ときには図書室にいることもあったが、めあての本があるわけでもなく、大量の本を積みあげてめくっているにすぎなかった。

そういうことをヴァイオレットが知っているのは、彼の行動を追うことをやめられなかったからだ。自分の部屋を出たときは、かならず彼の部屋に目が行く。召使いのおしゃべりに、聞いていないふりをして必死で耳をそばだてる。ときには門番小屋に通じる道をふらふらと歩いてみることもあったが、木立に差しかかるまでにはいつも引き返していた。図書室に本を取りに行って、たまたまコールがいるようなときは、入らずに戻ってくる。彼はあきらかにヴァイオレットを避けているから、こちらからも会いに行くようなことはしなかった。どんなに彼に会いたくて、話したくて、あの腕が恋しくても。

それから、コールの目の下にできて取れなくなったくまや、顔に刻まれた疲労のしわを見ても、なにも言わないようにした。ある晩などは彼の頬に青あざができていて、さすがに黙っていられないと思ったけれど、石のように冷たい彼の表情を見れば、なんの返事も返ってこないのはわかっていた。コールは彼女に対して壁を張りめぐらせてしまった。彼女は彼女の決断をし、彼もまた彼の決断をしたということだ。

どうして彼はあれほどかたくななのだろう。あんなに世間の人たちの意見に縛られているなんて、よくわからない。やはり育った環境がふつうではなかったからだろうか。彼の母親は結婚していなかった。そんな母親をコールは愛し、尊敬していた。それに、(少なくともマードン伯爵があらわれるまでは)母親とまったく同じような人生を送ってきたらしい姉のことも。自由な人生を生きようと決めたヴァイオレットのことをわかってくれると思ったのも、そんな境遇を背負った彼だからと思っていたのに。

婚外子という彼の傷は、きっと根が深いのだろう。若いころに感じた恥辱を、品行方正な女性なら消してくれると思ったのだろうか?　子どもについて彼が言っていたことを、ヴァイオレットは思いだした。彼女自身は子どものことなどよく考えたこともないけれど、コールによく似た亜麻色の髪の男の子や、背が高くてすらりと育つであろうおてんばな女の子を思い浮かべると、思わず顔がゆるんだ。コールはきっと子どもをほしがるだろう。きっと大事にするだろう。そしてあきらかに、その子どもたちは自分のような日陰の身の上にさせたくないのだ。

彼は子どもを持つべきだ。だから、ヴァイオレットが彼を手に入れたいと思うのはまちがっている。彼には、彼が望むとおりの人生を手に入れる資格がある。子ども、貞淑な妻、結婚。世間に顔向けができて、敬意を持たれて、家庭と伝統を大切にする人生。ヴァイオレットでは、彼の必要とする女性にはなれない。そう思うと胸が痛んだけれど、なぜか自分自身だけでなくコールのためにもつらかった。だって彼は、ヴァイオレットのなかに自分の求める女性を見つけられなかったのだから。

彼女は仕事だけで満足するべきなのだ。なんといっても、ここでは遺跡現場を自分ひとりでまかされ、ずっと夢見てきたような毎日を送れている。これでじゅうぶんなはずだ。そう、実際じゅうぶんなのだ。

ヴァイオレットにとっては、発掘作業がなによりも優先する。寒さにもかかわらず現在なかなかのペースで進んでおり、毎日なんらかの発見があるように思えるほどだった。四つ目の壁を露出させてみると、そこに雑なつくりだが出入口らしき切れ目があるのもわかった。ちょうどそのあたりの外側に、石がごろごろと集まっている。興味を持ったヴァイオレットは、作業員の男たちに指示してさらに掘り進め、壁をもっと露出させることにした。

「これは、まるで道ね」後日、ヴァイオレットはアンガスと目の前の深い溝を見おろしながら考察した。

「かもな」アンガスは疑わしそうな目つきであたりに散らばった石を見やった。

「あそこで途切れているわ」いま男たちが掘っている場所を、ヴァイオレットは指さした。そのとき、こてが石にぶつかる音が聞こえて、焦った顔になる。「気をつけて！　なににぶつかったの？」

ヴァイオレットは近くまで行ってひざをつき、ドゥガルが掘っている溝に身を乗りだした。彼が目を細めて彼女を見あげる。「新しい壁だと思うけど」

「新しい壁」ヴァイオレットは息をのんだ。「直角に伸びているわね。そうか！」弾かれたように立ちあがる。「通路なのよ！」きびすを返してアンガスを見る。「通路が崩れた跡なんだわ」

「はあ？」

「地下道のようなものだと思うの。長年のあいだに上に土が積もり、やがて重さに耐えかねて崩れたんでしょう。向こうの屋根と同じように」最初に掘りすすめていたあたりをヴァイオレットは手で示した。「でも、このあたりでは天井と一緒に壁もほとんど崩落してしまったのね。ああ、すばらしいわ」いきなりアンガスの腕をつかみ、彼がぎょっとする。「見て！　あの出入口からも石が並んでいて、数メートル行ったところでちがう方向に壁が出ているでしょう。べつの出入口よ」

「つまり、こっちにも家があったってことか？」アンガスはドゥガルがひざをついているところを覗きこんだ。

「ええ、たぶん！　そして、その家と家をつなぐ通路なのよ！」ヴァイオレットは勝ち誇ったように宣言した。「天井は低いわね。おそらく這って進まなきゃならなかっただろうけど、冬の寒い時期やひどい嵐のときも行き来できるのはとても助かったと思うわ。これくらい昔の遺跡にしては、ずいぶんと進んだ設計よ」

ヴァイオレットはその日の作業を早めに切りあげ、発見に胸を躍らせてダンカリーへの道を急いだ。コールに報告するのが待ちきれなかった。ふたりのあいだがぎくしゃくしているとはいえ、きっと喜んでくれるだろう。それどころか、もしかしたらこれがきっかけで凍りついた空気がほぐれ、またおしゃべりや気安く接することができるようになるかもしれない。

ヴァイオレットは階段を上がり、広々とした幾何学式庭園を横切っていった。ふと顔を上げると、上段の庭につづく階段を上がったところにコールがいた。胸の大きな金髪の女性と話している。ドット・クロマティだ。

ヴァイオレットの足が、はたと止まった。心臓がやかましく打ちはじめる。コールと話をしているドットは、はつらつとしていた。ふたりはヴァイオレットから横向きになっていて、コールの表情は見えない。けれどドットの考えていることは、コールのほうへ倒れかからんばかりにかしいで彼を見あげている様子を見れば、簡単にわかった。一見、なにげなく腕を動かして外とうの前が開くようにし、襟ぐりから覗く胸の白いふくらみをさらけだしている。

ヴァイオレットは顔をしかめた。あんなに肌をむきだしにしたら、ちょっと寒いんじゃないのかしら。

コールがドットにうなずき、向きを変えて上段の庭への階段を上がりはじめた。ヴァイオレットはほっとして息をついたが、ドットが身をひるがえしてコールに追いすがり、彼の腕に手をかけた。そしてふたりは見えなくなった。

ヴァイオレットはスカートを持ちあげて階段を駆けあがった。できるだけ足音を忍ばせて上がり、ふたりが進んでいった道に入った。その道は途中で逆戻りするように曲がっており、その角を曲がったところでいきなりふたりが六メートルと離れていないところにいるのがわかった。ヴァイオレットはさっと木の後ろに隠れ、木の陰からそうっと覗いた。

ふたりは石のベンチのそばで止まっていた。ドットが笑顔で座りましょうとコールを引っ張っている。ふたりの会話の内容はいまいましいことにわからず、甲高い（ヴァイオレットに言わせれば耳ざわりな）ドットの笑い声と、そのあとに耳慣れたコールのよく通る声だけが聞こえた。彼の声音に、ヴァイオレットの胸は締めつけられた。

コールが向きを変えてあたりに目をやり、ヴァイオレットは木の後ろにさっと頭を引っこめた。のどのあたりが大きく脈打っている。敷石に靴がこすれる音がした。もう一度覗くと、コールとドットが向こうの端の階段を上がっていた。

階段を上がりきったふたりが木の陰に消えると、ヴァイオレットは木の後ろから出て彼らとは反対側の階段を駆けあがった。遺跡から戻るときに何度もここを通るうち、庭のつくりに詳しくなっていた彼女は、どの段のどの階段を使っても最後は屋敷の下にある同じ中央のテラスに出ることを知っていた。ふたりの行った道を通っていかなくても、また見つけられるだろう。

冬らしく落葉した木や茂みが多く、隠れられる場所があいにく少なくて近づけないが、ドットのくすくす笑いのおかげでふたりの位置はだいたいわかった。どうしてコールは、あんな頭がおかしくなりそうな声を聞いていられるのかしら？　絡みあったバラの茂みのすきまから青いドレスがちらりと見えて、思ったよりふたりに近づいていることがわかった。

ヴァイオレットはバラの茂みからそうっと出て、木をまわりこんだ。ふたりとの距離はわずか数メートルで、あいだに高い生け垣がある。これで声は聞こえるようになったが、見えるのは彼らの頭の先だけだ。ヴァイオレットは岩の上に上がり、低い枝をつかんで支えにした。見えたものは、少しも楽しくないものだった。ドットがコールからわずか数センチのところまで近づき、感嘆の表情で彼を見あげていた。

「なんて頭がいいのかしら」ドットが吐息混じりに言う。「あたしにはそんなこと思いつきもしないわ」ドットがさらに近寄り、彼の腕に手をかけた。

「ああ、いや……」コールが後ずさる。「きみだって、少しすれば思いついたさ」

「ううん、そんなことないわ」ドットがまつげをぱちぱちさせる。「あたしなんて、ばかだもん」

「いや、その、そんなことはないよ」コールは咳払いをした。

ヴァイオレットは内心、そのとおりじゃないのと思ったが。

「あなたに相談できてよかったわ」ドットがつま先立ちになって、なにかをささやく。

ヴァイオレットはなんとかそれを聞き取ろうと、身を乗りだした。そのとき突然バランスを崩して落ちそうになった。腕を振り、必死で上のほうの枝をつかもうとする。が、派手に生け垣にぶつかってしまった。

「ヴァイオレット！」

彼女が顔を上げると、コールとドットが目を丸くしてこちらを見つめていた。コールが足を前に出しかけた。ヴァイオレットは彼が来る前に、あわてて生け垣から離れた。

「どうした？　だいじょうぶか？」コールがやってきてヴァイオレットの腕をつかみ、彼女の全身に目を走らせた。彼女の髪から小枝を取ってやる。「なにをしてたんだ？」

ヴァイオレットは手を振りほどき、真っ赤な顔をして後ずさった。「それは――その――」

「あたしたちを見張ってたんでしょ！」ドットがぴしゃりと言った。「そうにちがいないわ」

「ばか言わないで」ヴァイオレットはドットに、縮みあがるような顔を向けた。「わたしは——鳥を見てたのよ」

「鳥！」コールがぽかんと口を開ける。

「ええ、そうよ」ヴァイオレットは唇を引き結んだ。「木に止まってたの。とてもめずらしい鳥だったから、よく見たかったのよ。だからこの石に上がったんだけれど、なぜか落ちてしまって」

ドットがふんと鼻を鳴らした。

ヴァイオレットは勢いよく彼女に向いた。「そう言うあなたは、このダンカリーでなにをしているの、ミス・クロマティ？」

ドットは両手を腰に当てた。「コールと話をしてんのよ——そこにあんたが割りこんできたんでしょ」

「コールにはもっと大事な用事があるみたいよ。もうお仕事に戻らせてあげたらいいんじゃないかしら」

「ヴァイオレット、そんなべつに……」コールが手を伸ばしたが、ヴァイオレットはものすごい形相でそれを制止した。

ドットがもったいぶった足取りで前に出る。「あんたの言うことなんか聞かないわ。コールだってそうよ。彼がだれと話をしようが、あんたには関係ないでしょ」

ヴァイオレットは硬直した。急に涙があふれてくる。「そうね」早口で言った。「そのとおりだわ。コールのことはわたしになんの関係もないの」きびすを返して屋敷のほうへ歩きだした。

後ろでドットがなにやらまくしたて、コールが鋭い口調で短く答えていた。石の通路に彼の足音が響く。「ヴァイオレット、待て」

彼女はさっと振りむいた。コールがこわばった顔で数メートル離れて止まる。その背後に、荒っぽく腕を振って立ち去るドットが見えて、いい気味だわと思った。

「いったいどうしたって言うんだ？」

「べつに！　なにもどうもしないわ」ヴァイオレットは落ち着きはらった声を出そうとしたが、腹立たしいほどにできていなかった。「ミス・クロマティと庭でいちゃいちゃしたいなら、わたしにかまわずどうぞ」

コールの口がぽかんと開いた。「いちゃいちゃ！　そんなことはしていない」

「あら、彼女のほうはあきらかにそのつもりだったし、あなたもまんざらじゃなさそうだったじゃない。彼女につきあってあげるのは、あなたのご立派な道徳観念とは相反しないのね」

「ヴァイオレット・ソーンヒル！」コールが目を細めた。「焼きもちか」

「えっ？　あんな、浅はかでつまらない人に――」彼女は言葉を失った。「ばか言わないで」

「やっぱり焼きもちだ」コールは楽しくもなさそうに吹きだした。「なんてこった。ぼくなんかほしくないと言っておきながら、ほかの人間に取られるのもいやだとは。そうなんだろう？」

「そんな――」ヴァイオレットは涙でのどが詰まった。彼がどんなにほしいかなんて、ぜったいに――ぜったいに認めない。「ばかばかしいわ。ミス・クロマティとどうぞお幸せに。妻を持つのがあなたにとってどんなに重要なことか、わかっているつもりよ」

ヴァイオレットは背を向けて大またで立ち去った。今度はコールも追いかけてはこなかった。

翌日の午後、ヴァイオレットが遺跡を掘ることに没頭していると、馬の蹄の音が聞こえて頭を上げた。馬車が近づいて止まり、イソベル・ケンジントンが降りてきた。新たな客の出現でアンガス・マッケイは帰る気になったのか、近くの岩から腰を上げてヴァイオレットにさよならを言った。

「アンガス・マッケイを追い払うことになっちゃったのかしら」イソベルが遺跡に近づいてくる。

「だいじょうぶよ」ヴァイオレットは苦笑した。「女性がふたりもいるとミスター・マッケイには荷が重いんでしょう。わたしはあなたにお会いできてうれしいわ」

しかし内心、イソベルに会うのは複雑な思いだった。イソベルのことは好きだし、前に来てくれたときも楽しく話せたけれど、イソベルのほうからどう思われているのかは正直わからない。彼女はコールと親しい。彼はイソベルに、自分がヴァイオレットに腹を立てていることを話しただろうか？　彼女がどんなに頑固で意固地な人間かということを……。それを思うと、まるで胸を刺されるような痛みを感じた。

「発掘はどうなっているかと思っていたの」イソベルの笑顔には非難するような気配も詮索するような感じもなく、ヴァイオレットは少しほっとした。「エリザベスおばさまもいらしたかったのだけれど、今日の寒さはちょっとおばさまには厳しいかと思って。帰ったら、正確なことをもらさずに報告してあげる約束なのよ」

ヴァイオレットは自分たちが掘りだした壁を、喜んでイソベルに見せた。「とても進んだのよ。ほら、あんなに深いところまで掘ってるでしょう？　これは住居だったっていう確信がどんどん増しているの」

「ほんとう？　とても小さいように見えるけれど」

「住人もいまより小さかったと思うの。彼らにまず必要だったのは、快適さよりも雨風をしのぐことだったでしょうから。でも、ほら、この壁から突きだした二枚の岩を見て」ヴァイオレットは平たい石を指さした。

「ええ、なんとなく棚のように見えるわ」

「そうなの！」ヴァイオレットはにっこりした。「わたしもそう思ったのよ」

「ここにあるさまざまな壁は、みんな住居だったと考えているの？　村があったかもしれないと？」

「可能性はあると思うわ。もちろん、住人の数はとても少なかったでしょうけれど、見れば見るほどひとつの集落だったように思えるの。しかも、とてもとても古い時代の。昨日見つかったものも、ぜひ見てほしいわ」

　ヴァイオレットはイソベルに溝を見せ、これは通路が崩れたものではないかという考えを話した。どんなにイソベルに話を聞いてもらいたいか、自分たちがやったことをすべて見てもらいたいか、その気持ちの強さは自分でも驚くほどだった。ヴァイオレットはそのとき、はっと気づいた。イソベルのことをほとんど知らないとはいえ、彼女はここで知っている人のなかでいちばん友人と呼べそうな人だ。いや、正直に言えば、場所をここに限定しなくてもほかに友人なんていないのだけれど。

「あの、屋敷まで来て、ほかに出土したものも見ませんか？」ヴァイオレットはおずおずとつけ加えた。「よかったら、お茶でも」

「まあ、ぜひ。うれしいわ」

　待っていたイソベルの馬車に乗って、ふたりはダンカリーまで行った。門を通りすぎたとき、イソベルが門番小屋を見やった。「コールもお茶に来るかしら？」

「それはないと思うわ」ヴァイオレットの声はそっけなく、イソベルから驚いたような顔を向けられた。

「どうかしたの？」イソベルが眉根を寄せて尋ねる。

「いいえ。コールならなにも問題ないでしょう。彼は出かけて……」急にのどが詰まったような気がして、ヴァイオレットはうろたえた。ごくりとつばを飲みこむ。「敷地内でお仕事をしているのよ。彼は――彼にはお仕事がたくさんあるから」イソベルの視線に耐えられず、うつむいて手にはめた手袋をなでつけた。

「ヴァイオレット……」イソベルが身を乗りだし、心配そうな声で言う。「なにかあったの？」

「なにもないわ。ほんとうよ、コールは元気よ」

「わたしは少しちがうように聞いていたのだけれど」イソベルがやさしく言うと、ヴァイオレットは苦しげな表情を見せた。「でもね、コールのことではなくて、あなたになにかあったのかを訊いたのよ。あなたが……つらそうに見えたから」

「いいえ、そんなことないわ」ヴァイオレットは無理やり笑った。「わたしも元気よ。めったに病気にならないの。嘆かわしいほど丈夫だって、いつも母に言われていたわ」どうしたことか、急に涙があふれてきた。顔をそむけてなんとか引っこめようとする。イソベルは手を伸ばしてヴァイオレットの手を取った。ヴァイオレットは引きつるように息を吸ったものの、なかなか落ち着きを取り戻せないのが気まずかった。「ごめんなさい。こんなの、おかしいわよね」

「いいえ、とんでもない」イソベルは励ますようにヴァイオレットの手をやさしく握った。

「なにがあったか話して」

「だめよ。あなたに嫌われるわ」ヴァイオレットは手を引っこめ、頬の涙をぬぐった。

「そんな！　どうしてわたしが嫌ったりするの？」

「それは——わたしがあなたやコールとはちがうからよ。わたしは立派じゃないし、品行方正でもなくて——彼と関係を持ってしまったの」止める間もなく言葉が飛びだしていた。なんてばかなんだろう——イソベルに知られたくないと思っていた、まさにそれを自分から言ってしまうなんて。けれどいったん口にしてしまうと、もう止まりそうもなかった。「そしていま、コールはわたしにものすごく怒っているのよ。でもどうしようもなかったの、どうにもできないの」

水を打ったように静まり返った。ヴァイオレットの涙は止まらない。どんなに止めようとしても次から次へとあふれてくる。そのうち涙で溶けてしまうのではないかとこわくなるほどだった。馬車が音をたてて止まり、ヴァイオレットは勢いよくドアを開けて飛びだした。恥ずかしくてたまらず、嗚咽《おえつ》をのみこみながら屋敷へと急ぐ。

驚いたことにイソベルはついてきて、ヴァイオレットが玄関のドアを開けるころには追いついた。イソベルはなにも言わずヴァイオレットに腕をまわし、客間へと連れていってドアをきっちり閉めた。

「ごめんなさい」ヴァイオレットはのどを詰まらせ、そのあと激しく泣きだした。イソベルがなだめるように彼女をぽんぽんとたたいてやりながら、ソファへと誘う。隣りに座ってと軽く引っ張られ、ヴァイオレットは観念してイソベルの胸でひとしきり泣いた。

ようやく泣きやむとヴァイオレットは体を起こし、申し訳なさそうに微笑んだ。「ほんとうにごめんなさい。ふだんはこんなに泣き虫じゃないのに」ポケットを探ってハンカチを取りだす。

「泣き虫だなんて、ちっとも思っていないわ」イソベルはにこりとし、ヴァイオレットの手を取った。「さあ、話して、どうしてそんなに取り乱したの？　わからないわ。もしやコールは……無理に、その――」イソベルの顔が恥ずかしさで真っ赤になる。「――あなたはいやがったのに関係を持たされたの？」意外だと思う気持ちを隠しきれない口調だった。

「えっ！　いいえ、そんな！　いやじゃないわ！　ぜんぜんいやじゃないの！」いまやヴァイオレットの頬もイソベルと同じ色合いになっていた。「ごめんなさい。なんてひどい女だろうと思っているでしょうね」

「いいえ、ぜんぜん」イソベルは微笑んだ。「そういう気持ち、わかるわ」

「ほんとうに？　いえ、当然よね、わたしったらばかだわ。あなたは結婚しているんだから」ヴァイオレットの表情が、少しうらやましそうに変わった。「幸せなんでしょう？」

「ええ、とても。でも、どうしてあなたはあんなことを言ったのかしら。さっき、コールのこと、どうしようもなかった、って」

「結婚しようと言われたの」

一瞬、イソベルは声を失って、その言葉の意味を考えた。「つまり、あなたは、彼に対して同じようには思っていないのかしら」

「ちがうわ！　思っているわ！　わたしは――」ヴァイオレットは時間をとって頭のなかを整理した。「その……彼はわたしにとって、とても大きな存在だわ。いままで――コールにしかこんな気持ちになったことはないの」彼女はスカートを見つめ、見えないほどの糸くずをつまんでみたり、きれいにひだを折ったりした。「正直、彼を、その、愛しそうになっているかもしれないとさえ思うわ」ヴァイオレットはイソベルを不安そうに見た。「お願い、わたしの言ったことはコールに言わないで」

「もちろん言わないわ。あなたがそうしてほしいのなら。でも、コールにはわかっていると思うけれど。だってどう見ても、彼もあなたと同じ気持ちだと思うから」

「彼がわたしを愛していると言うの？」ヴァイオレットは思わず笑顔になったが、すぐにかぶりを振った。「いいえ、そんなことないわ」

「結婚を申しこまれたんでしょう？」

「それは、愛しているということにはならないわ。彼がわたしをほしいのは確かだけれど。愛なんて口にしたことはないの。一度も。彼はただわたしに惹かれているだけ。いえ、それよりは強いものかしら——欲望よ。肉体的な」ヴァイオレットはイソベルをちらりと見やった。「ごめんなさい。ショックを与えるつもりじゃないのだけど」

「たしかに、コールのことでこんな話をするのは少しへんな感じだわ。彼はわたしにとってきょうだいのようなものだから。でも、あなたの言葉にショックを受けたりはしていないわ。彼も男性だし、男性がどういうものかはわかっているつもりよ。コールが、その、あなたに惹かれているのはまちがいないと思うわ。でも、欲に溺れたというだけで彼が結婚したいと思うなんて、考えられないの」

「いいえ、理由はほかにもあるの。ほら、子どものこととか、わたしの評判のこととか、責任とか。彼は自分の感情を恥だと思っているのよ。苦しんでいる。わたしと結婚するべきだと思っているの。コールはとても……いい人だから」

「ええ、そうね」

「彼は世間の人に、悪い男だと思われたくないのよ。人の噂をとても気にしているわ」

「まわりの人に言われたくらいで行動を左右されるような人じゃないと思うけれど」

「そういう意味じゃなくて。でも人に自分の話をされるのはいやがっているわ。道徳観念がとても強いの。そして、自分がそれを破っているように感じているのよ。彼に……」またヴァイオレットの声がうわずりはじめる。「こんな状態ではいられないって言われたわ」そこでひとつ息をつく。「でも、わたしはコールみたいに立派な人間じゃないの。わたしの考え方に彼はびっくりしていたわ。世間にどう思われるか、もっと気にしたほうがいいって言うの。彼だって、わたしのいい加減なところの恩恵を受けていないというわけではないのよ、わかるでしょう？　でも気がとがめるんでしょう。わたしも人の噂が気にならないわけじゃない。悪い女だって思われるのはいやよ。使用人がこそこそ話をしているのを聞いたこともあるし、ミセス・ファーガソンにはあきれられているわ。そういうのはいやだけど……自分自身でいられなくなるのは、もっといやなの。自分という人間でいたいの。自分の名前をなくしたくない。男性のおまけになりたくない」イソベルを見やる。「ほとんどの女性はそう思わないでしょうけど」

「だれでも自由を奪われるのはいやなものだと思うわ」イソベルは眉をひそめて慎重に話を進めることにした。「でも、もちろん結婚しても、かならず自由がなくなるというわけではないのよ。わたしはジャックの名前をいただいたけれど、自分という人間でいられなくなったわけではないわ。彼にそうしてほしいとも言われていないし。コールもそんなことは言わないと思うわ」

「ええ、言わないでしょうね。でも、ほら、そうする可能性は残るでしょう？」

イソベルはうなずいた。「わかるわ。それがこわいのね。もし彼のことを見誤っていたらどうしようと思ってしまうのでしょう？」

「耐えられなかったの」ヴァイオレットは小さな声で苦しげに言った。「もし、コールが考えたとおりの人でなかったら？　そんな人を信用して、そして……」

「心を捧げて？」

「すべてを彼にあずけるなんて」ヴァイオレットはスカートを握りしめた。

イソベルは彼女の手にそっと手をかけた。「少しこわいわね。わたしだって、もしジャックに裏切られたことがわかったら打ちのめされると思うわ。でも彼はそんなことしないって、わかっているから。わたしは心から彼を信頼しているの」

「わたしもコールを信頼しているわ。彼はけっしてわたしを傷つけたり、わたしのしたくないことをさせたりしない」だから彼女だってイソベルと同じように、結婚しても幸せになれる可能性はもちろんあるのだろう。イソベルの光り輝く顔を見ていると、そうであると信じたかった。コールのところに行って、考えなおしたと言えたらどんなにいいか。彼は喜んでくれるだろう。またあの笑顔が見られるのだろう。あのあたたかい腕も、甘い口づけも手に入る。ひとこと言えばいいのだ、たいしたことじゃない。それでもそれを想像しただけで、所有という鉄の輪に締めつけられるような心地がした。「問題なのは、わたしにとってなにがいちばんいいことか、彼がわかっていると思っていることなの。彼はわたしを守り、助け、導きたいと思っている。すべてわたしのためと思って……わたしの人生を決めようとしてしまうの」

「コールは……そうね、だいたい自分が正しいと思っているわね」イソベルの口もとがゆるんだ。「わたしに〝指図〟しようとしたこともないことはなかったわ。メグも同じ。男きょうだいってそういうものかもしれないわね。言いあいになったこともあるけれど、でも自分の思いどおりにならなかったからって、彼は根に持ったりしなかったわ。メグやわたしも大人なんだから、わたしたちのしたいようにやるんだってことを時間とともに受けいれてくれた」イソベルはひとつ息をついた。「彼になにかを決められたら、もう反対はできないと思う？　あきらめて、なんでも決められたとおりにするの？」

ヴァイオレットは目をむいた。「そんな、まさか。わたしたちは犬と猫みたいにやりあうわ。どちらがよけいに相手をいらいらさせているか、わからないくらいよ」彼女はため息をついて頭を振った。「言いあうのはかまわないの。でも、もし結婚したら……」また頭を振る。「わからない。考えようとすると体が冷たくなるの。わたしはだれかに自分を無条件でまかせることなんかできない。あなたみたいに人を信頼することができないの」

ヴァイオレットはそれ以上、自分が怒りっぽくて頑固で女らしさに欠け、ほかの女性みたいに人を愛することができないということまでは言わなかった。ありがたいことに、やさしいイソベルはわざわざそれを指摘することもなかった。

「結婚というのは、不安なものよ」イソベルはやさしくヴァイオレットの手を握った。「わたしも結婚を考えたときには、とてもこわかった。でも、あなたとコールなら、かならずいい解決策が見つかると思うわ。あなたたちのどちらにとっても、幸せになる以外は認めませんからね」

「わたしもそんなふうに自信を持てたらいいのに」

イソベルはにこりと笑っただけだった。「少し様子を見ましょう。そのうちなんとかなるわ」

翌日から、またヴァイオレットは仕事にのめりこんだ。暦が十二月へと移り変わろうとするころ、日増しに寒さが厳しくなるというのに、作業の時間は伸びていった。ウールの肩掛けを巻き、手袋をはめ、ネルのペチコートもよぶんに一枚、ときには二枚はいて寒さをしのいだ。これでランタンを持っていけば、日が暮れてからもまだ作業できるだろう。アンガス・マッケイが遅くまで一緒に残っていることもあった。彼がいてくれてうれしいなんて、自分の人生がわびしくなった証拠ね、と考えたりもした。少なくともアンガスがいると、サリーや小間使いたちから憐れみのまなざしを向けられたときのように、急に泣きだしたくなることはなかった。コールに顧みられなくなったヴァイオレットがどれほど抜け殻のようになっているか、女性には一目瞭然なのだろうが、アンガスには気づかれていなかった。

ある日の夜遅く、遺跡から帰ろうとしていたヴァイオレットは、ダンカリーへの斜面をのぼっているときに後ろでなにかがこすれるような音を聞いた。振り返り、ランタンを掲げて道を照らしてみる。なにも見えず、また前を向いて歩きはじめた。このごろは神経がささくれだって過敏になっているせいかもしれない。けれど二歩も行かないうちにまたがさがさと音がしたと思うと、後ろから腕ごと抱えられた。ランタンが地面に落ちる。さらに口まで手でふさがれた。

「声を出すな、出さなきゃなんもしねえ」

24

一瞬、ヴァイオレットは驚いて動けなかったが、すぐにもがいて身をよじりはじめた。足を後ろに蹴りだすくらいしか、体が動かない。彼女のかかとが相手の向こうずねに当たり、うっとうなる声が聞こえた。

「くそっ！　やめろ！」手袋をした手がヴァイオレットの口だけでなく鼻まできつくふさぎ、空気が遮断された。「暴れるのをやめねえと殺すぞ」

気が動転して反射的に暴れていたヴァイオレットだが、目の前がちかちかしてくると理性が顔を出し、おとなしくなった。男の手が口のほうに戻って、ヴァイオレットは大きく息を吸いこんだ。

「あれを出せ」うなるような声が言う。「命が惜しいなら、あれを渡せ」

ヴァイオレットはしゃべろうとしたが、口を押さえられていて話せない。

「いまから手を離すが、大声を出したら首をへし折るぞ。いいな？」

ヴァイオレットが大きく何度もうなずくと、手が離れた。

「いったいなんのこと?」強い調子の小声で言ったが、思い当たる節はあった。「なにを渡せって言うの?」

「財宝だ、ばかめ。ほかになにがある?」男は彼女を揺すった。「フランスの金貨だ」

「そんなもの! 持っていないわ」

男がまた揺する。今度はもっと強く。「嘘つくな! 持ってるだろ」

「いいえ! 持っていないわ。屋敷のなかにないのは知ってるでしょう、あなたが探したんでしょう?」この男が侵入者にちがいない。あちこちで人を襲う悪人がふたりもいるなんて、考えられなかった。

「いいや、あんときじゃない。だがおまえらは見つけたはずだ。おまえとマンローでそこらじゅう探しまわってたじゃねえか」

「ずっと見てたのね!」あれは気のせいなんかじゃなかったのだ。

「ああ、見てたとも」

「それなら、なにも見つけてないことはわかるでしょう?」

「いいや! 城塞からおまえらが運びだしてるのを見たぞ」

「そんな——」強く揺さぶられて歯と歯がぶつかり、言葉がとぎれた。

「見たんだ。あのでくのぼうが袋を運んでた。おまえらは見つけたんだ」

「袋?」一瞬、ヴァイオレットは戸惑った。「ちがうわ! あれはただのお弁当よ! ほんとうに見つけていないの。財宝なんてなにも見つかってないの」

「それなら早く見つけろ。さもないと困ったことになるぞ」

「おい！」ふたりの後方から大声が飛んできた。「彼女を放せ！」だれかが急いでやってくる音がする。なにかが地面にぶつかる音もした。

ヴァイオレットを襲った男は悪態をつき、彼女を地面に押しやった。ヴァイオレットはスカートと外とうのせいでもたつきながらも立ちあがり、あわてて振り返った。男の姿はなく、暗がりのなかで男が逃げた方向に枝が揺れているだけだった。そして道には杖が落ちていた。さらにその向こうから、アンガス・マッケイが老いた脚で出せるだけの速さでこちらにやってくる。ずっと悪態をつきながら。

「アンガス！」ヴァイオレットは杖を拾って彼のところへ急いだ。

アンガスは前かがみになり、ひざに両手をついて息を切らしていた。「いまいましい、このばか者、役立たずの脚め！」

「だいじょうぶ？」ヴァイオレットはかがんで彼の顔を覗きこんだ。

「もちろんだ！　襲われてたのはおまえさんだろ！　それよこせ」アンガスは彼女の手から杖をもぎ取り、片方の端を地面について体をまっすぐに起こした。「こんな遅くに帰るもんじゃねえ、このばか娘が」

「だれかが飛びかかってくるとわかっていたら、やめておいたわ！」そう言ってから、声の調子をやわらげる。「ありがとう。通りかかってくれて助かったわ」

「ふん。たいして助けにもならんかったが」

「いいえ、追い払ってくれたじゃない」

「まあな、こっちの道から帰ることにしてよがった」アンガスはぶつぶつ言った。「あいつはどこだ？　ここんとこ谷じゅうで見かけるくせに、肝心なときにおまえさんとこにおらんとは」

「コールのこと？」ヴァイオレットは気色ばんだ。「べつにコールに守ってもらう必要はないわ」

「まあな、だが、だれかは必要じゃろ」

あえてヴァイオレットは反論せず、アンガスの気がすむまで好きなだけ言わせておいた。彼はダンカリーの庭先まで一緒に行くと言い張り、それから自分の小屋へ向かうことにしたようだ。

「しっかりおまえさんを見とるようにって、あいつに言っとけ」別れ際にそんなことを言い、アンガスはぶつくさ言いながら重い足取りで帰っていった。

ヴァイオレットは屋敷に向かった。アンガスがどう思っていようと、襲われたことをコールに話すつもりはなかった。話したらきっとお説教されて、行き帰りは作業員のだれかについてきてもらえと言われるにちがいない。それに、コールを頼っていくなんて、ぜったいにしたくなかった。ふたりの関係はいまこんな状態なのだから。自分は男性と対等で、自分のことはなんでもできると豪語したのに、ちょっと厄介事があったくらいで守ってほしいと言うなんて、まったくばかみたいだ。

それに、コールにだってどうすることもできない。どんなに脅されても、あの男がなにをしようと、財宝はないのだから——まあ、もしあっても渡したりしないけれど。ヴァイオレットは顔をしかめた。あんな悪党の脅しに屈するなんて、ぜったいにいやだ。

とにかく今後はもっと注意しよう。今回は、襲われることなどまったく予想していなかったけれど、これからはちがう。アンガスみたいに頑丈な杖を持つことにしよう。まわりをよく見て気をつけて、警戒心も持っていなければ。遺跡への行き来は、作業員の人たちと一緒にすることだって考えてもいい。

財宝を、もう一度探してみようか。もちろん、ひとりで。コールに手伝いは頼めない。彼がずっとすねるつもりなら、好きにさせておけばいい。彼女は沈着冷静に、粛々と仕事をつづけるだけだ。コール・マンローなんかいなくてもかまわない。

コールは毎日、地獄にいる気分だった。もうかれこれ十日になる。毎晩うずく体に悩まされ、頭までおかしくなりそうだ。自分の眠るベッドにはヴァイオレットがいない。彼のベッドがある部屋には、彼女の部屋にあるものすべてにかすかについているバラの香りがしない。

このいまいましい不愉快な屋敷なんか、大嫌いだ。いったいいつまでここに縛りつけられるのか——死ぬまで離れられないんじゃないかと思えてくる。ヴァイオレットを危険にさらしたくないから残っているものの、彼女にはもう手をふれないと決心しているから、満たされない欲望でいつもいつも全身がうずいてしかたがない。

彼女を目にするだけで神経が高ぶってくる。かといって彼女を見ないようにすると、今度は頭に浮かんでくる。おそらくそのほうが、たちが悪い。想像となると、彼が高みに向かって突き進んでいるとき、彼女が自分の下でどんなふうになっているかよみがえってくるのだ。彼の手で快感にとろけているところや、思わず息をのんでしまうような彼女の笑みが。

もちろん肉体のことだけではなく——いや、欲望は彼のなかでマグマのようにたぎっているのだが——ほかにも細かいことを言えば、たくさんこたえることがあった。ひとりでいると虚無感に襲われる。ヴァイオレットのよそよそしい表情には胸を突かれ、心が寒々しくなる。笑うことも、言いあうことも、活発に意見を交わすこともなくなった。彼女に拒絶されるのは、いつまでも癒えない傷のように彼を苦しめる。

もちろん、ヴァイオレットのほうはそういうことがなにも気にならないのだろう。彼女の心は石でできているのだ。言葉からも表情からも、まったくもって平穏な落ち着きしか感じられない。毎晩、夕食には降りてきて、なんの意味もないおしゃべりを食事のあいだじゅう完璧にやってのける。舌がもつれて気まずそうになることは、まったくない。彼のほうはずっとそういう気分だというのに。そのあとの夜も、ひとりでじゅうぶん楽しく過ごしているようだ。たいてい図書室で室内履きの音がしている——彼のいないとき限定で。コールは頭のなかで大きく響く、ばかなことをするなという声に耳をふさぎ、一度と言わず図書室に足を向けてみた。こんなに遅い時間だったらヴァイオレットもいないだろうと、自分に言い聞かせて——しかしほんとうは、愚かな望みを捨てられなかっただけだ。もしかしたら彼女がやってきて、何度となくふたりで過ごしたその部屋ならば、どうにかしてふたりのあいだにできた溝を埋められるんじゃないかと。しかし、彼女は一度も来なかった。

最悪なのは、この苦しみを終わりにするためには、自分が折れるしかないとわかっていることだった。自尊心などかなぐり捨て、たとえ彼女にこの体以外はなにも求められていなくても、彼女のもとに戻らなければ苦しみはつづく。彼女は彼の名前などいらないし、守ってほしくもないし、人生にも関わりたくないのだ。だから彼女の人生の、哀れなほど薄っぺらい一部分だけを与えてくれたらそれでいいと、彼が言わなければならない。しかしそんなことをしたら、いったい自分はどんなにめめしい男になってしまうのか？　ヴァイオレットがダンカリーに来なければよかったのにと、コールは思った。しかし彼女と出会うことがなかったと考えると、胸を切りつけられるような心地がした。

彼女のことを考えなくてすむように、コールは仕事に打ちこんだ。体を痛めつけて疲れ果てれば、毎晩ベッドに倒れこむと同時に眠れるのではないかと思った。が、ほとんどうまくいかなかった。前日はずっとトム・コナリーの農場にいて、石壁の修繕を手伝った。それでも何時間も眠れなかった。ようやくうとうとしたものの、夜明け前に目が覚めた。はっきりとは思いだせないが、みだらな夢を見て汗だくになり、前を張り詰めさせて……。その後はもう眠れなかった。

コールはまず厨房に寄ってサリーにお茶をもらい、まだ早い時間に屋敷を出た。サリーは一度や二度夕食を抜いただけで飢え死にするとでも言うように、心配そうな顔で朝食を食べていけとせっついた。だが、ヴァイオレットを前にして食べるふりをするなど耐えられない。なにを食べても灰のような味しかしないし、彼に考えられることときたら、とりとめのない会話がぽろりぽろりとこぼれでる彼女のやわらかなバラ色の唇のことだけなのだから。

コナリーの小作地に到着したとき、家主はまだ朝食の途中だった。たるんでるぞとコールは言いたくなったが――ここ最近は自分が短気になっていて、まわりのみんなが腫れ物にさわるような態度になっているのが重々わかっていたので――先にひとりで石を積みに行った。午後も半ばにはふたりで作業を終え、コールはこのあとの二、三時間なにかやることが見つかるだろうかと考えながら、コナリーのところを出た。今日もまた、なんとか夕食でヴァイオレットと顔を合わせないようにできないものだろうか。

泥だらけの溝にヒツジがはまって動けなくなっているのを見つけたときには、ついていいるとさえ思った。しかし、泥にまみれてもヒツジを助けだせず、コナリーのところまでヒツジを引っ張る縄を借りに戻らなければならなくなると、そんな思いも変わった。たいへんな苦労をして毒づきながらヒツジになんとか縄をかけたとき、馬の蹄の音が聞こえた。振りむく前に、澄ました男らしい声がした。「おや。ヒツジと格闘か?」コールは振り返り、太陽を背にして影になった男を見あげた。「ジャック。こんなところでなにをしてるんだ?」

「それはこっちの台詞だ。おまえが羊飼いに転身するとは思わなかった」

「ふん、そんなことは一生ないな。ヒツジってのは、かまえばかまうほどいやになる。こいつはいまいましい伯爵のところのやつでさえないってのに。ドゥガル・マッケンジーのところのやつだが、すっかりはまって抜けなくなってるんだ。この状態で放ってはおけない」コールは目の上に手をかざしてまぶしい日光をさえぎった。「おい、そこで見てないで、こっちに降りてきて手伝え」

「泥のなかに?」ジャック・ケンジントンは顔をしかめたが、ひらりと馬を降りた。馬は静かに草を食むにまかせておく。

「とにかく、引け」コールは縄の端をジャックに投げた。「ぼくはこいつを後ろから押す。ぼくはもう泥だらけだから、あとはどれだけ汚れても同じだ」

ジャックは肩をすくめて縄を取った。腰に巻いて後ろに体重をかけ、ヒツジを引っ張るように援護する。コールがヒツジの尻を押した。ぬかるみからズボッと大きな音がしてヒツジの後ろ脚が抜け、ヒツジは溝の側面を駆けあがった。が、そのはずみでふたりとも尻もちをついた。

「おまえのせいで、なんでこんなことに」ジャックはぶつぶつ言いながら、ひじをついて起きあがった。

「なんだと！　いつも厄介事を持ちこんでくるのはそっちだろうが。少なくとも泥のなかに尻もちをついてるのはこっちだぞ」

溝の底にべったりと尻をついているコールを見おろし、ジャックは笑いだした。「そうだな。よかったよ」

溝から上がったコールは、手の泥を草になすりつけた。ほかはどうしようもないな、と哀しく考える。ヒツジから縄をはずしてやり、ジャックのそばの草地にどさりと腰をおろした。

「どうしてここへ？　偶然通りかかったのか、それともぼくを探しに来たのか？」

「後者だ。ダンカリーに寄ったら、おまえはコナリーの小作地に行ったと聞いて。そこに向かっていたら、おまえが溝で転げまわってるのを見かけたというわけだ」

「イソベルに頼まれたんだな」コールは顔をそむけ、なんとはなしに草をむしった。

「よくわかってるじゃないか。彼女がおまえに来てほしいとさ。しばらく会ってなかっただろう？　気づかなかったんだが、おまえに会えなくてさびしいようだ。レディ・ヴァイオレットを連れてきてもいいんじゃないか。イソベルもおばのエリザベスも、彼女には感銘を受けていたぞ」

「ふむ」

「ぼくも宝探しの話を聞きたいし」

コールは目をくるりとまわした。「いいけど、ほかの話と変わらずつまらないぞ」

ジャックは彼をちらりと見て、慎重につづけた。「もちろん、会いたいというのは妻の口実だ。ほんとうは、おまえの様子を見てきてほしいと頼まれたんだ」

「探ってこいってことだな」

「まあ、ありていに言えば」

「ミセス・ケンジントンに伝えてくれ。ぼくは元気で、なにも心配することはないって」

「そうさせてもらうよ。だがそのあとで、おまえがちゃんと眠って食べてるように見えたかどうか訊かれると思う。で、お察しのとおり、ぼくは正直に答えなくちゃならない。おまえの目の下にはベイル湖みたいな色のくまができてて、頬も落ちくぼんでいたと」

「そんなことはない」コールは険悪な顔でジャックをにらんだ。「おまえはどこへ行っても男の敵だな」

「ぼくは毎晩、自分のベッドで眠りたいだけだ。それでおまえが元気だと――いや元気でないとわかったら、また妻にこう訊かれるんだ。おまえがキンクランノッホの酒場に入り浸っているのはほんとうか、と」

「一回行っただけだ。十日前に一回」

「哀しい歌を歌ってたって？」

コールはいやな顔をした。「それは思いださせるな」

「哀しい歌は悪い兆候だとイソベルが言うんだ。だが、もっと心配していたのは、殴りあいのけんかのほうだ」

「ロナルド・フレイザーには聖人君子でも忍耐力を試されるさ」

「おまえは聖人君子ではないものな。で、結局イソベルは、おまえが一日じゅう働きずくめなのはどうしてなのか、突き止めようとするわけだ」

「ぼくの生活で起こったことをひとつ残らず、ハイランドの人間みんなが知ってるのか？」

「どうだろうな。しかしイソベルの耳に半日以内に入っていることは断言できる」

コールは重いため息をついた。「ヴァイオレットに求婚したんだ」

ジャックがまじまじとコールを見た。「おまえは、その、あのレディを愛しているのか？」

「わからない。ぼくは女性を愛したことがない。だが彼女ほど女性をほしいと思ったこともない。ヴァイオレットはこの世でいちばん腹立たしくて、ぶつからずにいられない女性だ。どんな男が夫になったって、いつも苦労が絶えないだろうさ」コールは長々と疲れたようなため息をついた。「でもぼくは、彼女と一緒にいたいとしか思わないんだ」

「レディ・ヴァイオレットは同じ気持ちじゃないのか？」

「彼女の気持ちはわからない」コールはむっつりとして言った。「それどころか、気持ちがあるのかどうかさえ。わかっているのは、彼女は結婚したくないってことだけだ。ぼくは彼女を支配し、壊し、彼女の金と持ち物を奪い、息をする空気も住む空間も与えない化け物らしい。要するに、ぼくは彼女の父親と同じなんだ。彼女が軽蔑する男と。なあ、ジャック、結婚したくない女なんているか？　おまえが求婚したとき、イソベルは拒んだか？　短剣を突きたてられたような顔をしたか？」

「そうだな、じつを言うと……」ジャックは思いだして口もとをゆるめた。「求婚したのはイソベルのほうだった」

「ああ、そうだろうとも」コールは目をくるりとまわした。「おまえは求婚すらしなくていいんだ。女性はのどから手が出るほどおまえをほしがるんだものな」

「正確に言えば、イソベルがほしがったのは、ぼくに付随する家屋敷だ。幸い、ぼく込みで取引をすることにやぶさかでなかっただけで」

コールはくくと笑った。「そうだな。ぼくも遺跡のひとつやふたつ持っていれば、ヴァイオレットもぼくの求婚に乗り気になってくれたんだろうが」

「彼女はストーンサークルとあそこの塚も調べたいそうだな？」

「ああ。あそこを取引材料にしようかな」一瞬、ちゃめっけが顔を出したが、すぐに消えた。「嘘をついたりこそこそしたり、そんな状態はつづけられないと彼女に言ったんだ。それでいまはこのざまだ、まったく落ち着かない。だが、もし彼女のことをどうでもいいと思えば――ぼくが無情で、無責任で、自分勝手な人間になれば――毎晩でも彼女のベッドに入っていられるんだ」

「女性がそういう姿勢でいてくれるなら、すばらしくついいてると思う男はたくさんいるだろうな」

「わかってる。それなのに、ぼくは彼女に縛られたがっているのさ」

「どうしてなんだ？」コールににらまれ、ジャックは肩をすくめた。「彼女を愛しているかどうかわからないと言ったな。おまえは彼女がほしい。そして手に入る状況にある。彼女の言うとおりにすればいいじゃないか」

「そうだ。実際、そうしていたんだ。ふたりきりでいるときは――彼女のベッドにいるときは――それさえあればよかった。くそっ。いまだって同じだと思う。だが、それでは悪党のような気がするんだ。いま彼女の評判がめちゃくちゃになっていなくても、いずれそうなる。気にしないなんて彼女は言うけど、どんなことになるかわかっていないだけだ。後悔したときにはもう手遅れだ。彼女を守るためにぼくにできるのは、嘘をついて、隠れて、互いに互いのことなどどうでもいいみたいなふりをすることだけだ。そんなのはいやなんだ」コールは勢いよく立ってうろうろしはじめた。「彼女の子どもは自分の子どもでもあってほしい。ぼくは……自分の子どもは婚外子にしないと誓ったんだ」

ジャックも眉をひそめて立ちあがった。「子どもができたのか？」

「いや。少なくとも、ぼくはそう思っていないが」コールはそこではっとし、苦々しくつけ加えた。「もしできていても、彼女はたぶんぼくには言わないだろう。子どもも彼女だけの問題であって、ぼくは関係ないんだ」コールは振りむきざまジャックに言った。「おまえはそんなことを受けいれられるか？　もしこれがイソベルだったら、彼女が自分の名前にならなくても平気でいられるか？　おまえに守られなくても？　そんなことはどうでもいいと言われても？」

「いや」ジャックの顔がこわばった。「気にいらないな」

「ぼくもそうだ」コールはポケットに両手を突っこんだ。「そういうわけで……こういう状態になってる。だからイソベルには、彼女にできることはないと伝えてくれ。そのうち終わる。いつかヴァイオレットは帰るんだから。それまでぼくらはせいぜい仲良くやるさ。夕食のときには上品におしゃべりしている」

「それで、おまえは一日じゅう働いて彼女を避けているのか」

「そうだ」コールは哀しげに笑った。「少なくとも、いろいろと手はある」身をかがめると、縄を取って巻いた。「これをコナリーのところに戻してくる。もうすぐ暗くなるからな」

「そうか」ジャックは手綱を取った。「先週、ブランデーを何本か手に入れたんだ。そのうち飲みにこいよ。一本開けよう。ホイストでもやって、おまえから金をいただこう」

「ぼくは女性のことでは愚かな男かもしれないが、おまえとカードをやるほどまぬけじゃない。それに、イソベルにうるさく言われそうだ」

「たしかに」ジャックはひらりと鞍にまたがった。「だが、たまには女性にうるさくされるのもいいもんだぞ。エリザベスとぼくの母親もいるから、女性が三人だ。母はおまえがぼくの命の恩人だと固く信じているし」

「三人だから、三倍か」コールは指を三本立てた。

ジャックが声をあげて笑う。「かもな」

「そのうち、じゃまするよ」コールは挨拶代わりにうなずき、立ち去った。


コナリーに縄を返して足取りも重く帰るころには、ヴァイオレットとの拷問のような夕食を今夜もまたなんとか回避できたことになった。屋敷ではなく、門番小屋へと向かう。マッケンジーのところのヒツジと格闘して泥だらけになったたから、ダンカリーのベッドのきれいなシーツにもぐりこむ前に風呂に入らなければならない。まっすぐ屋敷に戻ってもよかったのだが、使用人たちに湯を用意させるのは忍びなかった。自分の小屋で湯を張るほうが楽だし、ヴァイオレットの部屋から何部屋か隔てただけのところで湯を浴びるのは精神的にきつい。

湯船に水を入れ、さらにやかんで沸かした湯を足すと、ウイスキーを一杯引っかけてから入った。熱い湯が肌を刺すようだったが、こわばった筋肉がほぐれて気持ちがいい。高さのある縁にもたれ、ウイスキーをちびちびやりながらくつろいだ。そしてヴァイオレットも一緒に浸かっているところを想像した――彼女の胸に湯がひたひたと寄せてふくらみの形があらわになり、濃いバラ色の先端が覗いて、ぬれた髪が首や肩にまとわりつく。彼女の体に石けんをつけ、すべすべの肌をなでまわす。気持ちよさで彼女の表情がゆるみ、脚も開いたら、そこへ手を忍ばせて彼女を暴いていく……。

コールは悪態をついて石けんをつかみ、髪と体に乱暴に塗りつけると、きれいな冷たい水をかぶって泡を流した。こんなふうに自分を追いこんでも意味がない。残りのウイスキーをひと口で飲み干すと、湯から上がって体をふいた。なにか食べないとと思いながら服を着て、風呂の湯をかきだしたが、食欲が湧かなかった。またあとにしよう。

そのときノックがあって、コールは驚いた。ため息をついて玄関に出る。今夜は人の問題解決などしたくないのだが……。玄関前の階段に立つ男を見て目を丸くした。「いったいここで、あんたがなにをしてるんだ?」

アンガス・マッケイがにらみ返した。「それが客を出迎える態度か」

コールは鼻を鳴らした。「あんただって人を礼儀正しく迎えたことなんかないだろうが」

そう言って一歩さがる。「どうぞ入って、外はくそ寒い」

「わがっとる。その外を、ここまで歩いてきたんじゃからな」

コールは目をくるりとまわし、奥に引っこんだ。アンガスを相手にするなら、もう一杯飲まなければ。彼は客人に目をやった。「ウイスキーでも?」

「一杯くらいは断れんな」アンガスはすり足で入ってきて椅子に座り、テーブルに杖を置いた。

コールも向かいに座り、アンガスが酒をあおるのを待った。

「おお、こりゃいいウイスキーを持ってるじゃねえか。ま、わしのには負けるが」

「そりゃそうだ。で、なんの用だ、アンガスじいさん」

「ああ、彼女のこった」

「だれだ? ヴァイオレットのことか?」

「ああ。もう二日になるのに、おまえさんがなにもする気配がないもんでな」

思ったよりウイスキーが頭に効いたかと、コールはじっと彼を見つめた。

「そんなにじろじろ見るな。なんも考えておらんのか? ふた晩ともわしが送ってってたが、正直、いざってときにわしの足ではな。送り迎えはおまえさんがするもんだと思ってたが――」

「いったいぜんたい、なんの話だ?」氷のように冷たい恐怖がぞくりと背筋を走り、コールは立ちあがっていた。「どうしてあんたがヴァイオレットを送っていった? なんでぼくが送り迎えをしたほうがいいんだ?」

アンガスは顔をしかめた。「安全のために決まっとる！　おめえはばかか？」探るようにコールを見る。「彼女から聞いとらんのか？」

「なにを？」コールは老人をつかみあげて、早く言えと揺さぶりたかった。

「こないだの夜の男のことじゃ。彼女を襲った」

コールは動けなくなった。「ヴァイオレットが襲われた？」

「ああ。けがはなかったが」アンガスはあわてて言った。「男がつかみかかったところへわしが通りかかって、大声をかけたもんだから、走って逃げよった」

「いつ？」

「二日前の夜。遺跡からの帰り道で」

「二日前。ぼくはなにも聞いてないぞ」コールは顔を真っ赤にし、瞳を燃えあがらせて吠えた。「ぼくはなにも聞いてない！」

きびすを返し、小屋を飛びだした。

25

　ヴァイオレットは図書室の巨大なテーブルに座って本を広げていた。ドアがバタンと閉まる大きな音が屋敷を震わせたかと思うと、石の床を足早にやってくる重たい足音がつづいた。彼女は本から顔を上げ、全身をこわばらせた。この足音は知っている。ドアのほうを見ながら腰を浮かせ、まるで武装するかのように本を胸にぎゅっと抱えた。立ちあがったときにはもうコールがドアのところにいた。

「いったいなんなんだ、きみは！　話すのさえ面倒なのか！」コールは部屋に一歩入り、背後でたたきつけるようにドアを閉めた。「きみが襲われたってことを、アンガス・マッケイのじいさんから聞いて知ることになるとはね！」

「えっ」ああ、そうね、そうなるわよね――ヴァイオレットの心臓は激しく打ちはじめた。コールに知られないわけがなかった。けれど、こんなに怒るなんて――。これほど彼の瞳が燃えたぎり、怒りで顔がこわばっているのを見るのは初めてだった。でも、動揺しているのを見せるわけにはいかない。「よして、けがはなかったのよ。あなたがそんなふうになると思ったから、言わなかったの。襲われたと知ったら、そうやってすぐに怒るでしょう？」

「ぼくはきみに怒っているんだ」

「そうでしょうとも、わたしのせいになるのよね」ヴァイオレットは冷ややかな声を保った。

「いつだってそうなんだわ。アダムとイヴの時代からずっと——なんでもわたしが悪いのよ。あなたの手の内にいないから」

「いい加減にしろ！　ぼくの話をしてるんじゃない。問題なのはきみだ、無鉄砲で強情で考えなしのきみの行動だ。それでどうやってきみを守ればいいと言うんだ？　襲われたことも知らされないで、対処できるわけがないだろう！　つかまれて、痛い思いをさせられて。実際に手をかけられたっていうのに」コールは長い脚でもう一歩近づいた。人を殺しそうな目をして、両手を固く握りしめている。

「べつに対処してもらわなくてもいいわ」

「ぼくはそんなに役立たずなのか？　そんなに卑しくて、無能で、あの気難しいじいさんに助けを求めるほうがましなくらいに？」

「アンガスに助けを求めたりしていないわ。たまたま通りかかったのよ」

「ああ、そうだろうさ。じいさんはいつもきみのまわりをうろちょろしてるからな。そしてきみも、それはかまわないわけだ。ぼくは——ぼくのことは遠ざけるくせに」

「まあ！」ずるい言い分に、ヴァイオレットのなかに怒りが湧きあがった。「あなただってそうじゃないの！」持っていた本をそばのテーブルに放りだす。「距離を置いたのがまるでわたしだったみたいに言って。わたしから逃げ隠れしていたのはあなたのほうでしょう、わたしじゃないわ」

「逃げも隠れもしていない！」コールは怒鳴った。全身に力が入り、そのあまりの強さに震えそうになる。「よりにもよって、小柄な若い女性ひとりを相手に」

「その小柄な若い女性ひとりにおびえているくせに」ヴァイオレットは片方の眉をくいっと上げ、声に蔑みをにじませた。

コールは彼女の両腕をつかみ、つま先立ちになるほど前に引っ張った。「おびえてなどいない」

「そう？」突然、ヴァイオレットは力がみなぎるのを感じた。彼がとてつもなく気を張り、自制心を保てていないのがうれしくなった。彼女はゆっくり微笑むと、ドレスのボタンをはずしはじめた。

コールの手が離れた。その場に凍りついたかのように立ち尽くす。彼の顔はこわばり、目つきはどこまでも暗い。

「あなたはこれがこわいんでしょう、コール？　わたしがほしいのに、自分の力では手に負えないのが」ヴァイオレットの指は無情にもさがりつづけた。ドレスの前が開き、小粋なピンクのリボンで閉じられた白の繊細なシュミーズが見える。「なにかがほしいのに、自分の思いどおりにはいかないから」リボンの端をつまんでゆっくり引っ張り、結び目がするりとほどける。「わたしが必要なのに、自分のものにはできないから」

コールの胸が激しく上下し、広い頬骨のあたりは朱を掃いたように赤く染まっていた。それでも彼は動かない。

ヴァイオレットは髪からピンを抜きはじめ、長い髪がほどけて肩にはらりとかかった。

「わたしが自由にこの身を捧げるものだから、〝これは自分のものなんだ〟と言えなくて」

コールはのどで低くうなり、見えないほど素早く動いた。彼女のウエストをつかみ、自分のほうにぐいと引く。唇が重なった。彼の体から熱が放たれ、彼女の全身を包みこむ。両腕で彼女を抱きこみ、引きあげるように自分の体に押しつける。唇がつぶれるかと思うほどの、無我夢中の口づけ。そのまま唇を離しもせず、コールは前に移動した。

じゃまになっていた椅子の脚にかかとを引っかけ、倒してどける。彼女を背中からテーブルに倒し、手で本を押しのけた。本がどさりと落ちる音と、つづいて彼が靴を蹴り脱いで床に落とす音が聞こえたが、ヴァイオレットの視界は彼にふさがれて彼の体しか見えなかった。

コールは彼女をテーブルに組み敷き、大きな体で覆いかぶさった。

そしてヴァイオレットの両腕を頭の上に引きあげ、手首をつかんで押さえた。体重をかけて彼女をテーブルに留めつける。ヴァイオレットは息が止まりそうになりながらも、彼の重みを喜んで受けとめた。コールが瞳をぎらつかせて彼女の顔を見つめる。静まり返った部屋に、かすれた息づかいだけが響いていた。「きみはぼくのものだ」

彼はヴァイオレットの唇、顔、首へと口づけ、手を彼女の腕から離して体へとさまよわせた。ヴァイオレットは腕を上げたまま動こうとしない。いや、彼の激情に骨までとろけたようになって、動けなかった。彼がシュミーズの前を力まかせに開き、リボンの留め具が引っかかって破れる感触があった。胸がむきだしになってこぼれ、震えるふくらみを彼の手が包む。しなやかな指だけでなく唇までそこに加わり、彼は胸の奥でくぐもったような荒々しい声をたてた。

コールはスカートに手をもぐりこませ、ヴァイオレットの熱く燃える花芯のあたりを探った。もどかしげな手つきで薄い木綿の下穿きをはぎ取り、彼女の脚のあいだに体を入れて、自分のズボンのボタンをまさぐる。

そして、深く彼女のなかへ入っていった。その硬さと大きさと激しさに、ヴァイオレットはどうしようもなく歓喜の声をあげた。彼に抱きつき、彼の背中に指先を食いこませる。両脚も巻きつけてしがみつく彼女に、コールは何度も腰をたたきつけた。何日も抑えつけられた欲望のうねりは激しすぎて、やさしく加減することなどできない。荒々しく性急に事を進め、彼女のなかで爆発したときにはうめき声も抑えられなかった。ヴァイオレットも達してわななき、大きな快楽の波に全身をさらわれた。

コールは彼女の上に倒れこんだ。肌は汗ばみ、胸は大きく上下している。全力疾走した馬のように皮膚の下が小刻みに震えているのが、ヴァイオレットにも感じられた。彼を襲った大きな嵐の名残りを目の当たりにして、彼女はうれしくてたまらなかった。自分もとてつもない絶頂を味わったばかりだというのに、また高ぶってしまいそうだ。

いま初めて、コールが自分にとってどれほど大切な存在かわかった気がした。どれほど彼が自分を満たしてくれるか。彼がいなければ、どんなに自分が空虚なものになってしまうか。彼女はたしかに彼を愛している。自覚の言葉が口からこぼれでてしまわないようにするので精いっぱいだ。

「なんてことだ」コールは仰向けになり、両手で顔を覆ってさらには頭を抱えた。「ああ、ヴァイオレット……すまない。ほんとうにすまない。こんなつもりじゃ――こんなひどいことをするつもりはなかったんだ」

ヴァイオレットは横向きになり、片方のひじをついて体を起こし、コールの顔を見た。彼は両手で頭を抱え、たったいま弾けたばかりの絶頂とみじめな気分のせめぎあいに苦しんでいた。後悔と面目なさにぎらつく彼の目に、ヴァイオレットは胸を突かれたような心地になった。

「コール……いやよ、そんなふうに思わないで」

「ほかにどう思えって？　きみを守るのどうのとわめきたててここに来たのに、結局は――自分がきみに襲いかかったんだ。無理やりに。きみに痛い思いをさせないかどうか考えもせず。これじゃあ、みんなの前で鞭打ちの刑になってもしかたがない」

「ああもう、コール」スコットランドふうの発音をまねて言い、彼の頬をなでた。「そんなに悩まないで」

ヴァイオレットはひざ立ちになり、彼にまたがった。コールは目を丸くして驚き、口も開いた。ヴァイオレットが彼の上に身をかがめ、髪が彼の顔の両側にカーテンのように広がる。「あなたはひどいことなどしていないわ。無理やりなんかじゃなかった」さらに身をかがめてやさしくキスをする。「あなたはやさしくて、親切で、いい人よ。わたしなんかよりもっとすてきな人がふさわしいわ」彼の頬骨を親指でなぞる。「でも、あなたは渡さない」なぞったばかりのところに唇をそっと落とした。「あなたはなにもわたしに強制していないわ。わたしは暴れなかったでしょう？　抵抗しなかったでしょう？」

「そんなひまがなかったからだ。そんな力もなかったから」

「あなたとならなんの危険もないってわかっていたからよ。わたしがいやだと言えば、やめてくれたでしょう。たとえあなたがたいへんでも」

「きみは大きな声をあげていた。でもぼくは止まらなかった」

ヴァイオレットは体を起こし、少し後ろに体重をかけた。「声をあげたのは、とても感じてしまったからよ、コール」

ヴァイオレットの脚のあいだに収まっている彼の腰が、ぴくりと動いたのがわかった。彼女は挑発するように微笑み、彼にぐっと体重をかけた。「あなたと同じくらい、わたしもあなたがほしかったの」

「そんなばかな」コールはぼそりと言いながらも、目もとは笑いはじめていた。

「ほんとうよ」ヴァイオレットは彼のシャツの留め紐に手をかけ、ほどいて前を開いた。

「鞭打ちの刑なんて話はもうおしまい」彼のシャツをはぐように脱がせて彼の腕を抜き、胸の真ん中に口づけた。「こんなにすてきな肌に、傷のひとつもつけたくないわ」

「ヴァイオレット……」コールの瞳はやわらかな光をたたえ、表情もゆるんだ。両手を頭上に上げて、全身の力を抜く。

「でも、たしかにあなたはさっき自分の思いどおりにしていたわね」ヴァイオレットは腰のあたりにわだかまっていたドレスをつかんで頭から脱ぎ、さらにシュミーズとペチコートも取った。「だから今度は……」彼の腕をなであげ、罪人を留めつけるかのように、交差した彼の手首をつかんだ。「わたしの思いどおりにするわ」

コールが小さく、はっと息をのむ。「ほんとうに？」

「ええ」ヴァイオレットは彼の腕をなでおろしながら身をかがめ、やわらかなひじの内側に唇を押しあててから、さらに唇を動かしていった。彼女の髪もコールの顔から胸へと流れるように移り、コールは頭を動かして彼女の髪を頬と腕ではさみ、猫みたいに頬ずりした。

彼の眉、目、頬、あごへと羽根のようなキスを落としていくヴァイオレットに、コールは顔を向けて口づけを交わそうとした。けれど彼女はその唇を避けていく。「だめよ」彼に耳打ちし、彼の耳たぶを軽く嚙んでもてあそんだ。「いつ、どこにキスするかもわたしが決めるの。今度はわたしの番よ」

彼の肌がかっと熱くなるのがわかった。舌先で彼の耳の渦巻きをなぞると、彼がのどでかすれたような音をたてるからよけいにぞくぞくした。彼の首筋にキスすれば、唇の下で彼の脈が跳ねる。もう一方の首筋にも同じことをして、さらにそちらの耳にも唇を寄せた。

それからヴァイオレットは彼の腕に手をすべらせていき、ふたりの腕を重ねた。唇同士がふれあうかどうかというところで止まり、見つめあう。「ほら、わたしもこれからあなたを襲うわ」また彼の肌が熱く燃えあがるのが感じられ、彼女は微笑んで唇を重ねた。

濃厚な長い口づけでヴァイオレットは彼を味わいつくした。彼の唇の感触も、舌が絡みあう感触も、彼から湧きだす熱も。あまりにすばらしくて、一度体を引いてからも、逆の方向に首をかしげてもう一度キスをせずにはいられなかった。

「無理やりよ」ヴァイオレットはささやいて彼の首筋に鼻先をすりよせた。「あなたが痛い思いをするかどうかなんて考えないの」

コールは小さく、ははっと笑った。「その段階はもう過ぎてるよ」

ヴァイオレットは顔を上げて彼の顔を見つめた。「いじめるのをやめてほしい？　こんな仕返しはもうやめたほうがいいかしら？」

「いいや」コールは欲情しきった顔をしていた。

「きみの仕返しを、思う存分、感じたい」

「それなら——」ヴァイオレットは彼のあごの先にキスをした。「つづけるわ」

ヴァイオレットは下に体をずらしていった。彼のむきだしの胸を手と体と口で愛撫し、最後に彼のへそに湿ったやさしいキスをした。コールがうめき、彼女の胸に手を伸ばす。

「それはだめよ」彼女はコールの手首をつかみ、それぞれにキスをしてから体の横に留めつけた。「いまので、ここを特別にかわいがってあげなくちゃならないようね」そう言って彼のへその浅いくぼみに口をとどまらせたあと、やわらかな腹部の肌をゆっくりと時間をかけて、また彼がうめき声をあげるまで愛撫した。

ヴァイオレットは両手を彼の背中の下にまわし、ズボンのなかへとすべりこませた。彼の体がびくりと跳ね、彼女に軽くつかまれていた両手も自由になった。

その手で彼女の髪をなで、絹のような髪をひと房取って、唇へ持っていく。その髪を離すと両手を頭の後ろで組み、熱くけだるげなまなざしで彼女に微笑んだ。「いま手を離した罪で、罰が上乗せされるのかな?」

「ええ、そうよ」ヴァイオレットが妖艶な笑みを返す。

彼女はコールの脚からズボンを抜き取った。床に落とし、彼の体にゆっくりと賞賛のまなざしを泳がせる。「すらりとしてすてきよ、コール・マンロー」

彼のひざの裏を抱え、やわらかな内ももまで探るように脚をなであげた。彼が低くぐもった声をもらし、ヴァイオレットは彼の顔をちらちらと見ながらくすぐるように指をさまよわせた。彼のまぶたは重そうに半ばさがり、燃えさかる瞳が彼女を煽る。彼の顔は上気し、欲情しているせいでゆるんでいた。キスでなまめかしく赤みを増した唇は、息をするのも苦しそうに少し開いている。欲望にさいなまれている男の顔。そんな光景を見せられて、ヴァイオレット自身の欲望もどくどくと脈打ってきた。彼がほしい。自分の奥深くに、早く彼を――もう待ちきれない。それでも彼女はまだ耐えていた。もっともっと限界まで、ふたりの熱を高めたいから……。

ヴァイオレットはテーブルの上で四つん這いになった。彼女の行動に、コールが瞳に炎を燃えたたせる。彼女は身をかがめて彼の肩先に口づけ、それから親指の爪の先を彼の腕にすべらせた。「横向きになって」

「えっ？」コールは欲望にかすんだ目をして、ぼんやりと彼女を見た。「なぜ？」

「ほかのところも見たいの」

コールが息をのみ、震えるように吐きだした。「ぼくを殺す気か、ヴァイオレット？」

彼女は微笑んだ。「いいえ。それはいやよ」彼の胸をなでる。「でも……」人さし指で彼の乳首をくるりとなぞった。彼をもてあそびながらも、彼の目から視線ははずさない。「あなたはわたしのものでしょう？」彼の胸をなにげなくなでおろす。「あなたのすべてが見たいの」

コールは無言で横向きになった。ヴァイオレットは、ほうっと長く賞賛のため息をついた。

「あなたはきれいだわ。ずっとあなたが見られなくてさびしかった」

広い背中をなで、しなやかな筋肉の流れをなぞって、ごつごつした背骨を親指で下へたどる。ヴァイオレットは彼のかたわらに横になり、彼の脇腹を上下になでながら背中に口づけはじめた。さらに下へ体をずらし、突きでた彼の腰骨に手を伸ばす。お尻の厚い筋肉を手のひらで包み、そこが締まる感触を楽しんだ。

ひじで自分の体を支えると、ヴァイオレットは彼の角ばった腰骨に唇をつけた。彼の腰まわりに髪を垂らしながら、腰の脇から太ももへと唇を這わせていく。コールはテーブルの端を、こぶしが白くなるほどきつく握りしめた。ヴァイオレットの手が後ろから彼の脚のあいだに伸びてそこを包むと、コールはびくりとして息を荒くした。

「もういい」うなるように言って逆向きに転がり、彼女を抱きよせた。「きみのなかに入りたい。いますぐに」

ヴァイオレットは彼にまたがった。コールは両手で彼女の腰を抱え、自分のほうに引きおろした。ヴァイオレットが腰を沈め、彼をすべてのみこんで動きはじめた。ゆっくりと、貪欲に、彼の目を見つめながら腰を上下させて快感を拾っていく。コールが捕らわれているのは責め苦なのか、快楽なのか。おそらくその両方だろう。彼の指先がヴァイオレットのやわらかな尻の丸みに食いこみ、無言で彼女を攻めたてる。コールは体を起こして彼女に覆いかぶさり、夢中で腰を激しく突きいれた。極まって叫び声をあげたとき、ヴァイオレットもしがみついて同時にわななないた。

ふたりは体を絡ませたまま快楽に身をまかせ、精も魂も尽きはてて動けずにいた。ヴァイオレットは彼の胸にもたれ、馬のたてがみのような長い髪がふたりの上にはらはらと広がっている。コールはゆっくりとやさしく絹のような髪をすき、指先が彼女の肌をかすめていった。

「ドアに鍵をかけていなかったな」しばらくしてコールが言った。「ミセス・ファーガソンが入ってきたらどうする?」

ヴァイオレットは、ふふっと笑った。「なかなか忘れられないものを見ることになるでしょうね」

コールの笑い声が胸のなかで響いた。「みんな、ドアの前に鈴なりになって聞き耳をたてているかもな?」

「それもしかたがないわね。あなたが嵐のように入ってきた音は、谷の半分の人に聞こえたでしょうから」

「どうして知らせてくれなかったんだ、ヴァイオレット?」彼の声につらさがにじんでいるのを聞き、ヴァイオレットは驚いて頭を上げた。彼が深く満足したのはまちがいないだろうけれど、彼のまなざしはやはりつらそうだった。「きみの心のなかでは、ぼくはそんなにちっぽけなものでしかないのか?」

「ちがうわ! ああ、コール、ちがうの」ヴァイオレットは彼の顔を両手で包みこみ、顔じゅうにやさしいキスの雨を降らせた。「あなたはわたしのなかで、とても大きな存在よ。大きすぎて、心おだやかではいられないくらい。あなたに知らせなかったのは――」ため息をつく。「あなたに怒っていたからよ。でもあなたに会えなくてさびしかった。あなたがほしかった。だからもうむしゃくしゃして。なにもかも失ったような気がして苦しかったわ。自分が無力になったようで」

「無力? ばかを言っちゃいけない」コールは彼女の手を取り、自分の唇に押しあてた。「きみと会えないあいだ、きみはぼくの人生を丸ごと支配していたんだぞ。ぼくはきみのことを考える以外、なにもできなかった。きみがほしくてたまらなくて」

「わたしが平気でいられたと思う? 毎晩ベッドであなたを思って、さびしくなかったと?」

「そうなのか?」見るからに得意げな笑みが浮かび、コールの顔が明るくなった。

「ええ。でも、うぬぼれないでね」ヴァイオレットは彼の脇腹をつついたが、コールは笑っただけでその手をつかみ、また口もとに持っていった。

「つまり、それもぼくに罰を与えていたってこと?」そう思っても、不思議といやな気持ちはしなかった。

「そうかもしれないわ」ヴァイオレットは決まりが悪そうな顔をした。「そんなふうには考えていなかったけれど。わたしはただ……あなたにわたしを助けなきゃならないと思ってほしくなかっただけ。あなたが面倒を見なきゃならないと思うような、その他大勢の人たちのひとりになりたくなかったんだわ」

「きみの面倒を見るのは好きだけどね」

「あなたに頼りたくないの」ヴァイオレットは体を起こして顔をそむけ、ひざを抱えた。

コールは彼女の背中をそっとなでた。「人に頼らなきゃならないのがきみだけだと思うかい？」

ヴァイオレットは肩越しに振り返った。「そうでなければいいけど」向きを変え、また彼の胸にもたれた。「ごめんなさい、コール。あなたに知らせなかったなんて心がせまかったわ。たぶん、あなたを怒らせたかったんだと思う。でも、あなたを傷つけるつもりはなかったのよ」彼の肌に唇を押し当てる。「あなたを傷つけたいと思うことなんて、ぜったいにないわ」

コールは彼女に腕をまわして引きよせた。「もう気にするな。なんとも思っていないよ」

「よかった」ヴァイオレットは微笑み、人さし指で彼の肌に模様を描いた。「これからどうするの？」

コールの瞳が答えるようにきらりと光ったが、彼はこう言った。「まず厨房にこっそり行って、食い物を見つけよう。腹ぺこだ」たっぷりとしたキスをする。「それから、きみを襲った不届き者を退治する」

26

「どうやって犯人を見つけるつもりなの？」しばらくのち、厨房のテーブルにパンと冷たいローストビーフとチーズとピクルスを広げて食事をしながら、ヴァイオレットが尋ねた。

「まだ決めていない」コールは見るからに食欲旺盛に食べ物を頬張っている。「なにが起こったか詳しく話してくれ」

「アンガスじいさんから聞いたと思っていたわ」ヴァイオレットは彼と完全に離れてしまうのはいやだとでも言うように、テーブルの上の彼の腕にずっと手をかけ、ときおりなでていた。

「細かいことは聞かずに飛びだしてきたから」コールの瞳が光る。

「ふうん、そうなの」ヴァイオレットは襲われたときのことをもう一度話し、アンガス・マッケイが運よく通りかかってくれたところで話を締めくくった。

「つまりそいつは、ぼくらが城塞に行ったあの日にどこかから見ていて、財宝が見つかったと思ったんだな？」

「ほかの日にも見ていたかもしれないわ。最近、だれかに見られているような奇妙な感じがしたことが何度かあったの。マンロー家のお墓に行ったあの日も、家に帰る途中で木立にだれかがいるような気がして」

「だれかにこっそり見られていたのか？　あとをつけられて？　なのに、なにも話してくれなかったのか？」

「どう話せばいいの？　〝気味の悪い感じがする〟って？　はっきりだれかを見たわけでもないのに。気のせいだと思ったの」

「実際に襲われてからはどうなんだ？　また同じようなことがあったのか？　見られていたような感じは？」

「姿を見かけてはいないわ。なにもしてこないし。まだ二日しか経っていないのよ、コール。それにあなたはどう思っているか知らないけれど、わたしもばかじゃないわ。作業員たちと一緒にいるようにしているし、帰りも彼らかアンガスと一緒よ」

「アンガスは少なくとも八十歳だ。きみが襲われたら役には立たないよ」

「このあいだは犯人を追い払ってくれたわ。たぶん犯人は、顔を見られたくないんだと思うの。アンガスの知っている人なんじゃないかしら」

「そうだな。谷の人間かもしれない」

「おびきだしましょう」ヴァイオレットが言った。「わたしがひとりで帰れば――」

「だめだ」コールは厳しい顔で彼女を止めた。「ぜったいにだめだ」

「けがをさせられることはないわ。彼は財宝がほしいんだから、わたしを殺せば手に入らなくなるでしょう？　金貨を渡すという約束を取りつけて、その場になったらあなたが待ち伏せして取り押さえるというのはどう？」

「実際に殺すようなことをしなくても、言うことを聞かせる方法はたくさんある。それに、どこかの悪党がきみに襲いかかるまでぼくがじっと待っているなんて思うなら、きみは想像以上に頭がおかしいぞ」

「なにが言いたいのかしら。あなたがいつもわたしについてまわっていたら、犯人は姿をあらわさないわ。まさか、あなたが犯人を捕まえるまで、ずっとダンカリーにこもっていろなんて言うんじゃないでしょうね？」

「そんなことを言うつもりはない。きみからの協力なんかほとんど期待できないことは、わかっている」

ふたりでにらみあっていたが、やがてヴァイオレットは笑いだした。「ほら。わたしたちったら、もうやりあってる」彼女はコールの手をなでた。コールが手を開き、彼女と指を絡めて握りあった。ヴァイオレットは彼の手を持ちあげて口づけた。「わたしを心配してくれているのはわかっているわ。それはとてもうれしいの。でも、わたしが自分の生き方を変えられないということは、わかってね」

「心配するな。きみはいつもどおり、遺跡に戻って作業してくれればいい。犯人の狙いはわかったから、自分からわなにはまってもらうことにしよう」

「どうやって?」

コールが微笑んだ。冷たく光る瞳は、それまでヴァイオレットが見たことのないものだった。「なにか盗むものを与えてやればいいのさ」

二日後、ヴァイオレットは遺跡にいて、作業員の男たちが土を掘るのを見ていた。昨日はイソベルと彼女のおばがイソベルの夫ジャックに付き添われてやってきて、午後のあいだずっと一緒にいた。三人が来てくれたのは楽しかったが、じつはヴァイオレットを見守ってやってくれとコールに言われてきたのだ。けれどおかしなことに、それが楽しく思えただけでなく、うれしくていとおしいような気さえした。自分が変化していくのを感じるのは、少し戸惑うことだったけれど。

しかし、今日はだれも客がいない。ヴァイオレットと作業員たちと、そしてもちろんアンガス・マッケイがいるだけだ。アンガスは暴漢を追い払ってくれた日以来、一日も欠かさず来てくれている。ヴァイオレットはときどき崖のほうに目をやった。今日は少し不安げながらもやる気にあふれているように見せかけることになっており、落ち着いているふりはできそうになかったので、だれもいなくてよかった。

コールの姿はまだ見えていないが彼の口笛が聞こえだし、さらに歌まで聞こえてきた。これなら耳が聞こえない人間でもなければ、浜辺からコールが上がってくるのに気づかないなんてことはないだろう。コールは見るからに重たそうな袋を肩にかついでいた。服や顔は泥だらけだが、にこにこと笑っている。どうやら思っていたよりコールは演技がうまいか、あるいは、ついに犯人とやりあえるのでわくわくしているのだろう。

「見つかったの？」ヴァイオレットは彼に駆けよった。

「ああ、見つかった」コールは袋をおろし、彼女を抱きあげてくるくるまわった。

「コール！　おろして！　泥だらけじゃないの」そう言いながらも彼女は笑っている。

コールが彼女をおろし、ヴァイオレットは怒ったようなふりをして外とうから泥をはたき落としたが、また顔を大きくゆるませた。

「おい、おまえさん！　そりゃなんだ？」アンガスが弱った足ながら精いっぱいの速度でふたりに近づいた。作業員たちも掘るのをやめ、シャベルにもたれて興味津々の顔つきでそちらを見ている。アンガスは袋のところまで行ったが、コールが袋をさっと取って、また肩にかついだ。

「なんでもないよ」

「どえらく重たそうだがな」アンガスは腰に両手を当ててコールをにらみあげた。ヴァイオレットの見たところ、アンガスじいさんもコールに負けず劣らずこれを楽しんでいる。

「わたしは屋敷に帰るわ」おもむろにヴァイオレットは言った。「あなたたちも終わっていいわよ。アンガス、じゃあね」彼女はうなずいて挨拶した。

「帰るのかい？　こんなに早く？」アンガスが訊く。

「疲れたのよ。コール？」ヴァイオレットは彼のほうを向いた。コールがうなずく。

アンガスがあれこれ抗議しているのをよそに、ヴァイオレットとコールは帰りはじめた。コールが彼女の歩幅に合わせて歩く。ヴァイオレットは神経をとがらせ、耳をすませて待った。はやる気持ちを抑えて沈黙を保つ。ふたりは芝居をつづけた。

「たいへんだった？　苦労したの？」ヴァイオレットは振り返ってコールを見あげるふりをしながら、あたりにこっそり目を走らせた。

「いいや。簡単だったよ。日記に書いてあったとおり、奥の洞窟にあった。何百回も通りすぎていたのに、入っていったことがなかったんだ。入り口が低くて、這って進まなきゃならなかったよ」

「たくさんあったの？」

「ああ、あったとも。袋が四つだ。派手な暮らしができるぞ」コールがにやりと笑いかける。彼もあたりをうかがっているのがヴァイオレットにはわかった。

ふたりは金貨のことやそれを使うことについて話しつづけながら、ダンカリーに向かってでこぼこの細道を歩いた。このあたりは木が多く、身をひそめる場所もたくさんある。問題は、コールがいても獲物が引っかかるかということだった。ヴァイオレットだけのほうがうまくいくだろうが、それはコールがぜったいに許さなかった。それに正直言って、ヴァイオレットもこの細道にひとりで入っていくのはやはり気がすすまなかった。

もしコールの存在で犯人が思いとどまったとしても、今夜はもうひとつ手を打ってある。それの布石としてコールは話題を変え、今夜はこの袋を執事の管理するパントリーに隠しておくつもりだと話した。

「明日、銀行に持っていければいいわね」そこでヴァイオレットは震えてみせた。「そうすれば、もう二度とあの男に襲われる心配をしなくてすむもの」ああ、どうかわざとらしくなっていませんように……。

そのとき、木立で枝の折れるような音がして、コールの体にもわずかに緊張が走るのがわかった。しかしヴァイオレットは慎重に視線をまっすぐ前に向けたまま、表情ものんきなふうを装った。少し先に急な曲がり角があり、そこはこの道でもいちばん人目につかない場所になっている。ひと足ごとにヴァイオレットの神経が張り詰めていく。角を曲がって二歩ほど進み、コールがすぐ後ろに来たときだった。

「止まれ！」

ヴァイオレットは凍りついた。そしてコールも。ふたりはゆっくりと振り返った。後方に男が立っていた。帽子を目深にかぶり、スカーフを顔の下半分に巻いている。ただ、ヴァイオレットの目は男の身なりにほとんど向いていなかった。彼女の視線は、男の手にある拳銃に釘付けになっていたから——。

「ウィル・ロス」コールは軽蔑しきった声で言った。「そんなばかげたスカーフで、ぼくに顔がわからないとでも思うのか。おまえがよちよち歩きのころから知っているんだぞ」

ヴァイオレットは思わず手を握りしめた。コールは時間稼ぎをしているのだ。でも、相手をばかにするようなそんなことを言ったら、撃たれる可能性が高くなるのがわからないのだろうか。

「そんなことでおれが逃げだすと思ってんのか？」ロスは鼻でせせら笑った。「偉大なコール・マンローに名前を知られてて、震えあがるとでも？　いや、おれがおまえを友だちだと思ってる、なんて考えてんのか？」

「いいや。おまえを友だちだなどと言うものか、ウィル。だが、ぼくからこれを奪おうとしたら、後悔することになるぞ」

ロスはうんざりしたように鼻を鳴らした。「金貨を渡さなかったら、後悔すんのはおまえのほうだ。早くよこせ」持ってこいと要求するように指を動かす。

コールはため息をついて袋をおろした。一歩前に出て、ロスの足もとに袋を投げる。

ウィルは身をかがめ、片手で袋をつかんだ。もう片方の手に持った拳銃で、コールに狙いをつけたまま。「どっちみち撃っておくか」

「だめ！」ヴァイオレットは声をあげてコールの前に出ようとしたが、彼は彼女を自分の後ろに押さえこんだ。

「ヴァイオレット、やめろ」

ロスは、くくくと笑った。「いやかい、お嬢ちゃん？　こいつとなにかを引き換えにするか？　と言っても、もうこの金はもらっちまったからなあ。哀れなこいつの命と引き換えに、なにを差しだす？」

ロスの背後で撃鉄を引く音が響き、ジャック・ケンジントンが彼の頭に銃を突きつけた。

「そうだな、銃をおろせば、この弾をおまえの脳みそに撃ちこむのをやめてやろう。そういう取引はどうだ？」

コールは長々と息を吐いた。「イングランドの兄さん、まったく時間がかかりすぎだ」


「じゃあ、ダンカリーに押しいったのはウィル・ロスだったの？」数時間後、エリザベスが尋ねていた。彼女とイソベルは、ジャックの母親と一緒にダンカリーで待っていた。そしてコールとジャックがウィル・ロスをキンクランノッホの牢屋に引ったてていくあいだ、女性三人がヴァイオレットについていた。いつになく動揺していたヴァイオレットは、あれこれ世話を焼かれるのはけっこうほっとするものだということに気がついた。

いまは全員が食堂に集まり、とにもかくにも空腹をなだめてから、ようやく腰を落ち着けて、午後に起きたことを話しているところだった。

「そう。残念ながらウィルだったんだ」コールは頭を振った。「悪い仲間に入らないようにしてやればよかった」

「ウィル・ロスがどうなったかまで、あなたが責任を感じる必要はないわ」イソベルが言った。

「放逐があろうとなかろうと、若いウィル・ロスは盗みを働くようになったんじゃないかな」ジャックも同じ意見だった。

「そうかもしれない」

「でも、わからないわ——どうして今日の午後に彼があなたたちを襲うだろうとわかったの？」ジャックの母親が訊いた。

「はっきりしていたわけじゃないんだ、ミセス・ケンジントン」コールが答えた。「彼がぼくらを見張っていたことがわかったから、財宝を見つけたふりをしたら、それを見て襲ってくるんじゃないかと思って。ただ、すぐに来させるにはどうしたらいいかが問題で」

「だから、ダンカリーに着いたらすぐにパントリーの金庫に入れるという話をしたの」ヴァイオレットが説明した。

「それでも、夜にパントリーに忍びこんで盗んでいくほうが安全だと思うかもしれないでしょう？」エリザベスが指摘した。

「そのとおり」コールは年配の彼女にやさしく笑いかけた。「だから、ぼくらは今夜ベイラナンに行くという話もしてみせておいた。もちろん、実際には行かないんだけどね。彼が屋敷に押しいったところを、待ち伏せしようと思ってたんだ」

「それに、明日お金を銀行に持っていくという話もしてみせたから、早く行動を起こさなければ金貨に手が届かなくなってしまうと思わせたの」

「なんて賢いんでしょう！」ミセス・ケンジントンが感心したように声をあげた。「そんなお芝居をやってのけるなんて、なんて勇気がおありなのかしら、レディ・ヴァイオレット。わたしだったら、こわくて失神してしまいますわ」

コールが笑いながらヴァイオレットを見た。「レディ・ヴァイオレットが失神することはないと思うよ。こわがることも」

「いちばん心配していたのは、わたしたちのやりとりがわざとらしくて怪しまれないかということだったの」ロスがコールを撃つかもしれないと思ったときに湧きあがった恐怖については、言わずにおくことにした。

「ぼくのほうは、ウィルが今日ぼくらを見ていなかったら骨折り損になってしまうなと心配してたよ」コールが言い添える。

「幸い、彼はやってきた。そして餌に食いついてくれた」ジャックがワインをひと口飲んだ。

「まあ、コールが大芝居を打っているあいだ、ぼくのほうは茂みに隠れてじっと待っているしかなかったんだが」

「ええ、あなたも立派にお役目を果たしたわよね」イソベルがにんまりして夫の手を軽くたたいた。

「みんな無事だった。それが大切なことよ。それに、もう財宝が盗まれる心配をしなくていいのだしね」ミセス・ケンジントンがうれしそうに言った。

「残念なのは、その財宝がどこにあるか、まだわからないことね」

「隠し場所には、コールの短刀についていたしるしがあると思っていたのだけれど」ヴァイオレットが言った。「でも、どこにもそのしるしがないの。いちばん可能性のありそうな城塞跡も調べてみたわ。ストーンサークルの石まで、しるしが彫られているかもしれないと思って調べたのだけど」

「コールの短刀？」エリザベスがけげんそうな顔でコールを見た。「どうしてあなたの短刀が、父が持ち帰った金貨を見つける手がかりになるの？」

「サー・マルコムの短刀だからだよ――とにかくメグはそう信じている」

「えっ、そんな。父のものであるはずがないわ。それは父が身につけていたんですもの。イソベルとジャックが見つけたのよ……遺体と一緒に」エリザベスの目に涙が光った。

「いや、それは腰のベルトに挿していたもののことだろう？　ぼくらが言っているのは、柄の黒いスキアンドウのことだ」コールは背中に手をまわし、小ぶりの短刀を引き抜いてエリザベスに差しだした。

「まあ！　ほんとうね」エリザベスはそれをよく見て、うなずいた。

「覚えがあるの、おばさま？」イソベルが期待した様子で身を乗りだした。

「このスキアンドウに？　いいえ、残念だけど、父のスキアンドウがどんなだったかは思いだせないわ。もちろん、父も身につけていたでしょうけれど。でも、これも父のもののようね。だって、父とフェイは守《も》り人だったんですもの」

「守り人？」ヴァイオレットに緊張が走った。

「ええ、そうよ。ほら、お墓を守る人のことよ」エリザベスは短刀の柄を指さした。「これと同じしるしが、塚のお墓にもあるもの」

27

一瞬、部屋がしんと静まり返った。エリザベスが一同を見まわす。「どうしたの？　どうしてみんな、そんな変な顔をしているの？」

「そうよ！」ヴァイオレットが長々と息をついた。「塚よ！」そう言ってコールを見る。「フェイが言っていたのはそれだったんだわ。遠い昔のご先祖さまのこと——ストーンサークルのそばの塚に埋葬された人たちのことだったのよ」ヴァイオレットはエリザベスに向きなおり、ますます興奮ぎみに言った。「サー・マルコムとフェイのことを守り人だと言いましたよね？」

「ええ」みんなの反応に不安になっていたエリザベスは、なじみのある世界の話に戻って、見るからにほっとしたようだった。「湖にまつわる伝説のひとつよ。ベイラナンのレアードと、マンロー家の女性とのあいだの契約に含まれていることなの」

「契約？」

「もちろん法律によるものではないわ。昔からの習わしのようなものね。いつ、どうやって始まったのかはだれも知らないわ。ローズ家とマンロー家のふたつの家に、先人たちを守る務めが与えられていたの」

「〝先に行ってしまった人たち〟ね」ヴァイオレットはフェイの日記に書かれてあった言葉を引用した。

「そうよ」エリザベスはうなずいた。「ベイラナンの当主は、もちろん武力で守った。当主は地主であり、戦士でもあったから。マンロー家のほうは……どちらかと言えば、精神の守り人ね。習わしを保存していくというような」

「それこそ、しるしの意味するところなんだわ」ヴァイオレットは、コールの前に置かれているスキアンドゥを指さした。「古代スカンジナビアのルーン文字は〝守護〟を意味している。オガム文字のほうは、イチイの木をあらわすもの――つまり死と永遠を意味しているわ」

「それに再生もね」エリザベスがつけ加えた。「〝長い夜〟の意味は、再生だったのよ」

「長い夜？」ミセス・ケンジントンがぽかんとしてまわりを見る。

「大昔に行われていた、いわゆる冬至の儀式よ」イソベルが説明した。「そうよね、エリザベスおばさま？」

「ええ。古代の人々がお祝いをしていたの。そう言われているわ」

「古代人が至《し》を祝っていたという考えは知っているわ。いまわたしたちが発掘している、まさにあの集落で暮らしていた人たちにも当てはまるかも」ヴァイオレットの瞳に熱がこもってきらきらしてきた。「土地と自然を中心とする信仰ね。春は作物の種まきを、夏は作物の成長を願って。冬至は冬のもっとも日照時間の少ない日で――レディ・エリザベス、あなたがおっしゃるように、いちばん夜が長いから――また春がめぐって作物を育てられますようにと、思いを新たにする大事な日だわ。冬が終わって、復活と再生への営みが見えてくる日なのね」

「でも、実際にはもうそんな信仰はすたれている」ジャックが戸惑いの表情を見せた。「そうだよね？　ここの人たちは、冬至にストーンサークルに集まったりはしていないだろう？」

「そうね。とうの昔にそういうことはなくなっているわ。いまはあそこでなにもしていないわね」

「表向きはね」エリザベスが言葉を濁した。「でも言い伝えではそういうことが語られているのよ――守り人は、長い夜の習わしを守りつづけていると」

全員が彼女を見つめた。しばらくしてイソベルが口を開いた。「じゃあ、レアードとマンロー家のヒーラーは、冬至にストーンサークルに行っていたの？」

「いいえ、そうじゃなくて」エリザベスが姪にやさしく笑った。「彼らが行ったのはお墓のほうよ」

「母さんが？」コールが口をぽかんと開けた。

「お父さまが？」イソベルも同じように驚く。

「まあ、いいえ、ジョンとジャネットは、もうそんなことはしていなかったわ」エリザベスが言った。「あるいは、もししていたとしても、わたしには言わなかったか。でも言い伝えでは、それがベイラナンとマンロー家の務めだとされているの。ほかにも、彼ら以外の者が塚とストーンサークルに立ち入らないようにすることも彼らの仕事よ——ほら、このあいだの夏、メグが〝誓いの石〟を守ったようにね」彼女はコールのほうを見た。

コールは驚きのあまり答えられないようだったが、イソベルが言った。「でも、お墓に行ってなにをしたの？」

「それはわからないわ」エリザベスは肩をすくめた。「ジャネットとジョンとわたしが成人するころには、もう行われていなかったんですもの。父が亡くなったときはジョンもまだ子どもで、ジャネットに至っては赤ん坊だったわ。習わしを守っていたと考えられるのはジャネットのおばあさまくらいだけれど、彼女も年を取りつつあったわ。ジョンもジャネットも進歩的な考えの持ち主だったから、また習わしを取りいれるようなことはなかったと思うの。でもフェイとサー・マルコムは守っていたかもしれないわね」

ヴァイオレットはコールを見た。「フェイが伝えようとしていたのはこういうことだったのかしら？　お墓の近くに隠したということ？」

「うん」コールも彼女を見つめ返した。「あるいは、墓のなかか」

「お墓のなか？　でも、どうやってなかに入れたと言うの？　入り口は岩や石でふさがっているわ」

「そう」コールはにやりとした。「それこそ、マンロー家の秘密のひとつなんだ。ぼくは入り方を知っているんだよ」


「ほんとうに塚のなかに入る方法を知っているの？」数時間後、ヴァイオレットは鏡台の前に座って髪をとかしながら尋ねた。コールはベッドに寝そべって頭の後ろで手を組み、けだるげな熱っぽい目で彼女を見つめていた。召使いたちがみな部屋にさがったのが確実になるまで待ってから、彼はようやくヴァイオレットの部屋にやってきた。彼女のベッドには戻ってきたものの、やはり彼女の評判を傷つけないよう最大限の注意を払ったのだ。


　彼女が髪をおろすのを見ているのが好きだということは、ヴァイオレットも知っていた。コールが彼女の手からブラシを取り、髪をとかしてくれたことも一度ではない。とかしたあとは髪に手を差しいれ、指先で頭皮をマッサージしてくれたりして、それがつま先までとろけそうなほど気持ちいいのだ。考えてみると、髪をとかしているところをコールに見られるのは、ヴァイオレットにとってても好きなことになっていた。

「理論的には、わかっている」コールが答えた。「実際に入ったことは一度もないんだ。でも入り口の上にある岩には、動かせるものがふたつあるんだよ。そこからまっすぐ下に降りるようになっているから、出入りするためには縄を持っていってしっかり結びつけておかなきゃならない」

ヴァイオレットは身震いした。「少しこわいわよね？　真っ暗なお墓のなかに降りていくなんて」

「ああ、少しね」

「なかになにがあるかわからないもの。場所そのものだって、いまでもまだしっかりしているのかどうか」ヴァイオレットは口を閉じてしばし考えた。「でも、わくわくするわ」

コールは声をあげて笑った。「きみならそう言うだろうと思ってた」

「あなたのお母さまは習わしをつづけていたと思う？　つまり、冬至にお墓に入っていたのかしら？」

「いや。母はいま現在を大事にする、現実的な人だった。昔のことも、昔ながらのやり方もよく知っていて、ぼくらの身の毛が逆立つようなこわい話もよくしてくれたけど」なつかしそうにコールは笑った。「でも母はそれをほんとうだとは思っていなかった。曾祖母はかなり年を取っていてきつい人でね。いま思えば、死ぬまでずっとフェイの喪に服していたんだろうな。母のことは、ちがったふうに育てたんだと思う。母には古い習わしを引き継がせたくなかった――だって、自分の娘を救えなかったんだから。でも心のなかでは、やっぱり曾祖母も昔のやり方に縛られていたんだと思う。長い夜のことや、お墓への入り方をぼくに教えてくれたのは曾祖母だった」

「教わったのに、一度も入ろうとしたことはなかったの?」ヴァイオレットはヘアブラシを置いて、スツールの上でくるりと向きなおった。

「ないね。死者の安寧を妨げたくないと思う人間だっているんだよ」

ヴァイオレットは渋い顔をしてベッドまで来ると、コールの隣りに腰をおろした。「それでも信じられないわ、探検してみたくならないなんて」

「一度や二度は考えたことはある」コールは彼女のガウンのサッシュをもてあそびながらゆっくりとほどき、にんまり笑ってみせた。「でも、そんないけないことをしようなんて誘う悪い仲間がいなかったから……これまでは」

サッシュがほどけてガウンの前が開いたが、ヴァイオレットは気づかぬふりをした。太ももを上がってくるコールの親指のほうが、もっと無視できなかったからだ。「長い夜の儀式がどういうものかは、聞いたことがないの?」

コールはかぶりを振った。「ないな。ひと晩あそこで過ごさなきゃならないんじゃないかな」

「遺体のあるところで?」さすがのヴァイオレットも、それにはひるんだ。

「わからないけど。意志の力を試すのかもしれない」コールはうわの空で受け答えしていた。

彼の視線は、自分の指がヴァイオレットのナイトガウンを少しずつたくしあげていくところに注がれている。「大事なのは、光が入ってくるときにあそこにいることらしいよ」

「どうして？　なんの光？」

「太陽の光だ」いまやヴァイオレットの脚は太ももまで露出し、コールはナイトガウンの裾から手をすべりこませていた。

ヴァイオレットはくすくす笑って、彼の手を軽くはたいた。「コール、やめて。夜明けになにが起こるのか教えて」

「厳しいなあ」コールは大げさなため息をついて手を止めたが、そこに置いたまま離さなかった。しっかりした手のぬくもりが彼女の肌にしみる。「わかったよ。冬至の夜明けには塚の内部に太陽の光が射しこんで、祭壇に当たるらしい。その日のまさにその時間にだけしか起こらないんだって」

「コール……」ヴァイオレットの瞳が輝いた。「それはすばらしい光景ね。まさに再生を目で見るような気持ちになるんじゃないかしら」

「当時の聖職者の言葉を具現化するためだろう。彼らの信仰が正しいものだとみんなに思わせる、壮大な方法だったんだろうな」

「あなたってひねくれてるわ」

コールのしなやかな指がふたたび上に向かって動きだし、ヴァイオレットの敏感な肌をくすぐっていく。ヴァイオレットは目を閉じ、両手をベッドについて背をそらせた。

「いいや、ひねくれてるんじゃない。ちがう種類の真実を追求する人間だというだけだ。ああ……ここだな。見つかったよ」自分の指にくすぐられて快楽にほころんでゆく彼女の顔を、コールは眺めた。

猫がのどを鳴らすような声を、ヴァイオレットはもらした。

「いいね。目標が達成できるのはどんなときでもいい気分だ」

ヴァイオレットがさらに少し脚を広げると、コールの息づかいがあきらかに速くなる。

「あなたの目標って？」

「きみを悦ばせることだよ、マイ・レディ。それしかない」

「わたしだけ？」

「いや、ぼく自身もそれでいい気持ちになれる」彼の指は巧みに動きつづけ、うずくなめらかな粒をなでて、ヴァイオレットの全身を欲望に震わせた。「きみの甘い声を聞いていると気持ちがいい」獰猛とさえ言えるような笑みを彼は浮かべた。「ああ、これだ。感じているときのきみのにおいもすてきだ。なにより——」強く、速く指を押しつける。「とろけそうなきみの表情がいい」

とうとうヴァイオレットは彼の力でもたらされた悦楽にわななき、こらえきれずにのどの奥からあえぎをもらした。長い時間が経ってから、彼女は目を開けた。彼の言うとおり、まるでとろけたような心地がした。それだけでなく、全身がじんじんとうずきをたたえている。彼女はコールを見た。彼は枕にもたれ、片腕はまだ頭の後ろにまわしたまま、もう片方の手をヴァイオレットのひざに置いている。大きな体から熱が放たれ、瞳まで輝かせていた。口もとには得意げと言ってもいいような笑みが浮かんでいた。

「その目標にふたりで挑みましょうか」ヴァイオレットの声は低くかすれていた。たちまち彼も反応して、瞳に炎が燃えあがる。

「ああ、いいね」答えるコールにヴァイオレットは体をすりつけるように伸びあがり、たっぷりと濃厚な口づけをした。彼女が体を引くと、コールは彼女の髪に両手を差しいれた。

「さあ、どうぞ」

言われたとおり、ヴァイオレットは動きはじめた。一枚一枚、時間をかけてコールの服を脱がせていき、あらわになったひとつひとつの場所にキスしたりなでたりした。胸はことさらゆっくり手間をかけ、唇と歯と舌を使って固くなった乳首を刺激する。胸毛も生えている形に下へなぞり、ズボンを引きおろして取り払うと、彼のものを両手に取った。

コールが鋭く息を吸う。ヴァイオレットは顔を上げて彼を見た。男らしい顔が無防備にゆるみ、伏せたまつげの影が頬に落ちている。キスで赤くなった唇が目に入るとたまらなくなり、彼女はまたそこへ唇を寄せた。彼の下唇をやさしく甘噛みしながら、硬く勃《た》ちあがって欲望にうずいているなめらかなものをふたたび手にした。それをなでさすり、彼をじらすように高めていく。その動きが小さくてやさしく、コールはいつ果てるとも知れない快感のうずきにさいなまれながら、達する寸前のところで留まっていた。

しかしとうとう低くうめいて体を起こし、ヴァイオレットを組み敷くと、激しい欲望のままに彼女のなかに入った。情熱に浸りきったこの瞬間のみに、彼の全存在が集約されたような気がする。胴を震わせ、魂の底から絞りだすような叫びをあげて、彼女のなかに精を注ぎこんだ。そしてほどなくヴァイオレットも、同じ甘美な解放へと誘われていった。

どうして目が覚めたのかわからなかったが、隣りにコールのすらりとしたあたたかい体がないことにヴァイオレットはすぐに気づいた。目を開けて寝返りを打つと、彼が窓辺にいるのがわかった。カーテンを開けて外を見ながら、シャツのボタンをはめている。四角い窓からの薄明かりで彼の顔が見えたが、その哀しげな表情にヴァイオレットは胸が締めつけられそうになった。

「コール……」片ひじをついて起きあがり、手を伸ばす。振り返った彼は笑みを浮かべ、哀しそうな顔ではなくなったが、目にはまだ翳りが残っていた。

「すまない。起こすつもりじゃなかった」コールは彼女の手を取り、自分の口もとまで持っていった。「もう行かないと。すぐに夜が明ける」

「行かなくてもいいじゃない」

「いや、行かなきゃ」彼はヴァイオレットの頰をなでた。「また朝食のときに」
コールはもう一度キスをしてからドアに行き、慎重に外を確かめてからそっと部屋を出た。ヴァイオレットはため息をついてもたれ、胸の痛みに耐えた。コールがずっといてくれたらいいのに。彼が出ていくときの、この空っぽな気持ちは味わいたくない。なにより、さっき彼の顔に浮かんでいた哀しげな表情を消し去りたい。コールは彼女のところへ戻ってきてくれたけれど、やはり変わらず苦しんでいるのだ。

つらそうな彼を見ると、ヴァイオレットもひどく心が痛んだ。ましてや、彼の苦しみの原因は自分なのだ。もうコールの言うとおりにしようか、あきらめようか、と思ったのも一度ではなかった。彼なら彼女を傷つけるようなことはしないだろう。いつでも正しいことをしてくれるだろう。彼が正しいと思うこと、彼が最善だと思うことを。

いつもの恐怖でのどが詰まりそうになり、ヴァイオレットはうめいて枕に顔を埋めた。長いこと経ってからのろのろとベッドを出て、身支度を始めた。いまの状況に満足するしかないのよ、と自分に言い聞かせる。これまで望んだことがないほどのものが手に入っているじゃないの。

食堂に行ったとき、よくあることだが彼はまだ来ていなかった。コールは早く起きてはいるものの、たいてい屋敷のなかも外も見てまわり、異状がないことを確かめる。ウィル・ロスが捕まったのだから、当然、もう必要ないのだが……それを言うなら、コールがこの屋敷に寝泊まりする必要だって、もうないのだ。ヴァイオレットはあわててその考えを頭の隅に追いやった。

コールが食堂に入ってくると、ヴァイオレットの心臓はいつもどおり、とくんと跳ねた。彼ににこりと笑いかけられて、挨拶のキスができればいいのにと思う。でも、いつ使用人が入ってくるかわからない状況では、そんなことは無理だ。

代わりに彼女は言った。「塚を調べるのは、いつ始められるかしら？」

「埋まった入り口を掘り返すつもりなのか？　それなら遺跡の発掘を中断して、あいつらに手伝わせてもいいんじゃないか？」

「遺跡のお仕事を中断するのは惜しい気がするわ。ずいぶん進んだのに」

「でも、あそこが終わるまできみがじっと待っていられるかな？」コールが疑わしげに片方の眉をくいっと上げた。

「いられないでしょうね。でも、あなたは塚に入るべつの方法を知ってるんでしょう？」

「入れるかもしれないってだけだ。確実じゃない」

「やってみましょうよ」

「そうだな、やってみよう」コールはにやりと笑った。「縄とランタンを小屋から取ってきたよ。だが、まずはたっぷりと腹ごしらえしよう」

「もう行くつもりだったんじゃないの」

「きみのことはよくわかっているからね」

その簡単な、なにげないとさえ言えるひとことに、ヴァイオレットは衝撃を受けた。コールは彼女のことをよくわかっている。大事な部分はすべて、わかっている。そして、それでも彼女を選んでくれたのだ。ヴァイオレットは少しうろたえて目をそらし、皿に料理を取りはじめた。

朝食がすむと、ふたりはストーンサークルまで歩いていき、草地になった塚の斜面をのぼっていった。塚の両端はなだらかに高くなっていくが、墓所への入り口のある前側ははっきりと二段になっている。岩で埋まった入り口の上部は小さく平らな壇だが、そこから塚の頂上までは急斜面だ。頂上の平らになっているところに、大きな石がふたつ、ぴたりと置かれていた。両方とも、縁にぐるりと波線と渦巻き模様が彫られており、さらにそれぞれの中央には荒削りですり切れてはいるが、はっきりと、コールの短刀と同じしるしが彫られていた。

体に震えが走り、ヴァイオレットはコールを見やった。同じく彼の瞳にも、畏怖の混じった期待のようなものが見て取れた。これは大発見かもしれない。石は軽くはなかったが、コールの力で押せば脇にどかすことができた。ランタンをともし、真っ暗な下を覗きこむ。穴はせまかったが底のほうは広がっているらしく、土の地面が数メートルほど見えた。コールは入り口まで戻り、そこにあった大きな厚板状の岩に縄を結びつけた。そして上に戻ってくると、縄の端にランタンをくくりつけ、慎重に穴のなかへ、底につくまでおろしていった。コールは縄を握り、穴の縁に足をかけて後ろ向きに入ると、少しずつ降りていった。次に縄を支え、それをヴァイオレットが降りていく。彼女は途中、宙吊りになって一瞬胃が飛びだしそうになったものの、縄に脚を巻きつけてするすると降りることができた。分厚い革手袋をはめておいてよかった。ふたりはせまい穴の真ん中に立った。両側に平たい石が積まれ、通路になっている。後ろを振り返ってランタンで照らすと、重なった岩が見え、あそこが埋もれた入り口にちがいないとヴァイオレットは見当をつけた。前方の暗闇に石の通路が伸びている。

手にランタンを持ち、ふたりは通路を進みはじめた。石に囲まれた場所は薄気味悪いほど静かで、古代から変わらぬ静寂のなかでふたりの動く音が大きく聞こえた。前進するにつれて地面が高くなっていく。傾斜が非常にゆるいので、まるで天井のほうがさがってきているかのような錯覚をおぼえ、通路が息苦しく不穏な感じに思えた。そのうちコールのほうは、身をかがめないと頭がぶつかりそうになってきた。

彼はランタンを掲げ、頭上で緻密に組まれた平たい石を照らしながら進んだ。両側に背の高い石を立ててその上に水平に石を渡し、ドア枠のような形をつくることで石の天井を支えている。壁に使われている平たい石の大半は薄っぺらい側面を内側に向けてあるが、たまに天面の部分が内側を向いているものもあった。そういう石には渦巻き模様や波線だけでなく、ほかの模様もたくさん描かれていた。

突然、通路が広がって大きな円形の部屋になり、石の天井がなくなった。コールができるだけ高くランタンを掲げてみると、部屋の壁は横長と縦長の平たい石を複雑な模様に組んだものでできていた。驚くほど高い天井を、ふたりは思わず見あげた。あまりに高いので、ランタンの黄色い光も届ききらない。ほぼ円形の部屋の両側にドアがあるが、どちらも大人が数人がかりでないと動きそうもない大きな平べったい石でふさがれていた。その石にも、しるしと渦巻き模様が彫られている。

「埋葬室かしら」ヴァイオレットはなんとなく墓所の静寂を乱したくなくて、声をひそめた。「なんてすばらしい建造物なの！　古代の人々がこれをつくったなんて、信じられる？　天井があんなに高くて――これだけの石をすべて支えて頑丈なつくりにして――しかも、しっくいを使わずに」

「いったいどれだけの年月がかかったんだろう」

数分のあいだ、ふたりはとにかくあちこち向きを変えてじっくりと見入ることしかできなかったが、やがてコールが感動と驚きに一段落つけようとでも言うように頭を振って、ヴァイオレットを見た。「祭壇はどこだろう？」

コールは部屋の中央に進み、反対側の壁にもランタンの光を当てた。ほかの壁とはちがって、そこは小さめの大量の石でできていた。ヴァイオレットたちが発掘している遺跡や、谷じゅうで使われている境界線の壁のつくり方とよく似ている。大量に石を積みあげ、合間に大きな縦長の平たい岩を柱のように等間隔で並べ、その柱と柱のあいだには横長の平たい岩を水平に渡して、石の集まりを支えている。その構造が、くり返し上のほうまで見えるだけつづいていた。

「わからないわ。祭壇はないわね」ヴァイオレットも彼について奥の壁まで行った。

「言い伝えはいったいどういうことなんだろう。祭壇がないのなら、太陽の光はいったいなにを照らすんだろうか」

「こんな暗闇に射しこむのなら、どんな光でも感動的じゃないかしら。でも、わたしはこの石に当たるんじゃないかと思うのだけれど」ヴァイオレットは、自分たちが通ってきた通路とちょうど反対側の場所を指さした。横長の平たい岩のひとつが突きだしたところに、九〇センチ四方の石が乗っている。その石の中央には、墓所のあちこちにある渦巻き模様によく似た大きならせんが彫られていた。

「ここは大事な場所のように思えるな。光がどこかを射すとすれば、通路のちょうど反対側になるだろうから」コールはもう一度、全体をしばらく見渡した。「でも、金貨の袋をどこに隠すというんだろう？　どう見ても、ここの石はどれも動かせるようなものではなさそうだ」

「どこか地面を掘って埋めたんじゃないかしら」

コールは疑わしげに地面を見た。「当てずっぽうに掘ってみるには、ちょっと広すぎるな。もう一度、しるしを探してみよう。石のどれかに彫られていたら、少なくとももどのあたりか見当がつくかもしれない」

ふたりは外に彫ってあったしるしと似たものがないか、壁を調べはじめた。天井の高い部屋を隅々まで見てまわるだけでなく、通路の壁も見た。長い時間がかかり、終わるころにはふたりとも疲れておなかがすき、のども渇いていたが、しるしはどこにも見つからなかった。

ふたりは入ってきたときの経路を逆にたどって戻った。穴を上がるときにはコールが縄を支えてヴァイオレットがよじのぼり、それからコールが上がってランタンを引きあげた。動かした石を押して戻すと、ふたりはその場に背中合わせでへたりこんだ。

「祖母は隠し方がうますぎたんじゃないかと思えてきたよ」

「あるいは、だれかがもう見つけてしまったか」

「だれかが見つけたのなら、少なくともそういう噂はあったはずだ。この谷で大金を手に入れて、気づかれずにいられるわけがない。それにこの土地の者じゃない人間が、こんなにうまく隠された財宝を偶然見つけるなんてあり得ない」

「お墓だと思ったのがまちがいだったのかしら」

「でも、しるしが見つかったのはここだけだ」

「そうね。でも、あのしるしが重要だと考えたのがまちがいだったのかも。フェイの残した手がかりの解釈がちがっているのかもしれないわ」ヴァイオレットはため息をついた。「率直に言って、身重の女性が金貨の入った袋を持ってこの塚をのぼったり降りたりしているところは、想像しづらいわ」

「きみが思うよりは彼女はたくましかったと思うよ。上品なレディとちがって、日々体を動かして働いていたんだから」

「でも、縄をのぼり降りするのは？」

「先に袋を投げいれてから、縄を伝って降りたんだろう。少なくとも年に一度はここへ来ていて慣れていただろうから、ぼくらの仮定が正しいとすれば、もっと簡単に出入りする方法を考えだしていたんじゃないだろうか。縄ばしごをつくったとか――いや、木のはしごくらい近くに隠していたかもしれない。フェイは海に近い岩場や洞窟を動きまわるのはお手の物だったと思う。メグもいつもそうやって薬の材料になる植物を集めているよ。もしくは、ほかに入り方があったのかもしれない。たとえば裏口があったとか」

「つくった可能性もあるわね。それならシャベルも持って降りて、穴を掘らなきゃならないわ」

「よほど決心が固かったんだろうな」

「なにかを見落としているような気がしてならないのだけど」ヴァイオレットは両脚を曲げて抱え、腕に頭を乗せた。その昔、責務をまっとうしようと動きはじめた若き女性のことに思いをはせる。「彼女は夜、あそこにひとりで降りていったと思う？　それとも夜明けまで待って——」

「それだ！」コールが彼女の隣りで力をみなぎらせ、急に目を輝かせた。「それが鍵なんだよ。彼女は財宝を夜明けに隠した。ある特定の日に！」

28

ヴァイオレットはコールを見つめた。思考が一気にめまぐるしく動きだす。「そうね。そうだわ」

「〝長い夜〟の儀式のとき、太陽の光は夜明けにある一点を射す。でもフェイが金貨を隠したのは、冬至ではなく、日記のあの日付なんじゃないだろうか」

「十二月六日ね」ヴァイオレットも同意する。

「そして十二月六日には、太陽の光はべつの場所を照らすはずだ。その日に光が当たったところが、金貨の隠し場所だ」

「そうよ！」ヴァイオレットは急に興奮して飛びあがった。「日付が鍵なんだわ。そして、あのしるしも」

「そうだ。日記の見出しに書かれていたことが、日と場所を示しているんだ」コールも立ちあがった。

ダンカリーに戻ると、ふたりはすぐにフェイの日記を取りだして見出しの日付を確認した。

コールが記憶していたとおり、十二月六日だった。根拠としては弱いかもしれない。頼りない推測やあいまいな手がかりをもとに計画を立てているにすぎないのではと、ヴァイオレットは不安に思った。でも、自分たちが手にしたなかでは、これが最高の可能性なのだ。

それからの日々は信じられないほどのろのろと過ぎた。ヴァイオレットは遺跡の発掘にできるだけ集中しようとしたが、しょっちゅう心はべつのところにうつろった。塚の墓所を調べる日のことを考えていないときは、コールのことを考えた。また彼の愛情を受けられるようになったのはうれしいけれど、なにかが足りなかった。思いがけず彼に見られているのに気づいたとき、コールが前に見たのと同じような哀しい目をしていることがよくあった。いや、哀しさと言うより失望のようなものかもしれない。彼はヴァイオレットに、いま以上のなにかを求めている。そして彼女のほうも、もっとなにかがほしいという思いにつきまとわれている感じがぬぐえなかった。

塚に行くその日、ふたりは夜明けのずっと前から目を覚ましていた。気になって落ち着かなくて、ヴァイオレットは眠っていられなかった。夜明け前に目を覚ますと、ベッドに大の字に眠っているコールを置いて暖炉の前にしゃがみ、火をおこした。やがてコールも目を覚まし、暖炉の前にやってきた。

ふたりはものの数分で、いちばんあたたかい格好に着替えた。必要なものは前の晩に用意し、玄関のそばに置いておいた。そしていま、ふたりは夜明け前の暗い外に出ていた。コールは縄をひと巻き持ってシャベルを肩にかつぎ、ヴァイオレットはランタンを持って曲がりくねった道を照らした。

ふたりはほとんど言葉をかわすこともなく進んだ。暗く静まり返ったなかではしゃべるのがはばかられたし、期待に胸を躍らせているヴァイオレットはこれからの冒険のこと以外のことを考えている余裕がなかった。ふたりは塚の斜面をのぼっていき、コールがまたランタンを地下におろして、縄を伝って墓所に降りた。ヴァイオレットは穴の縁にしゃがんで彼を見ていたが、暗いところでひとりになると、急に寒くてさびしく感じた。コールが上を見てにこりと笑い、手招きする。彼女はすぐに自分も縄を降りていった。

ランタンの明かりで通路に気味の悪い影と光の輪ができたが、少なくとも地下のほうが外でしゃがんでいるよりあたたかい。ふたりは腰を落ち着け、待つ体勢になった。しばらくするとコールがランタンのカバーを一枚だけ残して閉じ、光量を絞った。これで太陽の光が――もし射しこんだときには――すぐにわかるだろう。

しんと静まり返ったなかでは気が滅入りそうなほど暗闇は深く、手を伸ばせば実体にふれられるのではと錯覚するくらいだった。変化がほんの少しずつなので最初はわからなかったが、突然、ヴァイオレットは通路の端がもはや真っ暗ではないことに気づいた。

「コール?」

「ああ、そうだな。夜が明けた」ふたりは入り口に近づいた。光が少しずつ入ってくる。淡い光が幅広の帯状に伸び、通路が大きな部屋に広がる手前のところで止まった。

「ねえ、もう少し感動的な光景を期待していたんだけれど」ヴァイオレットが顔をくもらせた。数分のうちに光は後退しはじめ、壁にできていた境界線もぼやけだした。ほどなくすると、最初にこの墓所に入ったときと同じような、少し色合いの淡い暗がりが広がるだけになった。

「冬至には、もっと壮大な光景が見られるんじゃないかな。角度と方向は毎日少しずつ変わっていくから」コールがシャベルを持ち、地面に線を引いた。「光が来たのはこのあたりまでだった。ぼくとしては、もう少しはっきりした形になってほしかったが、とりあえず対称形となるのが自然な傾向だと考えて、その中心から始めようか」彼はランタンのカバーを開けてもう少し明るくし、シャベルを地面に突きたてた。

「それほど深くは埋められていないでしょうね。彼女は身重だったし、急いでいたわけだから」

「そうだな。このあたり一帯を掘ってみよう」

そう深くも掘らないうちにシャベルが岩に当たった。コールは掘る場所を数センチ移動させてみた。会話もないまま時間は進み、シャベルが土を削る音と岩に当たる音が何度もくり返された。だんだんと掘る場所が広がっていき、とうとう石壁と石壁のあいだに掘り返された大きな四角ができた。

コールはシャベルに両腕をかけ、うんざりしたように地面を見た。「なにも出てこないな。ぼくらはまちがっていたのかも」

「また?」ヴァイオレットは地面に座りこんだ。彼女もどんどん同じ気持ちになっていたのだ。「ああ、コール……ぜったいに謎は解けたと思っていたのに」

「ぼくのおばあちゃんは頭がよすぎるよ」コールはシャベルを脇に置いて、彼女の隣りに腰をおろした。

「あるいは、わたしたちの頭が足りないか」

コールはひねくれた笑みを見せた。「かもな」あたりを見まわす。「ここの地面、ぜんぶ掘り返してやろうか」

「それはたいへんよ。ここに金貨が埋められていると決まったわけでもないし。ねえ、考えてみれば、もし彼女が穴を掘ったとしたら、地面にその跡がついているものじゃないかしら? 六十年前のことではあるけれど、ずっとここに人の出入りはなかったわけでしょう。雨風もここには関係なかっただろうし」

「表面をならすくらいはしただろうけど……ほかの部分とはちがっているはずだな」コールはその点を考えた。「この下は頑丈な岩だ。表面の土は深さがない。もしここになにかを埋めたら、盛りあがるはずだ。でも、ここは平らだ。袋がどれくらいの大きさだったかはわからないが……」

「そのとおりね。塚に隠したのではないのかもしれないわ」

「隠し場所にはもってこいだと思ったんだがな」コールはあたりを見まわした。「ここには六十年、だれも入っていないように見えるし」

「ひとつの可能性として、あきらめたくはないわ」

「でも、あきらめるしかないんだろうか？」

ヴァイオレットはため息をついた。「隠し場所になるところがわからないもの。石は互いにぴったりくっついているわ。いくら袋が小さかったとしても、隠せるようなすきまなんてない。埋葬室の入り口をふさいでいる石も、人間ひとりの力では動かせないようなものばかりよ。ましてや身重な女性では……。地面以外に隠し場所はないでしょう？　でもそれも、今日を境に可能性は低くなっていくばかりだわ」

コールは彼女の頬に手を当てた。「すまない。きみのために見つけてあげられたらよかったのに。でも、ほかにどこを探せばいいかわからないよ」

「わたしもよ」ヴァイオレットはめずらしくくじけそうになった。「ちょっと気持ちを切り替えたほうがいいかもね。せめて少しのあいだだけでも」

「きみにはまだ遺跡の仕事もある」コールが励ますように言った。

「ええ。とてもすばらしい遺跡が」ヴァイオレットは微笑み、コールの首に抱きついて頬にキスをした。「やさしいのね、コール」

「やさしいかどうかはわからないけど」彼は真剣なまなざしで彼女の目を覗きこんだ。「きみには幸せでいてほしい」

「わたしもあなたには幸せでいてほしいわ」

「じゃあ、心配しなくてもいいよ。きみと一緒で、ぼくが幸せでないなんてあり得ないから」

ヴァイオレットは腕に力をこめて彼を抱きしめ、彼の首筋に顔をうずめた。心の底から、彼の言葉を信じたかった。

コールは目の細かい紙やすりで頭像の表面を削り、親指でなでて具合を確かめた。像の頬、あご、唇の線をなぞる。もちろん、実物どおりにはできていない。ヴァイオレットのあごの線やまなざしの魅力を伝えきれているとは言えなかった。形はまずまずとらえられていると思うが、彼女の内面的な強さが出ておらず、甘ったるい美しさになってしまっている。

コールは頭像をテーブルの上に戻し、なにげなくなでながら、小屋のなかをぼんやりと見つめた。いまごろヴァイオレットはどこにいるのだろう。たぶん図書室で、本の上にかがみこんでいるだろうか。ここ数日、遺跡の発掘は早めに切りあげて、午後の残りは図書室にこもり、フェイの日記でなにか見過ごしている手がかりはないかと調べている。ヴァイオレットは簡単には負けを認めないのだ。

コールの口もとがほころんだ。彼女の姿が目に見えるようだった。頰杖をつき、ほかのことはすべて忘れて目の前のページに没頭している。そろそろ髪の毛がひと筋くらいはほつれ、うなじにかかっているんじゃないだろうか。自分の家で一緒にいられたらいいのに。手仕事をしながら、ときおり顔を上げればそこに彼女がいて、目を楽しませることができたら——。自分の家なら、彼女がいる場所も、無事でいることもわかって、ぼくのものだと実感できる。

コールはため息をつき、テーブルを押して立ちあがった。こんなことを言おうものなら、まちがいなくまたヴァイオレットに猛反発されるだろう。わたしはだれのものでもないわ、と。それは……理解できなくもない。だからこれ以上の自分の気持ちは、もう考えないでおくことにしよう。彼女と距離を置いていたあの地獄のような日々には戻りたくなかった。たとえそれで、求婚を断られた事実にいまでも苦しんでいるという事実を胸に押しこめることになっても。

彼は窓辺に行き、どんよりとした外を眺めた。自分がこんな、にっちもさっちもいかない状態にはまりこむとは考えたこともなかった。いつかは自分に合う女性を見つけ、愛にあふれて満ち足りた毎日を送るのだと思っていた。その女性と結婚し、夫として、父親として、愛情を注ぐのだと。とはいえ、自分はほかのみんなが苦しんでいたような情動とは縁がないと思っていた。嫉妬やおそれ、自分ではどうにもならないたぎるような情欲、それに父アランのように衝動的で気ままな人生を送ることも、デイモンがメグに求婚したときのような乱高下する感情の起伏も。イソベルはジャックが死んでしまうかもしれないと思ったとき、すさまじい恐怖を目にたたえていた。ジャックはジャックで、愛した女性に裏切られたと思い、絶望に沈んだ。

だが彼はちがう。彼は揺るがない男だ。慎重で。責任感が強くて。しかしいまの自分はどうだ。ぱっくりと心臓を切り裂かれたかのように、自分のものにならない女性に焦がれて苦しんでいる。なにもおそれたことのなかったコール・マンローが。いつかヴァイオレットが仕事を終え、彼を残していなくなってしまう日を、心臓をびくつかせておびえている。肉体的な意味合い以外では彼女に自分を捧げることもできず、彼女を自分のものにすることもできず――それでもそうしなければ、生きていける気さえしないのだ。しかし、彼は残りのものもすべてほしかった。

コールは奥歯を嚙みしめた。手を伸ばしてフックから上着を取り、はおりながら小屋を出た。無意識のうちに足はキンクランノッホの村へと向いていた。水しっくいを塗った小さな白い小屋へ、うつむきながら歩いていく。

玄関ドアを見つめ、しばらく外でたたずんだ。ここでいったいなにをしようというのか、わからない。だが、わざわざこんなところまで来たのだ。いまさら引き返すのは、もっとまぬけだろう。鋭くドアをノックすると、父親の声が答え、コールは一歩足を踏みいれた。

アラン・マクギーは両手いっぱいに服を抱えて小屋の真ん中にいたが、入ってきた人物を見て眉をつりあげた。「おまえか！　今日会えるとは思わなかった」

椅子の上に広げてある旅行かばんと、父親が両手で抱えている服の山を、コールは見て取った。「またどこかに行くのか」

「ああ。クリスマスが近いから、エディンバラではフィドル弾きの仕事がいつでもあるからな」アランはかばんに服を詰め、それを椅子からおろした。「ほら、座れ。お茶でも出そう」問いかけるようにコールを見る。「それとも酒がいいか？」

「ああ。ウイスキーだとありがたいよ」父親が驚き、すぐにその表情を消したのがわかった。

「ぼくは、酒も飲まないほどくそまじめな男だと思われてるのかな？」コールは椅子にどさりと腰かけた。無愛想な口調になっているのはわかっていたが、なぜか取り繕うこともできなかった。

「いや。おれと一緒に飲むなんてめずらしいと思っただけだ」アランは棚からウイスキーの瓶を出し、グラスふたつにたっぷりと注いだ。

「ぼくはあんたとは顔も合わせないと言いたげだな」

「まさか。ダンスパーティでも会うし、ダンカリーまで行けば会えるじゃないか」アランの青い瞳が躍った。

コールは顔をしかめた。「なんでここに来たのか、自分でもわからないんだ」

「おれもだよ。だが、そんなことはどうでもいいだろう？」アランは愛嬌たっぷりの笑みを見せた。この顔にはみんなが心をなだめられたり、心を奪われたりしてきた。「いまおまえはここにいる。そのことに乾杯しよう」アランがグラスを高く掲げた。

コールはため息をついてひと口飲み、父親がお代わりを注ぐのを見ていた。「この家にはあんまり来なかったな」謝罪のような、説明のような気持ちで言う。「おばあちゃんが……」

「いい顔をしなかったもんな？」またアランの瞳がきらりと躍った。この父親はどうしてこれほど人生を愉快に思えるのか、コールにはさっぱり理解できない。「おれの母さんはむずかしい人だった。ジャネットのことをあまりよく思ってなくて」コールが鼻を鳴らし、アランもうなずいて同意した。「そうだな、おれの母さんはだれのこともよく思ってなかった。でも、おれのジャンにはことさらきつくて——母親ってのはそういうもんだろ。息子に幸せになってもらいたいと思う親心さ」

「父さんは幸せじゃなかったのか？」

「おまえの母さんと一緒になって？」今度は、父親の笑みに哀しみが混じった。「はは。最高に幸せだったよ、ジャネットと一緒だったときは。とんでもなくきれいだったからなあ、おまえの母さんは。見た目だけじゃなくて、すべてがきれいだった。いまでもあの笑い声が聞こえることがあって、笑顔になっちまうんだ。さっきの話だが、おれの母さんは自分が幸せだと思うものをおれに持たせたかったんだな。おれの考える幸せとはちがったものを」

「そんなに母さんを愛してたなら、どうしていつもどこかに行っちまうんだ？」考える前に言葉が出てしまい、コールは恥ずかしくなって目をそらした。

「母さんを置いてくつもりだったことは一度もないぞ」アランは驚いたように言った。「ジャンと一緒にいたくなかったわけじゃない。おまえやメグとも同じだ。どこへ行くにしても、おまえたちも一緒に連れていきたかったが、おまえの母さんはこの土地に深く根づいていた。彼女がここを離れられなかったのと同じくらい、おれもここにずっと留まっていることはできなかったのさ」アランは眉根を寄せ、ウイスキーの入ったグラスをまわして見つめた。「メグの相手もそれを理解してくれてればいいんだが」

コールはうなった。「あいつはメグの喜ぶところならどこでも行くし、どこにでも留まるさ。心配はいらないよ。マードンはいまいましいくらい傲慢な南のやつだが、あいつの世界はメグを中心にまわってる。あいつがメグから離れることはないし――」コールは言葉に詰まり、ウイスキーを飲み干した。今度は自分で瓶を取ってお代わりを注ぐ。

「それならよかった。おまえのほうが、おれよりよくわかるだろうからな。メグから離れないってところは」

コールは肩をすくめてウイスキーを飲んだ。

「どうした、コール？」父親が息子を見つめる。「なにが気がかりなんだ？」

「父さんはどうして平気だったんだ？」コールの声は静かだが荒々しかった。身を乗りだし、打ちつけるようにグラスをテーブルに置く。「母さんと関係をつづけながら、ほんとうには自分のものにできないなんて。母さんを愛していたのなら、結婚したいと思わなかったのか？」

「だれがジャネットと結婚したくなかったなんて言った？」アランがそう訊き返すのも無理はなかった。「まさか、結婚したくなかったのがおれのほうだったなんて思ってないだろうな？」

「いや、それはないけど。父さんは苦しくなかったのか？　どんなに思っても、母さんが――」コールは言葉が見つからず頭を振り、こぶしを握った。

「遺跡で仕事をしているレディのことだな。愛らしい名前とかわいらしい瞳をした」息子に不機嫌そうな目つきでにらまれ、アランは笑いそうになるのをこらえた。「おお、そうなんだよなあ、所有できない女性というのもいるもんだ」

「所有したいわけじゃない。どうしてそんなふうに思うんだ？　父さんも、彼女も。ぼくはそんな怪物なのか？　そんなに横暴で独断的だっていうのか？」

「ばか言ってるんじゃないぞ、コール。おまえが怪物だなんてだれも思ってない。だが、そうだな、おまえは――存在感がありすぎるんだよ。なんでもできて、なんでも直せて、なんでも仕切って。だれに対しても……いまよりよくなってほしいと思ってる」

「彼女に変わってほしいなんて思ってない。そんなことはしないと断言できる。それに、名前に似合わず、彼女は内気なか弱い女性でもないんだ。どの岩が上だ、下だ、ってとことんうるさいんだぞ。ぼくだってほかのどんな男だって、まったくこわがらないし」コールはじっと座っていられないというように勢いよく立ちあがり、せまい部屋をうろつきはじめた。「ぼくが彼女を傷つけることはないって、彼女もわかってるんだ」

「そりゃ、そんなことは起こらないだろうさ」

「無理強《じ》いもしないし」

「そうだな」

「なにかをやらせようなんて」

「いや、それは……そうするのがいちばんいいとおまえが思ってるかぎり、やらせないとは言いきれないんじゃないか？」

コールは身をひるがえして父親をにらんだ。「その点は彼女だって同じだ！　あんなに厚かましい女性にはいままで会ったことがないよ。とにかくなんでもかんでも主張する。でしゃばるし、干渉するし、だからぼくだって――」口をつぐんで椅子にどさりと座る。「あとのことはわかるだろ」

「まあ、だいたいは」アランは顔をゆがめて同意した。そして、くくっと笑った。「なるほど、彼女はどえらい女性のようだな、コール」

「まったくだ。ぼくはただ……」

「うん？　おまえは彼女とどうしたいんだ？」

「一緒にいたい。結婚したい。ぼくと同じ名前になってほしい。ぼくの子どもを産んでほしい。彼女がぼくの子どもを抱いて、かわいがって、叱っているところが見たい。彼女とともに人生を歩みたいんだ」コールはため息をつき、テーブルに両ひじをついて頭を抱えた。「でも、彼女はそうじゃない」顔を上げて、わびしげな目で父親を見た。「彼女はぼくを愛してないんだ」

「彼女がそう言ったのか？」

「いや」コールの顔がゆがむ。

「じゃあ、どうしてそんなことがわかる？」

「はっきりしてるじゃないか？　ぼくと結婚しないんだから」

「じゃあ、おまえの母さんはおれと結婚しなかったから、おれを愛してなかったと思うのか？　おれに愛してると言った母さんの言葉は、嘘だったと？」

「ちがう！　母さんは嘘はつかない。母さんが父さんを愛してたことは、だれもが知ってる」

「ばかげたことだがな」

「そんなことは言ってないよ」

「そうか、それはありがたく思わないとな」アランは後ろにもたれ、コールをじっと見つめた。胸の前で腕を組んだ姿が息子とそっくりだったが、本人たちだけはまったく気づいていなかった。「だが、その彼女は——おまえのヴァイオレットは——そういうことに嘘をつくような女性なのか？」

「ちがう！　そんなことはない。なんでもはっきりしすぎているくらいだ。そんな彼女が、ぼくを愛してると言ったことはないし、そんなふりをしたこともない」

「求婚してほしいようなそぶりは、なにかあったんじゃないのか？」

コールが肩をすくめる。

「おやおや……おまえをしゃべらせるのは骨が折れるな。彼女はおまえに興味がないのか？　男全般に興味がないとか？　おまえとはなにもしない？」

「いや、それはない、その部分は問題ない。ベッドに入るのはなんの問題もなくて大歓迎で」コールはばつが悪そうに口をつぐんだ。「いや、なにを言ってるんだ、ぼくは。そういうつもりじゃ——勘違いしないでくれ——ヴァイオレットはだらしない女性じゃない。男性だって、ぼくが初めてで——いや、くそっ！」コールは跳ねるように立ちあがった。「こんなこと、父さんには話せない」

「ああ、言わなくていい」アランは眉をひそめて間を置いた。「だが、よくわからん。おまえは、彼女が一緒になってくれないと言ってなかったか？　だがいまの話では、彼女は……その……ジャネットとおれみたいな関係でもいいと……」

「そうさ！」コールは両手を勢いよく突きだした。「そうなんだ、それでいいみたいなんだ。

ぼくが求婚できなくても、マードンの使用人たちの前では気を遣わなくちゃいけなくても、彼女はかまわないらしい。夜にぼくがこっそり彼女のベッドに入って、朝になると小間使いが来る前にまた出ていかなくちゃならないのもかまわないんだ。かまわないどころか、どうしてそんなことを気に病むのかさえわからないらしい。谷じゅうのやつらに噂されて、醜聞にならないとでも思ってるんだろうか。ぼくは彼女のことを口にしたやつらを全員殴ってまわりたくないし——相手が女性だったらそんなことはできないし。だが、彼女が蔑まれるのはいやなんだ。彼女を醜聞にさらして平気でいるような男になりたくない」

「それはおれのことか」アランが立って息子と顔を合わせた。

「そんなことは言ってない」コールが顔をそむける。

「言わなくてもわかる。おまえがおれをどう思ってるか、知らないと思うのか？　みんながおれのことをどんなふうに言ってるか？」

「これは父さんと母さんの話じゃないよ」

「そうかな？」アランは勢いよく背を向けた。「おれは、おまえが望むような父親じゃなかった。必要とされるような父親でも。それは認める。おれは音楽が好きで。ひとつところに留まってられないんだ。しゃんとした男にどうやったらなれるのかわからない。いい父親にもなれない」

「父さん……それは……そんな……」

「ふん」アランは制止するように片手を挙げた。「今回だけは聞いてくれ。おれがどんな人間でも、どんな生き方をしてきたとしても、おれはおまえの母さんを愛してた。初めて彼女にキスをしてから、ほかの女には手をふれちゃいない。ジャネットから求められたものはすべて与えたと思う。彼女が受け取ってくれるものはすべてだ。もしかしたら、おれが彼女を愛するほどには、彼女は愛してくれてなかったかもしれない。あるいは、おれをほしがるのと同じくらい、ほかにほしいものがあったのかもしれない。だが、おれは彼女を精いっぱい愛した。男としてできるかぎりのことはした。彼女がほしがるぶんだけ、おれを愛させた。まわりのやつらにどう思われようと、彼女の望む人生を送らせてやった」

コールは眉根を寄せて父親を見た。「父さん、ごめ――」

「やめろ。おれのことは、もうすんだ話だ。おれはおれ。おまえはおまえだ。そしてまちがいなく、おまえのほうがずっと立派な夫と父親になれる。だがひとつだけ、ちょっと父親らしいことを言わせてくれ。おまえは彼女のなにがほしいか、なにをしたいか、自分がどうなりたいか、ほかのやつらにどう思われるかを考えるなかで、彼女はおまえのなにがほしいのかを考えたことがあるか？　おまえは彼女の望みを受けいれてやるくらい、彼女を愛しているのか？」

コールには答えられなかった。

ダンカリーまでの長い道のりを、コールはのろのろと歩いた。門を通り抜けたとき、自分の名を呼ぶヴァイオレットの声が聞こえた。はっと頭を上げる。彼女がこちらに向かって駆けてくる。その顔は、内から光り輝いているようだった。

「コール！　コール！　わかったわ！　わかったの！」

29

コールが両腕を広げたところにヴァイオレットが飛びこんだ。「いったいなんの話だ？なにがわかったって？」

「謎が解けたの！」ヴァイオレットは強く唇を押しあてて口づけ、頭を上げた。「少なくとも解けたと思うの」

「さっぱりわからない。ほら」コールは彼女を地面におろした。「ちょっとひと息つこう」

門番小屋へ彼女を連れていき、テーブルに座らせた。「で、いったいどういうことなんだ？」

「財宝よ。どこがまちがっていたか、わかったの。まちがった日に探していたのよ！」

「フェイが日記に書いていた日じゃなかったのか？」

「いいえ、日付は合っているわ」コールの両眉がつりあがり、ヴァイオレットはあわてて言い添えた。「待って。とにかく聞いて」そう言って深呼吸をする。「彼女にとって十二月六日だった日なのよ。でもそれは、わたしたちが知ってる十二月六日ではないの。暦が変わったのよ」

コールは隣りの椅子に腰をおろした。「なんだって?」

「一七五〇年に、暦を変えたの!」

「変えたって、だれが?」

「イングランドよ。そのころヨーロッパじゅうで切り替えられていたのだけど、イングランドでは一七五〇年に法律が制定されるまで変わっていなかったの。もっと早く気づくべきだったわ」

「ちょっと説明してくれ。暦が変わるっていうのは?」

「長いことユリウス暦が使われていたの。一年を十二カ月、三百六十五日とする暦よ」

「ああ、いまと同じだ」

「そう。ただし、うるう年の計算だけはちがっていたの。地球の自転に合わせるために、一日を足さなきゃいけない年があるでしょう?」

「ああ、わかるよ。うるう年ね」

「そう。でもユリウス暦では、一日を足す回数が多すぎたのよ。その結果、長年のうちに実際の季節と暦がずれてきて、暦のほうが先に進んでしまうようになったの。すると、復活祭《イースター》のような祭日がおかしな季節になるわ。そこで十六世紀のあいだにグレゴリオ暦が使われるようになっていったの。しばらくは両方の暦が混在して、国によっていろいろだったけれど。イングランドでは一七五〇年の法律で新しい暦を導入することになったのね」

「なるほど。それが財宝とどう関わってくるんだ？」

「新しい暦が導入されたときには、日にちは十一日ほど遅れていたの。だから、暦は急に十一日も飛んでしまうわけ。新しい年になるというときには月も変わったのだけど、ここではそれは置いておいて。大事なのは、一七四七年の時点での十二月六日にフェイが財宝を隠したということ。もしそのときに現在の暦を使っていたとしたら、日付は十一日進んでいたはずよ。十二月十七日に」

「ああ」理解したコールの瞳が明るくなった。「日付が何日になろうが問題にならないことはほかにたくさんあるけど、太陽の位置が関わってくるとなると大問題だな」

「そのとおりよ。フェイが金貨を隠した日の夜明けがいつだったか、それが重要なの。日付が数字でいくつだったかではなく」ヴァイオレットは後ろにもたれた。興奮で頬が上気している。「一七四七年の冬至は十二月十日だったはず。現在の暦では、十二月二十一日になるわ」

「つまり、フェイが十二月六日のつもりで財宝を隠したとき、墓所を射したのと同じ場所に太陽の光が射すのは、十二月十七日か」

「だから、考え方はまちがっていなかったのよ。日付がちがっていただけで。金貨を探しに行くべきだったのは、先週ではなくてあさってよ」

コールはにやりと笑った。「きみが謎を解いたのが一月でなくてよかったよ」

ふたりはまた暗闇のなかで待っていた。ヴァイオレットは神経がざわつき、コールと指を絡めるように手を握りあわせて心の支えにしていた。コールが隣りにいると、かならずすべてが楽になる。もしここに彼がいなかったら——そう思っただけで、背筋が寒くなった。こわいからではない。彼がいなければなにもできないからでもない。たんに、彼がいないとなにもかもがおかしくなってしまうのだ。

ヴァイオレットはコールを見あげた。彼も同じように通路を見つめて夜明けを待っていたが、彼女の視線を感じたのか、振りむいて微笑んだ。暗いのでぼんやりとしか見えず、目のあたりは影になっている。彼を見るだけで、心臓がひっくり返ってしまう。ふと彼女は思った。結婚していようといまいと、自分はこんなにも彼に支配されている。すでに心を彼に所有されている。

その考えにヴァイオレットは息が止まりそうになり、顔を戻した。そのとき、一筋の光が姿をあらわした。明るく、矢のように暗闇を切り裂いて射しこんでくる。

「コール……」彼女は息をのんで見つめた。

「ああ」コールは彼女の手を握る手に力をこめた。

光は前方に移動していった。十一日前に見たようなぼんやりと広がった光ではなく、一点に集中した強い光だった。ふたりが見守るなか、それは通路の端の地面に当たった。光る槍のように見えるその光線の先には、淡い色合いの細長い三角形ができている。

それはまるで生きているかのように地面を動いていった。そして奥の壁まで行きつくと少し上方に動き、渦巻き模様が彫られた大きな石のすぐ下で止まった。そこから動かない。

「すごい」コールのひそめた声には、畏怖さえ感じられた。

「ほんとうね。太古の人々の目には、こんな光景はどう映ったかしら？　まるで奇跡、宇宙からの信号に見えたでしょうね」

「自分の目にどう映ったかはわかるけど」コールは光の指を凝視していた。「あの壁の下に埋まっているんだろうか？」

「わからないわ。あっ、下のほうに動きだしたわ。後退してる。光が示したのはあの石だったということかしら」

「ぼくもそう思う――けど、あれは壁に埋まってるじゃないか」

「ええ、でも横桁となっている石のすぐ下にあるわ。あれの上方にある重たい石はすべて、事実上、横桁の長い石で支えられている。そしてその横桁の石は、垂直に立つ石で支えられている」

「つまり。あの石には事実上、なにも重さはかかっていない」

光が少しずつ後退するなか、コールは件《くだん》の石のところへ行った。ヴァイオレットも一緒に。彼は石の縁をつかんで揺すってみた。石を手前に引っ張ると、石と石のこすれる音がした。

やがてすっぽりと抜け、彼は石を地面にそっと置いた。ヴァイオレットを見る。ふたりとも、息もできないような心地だった。コールはランタンを掲げてカバーを開け、石の抜けたあとの穴を照らした。片側は、支柱となっている直立した長い石。下ともう一方の側は、彼が引きだした石の倍ほどの長さの石だ。

コールが石を抜きだしたあとの穴の、さらに奥の空間に、革袋が三つあった。ヴァイオレットは声もなく、長々と息をついた。

「金貨だ」コールは手を伸ばし、袋を取りだした。

それらは重かった。コールが袋を地面に並べる。ふたりとも、しばらく見つめることしかできなかった。やがてヴァイオレットがひざをつき、袋のひとつの紐をほどいた。袋の口を開く手が震えている。彼女は手を入れ、金貨を一枚取りだして調べた。

「フランス金貨だわ」ヴァイオレットはつぶやいた。

コールも袋に手を突っこみ、金貨を手のひらいっぱいつかんで持ちあげ、ざらざらと袋のなかに落とした。

「信じられない」ヴァイオレットが震えるような笑みをコールに向けた。「あなたの言っていた、小作人の村ができるわ」

「ああ。それに、きみの学校も」コールは頭をさげて彼女にキスした。「きみのしたいこと、行きたいところ、なんでも実現できる」

なぜか、それを思うとヴァイオレットの胸に痛みが走った。あわてて顔をそむけ、ほかの袋も開けた。ひとつは、最初の袋と同じように金貨が詰まっていた。三つ目には金貨は半分ほどだったが、残り半分はとても高価そうな宝石が入っていた。ヴァイオレットはコールの首に抱きつき、ぎゅっと強く自分を押しつけた。感極まり、いまにも泣きそうになって、彼にしがみつくことしかできない。彼の腕もまるで鉄の輪のように彼女にまわり、唇も降りていった。

ふたりがようやく離れたのは、それから数分経ってからのことだった。コールは強いキスをさっとして、立ちあがった。光はふたたび通路のほうに後退していた。そして間もなく、消えた。

コールは金貨を隠していた石を注意深く戻してランタンを持つと、ふたりで金貨の袋を入り口まで運んだ。今日は楽に上がれるようにと、コールが前もって木のはしごを持ってきていた。先にヴァイオレットが上がった。はしごの上のほうで止まり、下のコールから袋をひとつずつ受け取る。それを穴のすぐ外の地面に置いてから、最後の数段を上がって外に出た。四つん這いになった姿勢から、起きあがろうとしたときだった。

だれかが彼女のウエストをつかみ、勢いよく背中から起こされた。驚いたヴァイオレットは声をあげてもがこうとしたが、なにか固くて丸いものがこめかみに押しあてられた。銃口だということはまちがえようもない。ヴァイオレットが凍りつく。

「ヴァイオレット?」下からコールの声がして、急いではしごを上がってくる足音も聞こえた。

「コール、だめ!」

「黙れ!」男の声が耳をつんざいた。さらに声がつづける。「上がってこい、コール、こっちへ」

コールの頭と肩が穴から出てきた。穴は小さく、出るには角度もつけなければならないため、そう急いでは出られない。「ドナルド・マックリー。このくそ野郎が」

這うように地上に出て、コールは立ちあがった。彼の目つきは、頭の働く人間なら怖気をふるいそうなものだとヴァイオレットは思ったが、彼女を捕まえている男は興奮ぎみに高笑いをした。

「そうだ、わたしだ。わたしは大金持ちになるんだ」

「おまえだったのか。おまえがウィル・ロスとつるんでいたんだな。村を出たあとは、あいつのところにいたのか?」コールは一歩、ふたりのほうに近づいた。

「来るな!」マックリーが拳銃をさっと動かす。コールは止まり、なだめるように両手を上げた。「そうとも。おまえのせいで、あのひどいあばら屋に住まなきゃならなかった。だが、あの小作人とつるんでたんじゃない。わたしがウィル・ロスを使ってやってたんだ」

「ほんとうに?」

「ああ。わたしがインヴァネスに移ったとき、あいつはいろいろなものを持ってくるようになってな。盗んだものさ。わたしがそれをさばいてやっていた。だがわたしは、もっと壮大な計画を思いついたのさ。だからあいつに宝探しをさせてやった」

コールはにやりと笑った。「財宝を手に入れたあいつが、おとなしくおまえに渡すと思ってたのか？　おまえはいつもばかな男だよ、マックリー」

「おまえはわたしにその金貨を渡すんだから、わたしをばかと言えるかどうか。賢い人間というのは、自分に代わってほかのやつらに仕事をさせる男だと思うがな。さあ、その袋を渡せ」

コールはしゃがんで袋をひとつつかみ、前に進もうとした。

「だめだ！」マックリーがきしる声を出した。「投げろ」コールが腕を振りあげると、マックリーがまた怒鳴った。「そっとだ」

「わかった、そっとやる」コールはヴァイオレットの足もとに袋をやさしく投げた。

マックリーはヴァイオレットのウエストを放し、背中をつついた。「拾え」

「いやよ」

「なに？」マックリーの声が大きくなる。

「ヴァイオレット、やめろ……」コールに緊張が走った。

「いやだと言ったの」ヴァイオレットは頭だけでマックリーを振り返り、それを見たコールはのどが詰まったような音をたてた。マックリーは毒づいたが、発砲することはなかった。

「死にたくなかったら言うことを聞け！　さあ拾うんだ」

「拾わなかったら撃つつもり？」ヴァイオレットは涼しい顔でマックリーを見つめた。「それがどんなに意味のないことか、わかっているわよね。もしわたしを撃てば、コールと交渉する手段を失うことになるわ。おまけに、あなたの唯一の強みであるたった一発の弾もなくなる。そうすればコールがあなたに飛びかかるわ。背丈も体重も力もコールのほうが勝っているうえ、怒りの強さは比べるまでもないんだから、簡単にあなたをやっつけるでしょう。運がよければ殴り殺されるまではいかないだろうけれど、とっても痛いでしょうね。しかも、そのときは人殺しと盗みの罪で捕まるわ」

マックリーの顔が怒りに燃えた。「黙れ！」拳銃が手のなかで震えている。「早く金貨を拾うんだ」

「ばかなうえに耳も聞こえないの？」ヴァイオレットは腕を組んだ。「いやだと言ったでしょう」

「言うとおりにしろ！」マックリーは吠えて乱暴に拳銃を振った。

コールが前に飛びだし、ヴァイオレットを脇に押しやると同時にマックリーの腹めがけて体当たりした。ヴァイオレットは地面に伏せた。拳銃から弾が飛びだし、空を切って飛んでいった。

コールに地面に倒され、マックリーが盛大に息を吐きだした。息をしようと暴れたものの、コールのパンチをあごに食らって気を失った。コールはマックリーを脇に押しやり、這うようにしてヴァイオレットのもとへ行った。

「だいじょうぶか？」彼女のあちこちをさわって無事を確かめる。「けがは？」

ヴァイオレットは彼の首に抱きついた。「コール！　平気よ、だいじょうぶ。なにもないわ」

コールは地面に座り、彼女をひざに乗せて頭にキスの雨を降らせた。「よかった、ヴァイオレット！　生きた心地がしなかったよ、あいつをあんなに挑発して。いったいなにを考えてたんだ」

「うんざりするほど怒らせたら、すきができると思ったの。そしたらあなたが相手の意表を突けるでしょう？　わたしじゃ、戦うと言っても体格で負けてしまうもの。でも人を怒らせるのは得意だから」

コールは笑いだした。「ああ、それでこそきみだ」ヴァイオレットのあごを上げさせ、たっぷりとキスをした。「きみなら口で男をやっつけられるんだったな」

コールはマックリーの手足を縛ってひとまず塚に放っておき、ヴァイオレットと一緒に金貨を屋敷に持ち帰った。金貨はパントリーの金庫にしまいこみ――コールはわたしのこともこの金庫に閉じこめておきたいんじゃないかしらとヴァイオレットは思ったが――それからコールが塚に戻って、マックリーを町まで引ったてた。

ヴァイオレットは図書室でコールを待っていた。いろいろな考えや思いが渦巻いてじっと座っていられず、ほとんどの時間は部屋を行ったり来たりしていたが。ようやく外の廊下にコールの足音が聞こえると、ドアまで走っていった。「コール!」

コールがポケットに両手を入れ、見るからに考えこんだ様子で廊下を歩いてくる。顔を上げた彼はひどく真剣な険しい表情で、ヴァイオレットは急に不安になった。近寄りがたいとさえ思った。「コール。だいじょうぶ?」

「ああ、もちろん」彼はかすかな笑みを浮かべたが、少しもそれらしくは聞こえてこなかった。「マックリーは牢屋に入ったよ」

「あの人はだれだったの? 会ったことのない人だったわ」

「ぼくも会うことはないだろうと思っていた男だ。以前はマードンのところで管理人をしていたんだが、汚いやつさ。あいつがどんな男で、伯爵家の小作人にどんなひどい扱いをしていたかわかって、マードンは彼をくびにしたんだ。とうの昔にこのあたりから出ていったと思っていた。みんなそう思っていた。だが、どうやらあいつは身を隠してほとぼりをさましながら、ウィル・ロスのようなやつらに近づいていたらしい。彼らはかつて敵対する間柄だったのに、結局、盗みという目的で一致してしまったんだな」

「すごく疲れているみたいよ」ヴァイオレットは話したいことを考えていたが、コールの顔を見ると、いまはそれを持ちだすときではないように思えた。「お茶でも飲む？　ウイスキーのほうがいいかしら？」

コールは首を振った。「いや、いい。話が――話があるんだ、ヴァイオレット。きみと話がしたい」

彼の言葉に、ヴァイオレットの不安はいっそうかきたてられた。「コール……」

「もう金はある。きみはやりたいことができる。行きたいところに行ける」

「コール、どうしてそんなことを言うの？」ヴァイオレットの心臓がどくんと大きく打ち、おなかは氷のように冷たくなった。「なにが言いたいの？」

「教えてくれ……きみは行ってしまうのか？」

「行ってしまう？」彼女は目を見張った。

「そうだ」コールは顔を上げた。表情はこわばり、肩をいからせている。「ぼくを置いて」

「そんな！」ヴァイオレットは食いいるように彼を見た。「どうしてそんなふうに考えるの？」そこで言いよどんだ。「もしかして――わたしにいなくなってほしいの？」

「ばかな！　頭がおかしくなったのか？」

心底驚いた彼の顔に、ヴァイオレットはほっとした。「どうかしら。もしかしたら、おかしくなりつつあるのかも。この前は、あなたはわたしと結婚したいと言っていたじゃない」

「いや」コールは片手を上げた。「気にするな。結婚してくれとは言わない」

「そうなの？」

「ああ。でも――きみと一緒にはいたい」

「わたしもよ。あなたと一緒にいたいわ、コール。それで考えていたのだけど……」

「いや、まだ話は終わってない」コールは息を吸いこんだ。「ぼくはきみに……したくないことを力ずくでやらせようなんて思っていない」そこで息を継ぎ、正直に言った。「でも、それでうまくいくと思ったら、やらせようとしてしまうかもしれない」

ヴァイオレットは微笑み、彼の手を両手で包みこんだ。「そうしてもうまくいかないとわかってくれているんでしょう？　うれしいわ。でも、そうしたくなったらやってみてもいいのよ」

「きみは遺跡の発掘を最後までやりたいんだろう？」

「ええ。それに、塚のほうも調べたいわ」

「ああ、塚のほうも。でも、いつかはここの仕事も終わるだろう。そして、よそに行きたくなるだろう。そしたら、ぼくも一緒に行きたいんだ」

「ほんとうに？」ヴァイオレットは驚いて目を丸くした。胸のつかえがほどけていく。「ハイランドを出てもかまわないの？」

「ああ。ときどきは戻ってきたくなるだろうけど。でも、ほかの場所も見てみたいよ。きっと……解放感があるだろうな。みんなの世話をしなくてよくなって」

「みんなの問題を解決してまわらなくてもいいってことね？」

「たぶん」コールの口角が、片方くいっと上がった。「でも肝心なのはそこじゃない。大事なのは、きみと一緒にいたいってことなんだ」

「わたしもあなたと一緒にいたいわ」ヴァイオレットはさらに近づき、握りあわせた手を持ちあげて大切そうに胸に抱えた。

「よかった」コールの青い瞳があたたかみを帯びた。「きみがぼくと結婚したくないのはわかっているから」

「コール、わたしは――」

「いや、最後まで話をさせてくれ。結婚してくれとは言わないよ。でも……いまのままではいやなんだ。あらゆる意味で、きみと一緒にいたい。一緒に暮らして、同じベッドで眠って、朝は一緒に目覚めたい。きみはぼくのものにはなりたくないだろうけど、ぼくはきみのものにならずにはいられないんだ」

「コール！」ヴァイオレットが鋭く息を吸いこみ、涙で瞳が光った。

それを見たコールはあわてて言った。「きみを支配するつもりじゃないよ。きみを所有したいとか、きみに対して法的な権利を持ちたいとか思っているわけじゃない。でも、きみと――きみと一緒にいる資格はほしいんだ――ものすごく。きみの望むものを与えられたらと思うし、きみが求めるような男になれたらと思う。でも、自分でも誇りに思えるような人間でありたいんだ。きみを愛している。この世のだれよりも、なによりも愛している。全世界の前で宣言したっていい。きみに誓いを立てて、きみときみとの子どもたちのために働きたい。どんなときもきみとともにあり、きみだけを愛すると誓いたい。きみとともに人生を歩みたいんだ」

ヴァイオレットは彼の手をきつく握りしめ、ぐっとつばを飲みこんだ。いとしい気持ちが怒濤のように押しよせてきて、息もできない。

「だから、きみもぼくに誓いを立ててほしい。きみも同じ気持ちなんだと知りたい。ぼくがきみに自分を捧げるのと同じように、きみもぼくにきみを捧げてくれるのかどうか。法律や、世間や、教会や、そのほかのなににも関係なく。ぼくらふたりの、お互いのためだけに」

ヴァイオレットの頰に涙がぽろぽろと伝った。胸がいっぱいになりすぎて、話すことも考えることもできず、クリスタルのような涙を流れるままにしておくことしかできない。

「ああ、頼むから……泣かないで」コールは親指で彼女の頰をぬぐった。「哀しませたいわけじゃないんだ」

「そうじゃない。哀しいんじゃないの。ほんとうよ。ああ、コール、なんて言えばいいの！」

「それで、いいことがあるんだ」コールはにこりと笑い、ヴァイオレットの額にキスをした。

「昔このあたりで行われていた儀式だよ。手を握って結婚を誓う儀式」

「知っているわ」ヴァイオレットはうなずいた。「前に一度、話をしたわね。初めてストーンサークルを見たときに」

「きみにそれをしてほしいんだ。昔の人みたいに、〝誓いの石〟のところで互いに誓いあおう」

「ああ、コール」ヴァイオレットは両手の指先で唇を押さえ、また涙をこぼしはじめた。

「びっくりさせてしまったな。こわがることはない」コールは哀しげな顔で彼女の髪をそっとなでた。「無理はしなくていいから」

「ちがうわ！　ああ、ちがうの、コール。いやだから泣いているんじゃないの。あんまり――あんまりうれしくて！」ヴァイオレットは彼に飛びつき、力いっぱい抱きしめた。

「うれしくて？」コールは彼女にそっと腕をまわし、頭をかがめて彼女の頭につけた。「よくわからないな」

「わたしもよ！」ヴァイオレットは鼻をすすって頬をぬぐい、にこりと笑うと、つま先立ちになって彼に口づけた。「愛しているわ」彼の顔じゅうにキスをしながら、息を切らせてまくしたてた。「あの墓所で、あなたが抱きしめてくれたとき、あれこれ悩んでいたことなんてもうどうでもよくなったの。大事なのは、あなたを愛しているということだけ。あなたと離れるなんてできないわ。わたしの心はあなたとともにあるんだもの。わたしはあなたのものなの。あなたのものでありたいの。そしてあなたはわたしのものであってほしい」彼女は必死に言い募った。「あなたがいないあいだ、ずっとなんて言おうか考えていたわ。あなたと結婚するということを、どう伝えようかって。教会ででも、誓いの石のところででも、どちらでもかまわない。あなたのしたいようにして」

「ああ、ヴァイオレット、好きだ、愛している」コールは高らかに笑って彼女をきつく抱きしめた。「ぼくがほしいのは、きみの愛だけだ」

「それはもうあなたのものよ。わたしはあなたに愛を誓うわ。どんなときも、永遠に」

「ぼくもきみに愛を誓う」コールは身をかがめて口づけた。「どんなときも、永遠に」

エピローグ

翌月、メグとマードン伯爵がダンカリーに戻ってきたところで、ヴァイオレットとコールは〝誓いの石〟で誓いの儀式を行った。石の片側にイソベルとジャックが、もう一方の側にメグとデイモンが立ち、ヴァイオレットとコールは古代の石の穴を通して手をつなぎ、揺るぎない確かな声で宣誓した。

そのあとは谷じゅうの人々がダンカリーまでお祝いにやってきて、ダンスをしたり笑ったりして喜びを分かちあった。アラン・マクギーがふたりのために演奏し、コールは促されて花嫁のために歌を歌った。おかげで彼はヴァイオレットからごほうびのキスをもらった。そしてアンガスじいさんは、彼女と踊ると言い張った。

美しさにいっそう磨きがかかって輝いているメグがコールと並び、無愛想なアンガスじいさんとヴァイオレットがくるくる踊っているのを眺めていた。

「こんなふうになるなんて、いったいだれが想像したかしら？」メグは弾けるような笑みをコールに向けた。「結婚は一生しないと誓っていた谷の魔女のわたしが、愛する人と教会できっちりと結婚して――あなたのほうが誓いの儀式で結ばれるなんて」

「はは、ぼくだってほんとうは、昔から手のつけられない男だったんだよ、メグ」コールはにやりと笑い、視線をヴァイオレットに戻した。「自分にぴったりの女性があらわれて、ようやく本来のぼくになれただけだ」

お祝いのパーティがまだ宴もたけなわのころ、コールはヴァイオレットの手を取って、気づかれないように脇のドアから抜けだした。

「コール……こんなふうにいなくなっちゃだめよ」ヴァイオレットは笑いながら反対した。

「ちゃんとご挨拶しなくちゃ」

「いいんだ、こうするしかないんだよ。でないと、みんなが家までついてきて、うんざりするほどかまわれるんだ。そんなのはきみもいやだと思うよ」コールは彼女の肩を抱き、のんびりと門番小屋まで歩いていった。幸せで、愛にあふれて、寒さも感じない。

玄関前でコールはヴァイオレットをさっと抱きあげ、ドアをくぐった。「これで一生、ぼくらは幸運に恵まれる」ドアを閉めて閂をおろす。「そして、もうだれも入ってこられない」

「じゃあ、このあとは？」ヴァイオレットは彼のうなじに両腕をまわし、にっこりと見あげた。

「このあとは……ふたりきりだ。それだけで、もうなにもいらないよ」コールは頭をかがめて口づけた。「愛している《モ・ホシュル》」

訳者あとがき

スコットランド高地地方《ハイランド》を舞台にしたキャンディス・キャンプの三部作も、いよいよ最終巻となりました。前作『恋の魔法は永遠に』では、魔女とも噂される美貌の治療師《ヒーラー》メグ・マンローがマードン伯爵と結ばれましたが、今回はメグの弟コール・マンローのお話です。

物語は今回も本編の六十年ほど前の場面から始まり、メグとコールの祖母フェイがお産をした直後のことが描かれています。彼女はもうマルコムが帰ってこないこと、そして自分の命ももはや長くないことを感じ取っています。マルコムから託されたものは娘のジャネットに引き継がれることになりますが、フェイがそのことを記した日記は、前作で判明したとおり、娘のジャネットの手には渡らず、フェイに思いを寄せていたデイヴィットのもとに六十年間保管されたのち、メグの手に戻ってきました。

そのメグは、本書ではマードン伯爵とハネムーンでイタリアに出かけています。ふたりの留守中、伯爵領ダンカリーをまかされたのは、新たに領地の管理人となったコールでした。

長身でたくましい金髪のハンサム、なんでもできて頼りがいのあるコールは、とっくに結婚していてもおかしくない男性です。そんな彼が、なぜいまだに独身なのか？　それは、コールの生い立ちに原因があります。メグとコールは、ダンカリーに隣接する土地ベイラナンの地主ローズ家の娘イソベル（一作目『ウエディングの夜は永遠に』のヒロイン）とともに、ベイラナンのお屋敷で暮らして教育を受けたため、いわばムダに学があり、「頭がいいのね」とほめたたえてくれるだけの村娘ではどうしても物足りないのです。

つまり、事実上、彼にはよい結婚相手がいないという状況なのですが……コールは人一倍〝結婚〟にこだわっています。どうしても結婚したいということではなく、女性を相手にするなら結婚しなければならないというこだわりです。なぜなら、代々マンロー家の女性は結婚という形で男性に属さなかったため、コールの母親ジャネットも、マードン伯爵と結婚する前のメグも、世間からふしだらな女という目で見られていたことをコールはよく知っていたからです。母ジャネットと父親アランが心の底から愛しあっていたことは事実としても、母に苦労をさせた根無し草のような父親には反発しており、コールが結婚という枠にはまるのが大事だという価値観を持つようになったのもしかたのないことでした。そのうえ一作目で、祖母フェイの愛した男性がじつは妻子あるローズ家の当主マルコム・ローズ（イソベルの祖父）だったとわかり、自分は不義によって生まれた子の子どもだと知って、なおさら誠実な夫や父親になることにこだわっています。コールのよき理解者であるダンカリーの料理人サリーが、「あの子はむずかしいのさ」と言うとおり、このままではコールは一生独身で終わりかねません。

そんなコールの前に、古物研究家のヴァイオレットがあらわれます。彼女は前作でメグとマードン伯爵が発見した遺跡を調査するため、たったひとりでイングランドからハイランドまでやってきた若き学者で、〝女である〟ということの不利益をずっと味わってきた女性です。彼女は結婚するよりも古いものの研究に打ちこむ人生を選び、変わり者として家族からも厄介者扱いされてきました。さらに学問の世界でも、ずっと男性に見くだされ、認めてもらえなかった経験から、すっかり肩ひじ張った性格になり、男性から守られることさえ〝支配〟と受けとめてしまうようになっています。

そんなヴァイオレットとコールがぶつからずにいるというのは、どだい無理な話でしょう。最初からぶつかりまくりです。うまくいくように努力するより、相手に惹かれる引力を無視するほうが楽なのではないかと思うくらい。さて、そんなふたりはどんな道をたどり、どんな選択をするのでしょうか。

このシリーズには恋の行方以外にも、もうひとつ重要なお話の柱があります。財宝の行方の謎解きです。メグとコールとイソベルの祖父、マルコム・ローズが軍資金としてフランスから持ち帰ったのではないかと言われている金貨。前作の最後で、メグとマードン伯爵は二枚のフランス金貨とローズ家の紋章入りの革袋の切れ端を見つけましたが、財宝と言えるようなものは発見されませんでした。しかしある事件をきっかけに、コールとヴァイオレットは〝宝探し〟に乗りだします。財宝はほんとうにあるのでしょうか？　それとも、マルコムはフランス国王から金貨を手に入れることはできなかったのでしょうか？　ロマンス同様、こちらの謎解きも必見です！

本書の結末は、ロマンスの原点に立ち返るようなものではないかと思えました。コールの苦悩と彼のくだした決断には、強く胸を打たれ、感動し、そして考えさせられました。読者の皆さまにも、本編を読んで楽しんでいただくのはもちろんのこと、ぜひ読後の余韻もしばし味わっていただけたらと思います。長年ロマンスの傑作を生みだしつづけてきたキャンディス・キャンプだからこそ、このような作品を書けたのではないでしょうか。新境地を開いたと言える彼女が、これからまたどんな作品を世に送りだしてくれるのか、楽しみでなりません。

二〇一七年　五月

ザ・ミステリ・コレクション

夜《よ》明《あ》けの口《くち》づけは永《えい》遠《えん》に

著者　キャンディス・キャンプ
訳者　山田香里《やまだかおり》

発行所　株式会社 二見書房
東京都千代田区三崎町2-18-11
電話 03(3515)2311［営業］
03(3515)2313［編集］
振替 00170-4-2639

印刷　株式会社 堀内印刷所
製本　株式会社 村上製本所

ISBN978-4-576-17089-3
http://www.futami.co.jp/

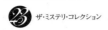

二見文庫 ロマンス・コレクション

ウエディングの夜は永遠に

キャンディス・キャンプ

山田香里［訳］〔永遠の花嫁・シリーズ〕

女主人として広大な土地と屋敷を守ってきたイソベルは、弟の放蕩が原因で全財産を失った。小作人を守るため、ある紳士と契約結婚をするが…。新シリーズ第一弾！

恋の魔法は永遠に

キャンディス・キャンプ

山田香里［訳］〔永遠の花嫁・シリーズ〕

身分も価値観も違う彼らの恋はすれ違うばかりで……習わしに従って結婚せず、自立した生活を送っていた治療師のメグが恋したのは〝悪魔〟と呼ばれる美貌の伯爵。

英国レディの恋の作法

キャンディス・キャンプ

山田香里［訳］〔ウィローメア・シリーズ〕

一八二四年、ロンドン。両親を亡くし、祖父を訪ねてアメリカからやってきたマリーは泥棒に襲われるもある紳士に助けられる。お礼を申し出るマリーに彼が求めたのは彼女の唇で…

英国紳士のキスの魔法

キャンディス・キャンプ

山田香里［訳］〔ウィローメア・シリーズ〕

若くして未亡人となったイヴは友人に頼まれ、ある姉妹の付き添い婦人を務めることになるが、雇い主である伯爵の弟に惹かれてしまい……!? 好評シリーズ第二弾！

英国レディの恋のため息

キャンディス・キャンプ

山田香里［訳］〔ウィローメア・シリーズ〕

ステュークスベリー伯爵と幼なじみの公爵令嬢ヴィヴィアン。水と油のように正反対の性格で、昔から反発するばかりのふたりだが、じつは互いに気になる存在で…!?

唇はスキャンダル

キャンディス・キャンプ

大野晶子［訳］〔聖ドゥワインウエン・シリーズ〕

教会区牧師の妹シーアは、ある晩、置き去りにされた赤ちゃんを発見する。おしめのブローチに心当たりがあった彼女は放蕩貴族モアクーム卿のもとへ急ぐが……!?

瞳はセンチメンタル

キャンディス・キャンプ

大野晶子［訳］〔聖ドゥワインウエン・シリーズ〕

とあるきっかけで知り合ったミステリアスな未亡人と〝冷血卿〟と噂される伯爵。第一印象こそよくはなかったもののいつしかお互いに気になる存在に… シリーズ第二弾！

二見文庫 ロマンス・コレクション

視線はエモーショナル
キャンディス・キャンプ
大野晶子［訳］
〔聖ドゥワインウエン・シリーズ〕

伯爵家に劣らない名家に、婚約を破棄されたジェネヴィーヴ。そこに救いの手を差し伸べ、結婚を申し込んだ男性は!? 大好評〈聖ドゥワインウエン〉シリーズ最終話

約束のキスを花嫁に
リンゼイ・サンズ
上條ひろみ［訳］
〔新ハイランドシリーズ〕

幼い頃に修道院に預けられたイングランド領主の娘アナベル。ある日、母に姉の代役でスコットランド領主と結婚しろと命じられ…。愛とユーモアたっぷりの新シリーズ開幕！

愛のささやきで眠らせて
リンゼイ・サンズ
上條ひろみ［訳］
〔新ハイランドシリーズ〕

領主の長男キャムは盗賊に襲われた少年ジョーンを助けて共に旅をしていたが、ある日、水浴びする姿を見てジョーンが男装した乙女であることに気づいてしまい!?

口づけは情事のあとで
リンゼイ・サンズ
上條ひろみ［訳］
〔新ハイランドシリーズ〕

夫を失ったばかりのいとこフェネラを見舞ったサイは、しばらくマクダネル城に滞在することに決めるが、湖で出会った領主グリアと情熱的に愛を交わしてしまい……!?

恋は宵闇にまぎれて
リンゼイ・サンズ
上條ひろみ［訳］
〔新ハイランドシリーズ〕

ギャンブル狂の兄に身売りされそうになったミュアライン。ドゥーガルという男と偽装結婚して逃げようとするが、結婚が本物に変わるころ、新たな危険が…シリーズ第四弾

ハイランドで眠る夜は
リンゼイ・サンズ
上條ひろみ［訳］
〔ハイランドシリーズ〕

両親を亡くした令嬢イヴリンドは、意地悪な継母によって〝ドノカイの悪魔〟と恐れられる領主のもとに嫁がされることに…。全米大ヒットのハイランドシリーズ第一弾！

その城へ続く道で
リンゼイ・サンズ
喜須海理子［訳］
〔ハイランドシリーズ〕

スコットランド領主の娘メリーは、不甲斐ない父と兄に代わり城を切り盛りしていたが、ある日、許婚が遠征から帰還したと知らされ、急遽彼のもとへ向かうことに…